LILLY GLASE
All those beliefs

Lilly Glase

All those beliefs

WIE AUCH IMMER
ICH DICH LIEBE

Roman

Bibliografische Information der Deutschen
Nationalbibliothek: Die Deutsche Nationalbibliothek
verzeichnet diese Publikation in der Deutschen
Nationalbibliografie; detaillierte bibliografische Daten sind
im Internet über dnb.dnb.de abrufbar.

Bildmaterial und Schrift auf dem Cover und im Buch: Canva.

Verlag: BoD · Books on Demand GmbH,
Überseering 33, 22297 Hamburg, bod@bod.de
Druck: Libri Plureos GmbH,
Friedensallee 273, 22763 Hamburg

ISBN: 978-3-7693-9852-6

Liebe Leserschaft,
in diesem Buch gibt es potentielle Inhalte, die bei
einigen Lesern unangenehme Gefühle hervorrufen
können. Aus diesem Grund findet sich auf der letzten
Seite eine Inhaltswarnung. Diese enthält Spoiler für
das gesamte Buch!

Für Felix <3
Und für mein jüngeres Ich,
welches so unfassbar stolz wäre,
wüsste es, wo wir nun stehen.

Learn to love yourself
before you love someone else

Scann mich, um zur
Playlist zu gelangen:

Playlist

LOOK AFTER YOU – THE FRAY

THE SCIENTIST – COLDPLAY

MOTION SICKNESS – PHOEBE BRIDGERS

FAMILY LINE – CONNAN GRAY

PACKING IT UP – GRACIE ABRAMS

DAYLIGHT – TAYLOR SWIFT

CRY BABY – THE NEIGHBOURHOOD

WOULD'VE BEEN YOU – SOMBR

CAN'T PRETEND – TOM ODELL

DADDY ISSUES – THE NEIGHBOURHOOD

WAITING ROOM – PHOEBE BRIDGERS

FINE LINE – HARRY STILES

LACY – OLIVIA RODRIGO

NEVER SAY NEVER – THE FRAY

I AM NOT WHO I WAS – CHANCE PEÑA

TILL FOREVER FALLS APART – ASHE, FINNEAS

A LITTLE DEATH – THE NEIGHBOURHOOD

MIND OVER MATTER (REPRISE) – YOUNG THE GIANT

NOT STRONG ENOUGH – BOYGENIUS, JULIEN BAKER,
PHOEBE BRIGES, LUCY DACUS

Margeriten

Sie sind ein Zeichen für Fürsorge und symbolisieren
sowohl Unschuld als auch Liebe. Jemandem diese
Blume zu gebe, versinnbildlicht die Beständigkeit der
Liebe. Diese Geste ist ein Beweis von Treue und drückt
wahrhaftige Gefühle aus.

1

Sofia

Vergebung ist ein großes Wort und wird von vielen als selbstverständlich angesehen, doch das ist es nicht – keineswegs. Ich habe lange versucht, herauszufinden, woher ich weiß, ob ich einer Person wahrhaftig und von ganzem Herzen verziehen habe. Ich schätze, das ist ein Gefühl, bei dem du dir nicht sicher sein kannst, wie es sich anfühlt, aber weißt, dass es *das* Gefühl ist, wenn es da ist.

Wie viel Schmerz und wie viel Leid sind auf dem Weg der Vergebung notwendig und ab welchem Zeitpunkt schaffe ich es, damit abzuschließen?

Ich habe schon lange aufgegeben, eine Antwort darauf zu bekommen. Das mit der Vergebung ist so etwas – sie kommt nicht, weil man es unbedingt möchte, sie kommt unerwartet und manchmal, da kommt sie *nie*.

»Willst du mit mir darüber reden?«, fragt Amara liebevoll und streicht sanft über meine Haare – so, wie es meine Mutter immer tut, wenn ich traurig bin.

Stumm schüttle ich den Kopf.

Heute ist *sein* Geburtstag, aber er ist nicht hier bei mir.

»Das ist okay«, entgegnet meine Freundin zärtlich und richtet sich langsam auf. »Aber es ist auch okay, traurig zu sein. Nur weil er ein schlechter Mensch ist, heißt es nicht, dass du ihn nicht vermissen darfst.« Amaras Worte treffen mich härter, als ich mir eingestehe. Es tut weh – immer noch nach so langer Zeit.

Ich zucke unschlüssig mit den Schultern und vergrabe verzweifelt meinen Kopf in ihrem Kissen. Ich möchte doch nicht weinen – mein Vater hat meine Tränen nicht verdient.

»Süße, alles ist gut«, gibt sie von sich und schlingt ihre Arme ganz fest um mich. »Ich bin hier bei dir. Du kannst so traurig sein, wie du willst, oder so glücklich, wie du willst, denn es sind deine Gefühle.«

Ich möchte keine Trauer zeigen, denn es ist ja nicht einmal so, dass er tot ist – wobei, in gewissermaßen ist er das, denn für mich ist er schon seit Jahren gestorben.

»Ich ...« Meine Stimme bricht. Unwohl sehe ich an ihr herab auf den Boden. »Vielleicht bin ich etwas traurig, ja, aber ich möchte es nicht sein.«

Amara schweigt für einen Moment, bis sie hastig von ihrem Bett aufsteht und mir ihre Hände entgegenstreckt. »Komm, dann tun wir jetzt etwas gegen deine Traurigkeit.«

Ein kleines Lächeln umspielt meine Lippen – ich liebe Amara einfach so sehr. Sie ist die beste Freundin, die ich mir vorstellen kann. Amara ist die Einzige, der ich *all* meine Sorgen anvertraue – sie versteht mich jedes Mal und nie verurteilt sie mich für irgendetwas oder macht sich lustig darüber, weshalb ich so fühle, wie ich nun einmal fühle.

Dankbar nehme ich ihre Hand an und ziehe mich mit ihrer Hilfe nach oben. Aufgestanden nimmt sie mich noch einmal in den Arm. Es ist eine lange, wohltuende Umarmung – die brauche ich.

»Alles wird gut«, flüstert sie mir leise ins Ohr und lächelt zuversichtlich. »Du wirst sehen.«

Wie soll es gut werden, wenn es nichts gibt, was gut werden kann ...

»Was machen wir?«, frage ich schließlich, wische mir meine Tränen weg und zwinge mir ein Lächeln aufs Gesicht.

»Wie wär's mit Kino?«

Freudig nicke ich und sehe sie liebevoll an. »Danke, Amara.«

16

Vergangenheit.

»Solltest du nicht längst im Bett sein?«, fragt mich mein Vater mit warnendem Blick, nachdem er leise die Tür zu meinem Zimmer geöffnet hat.

»Ja schon, aber das Buch ist gerade so gut«, entgegne ich grinsend und ziehe meine Bettdecke bis an die Brust hoch. »Da kann ich unmöglich stoppen.«

Auf seinem Gesicht ist ein leichtes Schmunzeln erkennbar. Amüsiert lehnt er sich an den Türrahmen und mustert mich still. »Du bist wie deine Mutter, als sie jung war.« Ein weites Grinsen breitet sich auf meinem Gesicht aus – ich liebe es, mit Mamá verglichen zu werden.

»Ehrlich?«

»Natürlich, sie hat stundenlang gelesen – oft hat sie das Lesen mir sogar vorgezogen.«

Bei seiner Bemerkung kichere ich leise und sehe belustigt zu meinem Vater. »Ich verstehe sie, wenn das Buch gut ist, dann vergisst man alles und jeden um sich herum.«

»Da hast du wohl recht, mi hermosa.« Dad tritt an mein Bett und streicht liebevoll über meinen Kopf. »Du darfst dieses Kapitel noch fertiglesen, aber versprich mir, dass du danach schlafen gehst. Morgen hast du Schule und du musst ausgeschlafen sein.«

»Na gut.«

»Gute Nacht, Kleine.«

»Gute Nacht.«

Mein Vater läuft zur Tür, doch bevor er verschwindet, sage ich noch etwas. »Papa?«

Interessiert dreht er sich zu mir und legt seinen Kopf schief. »Ja?«

»Ich habe dich lieb«, sage ich lächelnd.

In ein paar Schritten ist er bei mir und küsst mich sanft auf die Stirn. »Ich habe dich auch lieb, schlaf gut.«

17

2

Aaron

»Es ist ja nur jeden Freitag.« Hastig fahre ich mir mit meinen Fingern durch die Haare und blicke zu Easton, welcher angespannt zu mir herübersieht. »Ja, passt schon«, antwortet er verständnisvoll und wendet sich an Connor. »Sind wir wenigstens in einem Kurs?«

Dieser zuckt lediglich mit den Schultern und beißt von seinem Apfel ab. »Das ist schon voll lang her. Ich habe einfach irgendetwas angekreuzt, fertig«, gibt er als Antwort von sich und sieht ausdruckslos zu uns.

»Na ja, fast alle anderen Kurse haben wir zum Glück zusammen«, sagt Easton freudig und neigt seinen Kopf zur Seite.

»Das ist ein halbes Schuljahr und dann ist es rum«, bringe ich hastig hervor, währenddessen ich aufstehe. Kurzentschlossen wende ich mich zum Gehen und schenke meinen Freunden noch ein letztes, verschmitztes Lächeln. »Ich muss jetzt verschwinden, aber wir sehen uns dann morgen beim Spiel, oder?«

»Jap, bis morgen«, verabschiedet sich Easton, während er sich gemütlich auf seinem Stuhl zurücklehnt. Keinen Augenblick später erblicke ich, wie Connor kurz seine Hand hebt.

Ich lächle den beiden zu, aber sobald ich um die Ecke biege, fallen meine Mundwinkel wieder nach unten.

Meine Mutter hat mir geschrieben.

Ich weiß nicht, was ich machen soll. Ich habe die Nachricht noch nicht gelesen – ehrlich gesagt habe ich Angst davor. Sie meldet sich so viele Jahre nicht bei mir und jetzt auf einmal schreibt sie? *Was soll das?*

Unsicher, was ich nun tun soll, kaue ich auf meiner Unterlippe und fahre mir nervös durch die Haare. Diese Ungewissheit macht mich fertig, aber die Angst, enttäuscht zu werden, ist größer.

Ich wollte mich auf andere Gedanken bringen, um nicht mehr daran denken zu müssen, aber es gelingt mir nicht. Diese Wut und dieses Gefühl, sie sind immer noch da.

Ich fühle mich wie ein kleines, hilfloses Kind, das seine Mutter verlor. Aber nein, so bin ich nicht mehr. Ich bin kein kleines, hilfloses Kind – *nie wieder möchte ich das sein.* Genau aus diesem Grund, möchte ich ihre Nachricht nicht lesen – ich habe Angst, mich wieder so wie früher zu fühlen.

Aber hey, ich habe mich verändert oder nicht?

Ich kann den Blick auf mein Telefon nicht abwenden, weshalb ich schlussendlich auf ihren Kontakt tippe. Noch einmal atme ich tief durch und sehe dann auf den Bildschirm.

> Deine Großmutter ist gestorben und sie wollte, dass du auf ihre Beerdigung kommst. Ihr letzter Wille war, dass wir uns wiedersehen. Bitte komm – für sie. Ich weiß ich war nicht immer für dich da, aber das bist du mir schuldig.

Ich schlucke.

Ich war nicht immer für dich da, das ist ein bisschen sehr untertrieben. Einen Scheißdreck hat sie sich um mich gekümmert und jetzt kommt sie mit sowas an? Ich habe meine Großmutter doch fast gar nicht gekannt, wieso würde sie wollen, dass ich auf ihre Beerdigung komme? *Um den Familiensegen wieder herzustellen?* Bestimmt nicht.

Ich schlucke laut und schließe für einen Moment die Augen, um tief ein und wieder auszuatmen. *Das bist du mir schuldig*, ich glaube, ihr geht es nicht mehr gut. Als wäre ich ihr etwas schuldig. Sie ist mir *alles* schuldig. Mein ganzes Leben lang habe ich mich nach der Aufmerksamkeit meiner Mutter gesehnt und nie habe ich sie bekommen. Sie ist diejenige, welche ihren Sohn verlassen hat – nicht andersrum.

Ich liebe meine Großmutter, auch wenn ich sie nur noch von früher in Erinnerung habe. Ab und zu hat sie mir Briefe geschickt – den Letzten habe ich vor knapp zwei Monaten bekommen.

Ich möchte meine Mutter anbrüllen, ihr sagen wie falsch alles, was sie getan hat, ist, und was für ein schlechter Mensch sie ist. Aber das mache ich nicht, denn sie soll nicht denken, dass es mir etwas ausmacht.

Wenn ich verletzlich wirke, bringt mir das auch nichts. Natalie würde ihr Leben weiterhin ohne mich verbringen, in dem Wissen, wie sehr mich ihr Handeln trifft, und das würde mich nur noch mehr zerstören.

Wann und wo?

Mehr kann ich nicht schreiben – mehr *will* ich nicht schreiben. Ich habe mir immer ausgemalt, wie es sein würde, wenn ich sie wiedersehe, und jetzt wird es passieren. Etwas, das einst eine Sehnsucht war, ist nun zu meiner größten Angst herangewachsen.

Zuhause angekommen werfe ich meine Trainingssachen auf den Boden und lege mich in mein Bett. *Ich bin alleine – wieder einmal.* Ein Gefühl der Einsamkeit macht sich in mir breit, woraufhin mir zum Weinen zumute ist. Doch das tue ich nicht. Mir selbst einzureden, es wäre cool ein Haus ganz für sich zu haben, hilft mir wenigstens ein bisschen.

Seufzend blicke ich auf mein Handy, da der Bildschirm aufleuchtet. Natalie hat das Datum und die Adresse geschickt.

Nichts mehr.

Kein: *Ich habe dich lieb*, kein: *Es tut mir leid*, nichts.

Ich schlucke laut und stehe auf. Angespannt laufe ich in meinem Zimmer umher, damit ich meine Energie irgendwie rauslassen kann.

Kurzentschlossen ziehe ich mir mein schwarzes Sportshirt und meine graue Jogginghose an und begebe mich in meinen Fitnessraum. Sport – es hat mir schon immer geholfen, Stress abzubauen. Dabei muss ich mir wenigstens keine Sorgen um mein verkacktes Leben machen.

Ich beginne damit, ein paar Hanteln zu stemmen, und ende schlussendlich damit, dass ich wie ein Wilder auf den Boxsack einschlage, um all den Frust und diese verdammte Wut herauszulassen.

Niedergeschlagen wende ich mich davon ab und wische mir mit meinem Handrücken den Schweiß von der Stirn. Ich ziehe mein Shirt über den Kopf und dusche mich schnell ab. Das kalte Wasser tut gut – ich fühle etwas.

Die ganze Zeit geht mir nur eines durch den Kopf: *Soll ich zu der Beerdigung?* Wenn überhaupt, würde ich es nur aus Liebe zu meiner Großmutter tun, nicht für meine Mutter – *nie* für meine Mutter.

Meine Großmutter war das letzte bisschen Familie, das ich noch hatte – ich sollte Abschied nehmen. Wiederum möchte ich meiner Mutter nicht begegnen. Ich habe Angst, sie zu sehen – gewaltige Angst und das bringt mich glatt um.

Es ist, als würde mir die Decke auf den Kopf fallen und mich erdrücken. Kurzerhand schnappe ich mir neue Klamotten, meinen Schlüssel und muss weg von hier. *Wie kann es sein, dass ich so viel Platz habe, mich aber trotzdem so eingeengt fühle?*

»Aaron, oh mein Gott, wie schön, dich hier zu sehen«, kommt es freudig von einem Mädchen. *Wie sie heißt?* Keine Ahnung, aber es ist mir auch einfach nicht wichtig.

Ich setze ein Lächeln auf und nicke leicht. Wir haben ein paarmal miteinander rumgemacht und jetzt denkt sie, ich wäre ihr irgendwie verpflichtet oder so etwas in der Art. Doch es ist mir nicht ernst, für mich ist es eher ein Zeitvertreib – eine Ablenkung.

Leichte Schuldgefühle breiten sich in mir aus, aber ich verdränge diese gleich wieder. Ich respektiere Frauen, nur die Liebe ist einfach nichts für mich. Ich mache mit ihnen rum und habe meinen Spaß, ja, aber ich sage ihnen immer von Anfang an, dass es für mich *nie* mehr als das sein wird. Außerdem tue ich es auch nur, wenn sie mir deutlich klar machen, dass es für sie in Ordnung ist.

Ich weiß nicht, wie ich da überhaupt reingekommen bin, es hat irgendwann einmal begonnen, ohne, dass ich es wirklich mitbekommen habe. Mein Ruf eilt mir voraus und denkt nicht, die Mädchen wüssten das alles nicht. Sie denken, sie könnten mich ändern – meine Meinung im Bezug auf die Liebe – aber schlussendlich sind sie doch wie viele andere.

Sie wissen, dass es für mich nur um ein bisschen Spaß geht – keine Gefühle – keine Liebe. Also, wenn sie sich dann plötzlich verlieben, ist das nicht meine Schuld. Ich brauche nicht noch mehr Drama in meinem Leben.

»Meine Eltern sind übers Wochenende nicht zuhause, du könntest zu mir kommen und wir könnten etwas Spaß haben«, flüstert sie mir leise ins Ohr und zeichnet mit ihrem Zeigefinger die Bauchmuskeln auf meinem Shirt nach.

Ich wollte eigentlich nur einen kurzen Spaziergang machen, um meinen Kopf freizubekommen – um mich zu entscheiden, und jetzt kommt sie. Vorsichtig nehme ich ihre Hand und drücke sie ein Stück von mir weg. Das ist ja schrecklich, ich kann kaum atmen, so nah ist sie mir.

»Mal sehen«, gebe ich trocken von mir und wende mich zum Gehen. Sie erwidert nichts mehr und kurz denke ich darüber nach, ihr Angebot anzunehmen. Entweder Sex oder eine Beerdigung – da klingt der Sex doch gleich viel verlockender.

Prompt schüttle ich den Kopf. *Ganz dumme Idee.* Ob es mir passt oder nicht, ich muss auf diese Beerdigung, sonst werde ich mir das wohl nie verzeihen.

Zögernd ziehe ich mein Handy hervor und werfe einen Blick darauf. Meine Galerie ist noch geöffnet.

Ich schlucke schwer.

Dieses Bild – ich wollte es schon längst löschen. Es ist von meiner Mutter und mir – ich war noch ganz klein. Sie steht dort in ihrem weißen Kleid, mit ihren langen, blonden Haaren und den blauen Augen – mich hält sie eng bei sich im Arm.

Ich war so glücklich.

Wie gerne ich die Zeit zurückdrehen würde, denn dann wäre es vielleicht nie so weit gekommen.

Müde sehe ich von meinem Handy weg und stelle es aus. Ich sollte das Foto löschen! *Was bringt mir ein Bild, in dem ich glücklich war, wenn es mich nur noch wütend macht?*

Mittlerweile bin ich wieder vor meinem Anwesen angekommen. Eine übergroße Villa, die mich glatt ersticken lässt. Viele würden sich wünschen, so etwas zu haben, und versteht mich nicht falsch, ich bin sehr dankbar für alles, aber wenn ich im Gegenzug dafür meinen Vater fast nie sehe, würde ich das lieber alles hergeben.

Die Tür fällt hinter mir ins Schloss und nun bin ich wieder in dieser verdammt großen Villa allein.

3

Sofia

»Heyy«, gibt Sienna freudig von sich und schließt stürmisch ihre Arme um mich. Ich erwidere die Umarmung und schwinge meine Freundin erfreut umher. »Endlich bist du wieder in der Schule, es ist echt langweilig ohne dich gewesen. Wieso musstest du auch ausgerechnet in der ersten Schulwoche krank sein?«, gebe ich lachend von mir und sehe sie dabei schmunzelnd an. »Du musst mir alles erzählen. Wie war der Urlaub und wie war die Party letztes Wochenende?«

Die Sommerferien sind zu Ende, das heißt, ein neues Schuljahr beginnt – wie sehr ich es liebe. Ich kann mich komplett neu orientieren und nun habe ich auch ein paar neue Kurse – Psychologie und Französisch. Ich freue mich wirklich, denn ich wollte schon immer mal Französisch lernen – jedes Mal, wenn ich es jemanden sprechen höre, denke ich mir, wie unfassbar schön diese Sprache klingt und wie gerne ich sie verstehen würde. Psychologie finde ich auch sehr interessant, denn ich würde gerne mehr darüber erfahren, wie der Mensch tickt. Außerdem bin ich der Ansicht, Wissen kann man nie genug haben.

»Es war so schön. Wenn ich daran denke, will ich gleich wieder zurück. Das Meer, der Pool und da war ein echt süßer Typ«, erwidert Sienna strahlend.

Freudig stoße ich ihr in die Seite. »Uhh, und??? Habt ihr Nummern ausgetauscht?«

Sie lächelt breit und nickt zustimmend. »Ja, aber eher nur als Freunde, er wohnt einfach zu weit weg.«

»Ich verstehe und wie war die Party? Ich wäre so gerne dabei gewesen.« Meine Mutter hat mich nicht gelassen. Ich wollte einen coolen Abend mit meinen Freundinnen verbringen und stattdessen war ich Zuhause und habe meiner Großmutter beim Kochen geholfen. Was ich nicht schlimm finde, im Gegenteil, ich liebe es, nur wäre ich auch gerne auf diese Party gegangen.

»Die war gar nicht so toll«, gibt Sienna zögernd von sich und richtet ihren Oberkörper auf.

Mit ernstem Blick sehe ich sie an. »Sienna!«

»Na gut, es war wirklich cool. Ich wünschte, du wärst dabei gewesen. So toll war es dann aber wirklich nicht. Aarons Vater ist später gekommen und hat die Party gecrasht. Ich kann mir nicht ausmalen, was für Ärger er bekommen hat.«

»Oh«, gebe ich nur von mir und setze mich auf meinen Platz, da wir mittlerweile in unserem Kursraum angekommen sind. »Erzähl mir später auf jeden Fall mehr«, sage ich und hebe die Hand, um Dahlia zu begrüßen.

Sie lächelt süß und ich erwidere es.

»Also, dann.« Sienna schiebt sich ihren Müsliriegel in den Mund und steht auf.

»Bis später«, verabschiedet sich Dahlia von mir und gemeinsam mit Sienna läuft sie ins Schulgebäude.

Die Pause ist vorbei und mein Kurs beginnt – ich bin dieses Jahr nicht in demselben wie meine Freundinnen. Ich würde aber nicht unbedingt behaupten, dass es mir etwas ausmacht, alleine zu sein. Ich finde überall Freunde und wenn ich ganz ehrlich bin, freue ich mich auch darauf.

209 – da ist es.

Kurzerhand betrete ich den Raum und sofort stechen mir ein paar bekannte Gesichter ins Auge. Lächelnd winke ich ihnen zu und setze mich gleich neben ein Mädchen, mit dem ich mich schon ab und zu unterhalten habe. Sie ist wirklich sehr freundlich und eine der Personen, mit denen ich unglaublich gerne befreundet wäre. Aber irgendwie haben wir uns nie näher kennengelernt, was schade ist. Ich habe das Gefühl, sie weiß schon so unglaublich viel über das Leben, obwohl sie gerade einmal ein Jahr älter als ich ist. Sie hat diese gewisse Reife in ihrem Charakter und das macht es echt interessant, sich mit ihr zu unterhalten.

»Hey«, gebe ich von mir und lächle breit. Sie erwidert es – wie sehr ich sowas liebe. Nach einer Weile betreten noch ein paar mehr Schüler den Kurs und schließlich auch unser Lehrer. »Guten Morgen«, kommt es äußerst motiviert von ihm. Ich kenne ihn tatsächlich noch gar nicht, er scheint wohl neu an unserer Schule zu sein. Verhältnismäßig sieht er noch recht jung aus, womöglich fängt er gerade erst als Lehrer an.

Ich betrachte ihn dabei, wie er seine Aktentasche auf den Boden vor dem Lehrerpult abstellt, sich aufrichtet und uns erwartungsvoll ansieht. Er möchte gerade anfangen zu reden, da öffnet sich abrupt die Tür.

»Sorry für die Verspätung«, ertönt es. Schnell drehe ich meinen Kopf, um zur Tür zu sehen, und ich kann meinen Augen nicht trauen.

»Oh mein Gott, was macht Aaron hier?«, kreischt ein anderes Mädchen neben mir in mein Ohr.

Aaron Blythe ist hier – *der* Aaron Blythe.

Wie kann das sein? Er geht nicht einmal auf diese Schule.

Verwirrt wende ich den Blick von ihm ab und sehe das Mädchen neben mir fragend an. Ich habe auch keine Ahnung. Aaron ist die letzte Person, mit der ich gerechnet hätte.

Still verfolge ich jede seiner Bewegungen. Ich sehe dabei zu, wie er sich lässig auf den einzig freien Platz setzt und durch seine hellbraunen Haare fährt.

»Blythe, das wird nicht wieder vorkommen!«, entgegnet unser Lehrer streng und wendet sich wieder an uns alle. Seine Miene ändert sich abrupt von einem wütenden Ausdruck zu einem verschmitzten Lächeln. »Ich bin Herr Lostes – euer neuer Psychologielehrer. Ich freue mich, dass ihr euch für diesen Kurs angemeldet habt, und ich bin mir sicher, dass wir viel Spaß haben werden. Zum Anfang dachte ich mir, es wäre am besten, wenn ihr euch erst einmal selbst mit einem Thema befasst. Daher habe ich mehrere Themen zur Auswahl und jedes Zweierteam wird einem davon zugeteilt. Ihr müsst am Ende zusammen eine Präsentation halten und dazu ein Essay verfassen. Genauere Informationen darüber werdet ihr gleich bekommen.«

Gespannt höre ich seinen Worten zu – das ist super, denn genau so etwas liebe ich. Aber wieso denn bitte in Zweiergruppen? Ich bevorzuge es eher alleine zu arbeiten, denn sobald ich dies mit jemand anderem tun muss, endet es eh wieder damit, dass ich die ganze Arbeit machen muss und die andere Person dafür dann auch noch eine gute Note kassiert.

Sobald Herr Lostes die Blätter mit den Informationen ausgeteilt hat, überfliege ich schnell den Text. Zufrieden lege ich das Papier auf meinen Tisch ab und lehne mich nach hinten – das hört sich doch echt ganz gut an. Nun hoffe ich nur, dass ich ein gutes Thema bekomme.

»Die Gruppen werden nun ausgelost.«

Mein Lächeln erlischt. *Bleib locker, Sofia, du bekommst sicherlich jemand Gutes.* Ich atme tief durch und setze mein Lächeln wieder auf. Wenn es um so etwas geht, bin ich sehr perfektionistisch und kann es nicht abhaben, durch jemand anderen ausgebremst zu werden.

»… Madison und Jona, Anna und Joshua«

Bitte, bitte.

»Sofia und Aaron.«

Ich seufze leise auf. *Na super.*

Ohne überhaupt in seine Richtung zu schauen, spüre ich seinen Blick in meinem Nacken und als ich mich zu ihm umdrehe, lächelt er verschmitzt zu mir – ich frage mich, bei wie vielen Mädchen er das schon getan hat.

Ich zwinge mir ebenfalls ein kleines Lächeln auf die Lippen – schließlich möchte ich nicht unhöflich sein. Amara hat mir alles bis ins kleinste Detail über Aaron erzählt. Sie geht auf seine Schule, da bekommt sie nochmal mehr mit, als ich, wobei viel über ihn geredet wird – auch hier.

Ich habe nicht die Intention, zu urteilen, und ich möchte mir mein eigenes Bild machen, doch es ist schwer, wenn ich die ganzen Geschichten höre und mir vorstelle, dass sie der Wahrheit entsprechen. Außerdem kenne ich ein paar Mädchen, die etwas mit ihm hatten und die er, nachdem er das bekommen hat, was er wollte, einfach fallen gelassen hat.

»Entschuldigen Sie, gibt es die Möglichkeit, die Gruppen zu tauschen?«, wende ich mich leise an unseren Lehrer, in der Hoffnung, ich könnte mit jemand anderem zusammenarbeiten. Es gibt bestimmt ausreichend Mädchen in diesem Kurs, welche liebend gern mit mir wechseln würden.

Herr Lostes schüttelt allerdings seinen Kopf und verschränkt die Arme vor seiner Brust. »Es tut mir leid, doch Sie müssen hier mit jedem klarkommen. Ich bin mir sicher, Sie werden das schaffen.«

Seufzend falle ich auf meinem Stuhl zurück. *Das ist ja super.* Jetzt sitze ich mit diesem Vollidioten fest – schöner kann es ja überhaupt nicht werden. *Aber egal, hey, ich muss das optimistisch sehen, nicht wahr?*

»Jetzt fühle ich mich aber gekränkt. Ich dachte, du freust dich, dass wir ein Team sind.« Nehme ich Aarons Stimme wahr. Er kommt lässig zu mir herübergelaufen und fasst sich gespielt ans Herz.

Ich schnaufe laut und verdrehe leicht die Augen. »Nicht alles dreht sich um dich, Prince Charming«, gebe ich so nett wie möglich von mir, setze ein überschwängliches Lächeln auf und blicke ihn zuckersüß an.

»Oh, ist das jetzt mein neuer Spitzname? Finde ich süß, Prinzessin.«

Mit einem aufgezwungenen Grinsen sehe ich ihn an. »Prinzessin schonmal gar nicht. Wir müssen dieses Projekt zusammen machen, also bitte lass uns das einfach durchziehen, okay? Wir müssen keinen Smalltalk führen oder so«, bringe ich trocken hervor.

Ich weiß auch nicht, wo das herkommt. Ich bin normalerweise zu jedem Menschen aufgeschlossen, aber zu ihm ... nun ja. Er ist einfach so... so von sich selbst eingenommen. Wie er da steht, mit der einen Hand in der Hosentasche und der anderen in den Haaren, in seinen teuren Markenklamotten, bestimmt mit seinem teuersten Parfum voll gesprüht und später wird er in Papas teurem Auto abgeholt – so protzig.

Er grinst nur wieder und setzt sich neben mich. »Okay, Prinzessin.« Ich ignoriere ihn und krame in meinem Rucksack, um ein Blockblatt und Stifte herauszuholen. »Wieso bist du eigentlich hier, du gehst doch überhaupt nicht auf diese Schule?«

»Ich dachte, du willst nicht reden«, erwidert er.

»Kannst du eigentlich auch normal antworten und nicht ständig einen dummen Kommentar abgeben?« Genervt blicke ich zu ihm und verenge meine Augen.

Er schweigt einen kurzen Augenblick, bis er sich schließlich dazu entscheidet, mir doch zu antworten. »Es gibt keinen Psychologiekurs an meiner Schule, also gab es das Angebot, ihn an dieser Schule zu belegen.« Er nickt zu mir. »Was ist mit dir, wieso gerade Psychologie?«

»Ich interessiere mich dafür«, gebe ich knapp von mir. »Und wieso gehst du extra auf eine andere Schule, um diesen einen Kurs zu belegen?«

»Aus demselben Grund wie du.«

»Du–«

»Du bist sehr neugierig«, unterbricht er mich schnell. »Das gefällt mir.«

»Und du bist ziemlich von dir selbst eingenommen.« Ich grinse. »Das gefällt mir nicht.«

4

Aaron

»Du siehst echt schlecht aus, ein Drink?«, merkt Dylan an und beäugt mich von der Seite, während er sich zu mir rüber lehnt.

»Was willst du von mir?«, zische ich genervt und sehe lustlos zu ihm.

»Ich möchte nichts, ich will dir nur einen Drink anbieten. Bist du etwa immer noch sauer nur wegen der paar Drogen?«, kommt es augenverdrehend von ihm.

Ja, das bin ich, Dylan.

»*Nur* wegen der paar Drogen?! Verdammt, ich habe euch gesagt, dass ihr sowas *nicht* in meinem Haus machen sollt!«, erwidere ich wütend, nehme ihm das Getränk aus der Hand und setze es an meine Lippen. Am Wochenende habe ich eine Party bei mir zuhause geschmissen und ein paar meiner Freunde dabei erwischt, wie sie Drogen genommen haben. Ich habe für viel Verständnis, doch bei Drogen hört es für mich auf. Also ja, tatsächlich bin ich sauer und dass *nur* wegen der paar Drogen.

»Chill mal, Aaron. Was ist dein Problem, wir wollten nur ein bisschen Spaß.«

Vergangenheit.

»Verschwinde«, hallt die Stimme meines Vaters in meinem Kopf wider.

Verschwinde.

Verschwinde.

Verschwinde.

»Nein.« Ich sehe zu meinem Vater, welcher geradeso im Stande ist, sich aufrecht zu halten. Seine Augen sind rot und mein Herz schlägt schnell.

Ich habe Angst, wenn er so drauf ist. Er wollte doch damit aufhören – weiß er nicht mehr, wie sehr das hier Mama zerstört hat? Weiß er nicht mehr, wie sehr das *mich* zerstört?

»Rede nicht so mit deinem Vater! Hab ein bisschen mehr Respekt!« Christian taumelt von einem Bein auf das Andere und hält sich gerade so an der Garderobe fest, damit er das Gleichgewicht nicht verliert.

»Bitte«, schluchze ich und halte den Atem an.

Bitte Dad, hör auf mit den Drogen.

»Weißt du, was dir fehlt?« Mein Vater schnalzt mit seiner Zunge und sieht mich trocken an. »Du solltest langsam ein richtiger Mann werden. Wieso heulst du? Habe ich dir je beigebracht, so ein erbärmlicher Schwächling zu sein?«

Ich schweige, denn seine Worte lassen mich eine Leere spüren, welche ich zuvor noch nie empfunden habe.

»So habe ich dich nicht erzogen.«

Erst jetzt bemerke ich die Träne, welche meine Wange hinunterfließt.

Ich wische sie augenblicklich weg.

Sei kein Schwächling, sei ein Mann – mach deinen Vater stolz.

»Und jetzt verschwinde oder es wird dir noch sehr leidtun«, schreit Christian mit aufgebrachter, aber zugleich kühler Stimme.

Was muss denn noch geschehen, damit er endlich begreift, dass Drogen ihm nicht helfen?

»Ich brauche keinen Grund, das ist *mein* Haus«, entgegne ich energisch und kneife meine Augen zusammen.

Wieso kann er es nicht einfach verstehen?

Verlegen blickt Dylan zu mir und fährt sich nervös durch seine Haare. »Es tut mir leid, okay?«

»Mhm«, murmle ich mürrisch und trinke den Becher leer.

»Also, wie ist es auf dieser Schule?«, fragt James interessiert und schnappt sich ein Bier – er scheint das vorherige Thema gekonnt zu ignorieren. *Was mir auch recht ist, solange er und die Anderen es nicht noch einmal tun.*

»Ist okay«, erwidere ich nur, wobei ich mich extra kurzfasse. Ich habe kein Interesse, mit ihnen über so etwas zu sprechen, denn ich möchte einfach hier sein, um das, was sonst in meinem Leben falsch läuft, zu vergessen. Momentan ist mir alles andere egal, da ich mit meinen Gedanken ständig nur bei der Beerdigung bin.

Ich nehme die Wodkaflasche in die Hand und trinke einen Schluck, oder auch ein paar mehr – ich brauch das jetzt dringend.

»Chill mal, was ist denn los?« Connor blickt mich besorgt an. Er fährt seinen Arm aus, um nach der Flasche zu greifen, jedoch schüttle ich seine Hand ab und setze die Flasche erneut an meine Lippen.

»Es ist nichts, okay? Ist ja nicht so, als würdest du nicht auch trinken«, bringe ich schließlich lustlos hervor und stelle die nun halbvolle Flasche auf dem Tisch ab.

Ich hasse es, wie ich manchmal meine Freunde behandle, aber in diesen Momenten kann ich mich nicht kontrollieren. Es ist, als würde mich jemand von außen lenken, ohne, dass ich etwas dagegen unternehmen kann.

»Ist in dem Kurs etwas passiert?«, fragt Liam schnell.

»Was soll passiert sein, wir müssen nur so ein dummes Gruppenprojekt machen.«

Sie blicken fragend zu mir. »Wir?«

Ich grinse. »Sofia und ich.« Alleine der Gedanke an sie zaubert mir ein Lächeln aufs Gesicht, irgendetwas hat sie an sich. Ich weiß nicht, was es ist, doch sie weckt das Verlangen in mir, mehr über sie erfahren zu wollen.

»Oh, puh, du mit einem Mädchen, das endet nie gut. Habt ihr auch noch was anderes vor, als zu ficken?«, lacht Liam und geht sich durch seine dunklen Haare.

Ich verdrehe die Augen, doch kaum, dass ich antworten kann, fällt mir Niall ins Wort. »Sie ist nicht die Art von Mädchen, die auf so etwas anspringen würde, glaubt mir.«

Genervt sehe ich ihn an, als wäre es nicht einfach nur die Wahrheit. So etwas würde sie nicht machen, nein – aber das macht sie für mich irgendwie noch ansprechender.

»Oh Gott, ist Aaron etwa traurig, dass sie nicht auf ihn steht? Haha«, bringt Niall lachend hervor und blickt mich schadenfroh an.

Ich knirsche mit den Zähnen und schüttle meinen Kopf. »Wenn ich wollte, könnte ich sie haben«, gebe ich überzeugt von mir.

Dumm, dumm, dumm? Ich habe keinen blassen Schimmer, was gerade mit mir los ist, doch diese ganzen, verkackten Sorgen tun mir definitiv nicht gut.

»Ach, sicher?«

Ich nicke und grinse. »Aber sie ist eh nicht mein Typ, also ist es mir egal«, äußere ich trocken.

Lüge.

Das ist die größte Lüge, die ich je von mir gegeben habe.

Bevor ich sie überhaupt gesehen habe, wusste ich nicht einmal, was mein Typ ist, aber sie ist die Definition davon. Ihre süßen Locken und ihre unschuldigen, rehbraunen Augen – wie gerne ich sie küssen würde.

»Wollen wir wetten?« Niall grinst diabolisch, während er seine Hand zu mir aussteckt – sein Lächeln wird ihm schon noch vergehen.

»Wenn du unbedingt verlieren möchtest«, antworte ich und sehe grinsend zu ihm.

»Ich wette mit dir, dass du es nicht schaffst, sie bis zum Ende des Projektes rumzubekommen«, gibt Niall von sich.

»Du bist sehr großzügig mit der Zeit, doch so lange werde ich nicht brauchen. Wette angenommen.« Mit einem festen Händedruck schlage ich ein und grinse breit bei dem Gedanken, ihm ins Gesicht zu sagen, dass ich gewonnen habe. Ich war schon immer gut darin, Mädchen zu umgarnen – ich weiß, was sie mögen.

»Dann viel Spaß dabei. Ich kenne Sofia, schließlich gehe ich auf dieselbe Schule wie sie. Nur mal so unter uns, ich denke, du kennst Sofia nicht richtig. Sie ist ein artiges Mädchen, macht immer brav alles in der Schule und hat eine perfekte Familie. Denkst du echt, sie würde sich dann mit so einem wie *dir* abgeben?«

Ich erstarre bei seinen Worten.

So einem wie dir.

Ich setze schnell ein Schmunzeln auf, damit er nicht denkt, dass mir seine Worte in irgendeiner Weise etwas ausmachen würden und zucke mit den Schultern. Darin war ich schon immer gut – meine wahren Gefühle zu verstecken. Ich denke, nach jahrelanger Einsamkeit lernt man, seine wahren Emotionen zu verbergen.

»Du unterschätzt mich, Lopez«, gebe ich nur von mir und lehne mich zurück. *Aber was, wenn er recht hat?* Bisher hatte ich nur etwas mit irgendwelchen Mädchen, deren Leben eh schon zerstört war – da konnte ich nichts mehr kaputt machen.

Was, wenn ich sie zerstöre?

Ihre leicht gebräunte Haut, ihre langen, lockigen Haare und ihre cremebraunen Augen. Ich analysiere *alles* von ihr.

Sie bemerkt meinen starrenden Blick und wird rot. Etwas, wovon ich überhaupt nicht wusste, dass es mir gefällt – ein Mädchen nervös zu machen.

Ich lächle.

»Hör mal auf zu spannen«, flüstert sie mir leise ins Ohr, als sie an mir vorbeiläuft, um vorne am Lehrerpult ein Arbeitsblatt abzuholen. Ihr warmer Atem haucht an mir entlang und ich genieße den Klang ihrer Stimme.

»Ich spanne nicht«, gebe ich lachend von mir.

Augenblicklich zieht sie eine Augenbraue nach oben und blickt mich vorwurfsvoll an. Sie kramt einen Stift aus ihrem Mäppchen heraus und setzt sich wieder neben mich an den Tisch.

»Ja okay, aber ich kann einfach nicht anders, du bist so wunderschön.« Und das ist nicht einmal gelogen. Ihre Schönheit ist atemberaubend – vor allem ihr Gesicht ist so unfassbar hübsch und besonders ihre Ausstrahlung. Sie hat etwas an sich, das mich verrückt macht, egal wie sehr ich es in den Hintergrund drängen möchte.

Sofia lächelt gespielt, sieht dann aber ernst zu mir. »Bestimmt.«

Ich lache laut auf, doch kurz nachdem dies geschehen ist, hält sie mir die Hand vor den Mund. Augenblicklich verstumme ich und ganz langsam zieht sie ihren Arm wieder weg. »Ich möchte keinen Ärger bekommen. Wir sollten arbeiten«, erklärt sie angestrengt und blickt erneut auf ihr Blatt.

»Okay, Prinzessin. Alles, was du willst.«

Sie verdreht die Augen, woraufhin ich automatisch grinsen muss. Es gefällt mir, sie so zu nennen.

»Wie oft muss ich es dir das noch sagen, nenn mich nicht Prinzessin.« Sofia sieht wirklich süß aus, wenn sie versucht, wütend zu sein – zu süß.

Erschlagen nehme ich die Hände hoch. »Okay, Prinzessin.«

Sofia schnaubt laut auf und versucht, mich zu ignorieren, indem sie von mir wegsieht. So als würde es sie nicht interessieren, kritzelt sie etwas auf ihr Blatt.

»Also, ich habe mir überlegt, wir könnten eine Umfrage machen und diese dann auswerten, um sie in die Präsentation zu packen«, gebe ich von mir.

Erstaunt blickt Sofia auf und nickt überschwänglich. »Ja, das ist eine gute Idee«, erwidert sie und ich meine sogar ein kleines Lächeln zu erkennen. Damit kriege ich sie also rum – Engagement in der Schule?

»Dann gehen wir danach zu mir?«, frage ich lächelnd und wackle mit den Augenbrauchen. Mir gefällt der Gedanken, dass wir beide außerhalb der Schule Zeit verbringen werden.

»Nein, wir gehen zu mir. Bei dir wirst du eh nichts machen«, entgegnet sie kopfschüttelnd.

Ich möchte schon etwas erwidern, lasse es schließlich aber doch. Mir ist die Note hierfür echt wichtig, auch wenn sie mir das vielleicht nicht glaubt. Ich werde natürlich etwas dafür tun, dass sowohl die Präsentation als auch das Essay gut werden. Doch wenn ich ihr das jetzt sage, glaubt sie es eh nicht, also muss ich es ihr einfach beweisen.

5

»Warte mal, ich bin gleich fertig«, rufe ich, damit das dauernde Klopfen, an der Badezimmertür endlich ein Ende nimmt.

»Du bist schon viel zu lange da drin. Ich muss mich richten«, schreit Alicia ungeduldig.

»Ich müsste auch noch rein, wenn ihr gerade dabei seid«, mischt sich nun auch noch Catalina ein, woraufhin ich es völlig aufgebe. Ein Badezimmer für eine Familie mit nur Frauen ist definitiv zu wenig.

Ich atme einmal tief durch und antworte ihnen schließlich mit einem genervten: *Ich bin gleich fertig*. In aller Ruhe putze ich meine Zähne und stelle meine Musik wieder auf laut. Die Stimme von *Lana del Rey* ertönt. Ich liebe ihre Lieder über alles – sie ist wahrhaftig eine Göttin.

Als ich nach ein paar Minuten fröhlich das Bad verlasse, blicken die beiden genervt zu mir, jedoch grinse ich nur. In meinem Zimmer angekommen ziehe ich mir eilig meine Klamotten an und mache mich auf den Weg zur Schule.

»Hey, Süße«, begrüßt mich Sienna schon von weitem und schließt mich in eine herzliche Umarmung. »Gut siehst du aus«, kommt es von ihr, als sie an mir auf und ab blickt.

Schmunzelnd beiße ich mir auf die Unterlippe und sehe sie dankend an. Ich liebe es, wenn sie so etwas sagt. Sienna gibt mir stets das Gefühl, ich sei perfekt. Durch sie bin ich so viel selbstbewusster geworden, da sie es selbst immer ist. Es gab Zeiten in der Vergangenheit, in denen ich Probleme damit hatte, mich selbst zu finden. Doch nun hat sie mir gezeigt, wie es funktioniert, und jetzt habe ich Frieden mit mir selbst geschlossen.

»Danke, du siehst aber auch wirklich wunderschön aus«, gebe ich lächelnd von mir.

»Schön, dass es dir auffällt. Ich habe heute nämlich ein Date«, fängt sie aufgeregt an zu reden. »Und ich bin *so* nervös.«

»Was?«, kreische ich vielleicht etwas zu laut und neige meinen Kopf. »Wer?«

Sie beißt sich grinsend auf die Lippe und blickt gespannt zu mir. »Es ist James.«

Mit einem fragenden Ausdruck durchlöchere ich sie.

»Ich habe ihn auf Aarons Party kennengelernt.«

Schnell nicke ich und erfasse ihre Hand. »Ich freu mich so für dich.«

Sienna strahlt breit und ihre grünen Augen blitzen auf, als sie weiterspricht. »Ich mich auch. Ich bin *so* aufgeregt.«

Meine Freundin hat all das Glück dieser Welt verdient. Ich hoffe nur, dass er es ernst meint und ihr nicht das Herz bricht. Ja, ich weiß, sie tut immer auf stark, aber eigentlich ist sie sehr sensibel und hat ein weiches Herz, das schnell verletzt werden kann – ich spreche aus Erfahrung. Bis vor kurzem hat sie noch ihrem Ex hinterhergetrauert, obwohl er sie überhaupt nicht verdient, denn er ist die Definition eines Arschlochs.

»Mach dir keinen Kopf, dich kann man nur lieben. Wisst ihr denn schon, was ihr macht?«, frage ich interessiert.

Sienna zuckt mit den Schultern. »Er hat gesagt, ich soll mich überraschen lassen.«

Ich hebe leicht die Augenbrauen und lächle verschmitzt. »Das ist ja schonmal was – romantisch.«

Sie grinst. »Ach du immer mit deinem Romantischen. Das wird wohl nicht, wie in all deinen Liebesromanen sein.«

Ja doch, eigentlich glaube ich daran. Ich hoffe es zumindest. Ganz tief in meinem Inneren glaube ich daran, dass meine Freunde und auch ich irgendwann einmal wahre Liebe erfahren werden, wie in meinen Romanen. Daran muss ich festhalten, denn sonst verliere ich komplett den Glauben daran.

»Wie war die Schule?«, frage ich und hänge mich bei Amara ein. Diese lächelt und summt freudig eines ihrer Lieblingslieder – wegen ihr habe ich nun ebenfalls einen Ohrwurm.

»Ganz gut, bei dir? Gibt's was Neues?«

Meine Augen werden groß und ich nicke stürmisch, als mir einfällt, dass sie die Neuigkeiten ja überhaupt noch nicht weiß. »Oh ja, Sienna geht auf ein Date.«

Amara bleibt abrupt stehen und sieht mich mit offenem Mund an. Kurz darauf fasst sie mich an den Händen und gemeinsam springen wir wie kleine Kinder auf der Stelle.

»Endlich«, entgegnet sie. »Das wurde auch echt mal Zeit. Ich würde Ian gerne dafür, dass er sie so verletzt hat, in sein dummes Gesicht schlagen – ehrlich, hätte ich richtig Lust dazu.«

Ich lache laut auf, denn das glaube ich ihr aufs Wort – für ihre Freunde würde Amara alles machen. Sienna ist durch den Liebeskummer in ein tiefes Loch gefallen und da ist es ein Erfolg, zu sehen, wie sie es wieder rausschafft.

Amara und ich laufen zu einem kleinen Restaurant in der Stadt und setzen uns. Es ist schon fast eine kleine Tradition geworden, dort immer mal wieder Mittag zu essen. Die Sonne scheint, es weht aber ein relativ frischer Wind, weshalb ich einen Pullover aus meiner Tasche krame und über meinen Kopf ziehe.

»Also was ist das mit dir und Aaron?«, beginnt Amara schließlich ein Gespräch. Verwirrt sehe ich sie an und räuspere mich. »Da ist nichts. Wieso? Und woher weißt du überhaupt davon?«

»Ich sage es mal so, es kann sein, dass sich ein bisschen rumgesprochen hat, dass ihr zusammen ein Projekt macht und du auf ihn stehst«, kommt es mit zusammengekniffenen Augen von ihr.

Empört schnappe ich nach Luft und blicke sie mit überraschtem Ausdruck an. *Ich kann es nicht glauben!* »Bitte was?!«

Amara nickt leicht und berührt sachte meinen Arm. »Deiner Reaktion nach zu folge stimmt es nicht?«

Heftig schüttle ich den Kopf und merke, wie ich vor Wut rot anlaufe. »Natürlich nicht, er ist ein arroganter Arsch!«, gebe ich beleidigt von mir und sehe verlegen auf die Speisekarte. »Der kann was erleben, wenn ich ihn nächstes Mal sehe«, schnaufe ich wütend und fahre mir aufgebracht durch die Haare.

Amara gibt ein herzhaftes Lachen von sich, woraufhin ich sie böse ansehe. »Sorry, ist nicht witzig – verstanden«, kichert sie, kratzt sich am Nacken und sieht zu mir.

Ich vergrabe mein Gesicht in den Händen und atme ein paar Mal tief durch, bis ich schließlich wieder aufblicke. Genau das ist der Moment, in dem eine Bedienung zu uns kommt, und wir unser Essen bestellen. Für mich gibt es eine Pizza und für Amara Pasta.

»Und wie ist es so mit ihm zu arbeiten?«, erkundigt sich meine Freundin interessiert, nachdem wir wieder alleine an unserem Tisch sitzen.

Leicht zucke ich mit den Schultern. »Es ist okay, aber er versucht ständig, mit mir zu flirten, und diese Masche funktioniert bei mir nicht«, gebe ich von mir und stemme meine Hände in die Seite.

»Kannst du nicht einfach den Partner wechseln?«, fragt sie, aber ich schüttle den Kopf. »Leider nein, das habe ich auch schon gefragt.«

Amara zieht einen Schmollmund, doch kurz nachdem das Essen serviert wurde, vergessen wir darüber. Diese Pizza hier ist echt die beste der Welt. Das Restaurant ist eher klein, aber genau deshalb liebe ich es so sehr. Es gibt mir so ein gemütliches Gefühl – so idyllisch. Ich sehe auf den See hinaus und kann all meine Sorgen in dem Gewässer ertränken. Das Wasser – ich habe es schon immer geliebt. Es ist ein Gefühl des Glücks und der Schwerelosigkeit – es hat etwas Befreiendes an sich und das liebe ich über alles.

6

Aaron

»Willst du mich verarschen?«, gibt Sofia von sich, während sie aufgebracht vor mir steht.

»Was?«, frage ich verwirrt, setze mein charmantes Lächeln auf und neige meinen Kopf zur Seite. Sofia sieht ganz schön wütend aus, aber ich habe keinen blassen Schimmer, was los ist. Jedoch sieht sie süß aus, wenn sie so aufgebracht ist, aus irgendeinem verwerflichen Grund gefällt mir das.

»Du hast jedem gesagt, ich würde auf dich stehen!?«, gibt sie energisch von sich. Sie funkelt mich böse an und kneift ihre Augen zu schmalen Schlitzen zusammen.

»Stimmt es etwa nicht?«, entgegne ich grinsend und fasse mir spielerisch ans Herz. Sofia schnappt nach Luft, doch bevor sie etwas erwidern kann, füge ich schnell noch etwas hinzu. »Ich mache nur Spaß. Ich habe das wirklich nicht rumerzählt, Prinzessin.«

Ihr Kopf wird ganz rot und es scheint, als würde er gleich explodieren. Das ist etwas ganz Neues – mein Blick alleine reicht nicht mehr, um die Dinge zu klären.

»Bestimmt, Prinzessin«, erwidert Sofia spöttisch und verdreht ihre Augen. Sie spricht dieses Wort so abwertend aus, aber ich lächle nur.

»Ich schwöre, ich habe das nicht rumerzählt.« Erschlagen hebe ich meine Hände in die Höhe. Langsam aber sicher lockern sich ihre Mundwinkel wieder und ich erkenne ein schmales Lächeln ihrerseits. »Man schwört nicht, lass das«, gibt sie zögernd von sich.

»Was ist dir dann lieber, ein Kleines-Finger-Versprechen?«

Sie rollt zynisch ihre Augen und atmet schwer aus. Ich habe aber wirklich nichts der Gleichen behauptet. Das muss wohl einer meiner Kumpel oder irgendwelche Personen, die auf der Party waren und gehört haben, dass ich mit Sofia ein Projekt mache, gewesen sein. Wahrscheinlich haben sie nur die Hälfte mitbekommen und etwas aus dem Kontext gerissenes komplett falsch interpretiert.

»Dann bring das wieder in Ordnung. Ich möchte diese Art von Aufmerksamkeit nicht haben und ich hasse es, wenn Gerüchte entstehen«, sagt Sofia, während sie ihre Arme verschränkt, und hängt leise ein *bitte* hintendran.

»Was bekomme ich dafür?«

Sofia verdreht ihre Augen. »Dein Ernst?«

Ich grinse breit.

»Was willst du denn?«, fragt sie leicht genervt und atmet schwer aus.

»Einen Kuss von meiner Prinzessin.«

Sie fängt an, laut loszulachen, hört aber augenblicklich damit auf, sieht ernst zu mir, nimmt eine aufrechte Haltung ein und antwortet. »Niemals.«

Sofia trägt ihre Haare heute in einem Dutt und die Frisur ist wirklich schön. Eine Strähne ihres lockigen Haares ist hinausgefallen – dies verleiht ihrer Frisur eine gewisse Verwegenheit.

»Ich glaube aber, dass du auf mich stehst. Küss mich und beweise mir, dass dir dieser Kuss nichts bedeutet.«

Sofia dreht sich um und läuft Richtung Schuleingang, ohne auf meinen Kommentar einzugehen.

»Dann muss ich wohl weiterhin denken, dass du hoffnungslos in mich verliebt bist«, rufe ich ihr hinterher.

Abrupt bleibt sie stehen und dreht sich ganz langsam zu mir um. Sie blickt tief in meine Augen und macht einen großen Schritt auf mich zu. »Na gut«, flüstert sie. »Einen Kuss, mehr nicht.«

Grinsend sehe ich sie an – scanne jeden Zentimeter ihrer schlanken Figur und ihrer vollen Lippen. Sofia nimmt mein Kinn in ihre Hand und beugt sich vor. Nur noch ein paar Zentimeter trennen uns voreinander und ich spüre ihren heißen Atem. Ich warte darauf, dass ihre Lippen auf meine treffen, aber … es kommt nichts.

»Du dachtest doch nicht ernsthaft, ich würde das machen?«, haucht sie mir leise ins Ohr. »Oh, Charming, da kennst du mich wirklich nicht gut genug.« Langsam wendet sie sich von mir ab, grinst mich schlagfertig an, dreht sich schließlich um und läuft zu unseren Kurs.

Bei jeglichen Versuchen, mit ihr zu flirten, blockt sie sofort ab und bezieht sich nur auf das Schulische. Wir haben jetzt schon ein paar grundlegende Informationen zusammengefasst, aber es ist klar, dass wir all das nicht nur im Unterricht schaffen. »Also, wann können wir dann zu dir?«, frage ich und spiele mit dem Stift zwischen meinen Fingern.

»Komm Morgen um halb vier. Pünktlich«, antwortet Sofia schnell, ohne überhaupt von ihrem Blatt aufzusehen. Sie sieht so gut aus, wenn sie in ihre Aufgaben vertieft ist. Dass ich das überhaupt einmal sage, wundert mich wirklich, aber diese Klugheit hat etwas.

»Yes Ma'am«, antworte ich taff und schmunzle breit.

Sofia blickt für einen Moment zu mir hoch, schüttelt grinsend den Kopf und wendet sich wieder an ihre Schulaufgaben.

Nun ist es wieder so weit, meine Gedanken schweifen ab, denn am Wochenende ist die Beerdigung. Mittlerweile zähle ich schon die Tage und mir wird ganz schlecht, wenn ich daran denke, dass ich meine Mutter wohl oder übel sehen werde. Ich muss einfach zu Großmutters Beerdigung – sonst würde ich es mein Leben lang bereuen. Dennoch zerbreche ich mir ständig den Kopf darüber und es frisst mich innerlich auf.

Diese Ungewissheit ist schrecklich und das Bedürfnis, meine Mutter anzuschreien riesig. Aber das werde ich nicht, denn es ist schon ein trauriger Anlass, da muss ich den Tag nicht noch trauriger machen, als er eh schon ist. Vor allem sollte ich ihn den anderen Gästen nicht zerstören.

Wie oft ich von meinem Vater immer wieder die Worte: *Du denkst nur an dich selbst*, gehört habe. Es tut weh, wenn ich das jedes Mal aufs Neue höre. Irgendwann habe ich begonnen, daran zu glauben, und bin so geworden, wie es von mir erwartet wird.

Ich hasse, dass mein Vater mir nicht beistehen kann, aber er ist auf der Arbeit und kann sich die Sorgen und Probleme seines eigenen Sohnes nicht anhören. Es zerbricht mich innerlich, doch er merkt das nicht einmal. Ich schätze, das ist sogar das, was mich am meisten bricht.

»Alles in Ordnung?« Sofias zarte Stimme reißt mich aus meinen Gedanken. Ich zucke ein kleines bisschen zusammen und blicke zu ihr – ihre rehbraunen Augen liegen auf mir. »Ja, alles gut«, antworte ich knapp und wende mich wieder der Arbeit zu.

Später, nachdem die Schule endlich aus ist, besuche ich Easton. Seine kleine Schwester Avery begrüßt mich schon ganz stürmisch. Eilig schließe ich sie in eine feste Umarmung und blicke lieblich zu ihr hinunter.

Avery ist wie die kleine Schwester, die ich nie hatte.

Sie ist meine Alia.

»Hey, Avery.« Ich wuschle ihr durch das wirre Haar und wirble die Kleine einmal im Kreis herum. Sie kichert fröhlich – mein Herz öffnet sich bei diesem Klang.

»Hey«, begrüßt mich nun auch Easton, der gerade aus seinem Zimmer gelaufen kommt. Er hebt mit einem verschmitzten Lächeln seine Hand und kommt auf mich zu. »Also, kommst du wegen mir oder dem kleinen Zwerg hier?«, fragt mein Kumpel lachend und deutet auf seine Schwester.

»Hmm, natürlich wegen dir«, sage ich voller Überzeugung, sehe danach allerdings zu Avery, zeige heimlich auf sie und forme mit meinem Mund die Worte: *Wegen dir.*

»Jaja, ich habe es verstanden, ihr habt euch gegen mich verschworen.« Er lacht laut und hebt geschlagen die Arme nach oben. »Dann muss ich wohl alleine etwas machen.«

Ich gebe seiner kleinen Schwester flüchtig einen Kuss auf die Stirn und wende mich daraufhin an Easton. »Ich komm ja schon.«

Bevor ich verschwinde, drehe ich mich noch einmal zu Avery »Nachher spiele ich etwas mit dir, versprochen.« Lächelnd zwinkere ich ihr zu, woraufhin die Kleine strahlend in ihr Zimmer hüpft.

»Du kannst wirklich gut mit ihr umgehen«, kommt es von meinem Freund, der gerade die Tür zu seinem Zimmer aufstößt.

Ja, mit Kindern kann ich gut umgehen.

Wir setzen uns auf Eastons Bett und genau in diesem Augenblick ist wieder einmal einer dieser Momente, in dem ich ihm alles sagen möchte. Am liebsten würde ich ihm meine ganzen Probleme erzählen. Das mit meiner Mutter, mit der Beerdigung und mit meinem Vater, aber er hat schon genug um die Ohren, da will ich ihn nicht auch noch mit meinen Sorgen belasten.

Genau aus diesem Grunde halte ich einfach den Mund und fresse meine Gefühle in mich hinein. Auch wenn es mir vielleicht helfen würde, darüber zu sprechen, ist es mir wichtiger, dass es ihm gut geht, und ohne meinen Scheiß, geht es ihm definitiv besser.

7

Sofia

Aaron kommt in ein paar Minuten und ich habe mein Zimmer noch gar nicht aufgeräumt. Ich war so in mein Buch vertieft, da ist die Zeit nur so verflogen.

Schnell nehme ich einen meiner BHs, der noch auf meinem Stuhl liegt, und stopfe ihn in die Box mit meiner Unterwäsche hinein. Die Klamotten, welche ich gestern anhatte, lege ich kurzerhand zusammen und mache mein Bett – sieht doch ganz ordentlich aus.

In Windeseile ziehe ich mir eine lockere Hose und ein Shirt an, bevor ich runter zu meiner Mutter laufe. Keinen Augenblick später klingelt es an der Tür.

Ich sehe, wie Mamá die Augenbrauen in die Höhe zieht und schnell zur Tür läuft. »Bitte sag nichts Komisches«, flehe ich sie an und presse meine Lippen aufeinander. *Wer weiß, womöglich denkt sie auch noch, ich würde für ihn schwärmen.*

Freudig öffnet sie die Tür und ich erkenne ein verschmitztes Lächeln auf Aarons Gesicht. Er trägt ein weißes Shirt und eine ordentliche Jeans – er sieht gut aus. *Stopp, sofort raus damit aus meinem Kopf. Sofia, denk daran, wie doof sein Charakter ist.*

»Hallo, Aaron«, kommt es lieblich von meiner Mutter.

»Guten Tag, Frau Alvarado. Ich freue mich, dass ich hier sein darf«, erwidert er höflich und streckt seine Hand aus. »Die habe ich für Sie mitgebracht.« Kaum, dass sie diese ergriffen hat, hält er meiner Mutter eine Schachtel Pralinen entgegen und grinst breit.

Ich hätte nie gedacht, dass er so einen guten Eindruck hinterlassen könnte. Erstaunt blickt meine Mutter zu ihm und nimmt die Schachtel dankend an sich. »Das ist aber freundlich von dir. Du kannst mich Maria nennen.« Meine Mamá lächelt breit und bittet ihn mit einer Bewegung hinein.

Ich hebe kurz die Hand und schenke Aaron ein kleines Lächeln, um ihn dadurch zu begrüßen.

»Willst du noch zum Essen bleiben? Es gibt Paella«, schlägt meine Mutter vor. Ich sehe sie warnend an, denn ehrlichgesagt habe ich kein Interesse daran, dass Aaron mit mir und meiner Familie zu Abend isst. Aber es ist schon zu spät, denn er nickt freudig, während seine Augen strahlen.

Nach ein paar Momenten verschwinden wir in mein Zimmer und ich beginne gleich damit, die Lernsachen aus meiner Schreibtischschublade herauszuholen, während Aaron unbeholfen in meinem Zimmer steht.

Seine Hände streichen über mein Regal und ich würde lügen, wenn ich nicht sagen würde, dass ich seine Hände attraktiv finde – diese Adern … *Stopp, Sofia!!!* Aaron bleibt schließlich bei einem meiner Bilderrahmen stehen. »Sind das deine Schwestern?«, fragt er und betrachtet mich erwartungsvoll.

Ich nicke knapp als Antwort und sehe schnell zu ihm »Vergiss nicht, wieso wir hier sind, Aaron – das Projekt«, erinnere ich ihn und setze mich auf mein Bett – er bleibt allerdings da wo er ist und regt sich nicht.

»Hallo?!« Verwirrt mustere ich ihn, jedoch steht er mit dem Rücken zu mir gekehrt, wodurch mir die Sicht auf sein Gesicht versperrt ist.

»Sie sehen nett aus«, äußert er sich schließlich leise. Beirrt ziehe ich meine Augenbrauen zusammen und sehe ihn komisch an. »Ehm ja, manchmal können sie aber auch durch aus nervig sein, aber ja, die meiste Zeit habe ich sie doch sehr lieb.«

Aaron nickt stumm. Es vergeht ein kurzer Moment, bis er sich zu mir dreht und etwas von sich gibt. »Du kannst dich glücklich schätzen.«

Ist ihm jetzt komplett eine Sicherung durchgebrannt? »Was? Ich bin glücklich. Und außerdem, was denkst du, gibt dir das Recht, zu urteilen, du bist ein Einzelkind!?«, gebe ich schroff von mir. Aaron zuckt bei meinen Worten zusammen, nur ganz leicht, aber ich habe es gesehen.

»Was ist denn?«, frage ich verwirrt und stemme meine Hände in die Seite. Kopfschüttelnd läuft er zu mir und nimmt auf meinem Bett Platz. »Nichts, lass uns jetzt arbeiten.«

Oh doch, es *ist* etwas, das spüre ich. Schon immer war ich gut darin, die Gefühle anderer Menschen anhand ihrer Augen herauszufinden und wenn ich Aaron ansehe … dann sehe ich in ein Paar trauriger Augen.

»Sag schon, jetzt bin ich interessiert«, gebe ich von mir und sehe ihn fragend an.

»Hast du das Infoblatt von der Schule dabei?«, möchte Aaron wissen und versucht, von dem Thema abzulenken.

»Aaron, komm schon«, entgegne ich und berühre zärtlich seinen Arm. Es ist nur für ein paar Augenblicke – ich weiß selbst nicht einmal, wieso ich es tue. Vielleicht, weil ich merke, dass hinter seiner: Mir ist alles egal, Masche, ein Junge steckt, der so viele Gefühle birgt, die ihm alles andere als unwichtig sind.

»Meine Schwester ist ein paar Monate nach ihrer Geburt gestorben«, bringt Aaron trocken hervor. Seine Emotionslosigkeit deute ich als Abwehrmechanismus. Er möchte, denke ich mal nicht, dass ich denke, dass es ihm etwas ausmacht.

Supertoll gemacht, Sofia. Jetzt fühle ich mich schlecht, dass ich ihn so angefahren habe. *Er hatte eine Schwester …* »Das wusste ich nicht«, gebe ich bedauernd von mir. Unwohl beiße ich auf meine Unterlippe und ich könnte mich gerade selbst ohrfeigen. »Es gibt viele Dinge, die du über mich nicht weißt.«

Das mag wohl stimmen. Ich kneife meine Augen zusammen und sehe ihn unsicher an, denn ich weiß nicht, ob es richtig ist, darüber zu reden. Ich habe keine Ahnung, ob er das möchte oder ob er sich dabei unwohl fühlt – immerhin kennen wir uns kaum. Ich möchte ihn auf gar keinen Fall schlecht fühlen lassen – das ist nicht meine Intention.

»Wie hieß sie?«, frage ich dennoch vorsichtig. Ich merke, wie er mit den Tränen kämpft, und auf einmal fühle ich mich so mies, denn ich habe ihn komplett falsch eingeschätzt.

»Alia«, gibt er leise von sich und blickt auf den Boden. Ich erkenne so viel Leid in seinen Augen – so viel Schmerz. Solch tiefgehende Gefühle – solch schwere Wunden, welche nicht geheilt sind.

»Das ist ein schöner Name«, sage ich schließlich, da ich nicht recht weiß, was ich sonst antworten soll. Aaron lächelt leicht und geht sich durch seine Haare. Von einem auf den anderen Moment schüttelt er seinen traurigen Gesichtsausdruck ab und lächelt. »Also dann, lass uns anfangen.«

Die Zeit vergeht rasend und wir sind echt gut vorangekommen. Am Montag wollen wir draußen erst einmal ein paar Menschen befragen und Flyer für eine größere Umfrage aushängen.

»Ich denke, wir haben genug für heute gemacht«, sage ich leise, klappe das Buch zu und falle in meinem Bett zurück. Ich weiß, ich sollte das nicht machen – ich weiß ich sollte mir einfach auf die Zunge beißen und es runterschlucken, aber ich kann nicht anders. »Darf ich dich etwas fragen?«

»Tu dir keinen Zwang an.«

»Wieso ... nun ja. Wieso bist du, also, du weißt schon, das mit den ganzen Gerüchten und ...«, stammle ich vor mich hin. Es fällt mir schwer, die richtigen Worte zu finden, da ich nicht unhöflich sein möchte. Es kommt mir jedoch so verwerflich vor, da er außer das ganze Matschogetue nicht so rüberkommt, als wäre das sein wahres Ich.

Aaron weiß anscheinend genau, was ich meine. »Weißt du, je öfters ich zu hören bekomme, wie schlimm ich bin und dass ich nur an mich denke, desto mehr glaube ich das und werde im Laufe der Zeit so, wie es von mir erwartet wird.« Seine Stimme ist rau. Er zeigt zwar keine Gefühle, aber dennoch spüre ich, dass ihn das verletzt.

»Aar–«

»Das Essen ist fertig«, ruft meine Mutter von unten. Ich bin froh, dass sie das in diesem Moment tut, denn ehrlich gesagt wüsste ich nicht, was ich hätte antworten sollen. Ich zwinge mir ein kleines Lächeln auf und stemme mich mit meinen Armen vom Bett. Gemeinsam laufen wir nach unten ins Esszimmer, in dem bereits meine Schwestern und Großmutter sitzen.

»Hallo«, begrüßt Aaron freundlich meine Familie.

Catalina nickt ihm zu, sieht mich aber kurz darauf mit schiefem Blick an.

»Das ist Aaron, wir machen ein Schulprojekt zusammen«, kläre ich sie schnell auf.

Meine andere Schwester Alicia lächelt ihm zögerlich zu und hebt ihre Hand zur Begrüßung – sie scheint genau so erstaunt zu sein wie unsere Schwester. Ich sage es mal so, bis auf Catalinas Freund, war noch nie ein Typ hier zu Besuch und vor allem nicht beim Essen dabei.

»Einen schönen Jungen hast du da mitgebracht«, kommt es mit entzückter Stimme von meiner Großmutter.

»Abuela?!« Ich blicke warnend zu ihr und mein Gesicht läuft instinktiv Rot an. Genau aus diesem Grund wollte ich so ein Familienessen mit ihm vermeiden.

»Ich schätze mal, danke?«, antwortet Aaron lachend und alle stimmen mit ein. Es ist erstaunlich, wie gut er sich anpassen kann, und ich bin immer noch fasziniert, was für einen guten Eindruck er bei meiner Familie hinterlässt.

»So, hier ist das Essen, Aaron. Ich hoffe, es schmeckt dir«, sagt meine Mutter lächelnd. Sie stellt die Pfanne mit der Paella inmitten des Tisches und schöpft ihm.

Aaron hat wirklich gute Tischmanieren – er wartet, bis jeder sein Essen hat und als wir beten, tut er es uns sogar ohne zu zögern gleich.

Erwartungsvoll blicken meine Abuela und Mamá zu ihm, als er den ersten Bissen probiert. Aaron lächelt – das steht ihm. Damit meine ich aber nicht sein charmantes, aufgesetztes Lächeln, nein, damit meine ich sein wahrhaftiges Lächeln.

»Das schmeckt wirklich fantastisch«, antwortet er. Ich denke, er hat sich somit offiziell bei meiner Familie beliebt gemacht, aber Mamás Paella ist auch einfach super.

»Seid ihr weit gekommen?«, fragt meine Mutter interessiert und schiebt sich eine Gabel der Paella in den Mund.

Ich erzähle ein bisschen, was wir heute gemacht haben und was wir noch alles vorhaben. Aaron scheint es zu gefallen – er bringt sich viel mit ein und ich glaube, ich habe ihn noch nie so lange am Stück lächeln gesehen.

Mein Blick huscht genau in dem Augenblick zu ihm, in dem er angeekelt sein Gesicht verzieht. »Alles okay?«, frage ich leise.

»Ja, alles gut«, antwortet er bestimmt und kaut weiter.

»Sicher? Du kannst sagen, wenn etwas nicht stimmt.«

Aaron sieht sich um. Ich schätze, er möchte sicherstellen, dass dies niemand anderes hört. Meine Großmutter und Mamá schenken allerdings ihre volle Aufmerksamkeit Alicia, die irgendetwas von einem Schulfest erzählt.

»Eigentlich hasse ich Garnelen. Generell hasse ich alle Meerestiere«, gesteht er leise.

»Was? Wie kannst du nur? Ich liebe Meerestiere«, erwidere ich augenblicklich, als würde es sich hierbei um etwas essentiell Wichtiges handeln. »Aber wieso hast du das nicht gleich gesagt? Jetzt hast du doch schon fast alles gegessen«, flüstere ich aufgebracht und neige meinen Kopf zur Seite.

»Ich wollte deine Mutter nicht kränken, sie hat sich so viel Mühe für dieses Essen gegeben und es wäre auch wirklich unfassbar gut, wären dort nur nicht die ganzen Meerestiere.«

Ich stocke.

Er hat etwas gegessen, was ihm nicht schmeckt, nur um nicht die Gefühle meiner Mutter zu verletzen? Also das ist alles andere als selbstsüchtig. Es kommt mir fast so vor, als wäre das ein ganz neuer Aaron. Einer, der eigentlich ganz nett, lustig und feinfühlig ist. Ich lächle leicht – vielleicht ist er doch nicht so schlimm, wie ich ihn mir immer vorgestellt habe.

8

Aaron

Heute ist es so weit – ich werde meine Mutter sehen.

Ich atme noch einmal tief durch bis ich schließlich ins Auto einsteige. Es ist ein schwarzer Rolles Royce, den ich von meinem Vater zum dreizehnten Geburtstag geschenkt bekommen habe. Ein komisches Geschenk, wenn man bedenkt, dass ich ihn noch nicht einmal selbst fahren darf – mein Vater sieht es als überflüssig an, dass ich meinen Führerschein mache, da ich ja sowieso ein Chauffeur besitze, welcher mich überall hinfährt.

Die letzte Nacht habe ich kein Auge zugedrückt. Das Abendessen bei Sofia hat mich ein wenig abgelenkt, aber als ich dann zuhause wieder alleine war, hat es mich nur noch mit Trauer erfüllt, da ich nie so etwas wie sie haben werde – eine liebende Familie. *Ich kann mich nicht daran erinnern, wann ich das letzte Mal mit meinem Vater zusammen gegessen habe ...*

Schnell nenne ich meinem Chauffeur Jefferson die Adresse des Friedhofes und lehne meinen Kopf an die Scheibe. Der Regen prasselt auf Fenster und es scheint so, als würde sich das Unwetter perfekt an meine Situation anpassen. Nass, kalt und stürmisch – so wie meine Gefühle. Mit jedem Kilometer, den wir hinter uns lassen, rutscht mein Herz ein Stück tiefer.

Ich habe Dads alten Anzug an – er ist schwarz und die Krawatte scheint mich fast zu ersticken. *Einfach nur diesen Tag überstehen, mehr muss ich nicht.*

Vergangenheit.

»Na mein Großer, gefällt es dir?« Meine Mutter neigt ihren Kopf zur Seite und schenkt mir ein breites Lächeln. Ihre blonden Haare wehen in der kühlen Brise und ihre Augen funkeln hell.

Eifrig nicke ich mit dem Kopf und blicke glücklich zu meinem neuen Spielzeugauto. »Es ist cool«, antworte ich frech grinsend und schnappe mir die Steuerung, um das Auto fahrenzulassen.

»Schön, dass es dir gefällt. Mama muss wieder gehen, aber du kannst ja mit deinem neuen Geschenk spielen«, sagt sie zögernd und verlässt, nachdem ich leise genickt habe, das Haus.

Ich sitze alleine an meinem Geburtstag im Garten, spiele mit meinen Geschenken als wäre heute ein ganz normaler Tag, dabei würde ich viel lieber etwas mit Mama und Papa machen.

Meine Mundwinkel fallen nach unten und ich blicke schniefend zum Boden. Alles, was ich mir gewünscht habe, war Zeit mit meinen Eltern und selbst das habe ich nicht bekommen.

Nach kurzen Augenblicken der Schweigsamkeit öffnet sich die Terrassentür hinter mir. Ich drehe mich um, sehe nach oben und ein Lächeln umspielt meinen Lippen, als ich Saya mit einer Tüte in der Hand und einem breiten Grinsen auf dem Gesicht erkenne.

Der Wagen stoppt und ich bedanke mich höflich bei Jefferson. Mit wackeligen Beinen steige ich aus dem Rolls Royce aus und bewege mich in Richtung des Friedhofes. Noch ein Schritt, dann bin ich auch schon da, aber mein Körper will einfach nicht. Ich versuche, mich auf meine Atmung zu konzentrieren, jedoch wird es nicht besser. Kann schon sein, dass ich hier für den ganzen Tag stehen bleiben werde.

Auf einmal spüre ich eine Hand auf meiner Schulter.

Mein ganzer Körper erstarrt.

»Hallo, Aaron.«

Pure Erleichterung durchströmt meinen Körper, als mir klar wird, dass dies *nicht* meine Mutter ist. Ich drehe mich um und sehe meiner Cousine ins Gesicht – ihre Augen sind ganz Rot und verquollen. Es ist eine halbe Ewigkeit vergangen, seit ich sie das letzte Mal gesehen habe.

»Ich wusste nicht, dass du auch kommst«, gibt sie leise von sich – so leise, dass ich es nicht einmal richtig höre.

»Ich wusste zuerst auch nicht, ob ich komme, aber hier bin ich«, erwidere ich knapp und rege mich schließlich wieder. Sie nickt leicht und ihre kurzen Haare schwingen bei der Bewegung hin und her. Als ich sie das letzte Mal gesehen habe, war sie noch ein Kleinkind – unglaublich wie schnell die Zeit vergeht.

»Komm, lass uns rein«, gibt sie von sich und zieht mich hinter sich her. Widerwillig laufe ich ihr nach – immer noch mit einem riesigen Kloß im Hals.

Es sind bereits viele Menschen versammelt – alles Menschen, die ich nicht kenne. Wahrscheinlich Verwandte, aber ich habe keinen blassen Schimmer.

Langsam drehe ich meinen Kopf zur Seite und dann geschieht es, ich erkenne meine Mutter in der Menschenmenge. Sie hat sich kein Stück verändert. Ihre Haare, immer noch so blond und lang wie vor diesen vielen Jahren. Sie trägt ein schwarzes, enges Kleid und ihre Augen strahlen wie der Ozean. Das hat mich stets verwundert – wie können Augen solch ein schönes Gewässer verkörpern, zugleich aber von so einer verlogenen Person stammen?

Ich erstarre und mein Körper gefriert. Alle Gefühle, welche ich jemals empfunden habe, brechen nun wie eine Welle des Meeres über mich ein. Niemals dachte ich, dass es so viel mit mir anrichten würde, sie wieder zu sehen, aber das tut es und das kann ich nicht leugnen. Es macht etwas mit mir und all die Gefühle des kleinen, hilflosen Jungen kommen erneut in mir zum Vorschein.

Der Blick meiner Mutter findet meinen. Kein Lächeln – nichts. Sie steht wie angewurzelt da, aber als sie zu mir läuft, renne ich weg.

Mir ist alles scheißegal, ich kann das nicht.

Ich kann nicht so tun, als wäre nichts passiert.

Ich kann nicht so tun, als hätte sie mich nicht verlassen.

Ich kann nicht so tun, als wäre alles in Ordnung – nein.

Es tut mir leid Großmutter, aber ich kann nicht.

Mein Körper beginnt zu zittern und meine Augen fangen an zu tränen. Ich kann es nicht stoppen. Eilig laufe ich davon und stoppe erst, als ich an einem See, der in der Nähe des Friedhofes liegt, angekommen bin und falle in mich zusammen.

Wieso kann ich nicht stark sein, hm?

Meine Tränen fließen auf den Boden und ich fühle mich so schwach – so nutzlos. *Wieso kann ich keine liebende Mutter haben, die für mich da ist?*

Ich schrecke zusammen, als auf einmal wieder eine Hand meinen Rücken berührt. »Aaron?«, ertönt eine zarte, besorgte Stimme – es ist Sofia.

Schlagartig drehe ich mich um, blicke sie müde an und verziehe mein Gesicht. Keine Ahnung, weshalb sie hier ist und ich weiß auch nicht, was ich tun soll, doch sie nimmt mich in den Arm, ohne dass ich sie überhaupt darum bitten muss.

Protestlos lasse ich die Umarmung zu und meine Tränen fließen nun in ihren Pullover. Es tut so gut – so verdammt gut. Ich habe das Gefühl, dass ich mich endlich einmal in meinem ganzen Leben wirklich fallen lassen kann.

Mein ganzer Körper bebt immer noch, doch Sofia fährt mir leicht mit ihrer Hand über den Rücken und signalisiert, dass ich nicht alleine bin. »Shh, alles ist gut.«

Ihre Stimme beruhigt mich. Es fühlt sich schön an, dass sie hier ist – hier bei mir. Ich weiß nicht, wann es das letzte Mal war, dass mich jemand *richtig* umarmt hat. Es ist lange her, seit jemand *wirklich* bei mir war. All die Tage, an denen ich von meinen

Problemen weggelaufen bin und es immer noch tue – all diesen Frust lasse ich nun raus. Ich kann nicht aufhören.

Sachte löst sie sich von mir und blickt mich bedacht an. Ich möchte nicht vor ihr weinen, denn ich bin kein Kind mehr, aber ich kann es nicht mehr unter Kontrolle halten.

»Es ist alles gut«, flüstert Sofia. Sie lächelt zaghaft und richtet meine Krawatte.

»Danke«, presse ich schluchzend hervor. Ohne sie darum zu bitten, ist sie für mich da, obwohl sie allen Grund hat, das nicht zu sein.

»Ist doch selbstverständlich«, haucht sie leise und presst ihre Lippen aufeinander. Ich richte mich ein bisschen auf und sehe sie fassungslos an. »Wieso tust du das?«

Sie schweigt einen Moment. »Weil es niemand verdient, so traurig zu sein.«

Niall hatte recht, sie hat wirklich ein gutes Herz.

»Vielleicht hilft es dir, darüber zu reden. Meine Abuela sagt immer, ein Mensch sollte nie mit seinem Leid alleine sein.«

Ich lächle ein kleines bisschen. Alma ist toll, ich mag sie jetzt schon. Mein Blick verliert sich in Sofias bernsteinfarbenen Augen und zum ersten Mal habe ich nicht vor, mich zu verschließen. Sie ist hier, sie hört mir zu und das tut gut.

»Meine Großmutter ist gestorben. Ihre Beerdigung ist jetzt gerade… meine Mutter… sie hat mich vor Jahren verlassen und dann auf einmal kam diese Nachricht. Sie hat mir das erste Mal wieder geschrieben und alles, was sie sagt, ist: *Deine Großmutter ist gestorben, komm bitte, es war ihr letzter Wille, das bist du mir schuldig* und dann als ich sie vorhin gesehen habe –« Meine Stimme versagt, und ich blicke auf den See hinaus. Die Worte auszusprechen macht es noch einmal viel realer.

»Das tut mir leid. Ich wusste nicht … es –«

»Bin ich ein schlechter Mensch, weil ich von ihrer Beerdigung verschwunden bin?«, gebe ich leise von mir, so leise, dass ich mir nicht mal sicher bin, ob sie die Worte überhaupt vernommen hat.

Sofia schüttelt prompt den Kopf. »Nein, natürlich nicht, denk nicht einmal daran«, gibt sie von sich und dreht meinen Kopf zu sich. Sofias kleine Hände berühren meine Haut und das löst etwas in mir aus – nichts Sexuelles, nur ein Gefühl der Zärtlichkeit.

»Aaron, glaub mir, du bist deshalb kein schlechter Mensch. Dein Verhalten ist menschlich und zeigt doch nur, wie viel dir deine Großmutter und auch deine Mutter bedeuten.«

Ihre Worte treffen mitten in mein Herz.

Sie hat recht, meine Mutter bedeutet mir so viel.

»Ich habe versucht, sie zu hassen. Für das, was sie getan hat. Dafür, dass sie mich verlassen hat«, schluchze ich. »Aber es geht nicht.« *Egal wie sehr ich es möchte – ich kann es nicht.*

»Sie ist immer noch deine Mutter. Ich verstehe das. Auch wenn sie nicht gut zu dir ist, heißt das nicht, dass du sie hassen musst, daran ist nichts verwerflich«, flüstert mir Sofia ins Ohr und nimmt mich erneut in den Arm. Sie drückt mich ganz fest und ich bin ihr so dankbar dafür.

»Es tut nur … so sehr weh, weißt du?«, gestehe ich. »Die meiste Zeit bin ich so sauer auf sie doch … manchmal, da vermisse ist sie auch.« Ich kann mich nicht daran erinnern, wann ich das letzte Mal so ehrlich war – zu jemand anderen, aber vor allem zu mir selbst.

»Und genau dieses Verhalten *ist* menschlich«, entgegnet Sofia zärtlich und schenkt mir ein bekümmertes Lächeln. »Ich würde mir wirklich Sorgen machen, würdest du sie nicht vermissen.«

Ihr Griff um mich wird fester und ich möchte um keinen Preis, dass sie aufhört, mich zu umarmen, denn zum ersten Mal seit langem fühle ich Geborgenheit.

9

Aaron

Der Alkohol brennt und ich weiß, ich wollte meine Sorgen nicht mehr wegtrinken, aber ich kann nicht anders. Ich hasse mich dafür, doch die Wodkaflasche ist jetzt schon zur Hälfte leer. Seufzend stelle ich sie auf die Oberfläche eines Regals und taumle im Raum umher.

Natalie hat sich den ganzen Tag nicht mehr gemeldet. Ich bin ihr verfickter Sohn und sie juckt es nicht.

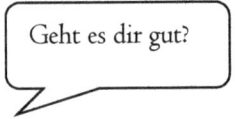

Geht es dir gut?

Mein Herz setzt einen Schlag aus, als ich auf den Bildschirm meines Handys blicke und eine Nachricht von Sofia erkenne.

Sie sorgt sich um mich.

Ja mor greht es gut.

Sorryyy. Mie geht ed gut.

Mir.

Geht.

Es.

Gut.

Jrtzt.

Ich grinse.

Wie viel hast du getrunken?

Nicgt viek.

Aaron?!

61

Okayyy voelleicht eon bissxhen mehr.

Wo bist du?

Zuhazse.

Ich komm vorbei. Adresse?

Ed ost viel zu soät.

Ich frag Easton. Ich bin bald da. Wehe du trinkst noch mehr!

Ich lasse mich auf das Sofa fallen und blicke auf ihre Nachrichten.

Sie kommt – für mich.

Ich grinse breit, als die Klingel ertönt. Schnell taumle ich an die Tür und öffne sie mit einem großen Lächeln auf dem Gesicht. Meine Mundwinkel wandern enormer nach oben, als ich sie sehe, denn sie ist so verdammt schön.

»Aaron«, gibt sie besorgt von sich und blickt mich zerknirscht an. »Was hast du dir nur wieder eingebrockt? Trinken ist keine Lösung.«

Verlegen kratze ich mich an meinem Hinterkopf. »Das weiß ich jetzt im Nachhinein auch«, lalle ich.

Sofia hält mich fest als ich fast zur Seite falle und sieht mich mit einem mitleidigen Blick an. »Setzt dich erstmal hin, ich bring dir Wasser. Wo ist die Küche?« Ich zeige auf die Tür hinten Links und sehe sie verschmitzt an. *Sie sorgt sich um mich!*

Sofia betritt mein Haus und schleppt mich sofort zum Sofa. »Du bleibst hier und kein Alkohol mehr, verstanden?«, befiehlt sie mir – ich befolge es. Brav setze ich mich und schließe für einen Augenblick die Augen.

»Hier, trink das leer«, sagt sie und reicht mir ein großes Glas Wasser. Ich lächle breit. *Es ist ihr wichtig, dass es mir gut geht! Sofia ist hier und das nur wegen mir!*

»Wieso bist du hier?«

Sofia zeigt auf das Glas in meiner Hand. »Nicht ablenken, trinken!«

Ich tue, was sie sagt. »Also? Ich habe es leergetrunken«, teile ich ihr stolz mit und lächle schief, während ich anerkennend das leere Glas in die Höhe halte.

»Wie gesagt, niemand sollte in einer schweren Zeit alleine sein.«

Ich sehe deutlich, wie sie zögert, noch etwas dazu zu sagen. »Und?«, hake ich nach.

»Und ich weiß, wie sehr der Alkohol Menschen verändern kann und wie schnell man abhängig wird.«

Ich schlucke schwer, als ich ihre Worte vernehme.

Ja, ich weiß das auch nur zu gut.

»Woher?« Ich stocke. »Woher weißt du das?«

Sie blickt verlegen auf den Boden, aber ich sehe den Schmerz in ihren Augen aufblitzen. Es ist, als würde er tief in ihr drin im Verborgenen schlummern.

»Ach, das weiß ja jeder, steckt keine persönliche Erfahrung dahinter, einfach so«, antwortet sie schnell – zu schnell.

»Ach komm schon Prinzessin, ich sehe es doch in deinen Augen.«

Sie schweigt einen Moment und fährt sich durch ihr lockiges Haar. »Hier geht es um dich und nicht um mich«, kontert sie.

»Ich denke, du hast schon genug für mich getan.«

»Ich will einfach nicht darüber reden, okay?«

»Okay, dann reden wir nicht darüber.«

Sie möchte nichts erzählen, dann muss sie das auch nicht – nicht, solange sie nicht will. Doch auf einmal beginne ich ihr alles von mir zu erzählen. Ich sage ihr, wie meine Mutter meinen Vater mit ihrem Boss betrogen hat, wie sie daraufhin verschwunden ist, wie mein Dad nur noch am Arbeiten ist und wie einsam ich mich fühle.

Sie ist die Erste, der ich das alles erzähle.

Es ist komisch, dass ich das jetzt tue, aber es fühlt sich richtig an. Vielleicht mache ich es auch, gerade weil ich sie kaum kenne, denn dadurch habe ich keine Angst, sie belasten zu können wie beispielsweise bei Easton.

Ich weiß, ich werde, wenn ich wieder nüchtern bin, das alles bereuen, aber der Alkohol gibt mir keine Wahl und die Worte sprudeln nur so aus mir heraus.

Sofia hört mir aufmerksam zu – sie ist einfach da. Ich mag es, dass sie mir nicht so etwas sagt wie: *Das wird schon wieder* und all dieser Scheiß, all die Versprechen, die nie etwas ändern werden. Sie lässt mich lediglich spüren, dass ich nicht alleine bin, und das tut gut.

»Niemand sollte so etwas durchleben, du warst noch ein kleines Kind«, spricht sie aufgebracht. »Es tut mir so leid.«

Ich nicke geschlagen, doch sie entfacht ein kleines Lächeln auf meinem Gesicht, da mir gerade wieder bewusst wird, dass sie mir zuhört.

Sofia erwidert mein Lächeln und blickt mich ruhig an. »Ich denke, du solltest jetzt schlafen«, sagt sie leise. Ihre Stimme beruhigt mich und es fühlt sich so an, als würde das Pochen in meinem Kopf für den Moment, in dem sie ihre lieblichen Worte von sich gibt, aufhören. *Ich will nicht, dass sie je wieder aufhört, zu reden.*

»Kannst du hierbleiben?«, frage ich leise. »Sorry, war eine dumme Frage«, füge ich hinzu, denn mein Mund war mal wieder schneller als meine Gedanken.

»Bis morgen, Aaron«, sagt sie schließlich und wendet sich zur Tür. »Versuch etwas zu schlafen.« Und nach diesen Worten verschwindet sie.

Es ist halb Elf in der Nacht und ich kann mir nicht ausmalen, wie viel Ärger sie bekommen wird – ich hoffe Keinen. Gleich morgen werde ich zu ihren Eltern gehen und mich entschuldigen, dass ihre Tochter wegen mir erst so spät heimgekommen ist.

Ich laufe in mein Zimmer und fühle mich nun nicht mehr ganz so allein.

»Was machst du denn hier?« Sofia sieht mich verwirrt an, als ich am nächsten Tag vor ihrem Haus stehe. »Wir sind doch erst in« Sie wirft einen Blick auf die Uhr. »zwei Stunden im Park verabredet.«

Verlegen kratze ich mich am Kopf und lächle schief. »Ist das dein Schlafanzug?«

Sofia wird instinktiv rot und versucht, ihre Klamotten zu verdecken. »Nein, also nicht direkt. Wir streichen gerade unsere Terrasse und ich sollte alte Klamotten anziehen.« Bedrückend sieht sie auf den Boden. »Der ist noch von früher.«

»Ist doch süß. Hello Kitty – find ich toll.«

Scheiße, sogar in diesen Kinderklamotten sieht sie gut aus.

»Du hast da ein bisschen Farbe«, kommt es lachend von mir. Ich mache einen Schritt auf sie zu und fahre sachte mit meinem Finger über ihre Wange. Sofia zuckt ein wenig zusammen, als sie meine

Berührung wahrnimmt – sofort ziehe ich meine Hand weg. »Oh, sorry.«

Hastig geht sie sich durch die Haare und blickt mit einem schiefen Grinsen an mir herab. »Nein, alles gut, ich ... ehm, war nur nicht vorbereitet, mehr nicht. Also nein, es liegt nicht an dir ... so, ach du weißt, was ich meine«, stammelt sie vor sich hin. Ihre Wangen erröten, woraufhin sie schnell von mir wegsieht. »Also, wieso bist du hier?« Sofia versucht, sich ihre Nervosität nicht ansehen zu lassen, aber wenn das jemand nicht erkennt, ist er wohl blind.

»Ich wollte mich für gestern bedanken, und schauen, wie es dir geht. Außerdem wollte ich auch fragen, ob du Ärger bekommen hast. Und ich wollte mich bei deinen Eltern entschuldigen, dafür, dass du wegen mir so spät heimgekommen bist«, presse ich schnell hervor.

Ich bin nervös? Ich war noch nie nervös.

Sofia lächelt breit und wickelt eine Strähne ihres lockigen Haares um ihren Finger. »Mir geht es gut und ich habe keinen Ärger bekommen. Ich habe meiner Mutter gesagt, dass ich dir helfen musste«, antwortet sie sachte.

»Sie hassen mich bestimmt«, gebe ich traurig von mir.

»Alles gut, ich habe nichts von dem Alkohol erzählt, nur, dass du gerade eine schlimme Zeit durchmachst wegen deiner Großmutter.«

Dankbar blicke ich sie an und schenke ihr ein Lächeln.

»Ich sollte dann wieder in den Garten. Wir sehen uns ja nachher«, verabschiedet sie sich von mir.

»Bis nachher, Sofia.«

66

10

Sofia

»Wunderschön«, entfährt es meiner Mutter, als ich die Treppe hinunter schreite. Catalina hat meine Haare in einem geflochtenen Dutt zusammengemacht und ich trage ein etwas längeres, hellblaues Kleid.

»Danke, Mamá«, entgegne ich lächelnd und sehe an mir hinunter. Meine Schwestern laufen nun ebenfalls zu uns – sie sehen wirklich wunderschön aus. Alicia in ihrem grünen Kleid, zusammen mit ihren schwarzen, kurzen Haaren, die zu einer hohen Frisur zusammengesteckt sind und Catalina mit ihrer offenen Haarpracht und dem roten Kleid – wow.

»Also dann, können wir los?«, meldet sich meine Abuela und wir steigen gemeinsam in ihr Auto ein. Heute feiert meine Cousine ihre Quinceañera. Ich kann mich noch ganz genau an Meine erinnern – sie war unvergesslich.

Angekommen warten wir alle in einem großen Saal. Es ist unglaublich schön dekoriert – die vielen Luftballons, alles ist farblich abgestimmt und als dann Celest den Raum betritt, bleibt mein Mund offenstehen. Sie sieht so unfassbar schön aus. Das pompöse Kleid, die wundervollen Haare – alles an ihr ist perfekt.

Ich kann mir vorstellen, wie aufgeregt sie sein muss. Davon träumt ein Mädchen schon, seit es klein ist. Die Quinceañera ist eine Tradition, bei der der fünfzehnte Geburtstag gefeiert wird, da man in unserer Kultur nun nicht mehr als Kind, sondern als Frau angesehen wird. Das Ganze fühlt sich wie ein Traum an und kaum, dass man sich versieht, ist der Tag auch schon vorbei.

Meine Quinceañera ist schön gewesen bis die Frage, wo mein Vater sei, gefallen ist. Ja – diesen Teil meines Lebens verdränge ich lieber. Ich habe eine liebende Familie, aber das war nicht immer so. Früher als mein Vater noch bei uns gelebt hat, gab es immer nur Streit. Carlos hat mit dem Trinken angefangen und konnte nicht mehr damit aufhören. Er wurde viel aggressiver und als dann irgendwann mal seine Hand ausgerutscht ist, war es aus.

Meine Mutter hat sich von ihm scheiden lassen – sie wollte nicht, dass wir in Angst leben und er sollte sich aus unserem Leben raushalten. Das hat er getan und anscheinend macht es ihm nicht viel aus.

Bevor er mit dem Trinken angefangen hat, war er ganz anders und das hasse ich. *Was wenn er nie mit dem Trinken angefangen hätte? Was wenn wir dann immer noch eine Familie wären?*

Ich schüttle den Kopf und versuche, mich auf etwas anderes zu konzentrieren. Ich unterhalte mich viel mit meiner Verwandtschaft und habe Spaß. Ich esse leckere Speisen und es finden die verschiedenen Traditionen statt – auch der Vater-Tochter-Tanz … Im Grunde bin ich froh, dass Carlos nun weg ist, aber ich werde mich immer wie das Mädchen ohne Vater fühlen.

»Hey.« Eine Stimme reißt mich aus meinen Gedanken. Es ist ein Typ ungefähr in meinem Alter – dunkle, lockige Haare und blaue Augen.

»Hey«, entgegne ich. »Ich tippe mal darauf, dass du irgendein entfernter Verwandter von mir bist?« Lächelnd kneife ich meine Augen zusammen und sehe ihn fragend an. Da ich so eine große Verwandtschaft habe, kenne ich nicht alle persönlich.

»Ich bin nicht mit dir verwandt, aber mein Kumpel Alex«, antwortet er zögernd. »Ich habe dich ehrlichgesagt einfach nur angesprochen, weil du so hübsch bist.«

Blitzgeschwind werde ich rot. »Ach echt? Danke.«

Er grinst breit. »Wie heißt du?«

»Sofia, du?«

»Noah.« Mit einem verschmitzten Lächeln kratzt er sich am Nacken. »Meine Cousine heißt auch Sofia«, gibt er mit belustigter Miene von sich. »Die ist aber gerade einmal zehn Jahre alt und deutlich kleiner als du.«

»Beliebter Name«, bringe ich schmunzelnd hervor.

»Wie auch immer, es ist hier gerade ein bisschen langweilig, findest du nicht auch?«

Schulterzuckend antworte ich ihm. »Ich finde es eigentlich sehr schön hier.«

Nach einer kurzen Pause fügt er etwas hinzu. »Wollen wir vielleicht kurz raus? Ich könnte echt mal eine kurze Verschnaufpause brauchen.«

Unentschlossen sehe ich ihn an und spiele mit meinen Fingern. »Ich weiß nicht.« *Immerhin kenne ich ihn nicht und es ist spät abends.*

»Nur kurz. Wenn ich in einem Raum mit so vielen Menschen bin, bekomme ich leicht Panik, wenn du verstehst. Es wird langsam besser, doch das ist wirklich ein voller Raum und ... ich gehe jetzt raus. Mein Freund ist irgendwo hin verschwunden und ich möchte ungern alleine sein, also bitte komm doch mit«, erklärt er sich und wie könnte ich da nein sagen. Meine ehemalige Freundin hatte ebenfalls dieses Problem – es ist ihr unglaublich schwergefallen, bei großen Menschenmassen einen kühlen Kopf zu behalten.

Zudem versinke ich somit hoffentlich nicht mehr in Selbstmitleid. Ich würde in diesem Augenblick wohl fast alles lieber machen, als weiter über meinen Vater nachzudenken.

Es ist recht frisch draußen, aber noch einigermaßen hell – heller als ich gedacht habe. Schweigend laufen wir nebeneinander, es ist eine unangenehme Stille – ich würde gerne etwas sagen, um die

Situation aufzulockern, allerdings fällt mir nichts ein. Zumindest nichts, das sich nicht gerade absolut bescheuert anhört.

Es sind fast keine anderen Menschen zu sehen, sieht wie ausgestorben aus. Nun ja, in unserem kleinen Städtchen ist sowieso nie so viel los. Doch ich mag es so, die Ruhe ist entspannend.

»Hast du eigentlich einen Freund?«

Ich beiße auf meine Unterlippe und sehe ihn durchdringend an. »Nein.« Wirklich nichts gegen ihn, aber er ist null mein Typ. Solche Gespräche hasse ich.

»Auf welche Schule gehst du?«, lenke ich schnell das Thema auf etwas anderes und betrachte ihn von der Seite.

»Das ist nicht so wichtig«, entgegnet er, als wir vor einer Bank im Park stehen bleiben. »Komm, setze dich«, fordert er mich auf, nimmt Platz und klopft neben sich.

Zögernd setze ich mich mit ein bisschen Abstand zu ihm.

»Du siehst so schön aus«, haucht er, woraufhin ich mein Kleid unwohl ein bisschen höher ziehe, damit mein Ausschnitt bedeckt bleibt. Denn er sieht mir definitiv zu oft dort hin.

Ich zwinge mir ein Lächeln auf und sehe ihn für einen kurzen Moment an. »Es wird langsam kalt. Ich glaub, ich gehe wieder«, entfährt es mir zaghaft, denn ehrlichgesagt ist mir das Ganze nicht mehr so geheuer. Es war wirklich naiv von mir, mich bereitzuerklären, mit ihm rauszugehen. Ich wollte nur nett sein, da ich nachvollziehen kann, wie er sich fühlt.

Als ich aufstehen will, zieht er mich zu sich und presst seine Lippen auf meine. Schlagartig drücke ich ihn von mir und sehe mit schockiertem Blick zu ihm. »Entschuldigung?! Tut mir wirklich leid, aber das wird nichts«, gebe ich von mir und reiße mich weg.

Noah steht hastig auf und packt mich harsch an meinem Arm. »Du willst, das sehe ich doch«, drängt er und beginnt auf ein Neues, mich zu küssen.

»Nein, ich will das nicht!«, rufe ich laut, aber er lässt mich nicht los. Sein Griff ist zu stark, als dass ich mich befreien könnte. Er reißt mich herum und presst meinen Rücken gegen die kalte Parkbank. Ohne darauf zu hören, was ich möchte, fährt er mit seiner Hand entlang meines Körpers. *Nein, ich will nicht, dass er mich berührt. Er soll mich nicht küssen – nicht er.*

»Nein! Nein! Nein!«, schreie ich immer wieder und versuche, mich zu währen, aber ich bin zu schwach und niemand, der mir helfen könnte, ist in Sicht.

»Bitte, hör auf«, flehe ich mit zitternder Stimme. Mir läuft still eine Träne über die Wange und ich erstarre. Langsam packt mich die Wirklichkeit und ich realisiere, was gerade geschieht.

»Stell dich nicht so an!«, redet Noah harsch auf mich ein. Ich zittere am ganzen Körper, doch bevor er mich erneut küssen kann, wird er von mir weggezogen.

11

Aaron

Der erste Schlag landet in seinem Gesicht und seine Nase bricht mit einem trockenen Knacken. Ich schmeiße ihn zu Boden und prügle auf ihn ein. Ein Schlag in die Magengrube – noch Einer und noch Einer.

Er versucht, sich zu wehren, aber er hat keine Chance. Ich will ihn leiden sehen – dieser elendige Mistkerl. Ein lauter Schrei dringt aus seinem Mund, gefolgt von einem Schluchzen von Sofia. »Hör auf«, ruft sie bittend.

Noch ein letzter Schlag und ich heb meine Hände in die Höhe. »Berühre sie noch einmal und du bist tot!«, drohe ich und packe ihn unsanft an seinem Kragen. *Er wird sich nicht noch einmal trauen, in Sofias Nähe zu gehen.*

Angsterfüllt nickt er immer wieder. Sein ganzes Gesicht ist blutbeschmiert – er ist erbärmlich.

»Verpiss dich jetzt!«, schreie ich und lockere meinen festen Griff. Kaum habe ich das getan, rennt er ängstlich davon. Erst jetzt richtet sich meine volle Aufmerksamkeit auf Sofia, welche zusammengekauert auf der Bank sitzt und zittert.

»Was hat er dir angetan?«, frage ich und merke schon wieder, wie sich meine Fäuste anspannen.

Sofia hebt den Kopf und sieht mich verstört an. Ihr Blick zerreißt mich innerlich glatt. Ihr Gesicht ist übersät mit Tränen und in ihren Augen erblicke ich pure Angst.

»Er ... er hat mich nur geküsst«, gibt Sofia schluchzend von sich.

Ich merke, wie verängstigt sie ist, und gerne würde ich sie einfach in den Arm nehmen, doch ich schätze, den Umständen entsprechend, ist das keine gute Idee. Aber nichts tun, möchte ich auch nicht – scheiße, ich will einfach für sie da sein, so wie sie es auch für mich war. »Ist es okay, wenn ich dich umarme?«

Ich halte meine Luft an, während ich auf eine Antwort von ihr warte. Es dauert nicht lange, da sieht sie mich mit einem schmalen Lächeln an und nickt. »Ja.«

Keine Sekunde später schlinge ich meine Arme um ihren bebenden Körper. »Es ist jetzt alles gut. Er ist weg«, flüstere ich Sofia ins Ohr.

In dieser Position verweilen wir für ein paar Augenblicke, bis sie sich schließlich aus der Umarmung löst. Ohne groß darüber nachzudenken lege ich meinen Daumen an ihr Gesicht und wische ihre Tränen weg.

Sie lächelt leicht – das kann ich sehen.

»Was machst du überhaupt hier?«, fragt sie leise.

Unbehaglich neige ich meinen Kopf nach unten und spiele mit meinen Fingern. »Ich wollte Alia auf dem Friedhof besuchen. Ich konnte nicht schlafen«, gebe ich leise von mir.

»Oh, okay. Danke, dass du mir geholfen hast«, kommt es flüsternd von ihr.

»Ist doch selbstverständlich und sollte dieser Mistkerl es je nochmal wagen, dich zu berühren, ich schwöre dir, ruf mich und ich erledige das«, entfährt es mir wütend. Ich spanne erneut meine Faust an – *sein* Blut klebt noch an ihnen.

Dankbar nickt sie.

Erst jetzt fällt mein Blick auf Sofias Kleid. »Du siehst schön aus, hast du etwas vor? Also ich meine, du siehst immer hübsch aus, aber du weißt schon, heute besonders.«

Sie lächelt leicht und geht sich nervös durch die Haare. »Danke, Aaron.« Ich mag es, wie sie meinen Namen ausspricht. Es hört sich so richtig an. »Meine Cousine feiert heute ihre Quinceañera. Das ist eine spanische Tradition zum fünfzehnten Geburtstag.«

Ich nicke und kann nicht anders, als sie anzustarren. Sofia sieht so wunderschön aus, es verschlägt mir glatt die Sprache. Noch nie hat mich ein Mädchen nervös gemacht – bis auf sie. Ich will immer die richtigen Sachen sagen und in den letzten Wochen habe ich jegliche andere Mädchen abblitzen lassen. Es ist ein ganz neues Gefühl, doch ich möchte, dass ich ihr gefalle.

»Willst du darüber reden?«, frage ich behutsam.

»Was? Über die Quinceañera?«, gibt sie lachend von sich, aber ich schüttle schnell den Kopf. »Darüber wie es dir geht.«

Sie schweigt für eine kurze Zeit. »Na ja, wenn ich jetzt sage, dass es mir super geht, glaubst du mir das wohl kaum. Also nein, es geht mir nicht gut, aber das wird wieder. Ich muss das einfach verarbeiten, okay? Bitte lass uns nicht darüber reden.« Sofia schaut mich flehend an und verzieht dabei ihr Gesicht.

»Okay, dann erzähl mir, wie war es auf der Quinceañera?«

Sie lächelt bei meinen Worten und erzählt lebhaft von dem Abend. Ich höre ihr aufmerksam zu und ihre Augen beginnen zu strahlen. Es ist fast so, als würde sie vergessen, was eben passiert ist, bis sie zum Ende kommt. »Nun ja und dann hat mich Noah angesprochen ...«

»Hör zu, er hatte kein Recht, dich anzufassen.«

»Ich weiß«, antwortet sie zaghaft und blickt in die Nacht hinein. »Und wie geht es dir?«, fragt sie plötzlich.

Wie es mir geht? Okay – wie immer. Ich habe mich an die ganze Scheiße gewöhnt. Mein Vater ist gestern nach einer halben Ewigkeit nachhause gekommen und alles, was ich gebraucht hätte, wäre seine Aufmerksamkeit. Meinen Vater – ich hätte meinen Vater gebraucht. Aber er hat sich natürlich nur über Sachen auf der Arbeit aufgeregt und wollte seine Ruhe. Ich habe es versucht. Ich habe versucht, mit ihm zu reden, aber er hat mich nur unterbrochen und gesagt, er wäre müde und gehe ins Bett.

Das bist du ja immer, habe ich dann leise von mir gegeben – anscheinend nicht zu leise. Mein Vater ist ausgetickt. Christian hat mir einen Vortrag darüber gehalten, dass ich mal nicht so undankbar sein sollte. Er sagte, wenn er nicht arbeiten würde, hätte ich gar nichts, dass er das alles ja nur für mich tun würde und dass er enttäuscht von mir ist. *Ich solle mich ja nicht so anstellen und ein Mann sein.* Da kann man sich denken, wie es mir geht.

»Es geht mir gut«, antworte ich knapp und blicke zu Sofia.

Ihre wunderschönen, rehbraunen Augen sehen mich bedrückt an. »Du bist ein schlechter Lügner.«

Scheiße. Sie ist gut – zu gut. »Wirklich, ich sage die Wahrheit«, antworte ich mit voller Überzeugung.

»Du kannst meinetwegen deine Freunde belügen, aber mich nicht. Ich spüre, dass es dir nicht gut geht. Wenn du nichts erzählen willst, bitte, aber sag mir wenigstens die Wahrheit.«

»Mir geht es nicht gut, ist es das, was du hören willst?«, presse ich hervor und neige meinen Kopf.

»Ja«, stimmt sie mir zu.

»Und wenn ich ehrlich bin, würde ich gerne mit dir darüber reden, aber ich will dich nicht damit belasten«, füge ich zögernd hinzu.

Mit großen Augen blickt sie zu mir, als würde sie nicht fassen können, wie ich denke. »Das belastet mich doch nicht. Ich bin für jeden da, okay? Auch für dich.«

»Okay«, hauche ich. »Frierst du?«, möchte ich wissen, denn sie zittert am ganzen Körper.

»Ein bisschen«, gesteht sie, woraufhin ihr Blick über meinen Körper huscht. Eilig ziehe ich mir meinen Pullover über den Kopf und strecke ihn ihr entgegen. »Hier, zieh den an.«

»Nein, alles gut, es geht. Sonst ist dir kalt«, gibt sie bescheiden von sich. Mit hartnäckigem Blick sehe ich sie an. »Mir ist nicht kalt, wirklich. Nimm ihn, bitte.« Ich strecke meinen Pullover erneut zu ihr und diesmal nimmt sie ihn an sich. Eigentlich ist mir verdammt kalt, denn ich habe nur ein T-Shirt darunter an, doch das muss sie nicht wissen. Ist ihr warm, reicht das für mich aus.

»Danke«, flüstert sie. Langsam zieht sie sich den Pullover über den Kopf und ich muss sagen, sie sieht in meiner Kleidung wirklich gut aus. Der Pullover ist Sofia viel zu groß und könnte fast schon als

Kartoffelsack durch gehen, aber scheiße, sogar in einem Kartoffelsack sieht sie gut aus.

»Also dann, erzähl mir Aaron, was liegt dir auf dem Herzen?«, fragt sie sanft und stülpt die Pulliärmel über ihre Hände.

Ich erzähle ihr von dem Gespräch mit meinem Vater gestern, was ich in diesem Moment gefühlt habe und was ich jetzt spüre. Sofia hört mir aufmerksam zu und bei jedem Wort, das meine Lippen verlässt, fühle ich mich schon ein bisschen leichter.

»Danke, dass du es mir erzählt hast.«

»Danke, dass du mir zugehört hast.«

Wie kann es nur sein, dass es einen so gutmütigen Menschen, wie sie, gibt?

»Ich denke, ich sollte langsam mal wieder zurück. Meine Familie fragt sich bestimmt schon, wo ich bin«, gibt Sofia schließlich von sich.

Schnell nicke ich mit dem Kopf und lächle schief. »Wieder bin ich daran schuld, dass du so spät zurückkommst.«

Grinsend steht sie von der Bank auf und blickt mich durchdringlich an. So als wolle sie noch etwas sagen, ist sich aber nicht sicher, ob sie das tun sollte.

»Ich begleite dich«, beschließe ich bestimmt und stehe ebenfalls auf. Sofia sieht dankerfüllt zu mir und schlingt unerwarteterweise ihre Arme um mich. Es ist so plötzlich, aber ihre Berührung erfüllt meinen Körper mit einer gewissen Wärme. Am liebsten würde ich sie nie wieder loslassen.

»Danke«, flüstert sie.

12

Aaron

»Hey, Aaron«, begrüßt mich Abigail mit ihrer nervigen Stimme. Ich bin sowas von durch mit diesem Mädchen. Sie hat echt viel Scheiße über mich verbreitet – Gerüchte, die überhaupt nicht stimmen. Sie wollte mich erpressen, damit ich weiterhin mit ihr schlafe. *Sonst sorge ich dafür, dass niemand mehr Interesse an dir haben wird,* hat sie gedroht. Aber darauf habe ich mich nicht eingelassen und ehrlichgesagt ist es mir auch recht gleichgültig, wenn sie Gerüchte in die Welt setzt. Denn das sind nun einmal nur Gerüchte und wenn andere das glauben, sind sie selbst schuld daran.

Also ja, ich bin durch mit diesem Mädchen. Doch anscheinend ist das immer noch nicht bei ihr angekommen. Sie denkt höchstwahrscheinlich, die Lügenverbreiterei hat irgendetwas bewirkt, wodurch ich nun doch wieder Interesse an ihr habe – jedoch liegt sie da komplett falsch.

Ich zwinge mir ein Lächeln auf und nicke ihr zu.

»Du siehst heute echt gut aus. Hast du nach der Schule schon was vor?« Grinsend steht sie vor mir und sieht mich mit einem schmachtenden Blick an. *Nein, eigentlich habe ich nichts vor nur keine Lust auf dich, Abigail.*

»Ich habe schon etwas vor«, gebe ich knapp von mir und laufe den Schulgang entlang. Und das ist sogar nur halb gelogen. Sofia und ich treffen uns wieder, allerdings ist es noch nicht sicher wann. Doch ich schätze, es liegt definitiv im Bereich des Möglichen, dass wir dies heute tun werden. Zwar nur wegen des Projekts, aber immerhin sehe ich sie.

»Und wie wäre es dann mit nächster Woche?«, fragt Abigail. Sie rennt mir hinterher und berührt meine Hand, denn ich höre nicht auf, mich von ihr fortzubewegen.

Sofortig ziehe ich meinen Arm weg und sehe desinteressiert zu ihr. »Da kann ich auch nicht.« *Stimmt überhaupt nicht, eigentlich habe ich nichts vor.*

»Und wer ist so wichtig?«, schnaubt sie eingeschnappt und schmeißt ihre langen Haare hinter die Schulter.

»Niemand, der dich etwas angeht. Ich muss jetzt in den Kurs, tschüss«, verabschiede ich mich knapp von ihr und laufe davon. Ich weiß nicht, was auf einmal in mich gefahren ist. Noch vor ein paar Wochen habe ich diese Aufmerksamkeit geliebt, doch jetzt will ich nur noch ihre Aufmerksamkeit – Sofias Aufmerksamkeit.

Ich fühle nichts für sie, denn ich liebe nicht. Trotzdem hat sie etwas in mir geändert. Es fühlt sich so neu an und es gefällt mir, dass sie eine Herausforderung darstellt. Sonst habe ich immer alle, ohne überhaupt mit der Wimper zu zucken, bekommen. Jetzt habe ich nicht mehr das Bedürfnis nach Bestätigung und brauche dieses Begehren nicht mehr länger, um mich gut zu fühlen.

Ich betrete den Kursraum, in dem Easton schon auf seinem Platz sitzt. Schwungvoll platziere ich mich neben ihn und nicke ihm zu.

»Denkst du, ich kann heute nach der Schule zu dir? Hab gerade ein bisschen Stress mit Silas«, fragt er und neigt seinen Kopf zur Seite.

»Klar.« *Natürlich kann er das.* Einer der Vorteile, alleine zu sein, ist, dass ich tun und lassen kann, was ich möchte.

»Auf was hast du Lust?« Fragend blicke ich Easton an und hebe einen Flyer in die Höhe. »Hier, wir können was bestellen.« Ich schmeiße die Karte auf seinen Schoß und sehe dabei zu, wie er sie kurzerhand überfliegt.

»Diese Fingerfoodbox«, antwortet er schließlich ohne groß darüber nachzudenken. Lachend verdrehe ich die Augen. »Schon wieder? Du hast nicht mal richtig geschaut, was es anderes gibt.«

Er zuckt mit den Schultern und schnappt sich sein Handy aus der Hosentasche, um das Essen zu bestellen.

»Na dann gibt es eben wieder Fingerfood«, gebe ich geschlagen von mir und grinst breit. Gefühlt jedes Mal, wenn er hier bei mir ist, essen wir die, aber sie schmeckt auch einfach verdammt gut.

Ich angle einen Kontroller vom Couchtisch und werfe Easton den anderen zu. »Lust zu verlieren?« Diabolisch grinse ich ihn an.

Er schnappt sich den Kontroller und schmeißt sich auf das Sofa. »Träum nur schön weiter. Erinnerst du dich nicht mehr daran, wer dich letztens abgezockt hat?«

Sofia

Meine Abuela hat immer gesagt, ich darf einen Menschen nicht verurteilen, bevor ich ihn überhaupt kenne.

Ich habe nicht auf sie gehört.

Tief in meinem Inneren *habe* ich Aaron verurteilt. Denn ich habe nur gesehen, was er mich sehen lassen hat. Er hat tausende Partys veranstaltet, bei denen ich immer dachte, er würde seine Eltern nicht respektieren. Jetzt weiß ich allerdings, dass dies nicht der Grund ist und er es auch nie war.

Ich habe die ganzen Gerüchte gehört – Gerüchte, die nun einmal nicht gestimmt haben und ich zu dumm war und sie geglaubt hatte. Er kam mir immer so selbstverliebt und arrogant vor – jetzt vermute ich, dass das seine Art ist, sich selbst zu schützen, da er einfach nur verletzt ist.

In den letzten Wochen hat sich meine Ansicht auf ihn komplett geändert. Ich dachte nie, dass ich seine Taten einmal nachempfinden könnte. Klar, es gibt noch Dinge, welche ich nicht gut finde. Schlechtes Verhalten, das er nicht durch seine Trauer entschuldigen kann. So viele Herzen mit denen er schon gespielt hat – alles nur, weil er verletzt ist.

Wieder einmal hätte ich schon viel früher auf meine Großmutter hören sollen.

»Sofia.« Alicia steckt ihren Kopf in mein Zimmer und blickt mich an – ich kann ihren Gesichtsausdruck noch nicht so wirklich zuordnen.

»Ja?«

Sie setzt sich neben mich und lächelt schief. »Da ist so ein Typ, der ist echt süß und ich wollte dich fragen ... « Sie zögert einen Moment, bis sie fortfährt. »ob du vielleicht mal rausfinden könntest, ob er auch Interesse hat.«

Mit großen Augen sehe ich meine Schwester an. Sie ist zwar nur ein bisschen mehr als ein Jahr jünger als ich, hatte aber bis jetzt noch nie Interesse an einem Typen.

»Was? Wieso ich? Wer denn?«, gebe ich gespannt von mir.

Alicia fährt sich nervös durch die Haare. »Nun ja, Conner.«

Verwirrt sehe ich sie an. »Connor? Ich kenne keinen Connor.«

»Aber du kennst Aaron und Connor ist einer seiner Freunde.«

Aha, so sieht es also aus. »Aber ich kenne ihn doch nicht einmal richtig. Ich mache mit Aaron nur dieses Projekt – es ist nicht so, als würden wir zusammen abhängen.«

»Ach wirklich? Ich sehe doch, wie sehr du auf ihn stehst. Triff dich mal einfach so mit ihm und seinen Freunden und quetsch Connor dann heimlich über mich aus, dann haben wir beide etwas davon«, schlägt mir Alicia aufgeregt ihren Plan vor, während sie mit den Wimpern klimpert. Sie ist wirklich überzeugt, dass dies etwas bringt.

Scharf ziehe ich die Luft ein. »Das stimmt gar nicht. Ich stehe in keiner Hinsicht auf Aaron«, gebe ich ernst von mir.

»Dann weißt du es selbst noch nicht. Ich sehe, wie du ihn immer ansiehst. Und eines weiß ich auch, er ist ziemlich verknallt in dich, ich habe nämlich Augen im Kopf und sehe das.« Typisch Alicia. Sie dachte auch, dass ich demnächst heiraten würde, nur weil mich der Postbote angelächelt hat.

»Ja ja, jetzt auf einmal ist jeder verliebt, weil du es bist, verstehe schon. Aber ehrlich, ich kann mich nicht einfach mit ihm und seinen Freunden treffen«, antworte ich langsam und es dringt kurz darauf ein Lachen aus meiner Kehle. Eher ein Verzweifeltes.

Alicia zieht die Mundwinkel hoch und zuckt mit den Schultern. »Doch eigentlich kannst du genau das tun und das wirst du auch.« Verstohlen wendet meine kleine Schwester ihren Blick von mir ab.

»Alicia!« Ernst sehe ich zu ihr und versuche, ihren Augenkontakt zu finden – jedoch gelingt mir das nicht.

»Und es wir auch ganz toll werden, okay? Nicht böse sein. Du wirst mir danken.«

Fragend sehe ich zu ihr und verenge meine Augen. *Was hat sie jetzt schon wieder gemacht?!*

Zögerlich bringt sie mein Handy hinter ihrem Rücken zum Vorschein.

»Wieso hast du mein Handy?«, entfährt es mir.

Unschuldig zuckt sie mit den Schultern, gibt es mir zurück und verschwindet schneller, als dass ich noch irgendetwas dazu sagen kann, aus meinem Zimmer.

»Bitte bring mich nicht um«, ruft sie, bevor sie meine Zimmertür schließt. Diese Worte können nichts Gutes heißen …

In diesem Moment hellt sich mein Bildschirm auf und eine Nachricht von Aaron erscheint.

Gerne, ich habe dir doch gleich
gesagt, dass du wollen wirst.
Wie wäre es mit Donnerstag?
Und ja, keine Sorge, meine
Freunde werden auch da sein.

Ich bringe sie um. Ich bringe Alicia wirklich um. Soll Aaron noch
einmal sagen, es sei toll, Geschwister zu haben. *Nein.*

»Denk daran, dass ich dich liebe und du mich auch. Bitte triff
dich mit ihnen. Für deine Lieblingsschwester«, ruft Alicia.
Lieblingsschwester? Das überlege ich mir noch einmal.

Seufzend blicke ich auf den Bildschirm. *Ich mache das doch jetzt
nicht wirklich, oder doch?*

Donnerstag klingt
super.

13

Aaron

Liam setzt das Bierglas an seine Lippen und trinkt einen Schluck. »Ich hätte wirklich nicht gedacht, dass du es so weit bringst«, sagt er und blickt anerkennend zu mir.

»Weswegen?«, meldet sich Easton fragend zu Wort und sieht mich verwirrt an. Ich wiederum zucke mit den Schultern und schüttle den Kopf. »Nichts Wichtiges, nur so eine Wette.«

James schlägt mir daraufhin gegen die Schulter und sieht verurteilend zu mir. »So würde ich das jetzt nicht nennen. Immerhin hast du gewettet, dass du sie bis zum Ende des Projektes ins Bett bekommst.«

Ich hätte auf diese Wette nie eingehen sollen, denn es ist falsch, so verdammt falsch. Ich war betrunken und ich war traurig – ja, ich habe eine schlechte Entscheidung getroffen. Aber wenn ich mich jetzt drücke, komm ich wie das letzte Weichei rüber.

»Ihr verliert kein Wort darüber, wenn sie kommt, verstanden?«, gebe ich ernst von mir, wobei ich sie alle warnend ansehe, doch Eastons Blick verurteilt mich. Er findet das nicht gut, ich weiß, aber ich kann auf seine Belehrungen jetzt echt verzichten.

»Keine Sorge, die Süße wird nichts erfahren«, entgegnet Liam und bei seinen Worten zieht sich alles in mir zusammen. *Die Süße.* Er soll sofort aufhören, sie so zu nennen, denn sie ist nicht *seine*

Süße, aber ich darf mich jetzt nicht beschweren, immerhin bin ich selbst schuld.

Beim Erklingen der Türklingel springe ich prompt auf – das muss Sofia sein. Ein Lächeln macht sich auf meinen Lippen breit, als ich ihr wunderschönes Gesicht erkenne und wow, sie sieht wie immer wunderschön aus.

»Hey«, hauche ich.

»Hey«, gibt sie knapp von sich und läuft an mir vorbei in mein Haus.

»Die anderen sind auch schon alle da«, erwähne ich, während ich die Tür schließe.

»Ach ja, gut.« Ihr Gesicht färbt sich rot und ganz verlegen sieht sie auf den Boden. Ich bemerke, wie sie unwohl auf ihrer Unterlippe kaut – mir ist aufgefallen, dass sie das öfters tut.

»Jetzt mal ehrlich, Prinzessin, was machst du hier? Dass du dich mit mir und meinen Freunden treffen willst, ist ja schön, aber ich glaube nicht, dass das von dir kommt.«

Sie kratzt sich nervös am Nacken und sieht verlegen zu mir auf. »Durchschaut«, flüstert sie und rückt ein Stück näher, sodass niemand anderes hören kann, was sie mir sagt. »Meine Schwester hat dir heimlich über mein Handy geschrieben, weil sie auf einen deiner Freunde steht, und ich herausfinden soll, ob er auch Interesse hat.«

Ich habe mir schon gedacht, dass irgendetwas dahintersteckt. Doch das ist mir egal, denn wenigstens ist sie hier – ich hoffe, dass das auch so bleibt.

»Wer?«, frage ich interessiert und wackle mit den Augenbrauen. Sie zögert einen Moment, flüstert mir den Namen dann aber ins Ohr. Die heiße Luft ihres Atems streicht meine Haut und mich übergeht ein leichtes Prickeln.

»Oh, ich mag meinen Kumpel echt, aber er ist kein guter Einfluss«, gebe ich trocken von mir. Denn das ist er in der Tat nicht. Ich möchte mich nicht gut dastehen lassen, aber anders als bei mir, stellt Connor nicht sicher, dass die Mädchen, mit denen er etwas hat, wissen, dass er es nicht ernst meint.

»Trotzdem würde ich mich freuen, wenn du hierbleibst«, füge ich hinzu.

»Ja, ich würde auch sehr gerne bleiben.«

Ich hoffe, dass ihre Worte stimmen.

Gemeinsam laufen wir in mein Wohnzimmer, wo ich Sofia meine Freunde kurz vorstelle. Sie ist wirklich offen – überhaupt nicht schüchtern.

»Willst du ein Bier?«, fragt Dylan und streckt ihr eins entgegen, aber anstatt es anzunehmen, schüttelt sie den Kopf und räuspert sich. »Nein, danke.«

Er nickt knapp und trinkt selbst davon.

»Also, hast du einen Freund?«, fragt James amüsiert.

Warnend sehe ich in an, doch ihn scheint das nicht zu stören. Er weiß genau, was er sagen muss, um mich aufzuregen – und ich muss mit bedauern zugeben, dass es klappt.

Sofia schüttelt als Antwort leicht den Kopf, während sie sich neben uns aufs Sofa setzt.

»Wir haben bald ein Fußballspiel«, platzt es aus mir heraus, um das Thema zu wechseln. Sofia betrachtet mich schmunzelnd und mustert mich mit verwirrtem Blick. »Okay, cool.« Sie lacht herzig und mein Gott, wie sehr ich es liebe.

»Ja, du kannst kommen und Aaron anfeuern«, gibt Connor lachend von sich. Ich bemerke, wie Easton ihm leicht gegen das Schienbein tritt, damit er damit aufhört – das ist mein Freund!

»Du kannst *uns* gerne zusehen«, korrigiert Easton, woraufhin ich dankbar zu ihm sehe. *Was denken die sich schon wieder?*

»Mal sehen«, antwortet sie langsam und fährt sich ungeduldig durch die Haare.

»Hast du schonmal gezockt?«, frage ich sie, während Liam die Playstation anschaltet.

»Manchmal bei meinem Cousin, sonst nicht wirklich«, kommt es als Antwort von ihr und sie kreuzt ihre Beine zum Schneidersitz.

Grinsend drücke ich ihr einen Kontroller in die Hand. »Hier, du weißt also wie man ihn benutzt?«

Sie nickt schmunzelnd. »Jap, die Basics kenne ich.«

»Eigentlich ist dein einziges Ziel, die bösen Menschen zu töten und zu überleben«, räuspert sich James und lehnt sich zu ihr rüber, was mir überhaupt nicht gefällt. Er ist ihr nah – zu nah.

»Verstanden, ich gebe mein Bestes.«

Ein Schmunzeln macht sich bei ihren Worten auf meinem Gesicht breit. Sofia hat irgendetwas an sich, das mir keine Ruhe lässt.

Wir starten das Spiel und sie ist echt verdammt gut, dafür, dass sie es noch nie gespielt hat. Ein kurzer Blick in ihr Gesicht verrät mir, dass es ihr wirklich Spaß macht – das freut mich.

»Willst du etwas trinken? Ohne Alkohol? Ich hol dir was«, bietet Connor an und grinst dabei diabolisch zu mir rüber. Mein Körper verspannt sich instinktiv und ich habe überhaupt keine Ahnung, wieso mich das so aufregt. Connor war schon immer so und ich war eigentlich auch immer so gewesen – zumindest seit ich mit ihnen befreundet war.

Sofia nickt und schenkt ihm ein Lächeln – ein Lächeln, welches eigentlich mir gelten sollte.

»Ich hol dir was, du bist ja schließlich *mein* Gast«, werfe ich ein und bevor Connor überhaupt noch etwas erwidern kann, stehe ich auf.

»Ich komm mit«, beschließt sie und schwingt sich vom Sofa. Kaum sind wir in der Küche verschwunden, dreht sie sich zu mir und blickt in meine Augen. »Was soll das?«

Verwirrt mustere ich sie. *Was soll was?*

»Wieso bist du so seltsam zu deinen Freunden? Ist es, weil ich da bin?« *Ich und seltsam? Ich benehme mich wie immer.*

»Alles gut, sie sind so ein hübsches Mädchen wie dich einfach nicht gewohnt«, gebe ich neckend von mir und stoße ihr spaßig in die Seite.

»Haha«, lacht sie ironisch auf und verdreht niedlich die Augen – so wie sie es öfters tut, wenn sie genervt ist. »Was hast du alles da?«

»Hm?«, frage ich verdutzt und setzte mich auf den Hocker neben der Küchentheke.

»Was kannst du mir zum Trinken anbieten?«

Stimmt. »Ich habe vieles, such dir einfach etwas aus«, gebe ich von mir und zeige mit einer schnellen Handbewegung auf den Kühlschrank.

Sofia tritt vor und ihr Blick schweift angestrengt zwischen den Getränken, bis er schließlich bei einer Orangenlimonade hängen bleibt. »Danke«, haucht sie, als sie die Limo aus dem Kühlschrank nimmt.

»Gern geschehen, Prinzessin.«

Sofia gibt ein zynisches Würggeräusch von sich und verdreht die Augen. »Du wirst es wohl nie lassen, oder?«

»Nope«, entgegne ich grinsend.

»Das ist echt der aller schlimmste Spitzname überhaupt«, kommt es von ihr, während sie ihre Augen zusammenkneift.

Schmunzelnd sehe ich sie an. »Ach ja? Was hast du denn noch so für welche?«

»Na ja, also, keine so wirklich, aber hätte ich noch Andere, wäre das ganz bestimmt der Schlimmste«, gibt sie von sich, jedoch mit einem Lächeln auf dem Gesicht.

Sie sieht so glücklich und so fröhlich aus – alles, was ich gerne wäre.

14

Aaron

Lange, lockige Haare, cremebraune Augen, leicht gebräunte Haut und ein wunderschönes Gesicht. »Aaron«, ertönt Sofias Stimme. Sie hebt ihre Hand zur Begrüßung und schenkt mir ein schmales Lächeln.

»Hey, Prinzessin«, begrüße ich sie und laufe zu ihr rüber.

Sie verdreht genervt die Augen und seufzt laut.

»Sofia, du wirst dich wohl oder übel damit abfinden müssen. Ich hör damit nicht so schnell wieder auf.«

Überrascht sieht sie zu mir. »Wow, du hast mich Sofia genannt. Das ist ja schon einmal ein Fortschritt«, bringt sie mit zusammengekniffenen Augen hervor. Sie hebt ihre Hand an die Stirn, um die blendende Sonne abzuwehren und ich erkenne, wie sich ein kleines Lächeln auf ihrem Gesicht breitmacht. »Nun dann Charming, wir müssen eine Umfrage starten.«

»Charming, das gefällt mir«, merke ich lächelnd an und nicke anerkennend. Nebeneinander laufen wir in Richtung Industriegebiet. Für einige Augenblicke reden wir überhaupt nicht. Sie macht den Anschein, als wolle sie etwas sagen, jedoch unterlässt sie dies, also überwinde ich mich schließlich und mache den Anfang.

»Ich —«

»Wie —«

Fangen wir beide gleichzeitig an zu reden.

»Du zuerst«, sage ich hastig.

Sofia räuspert sich und sieht verlegen an mir vorbei. »Also, was da letztens passiert ist, können wir das vergessen?«, fragt sie zögerlich und neigt ihren Kopf nach unten. Ich weiß mit Sicherheit, dass sie dabei *nicht* unser letztes Treffen meint, sondern das, was im Park passiert ist.

»Ja klar, alles gut.« *Wie geht es dir,* sind die Worte, welche ich eigentlich von mir geben wollte. Als sie letzte Woche zu Besuch bei mir war, hatte ich keine Möglichkeit, sie darauf anzusprechen, denn ich wollte sie nicht unwohlfühlen lassen. Meine Freunde waren da und sie sollten davon nichts mitbekommen – das ist ein sehr sensibles Thema.

Sofia nickt und formt mit ihren Lippen ein: *Danke.*

Vielleicht ist es auch einfach besser, wenn wir nicht darüber reden ...

»Was wolltest du sagen?«

»Nur, dass ich finde, dass deine Frisur heute besonders schön aussieht«, sage ich schnell, ohne darüber nachzudenken.

Sofia zieht ihre Augenbrauen zusammen. »Ich trage meine Haare offen, das ist dir schon bewusst, oder?«

Ich lache verzweifelt und neige meinen Kopf zur Seite. »Nun, dann verbessere ich mich – ich finde deine Haare schön. So wie immer. Denn nur unter uns, ich *liebe* deine Locken.«

Zwei Stunden und viele Umfragen später, machen wir uns schließlich auf den Heimweg, als es plötzlich zu regnen anfängt.

»Mist!«, fluche ich, denn der Regen wird immer stärker und prasselt nur so auf uns herab. »Komm, wir gehen zu mir«, schlage ich vor und biege schnell in meine Straße – zum Glück ist es nicht mehr weit.

Sofia schüttelt den Kopf und wischt sich ihre nasse Haarsträhne hinters Ohr. »Nein, das passt schon. Es ist ja auch nicht mehr so weit zu mir.«

Es donnert und ich sehe, wie sie bei dem Geräusch leicht zusammenzuckt – bei diesem Wetter kann sie unmöglich zu sich nachhause. »Sei nicht so bescheiden, zu dir sind es noch um die fünfzehn Minuten. Komm«, sage ich, bis sie endlich ein geschlagenes Nicken von sich gibt.

Wir fangen an zu rennen und Gott sei Dank sind es nur noch ein paar Meter bis zu mir nachhause. Angekommen vor meinem Anwesen, schließe ich hastig die Tür auf und betrete gemeinsam mit ihr mein Haus.

Lächelnd sehe ich sie an – ihre Haare sind ganz nass wie auch ihre ganzen Klamotten. Schnell wende ich den Blick von ihr ab, denn durch das nasse Shirt sehe ich ganz genau den Abdruck ihrer Nippel und sie sollte sie sich nicht unwohl fühlen – das möchte ich keineswegs.

»Willst du etwas Trockenes zum Anziehen?«, biete ich ihr an.

Vorsichtig schüttelt sie den Kopf.

»Ach komm schon, Sofia, du bist pitschnass. Ich bringe dir etwas«, gebe ich von mir und laufe in mein Zimmer.

Wie angewurzelt bleibt sie stehen, bis ich sie auffordernd anblicke. »Komm.«

Schließlich bewegt sie sich und läuft mir leise nach. Zögernd betritt sie mein Zimmer. Ich mag es, wie nervös sie ist.

»Hier.« Ich werfe Sofia einen meiner Pullis, eine Jogginghose und nach kurzem Überlegen eine Boxershort zu. Ob es seltsam rüberkommt – bestimmt. Aber sie inklusive ihrer ganzen Klamotten ist durchnässt, da wird sie es wohl brauchen.

Zögernd nimmt sie die Klamotten an sich und sieht dankbar zu mir.

»Die Boxershort ist neu, keine Sorge«, füge ich hinzu, als ich den ungewissen Blick ihrerseits wahrnehme.

Schnell ziehe ich mein nasses Shirt aus und krame in meinem Kleiderschrank, um mir selbst einen Pullover herauszusuchen. Ich spüre Sofias Blick auf mir, ohne überhaupt zu ihr nach hinten zu sehen – sie beobachtet jede meiner Bewegungen.

Lächelnd drehe ich mich zu ihr um, woraufhin sie verlegen auf den Boden sieht. »Sorry«, gibt sie kleinlich von sich und wird rot.

Ich kratze mich an meinem Hinterkopf, ziehe mir einen Pullover drüber und beginne damit, den Reißverschluss meiner Hose zu öffnen. »Willst du noch hierbleiben und mir dabei zusehen, wie ich mich ausziehe? Ich wusste nicht, dass wir schon so weit sind, aber in Ordnung«, bringe ich grinsend hervor, als sie sich immer noch nicht rührt und ihr Blick weiterhin auf mir verweilt.

Verlegen schaut Sofia von mir weg, dreht sich um und geht zur Tür. »Ich ziehe mich dann mal um. Wo ist das Bad?«, fragt sie ganz schnell mit hoher Stimme.

Ich muss grinsen. »Die zweite Tür rechts«, entgegne ich und schon ist sie hinaus.

Eilig ziehe ich mir eine trockene Hose an, warte bis Sofia sich ebenfalls umgezogen hat, und schmeiße unsere Klamotten in den Trockner. *Verdammt, sie sieht in meinen Sachen so gut aus.*

»Willst du was essen?«, frage ich, während wir uns auf den Weg ins Wohnzimmer machen. »Nein, alles gut. Wir können ja die Umfragen auswerten«, schlägt sie vor.

Schräg blicke ich sie an, dieses Mädchen ist wirklich … anders. »Ich denke, wir haben heute schon genug gemacht, und ich mach uns jetzt etwas zu essen«, entscheide ich, nachdem ihr Bauch ein leises Knurren von sich gegeben hat.

»Ja, okay. Kann ich dir helfen?«, fragt sie hilfsbereit und lächelt.

»Gerne. Auf was hast du Lust?«

»Was hast du denn da?«

»Nudeln?«

»Super, dann machen wir Nudeln.« Sofia bewegt sich grinsend in Richtung Küche, dreht sich schließlich, als sie angekommen ist, zu mir und sieht mich bedrückt an. »Ich weiß echt nicht, ob das so eine gute Idee ist. Falls ich deine Klamotten voll kleckere … ich will nicht wissen, wie viel die gekostet haben«, kommt es bedenklich von ihr, während sie niedlich ihre Stirn runzelt.

»Mach dir darüber mal keine Sorgen, Prinzessin«, antworte ich und schenke ihr einen zuversichtlichen Blick. »Also, was für Nudeln willst du?«, frage ich, als ich im Regal nach den verschiedenen Sorten sehe. »Wir haben Spagetti oder kurze Nudeln.« Schnell sehe ich auf die Verpackung. »Uhm Fusilli, Penne oder Farfalle.«

Amüsiert beäugt mich Sofia, sieht mir über die Schulter und entscheidet sich kurzerhand für die Fusilli.

Nachdem wir gemeinsam das Essen zubereitet haben, stelle ich die Teller auf dem Wohnzimmertisch ab, schmeiße mich aufs Sofa und klopfe auf den Platz neben mir. »Was willst du schauen?«, frage ich nebensächlich, während ich den Fernseher anschalte, und setze dabei meinen charmanten Blick auf.

»Das würden dir bestimmt nicht gefallen«, erwidert sie.

»Ich schaue alles, sag mir den Titel.«

Sie grinst. »Wie ein einziger Tag.«

Noch nie davon gehört. Ich starte den Film und ach du Scheiße, auf was habe ich mich da nur eingelassen?

»Gefällt er dir?«, fragt Sofia, nachdem wir ein paar Minuten in dem Film drin sind und sie meinen skeptischen Blick entdeckt hat. Überschwänglich nicke ich und ziehe überzeugend meine Augenbrauen nach oben.

»Wir können auch etwas anderes anschauen«, gibt sie schnell von sich.

»Nein, nein – schon in Ordnung. Du willst ihn anschauen, also tun wir das jetzt auch.«

»Also, wie fandest du den Film?«, fragt Sofia lächelnd, als wir am Ende angekommen sind. Ich meine sogar, eine kleine Träne auf ihrem Gesicht zu erkennen – der Film war schon traurig, allerdings auch unfassbar kitschig.

Ehrlichgesagt ist er gar nicht so schlecht gewesen. »Ganz gut aber das nächste Mal suche ich einen Film raus«, erwidere ich.

»Nächstes Mal?«

Ich nicke. »Ja, nächstes Mal, Prinzessin. Denk nicht, dass du mich so leicht vom Hals bekommst. Ich fang an, dich zu mögen.«

Sofia prustet los und blickt mich mit großen Augen an. »Aaron kann wirklich jemanden mögen?«

»Ja, ich mag dich«, entgegne ich ehrlich.

Sie zieht die Augenbrauen nach oben.

»Was?«, gebe ich lächelnd von mir. »Ist es so schwer, zu glauben, dass ich jemanden mögen könnte? Mein Herz ist nicht aus Stein«, füge ich hinzu und auch wenn ich es mir nicht anmerken lasse, verletzen mich ihre Worte ein wenig, ohne dass sie weiß, dass sie es tun.

»Nein, nur ich dachte immer, du wärst ein gefühlloser, nun ja… Arsch.« *Ja, so habe ich mich gegeben.* Ich weiß, dass die Menschen so von mir denken, aber die Worte einmal zu hören, ist eine andere Art von Schmerz.

»Tja, selbst so ein gefühlloser Arsch wie ich hat ein Herz und empfindet Gefühle«, entgegne ich schnell und ohne, dass ich es überhaupt bemerke, wandern meine Mundwinkel ein Stück nach unten.

»Hey, tut mir leid, so war das echt nicht gemeint. Ich weiß jetzt, dass du nicht so bist, aber zu meiner Verteidigung, es sah wirklich so aus.«

Ich nicke leicht und zwinge mir ein Lächeln auf.

Ja, so sah es aus.

»Ich denke nun anders von dir, Charming.«

15

Sofia

»Ich will nichts davon hören.« Wehleidig drehe ich meinen Kopf zur Seite, während mir eine kleine Träne über die Wange läuft.

»Sofia –«, möchte Alicia erwidern, jedoch unterbreche ich sie augenblicklich. »Hör damit auf, bitte. Du verstehst es einfach nicht«, gebe ich verletzt von mir und wische mithilfe meines Handrückens eine Träne weg.

»Fang mir nicht damit an, okay? Tu nicht so als wäre ich ein kleines Kind«, antwortet meine Schwester aufgebracht und ist nun auch den Tränen nah.

»Alicia«, sage ich mit ruhiger Stimme und streiche ihren Arm.

»Du hast kein Recht, schlecht von ihm zu denken. Mamá war die, welche ihn verscheucht hat«, gibt sie beleidigt von sich und schüttelt meinen Arm ab.

»Ach ja? Sie hat uns vor ihm beschützt! Er ist hier der Böse, nicht sie!« Ich blicke Alicia durchdringlich an und sehe dabei zu, wie sie ihren Kopf schüttelt. *Oh, Alicia ...*

Ich nicke protestierend. »Oh, doch.« Mir läuft eine weitere Träne über die Wange – es ist so schmerzhaft darüber zu reden. »Er hat sie geschlagen«, hauche ich leise und halte die Luft an.

Alicia erstarrt und sieht mit eisernem Blick zu mir. Schweigend schüttelt sie immer wieder den Kopf und ich betrachte, wie ihr eine Träne die Wange hinunterfließt.

»Sie wollte nicht, dass er uns auch etwas antut. Er hatte ein wirkliches Alkoholproblem.«

Meine Schwester sieht schweigend nach unten – in der Versuchung, meinem Blick zu entkommen.

»Wir wollten es dir nicht sagen, um dich nicht zu verletzen«, flüstere ich zaghaft. »Ich sollte es auch nicht wissen, aber habe es durch Zufall mitbekommen.« *Denn ich war dabei, als es passiert ist.*

Unser Vater hat sich bei Alicia gemeldet. *Wie kann er nur? Er hat sich, die ganzen Jahre nicht für uns interessiert, wieso also jetzt?* Ich will ihn nicht in meinem Leben haben und Alicia kann nicht blind auf ihn vertrauen, nur weil sie von den ganzen Sachen nichts wusste. Ich musste es ihr sagen.

»Ich kann das einfach nicht glauben«, schluchzt sie verzweifelt und dreht ihren Kopf zu mir. Ihre Tränen fließen nun in mein Oberteil – ich halte sie fest und muss mich zurückhalten, nicht gleich selbst wieder zu weinen.

»Es tut mir so leid«, schluchzt sie.

»Es ist alles gut«, entgegne ich und schließe sie in meine Arme. Ich muss für meine kleine Schwester da sein, auch wenn mir gerade selbst zum Heulen zumute ist. Ich verspüre auf einmal so ein ekliges Gefühl in meinem Magen. Etwas, das mich nicht loslässt. Denn ich verdränge das Thema mit meinem Vater nur zu gerne, werde ich dann damit konfrontiert, weiß ich nicht recht, wie ich damit umgehen soll.

Ich löse mich von ihr und wische Alicia die Tränen von der Wange. »Wie wäre es mit einem Filmabend? Du darfst bei mir übernachten – so wie früher«, schlage ich vor. »Früher hast du mich immer angefleht.« Ich gehe ihr durch die wirren Haare und neige meinen Kopf zur Seite. Alicia ist zwar nur ein bisschen mehr als ein Jahr jünger als ich, aber für mich bleibt sie trotzdem immer meine Kleine.

Ihre Mundwinkel wandern nach oben und sie beginnt überschwänglich zu nicken. »Na schön«, gibt sie von sich und starrt auf ihr Handy. »Ich blockiere ihn«, kommt es entschlossen von ihr. Sie öffnet den Kontakt unseres Vaters und sperrt die Nummer – schottet ihn von ihrer Welt ab, als würde er nicht mehr existieren. Mir läuft still eine Träne die Wange hinunter, aber ich wische sie augenblicklich weg – ich *muss* stark sein.

»Jetzt mal ein anderes Thema, wie war es bei Aaron? Hast du was über Connor herausgefunden?« Sie sieht mich erwartungsvoll an. Jedoch erkenne ich schon einen Hauch von Enttäuschung in ihrem Blick, da sie mich gut genug kennt, um zu merken, dass ich ihr wohl keine besonders guten Nachrichten überbringen werde.

»Na ja, was das angeht … Aaron hat mir gesagt, dass er kein guter Umgang ist und dir nur das Herz brechen wird«, gebe ich von mir.

Ihre Augen weiten sich augenblicklich. Spöttisch sieht sie zu mir rüber. »Ach ja und du glaubst Aaron? Ist er nicht derjenige, der die Mädchen nur so ausnutzt und kein guter Umgang ist?«, gibt sie trocken von sich und zuckt dabei nicht einmal mit der Wimper. Immerhin sagt sie geradeaus das, was sie denk.

»Das stimmt nicht«, rechtfertige ich mich, aber was ist bitte passiert? *Wieso verteidige ich ihn?* Er hat viele Mädchen ausgenutzt, das ist keine falsche Annahme. *Also wieso verteidige ich Aaron?* »Er hat ein paar doofe Sachen gemacht – ja, aber er hat sich geändert. Was natürlich nicht heißt, dass es okay war, aber so ist er nicht mehr und war nicht immer so.«

Verwirrt von meinen eigenen Worten schüttle ich den Kopf. *Was passiert hier?* Ich rede gerade über Aaron Blythe. Der arrogante, selbstverliebte Arsch – aber das ist er nicht mehr und das war er eigentlich auch nie, es hat nur immer so ausgesehen. Nachdem ich Aaron nun besser kennengelernt habe, wurde mir klar, dass er weder selbstverliebt oder arrogant noch ein Arsch ist.

»Ach ja und seit wann denkst du bitte so darüber? Du hast mir immer gesagt, wie sehr du ihn verachtest.«

Ich schlucke – das hat gesessen. »Damals, ja. Aber jetzt habe ich ihn besser kennengelernt und weiß, dass er auch eine andere Seite hat. Also wenn du ihm nicht vertraust, dann vertraue mir und vergiss

Connor.« Nervös beiße ich mir auf die Unterlippe und sehe flüchtig an Alicia vorbei.

Erschreckenderweise glaube ich die Worte, welche ich von mir gebe – denn ich *vertraue* Aaron. Was völlig komisch ist, denn ich kenne ihn noch nicht so lange. Aber irgendetwas an dem Fakt, dass er sich mir gegenüber so sehr öffnet und seine Sorgen preisgibt, lässt ihn authentisch wirken – so als würde er mit offenen Karten spielen. Womöglich ist das auch der Grund, weshalb ich ihm sofort vertraue.

Langsam senkt Alicia ihren Kopf nach unten und nickt schließlich. Kurz darauf blickt sie auf, als hätte sie einen Geistesblitz bekommen. »Aber du musst mir eins sagen«, beginnt meine Schwester zu reden. »Liebst du Aaron?«

Meine Mundwinkel schnellen instinktiv in die Höhe und ich muss losprusten. »Was? Nein«, gebe ich schnell von mir. »Wir sind nur Freunde«, versichere ich ihr.

Alicia verengt ihre Augen zu zwei schmalen Schlitzen und blickt forschend zu mir. »Kleines-Finger-Versprechen?«

Ich grinse, hebe meinen kleinen Finger und hake ihn bei meiner Schwester ein. »Kleines-Finger-Versprechen.«

»Solltest du dich aber in ihn verlieben, bin ich die Erste, die davon erfährt. Ich bin mir sicher, du bist es schon längst, weißt es nur selbst noch nicht.«

Lachend antworte ich. »Träum mal schön weiter, ich werde mich nicht in ihn verlieben.«

Alicia schmiegt sich an mich und blickt verstohlen zu mir. »Das werden wir noch sehen.«

Das wird sicherlich nicht passieren.

Ich schließe für einen Moment meine Augen und denke an Aaron und in diesem Augenblick bin ich mir nicht mehr so sicher. *Stopp, sofort raus damit aus meinen Gedanken!* Ich liebe ihn nicht und das werde ich auch nie! *Was mich da so sicher macht?* Ich weiß es auch nicht.

Schnell reiße ich meine Augen auf.

Ich denke nicht mehr über ihn nach – nein.

16

Aaron

Hey, Prinzessin.

Hey, Charming.

Es war echt schön gestern.

Ja, das fand ich auch:)

Ich muss dich wieder sehen.

Am Freitag sehen wir uns in der Schule und das mit Sonntag, um die Präsentation vorzubereiten, steht doch immer noch, oder?

Ja, aber ich meine, wir müssen uns wieder treffen.

Sag ich doch, am Sonntag.

Du verstehst mich falsch, Sofia. Ich will etwas mit dir machen, was nichts mit der Schule zu tun hat, so wie gestern.

Oh, ja gerne, wieso nicht.

Ein Date? Ich bin ein echter Gentleman, glaub mir.

Süß wie du es versuchst.

Aber ich muss passen.

Ach komm schon, ein Date und dann kannst du selbst entscheiden, was du denken willst.

Es tut mir leid, dich zu ent-täuschen, aber die Masche funktioniert bei mir nicht.

Ein einziges Date?

Nö.

Danach lasse ich dich auch damit in Ruhe und wir können Freunde sein, wenn du das dann noch willst.

Du wirst wohl nie damit aufhören, habe ich recht?

Ja.

Ein Treffen meinetwegen, aber es ist kein Date.

Nenn es, wie du willst, Prinzessin, aber es ist und bleibt ein Date.

Bestimmt nicht.

Freitagabend?

Da helfe ich meiner Großmutter beim Kochen und wir sehen uns einen Film zusammen an. Wie wäre es mit Samstag?

Samstagabend, sieben Uhr. Ich hol dich ab.

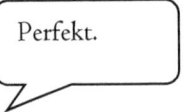

Perfekt.

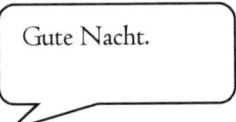

Gute Nacht, Sofia.

Gute Nacht.

Ich grinse breit und lehne mich in meinem Bett zurück. Mir ist es gelungen, sie zu einem Date zu überreden. Jetzt muss ich es nur noch schaffen, ihr zu zeigen, dass es die richtige Entscheidung war.

Für mich ist das hier schon lange nicht mehr Teil der Wette und ehrlichgesagt war das auch einfach eine dumme Idee. Ich war betrunken, traurig und kannte sie nicht. Jetzt sehe ich sie an und denke mir nur so: *Wow, ich will mehr über sie erfahren.*

Noch nie zuvor hatte ich den Drang, mehr über jemanden herauszufinden, besonders nicht über ein Mädchen, aber bei ihr ist das komplett anders. Bei ihr habe ich das Bedürfnis, zu reden, *wirklich* zu reden und möchte nicht nur etwas Körperliches. Ich weiß nicht, was es ist, aber es lenkt mich von meinen Problemen ab und das reicht mir.

Ein lauter Knall von unten lässt mich aus meinen Gedanken schrecken. Eilig richte ich mich auf und laufe aus meinem Zimmer hinaus. Es ist mein Vater – wer hätte es bloß gedacht?

»Hey, Dad«, rufe ich und laufe die breite Treppe hinunter.

Mit einem müden Blick in den Augen taumelt er auf mich zu. »Hallo, Aaron.« Seine Begrüßung erfolgt in einem harschen Ton, wobei ich den Alkohol bis hierher rieche.

»Ich wusste gar nicht, dass du heute schon nachhause kommst«, gebe ich schnell von mir. Ich mache einen Schritt auf ihn zu, um ihn zu halten, da es so aussieht, als würde er gleich auf der Stelle umkippen. Er schiebt mich jedoch grob weg und sieht desinteressiert zu mir. »Ich brauche deine Hilfe nicht und ich habe dir sehr wohl gesagt, dass ich heute heimkomme. Es war dir anscheinend einfach nicht so wichtig«, kommt es lallend von ihm, während es sich auf die Couch fallen lässt.

Ich beiße mir auf die Lippe und schlucke laut. *Ich habe dir sehr wohl gesagt, dass ich heute heimkomme, es war dir anscheinend doch nicht so wichtig.* Bullshit. Er geht und kommt, wann es ihm passt, und sagt mir kaum Bescheid. Ich sehe ihn ja fast nie. Wenn er dann einmal zuhause ist, braucht er seine scheiß Ruhe und verschwindet in seinem Zimmer – danach ist er wieder weg.

Ich schlucke die Worte, welche mir auf der Zunge liegen, hinunter und blicke in seine düsteren Augen. Es artet nur noch mehr aus, wenn ich jetzt noch etwas sage, also schweige ich.

»Guck nicht so dumm, räume lieber meine Tasche weg und lass deinen Vater alleine.«

Ich neige meinen Kopf zu Boden und nehme die Aktentasche entgegen. Ich will schon aus dem Zimmer verschwinden, da greift er nach der Whiskeyflasche. Instinktiv drehe ich mich zu ihm um und reiße den Alkohol aus seiner Hand. »Ich glaube, du hast genug für heute. Schlaf besser«, gebe ich laut von mir.

Der zornige Blick meines Vaters durchlöchert mich und ich sehe die Wut in seinen Augen aufblitzen. »Ich weiß selbst, wann ich genug habe!«, erhebt er seine Stimme. Christian will nach der Flasche greifen, doch ich ziehe sie schnell genug weg. Er ist schon zu betrunken, da darf er nicht noch mehr trinken.

»Du kleine Missgeburt!«, schreit er, greift hinter sich auf dem Tisch nach einer Bierflasche und schmeißt sie nach mir. Ich ducke mich rechtzeitig nach unten, dennoch streift sie leicht meinen Arm und geht auf dem Boden zu Bruch – wie auch mein Herz – in tausend kleine Teile.

»Willst du noch mehr, hm?!«, schreit er und reißt seine Augen weit auf. Ich zucke zusammen, mache schließlich aber einen Schritt auf ihn zu und wiederhole mich mit lauter Stimme. »Ich denke, du solltest schlafen gehen.« Standhaft bleibe ich stehen und rühre mich kein Stück.

103

Nach ein paar Momenten dreht er sich um, richtet seine Haare und verschwindet nach oben. »Räum die Scherben weg!«, ruft er und knallt die Tür hinter sich zu. Wumm und alleine bin ich mitten in dem Scherbenhaufen meiner Gefühle.

17

Sofia

Ein Pulli, ein Shirt oder doch lieber ein Kleid? Ich habe keine Ahnung, was ich anziehen soll, und es stresst mich sehr, wenn ich ehrlich bin. Mein Zimmer sieht mittlerweile ganz schrecklich aus. Jegliche Klamotten, welche ich aus meinem Schrank rausgeholt habe, liegen nun überall auf dem Boden verstreut. Mein ganzes Make-up ist verteilt auf meinem Tisch positioniert und von meinen ganzen Haarprodukten ist erst gar nicht die Rede.

Nach zwanzig Minuten und drei Heulkrämpfen habe ich schließlich den perfekten Scheitel hinbekommen und meine Haare lagen endlich eng genug an. Ich habe die Hälfte meiner Haare in einem Dutt zusammengebunden und die Andere trage ich offen.

Manchmal hasse ich es, Locken zu haben, denn sie beanspruchen so viel Zeit. Ich habe meine offenen Haare angefeuchtet und jede einzelne Strähne mit meinem Finger eingedreht, damit sie makellos aussehen. Aber es hat sich sowas von gelohnt.

Schlussendlich entscheide ich mich für ein lockeres Sommerkleid. *Jetzt bloß nicht die Frisur und das Make-up zerstören,* denke ich, als ich es mir über den Kopf ziehe. Zufrieden sehe in den Spiegel. Super.

Ein kurzer Blick auf die Uhr verrät mir, dass mein Timing tadellos ist, denn in genau fünf Minuten muss ich los. Flink schnappe ich mir eine dunkelrote Handtasche, packe etwas Geld, meine Lippenpflege, mein Schlüssel und mein Handy hinein und laufe nach unten.

»Hey«, begrüßt mich Catalina grinsend, welche mit ihrem Freund Enzo zusammen in der Küche steht und sich gerade ein Stück Nektarine in den Mund schiebt.

»Hey«, gebe ich lächelnd zurück und laufe einen Schritt auf sie zu. »Gib mir mal bitte Eine ab.« Erwartungsvoll strecke ich meinen Arm nach ihr aus.

Widerwillig legt sie ein Stück in meine Hand und schiebt sich ebenfalls wieder eins in ihren Mund. »Wo gehst du hin?«, fragt sie, als ich mich zur Tür wende.

Langsam drehe ich mich wieder zu den beiden um und lächle breit. »Ich treffe mich mit Aaron.«

»Aha«, entgegnet sie knapp und widmet sich kurz darauf wieder ihrem Essen.

»Dann viel Spaß«, fügt Lorenzo hinzu und schmunzelt scheinheilig. Ich forme ein: *Gracias,* mit meinen Lippen, was danke auf Spanisch heißt, und winke zum Abschied.

»Cuidarse«, ruft er mir hinterher, bevor ich in den Hausgang verschwinde. Es heißt: Pass auf dich auf. Enzo ist mittlerweile ein Teil unserer Familie geworden – jeder liebt ihn. Vor allem meine Mutter hat ihn ins Herz geschlossen und wenn ich ehrlich bin, dann ich auch. Lorenzo ist wie ein Bruder für mich. Sowas hatte ich noch nie, da wir in unserer Familie ausschließlich Mädchen sind und meine Verwandtschaft überwiegend aus Frauen besteht.

Ich weiß nicht, was Aaron vorhat, denn er meinte, es sei eine Überraschung, darum bin ich unfassbar aufgeregt. Zwar habe ich keine Ahnung, was er sich dabei erhofft, denn für mich ist das nur ein Treffen unter Freunden, nicht mehr und nicht weniger, aber ich freue mich dennoch.

Hibbelig stehe ich an unserem vereinbarten Treffpunkt und gehe von einem auf den anderen Fuß. Warten ist so etwas Schreckliches – ich hasse es von ganzem Herzen. Zum Glück muss ich mich damit nicht lange rumschlagen, denn ich erkenne seine hellbraunen Haare schon von der Ferne.

Er trägt ein weißes Hemd, das bis auf die zwei obersten Knöpfe zugeknöpft ist und dazu hat er eine lockere, blaue Jeans angezogen. *Er sieht unglaublich gut aus.* Seine leicht welligen Haare trägt er heute in einem Mittelscheitel und ich muss sagen, das steht ihm wirklich gut. *Das sollte er öfters so tragen.*

Ein breites Lächeln umspielt seine Lippen und das macht ihn noch attraktiver. *Ja, Aaron ist attraktiv, keine Frage, aber das alleine bringt es nicht.* Mir entfährt ein Schmunzeln, als er mich in seinen Arm nimmt. »Du siehst gut aus«, haucht er mir leise ins Ohr, nachdem er sich wieder von mir löst.

»Danke«, antworte ich leise und beiße nervös auf meine Unterlippe. »Also, was machen wir heute?«, frage ich gespannt und blicke ihn erwartungsvoll an.

»Komm mit«, gibt er von sich, ohne auf meine Frage einzugehen, und streckt seine Hand nach mir aus. Verlegen senkt er diese wieder, nachdem ihm klar wird, dass ich sie nicht ergreifen werde, und presst seine Lippen aufeinander.

Still laufen wir nebeneinander, bis wir schließlich am Hafen ankommen und er eine Yacht betritt. *Eine Yacht!?!* Mein Mund bleibt offenstehen – noch nie habe ich etwas so Pompöses gesehen.

»Komm«, fordert er mich mit einem breiten Lächeln auf. Ich wache aus meiner Starre auf und bewege mich zu ihm. *Ich wusste ja, dass er reich ist, aber SO reich?*

»Ich dachte, dir gefällt es. Du hast mal erwähnt, wie sehr du das Wasser liebst«, gibt er von sich, woraufhin ich überrascht zu ihm sehe. *Daran kann er sich noch erinnern?* Ich hatte das nur mal so nebenbei erwähnt und sogar schon selbst vergessen. Mein Herz macht, ohne dass ich es verhindern kann, einen kleinen Sprung in die Höhe. »Das stimmt«, antworte ich und streife die Reling. »Dass du dich daran noch erinnern kannst …«

»Natürlich«, gibt er so selbstverständlich von sich, als wäre es das Normalste auf der Welt und grinst wieder so unwiderstehlich. »Aber das ist noch nicht unser Date.«

Laut räuspere ich mich und sehe ihn mit belustigter Miene an.

»Unser Treffen, sorry«, verbessert er sich. »Ich dachte, es würde dir sicherlich gefallen, auf den See hinauszufahren und weil du ja sicher Hunger hast, habe ich was vorbereitet.« Er zieht mich mit sich in die Kajüte und ich kann es nicht fassen. Bei genauerem Betrachten erkenne ich einen gedeckten Tisch, auf dem verschiedensten Dingen serviert sind.

»Meeresfrüchte? Ich dachte, du magst die nicht«, entfährt es mir, sobald mein Blick darauf fällt. »Aber du magst sie«, erwidert er und zieht den Stuhl etwas nach hinten, sodass ich mich setzen kann. *Was ein Gentleman.*

Dankend blicke ich zu ihm.

Es sieht alles so unfassbar lecker aus. Muscheln, Garnelen, Hummer und warte mal ... »Sind das Empanadas?«, bringe ich zugleich erfreut als auch überrascht hervor.

Aaron nickt stolz und beginnt zu reden. »Ich habe sie sogar selbst gemacht. Na ja, ich habe es zumindest versucht.«

Er erstaunt mich immer mehr und das auf eine absolut positive Weise. »Ich weiß nicht, was ich sagen soll. Das ist … Ich kann nicht glauben, dass du das hier alles gemacht hast«, antworte ich baff und spiele mit der Gabel zwischen meinen Fingern. »Danke.«

Perplex sehe ich ihn an, als sich die Yacht auf einmal zu bewegen beginnt.

»Das ist Ivan unser Skipper.«

Ich runzle die Stirn. »Skipper? Tut mich leid, ich kenne mich mit diesen ganzen Begriffen überhaupt nicht aus.«

Aaron lacht herzig und schüttelt den Kopf. »Er ist fürs Fahren zuständig«, sagt er. »Aber bitte probiere jetzt mal, ich muss ja wissen, ob ich es gut gemacht habe«, gibt er strahlend von sich und zeigt mit seinem Finger auf die Empanadas.

Ich nicke leicht und schiebe mir langsam eine in den Mund. Es ist noch ein bisschen heiß, aber schmecken wirklich sehr gut. Zwar nicht so lecker wie die von meiner Abuela, aber sein wir mal ehrlich, die kann niemand toppen.

»Die Empanadas sind dir echt supergut gelungen«, gebe ich glücklich von mir und nehme mir gleich noch eine zweite.

»Probiere auch mal«, fordere ich und lege ihm eins auf seinen Teller. Aarons Mundwinkel wandern ebenfalls nach oben, als er anfängt, zu essen.

18

Aaron

Alleine das Lächeln auf ihren Lippen zu sehen, genügt mir und ich bin sicher, dass sich alles gelohnt hat. Mittlerweile sind wir schon sehr weit auf dem See draußen und treiben mehr oder weniger. Die Sonne ist bereits seit längerem untergegangen und die Sterne strahlen hell am Himmel.

»Können wir mal raus?«, fragt Sofia neugierig und rückt ein Stück mit ihrem Stuhl zurück.

»Sicher.« Instinktiv stehe ich auf, streiche mein Hemd glatt und gemeinsam laufen wir aus der Kajüte. Ich deute mit der Hand auf ein graues Sofa, welches in der Mitte des Schiffdecks steht. Für einige Momente bleiben wir reglos sitzen, sehen auf das Wasser hinaus und blicken zu den Sternen, bis Sofia schließlich das Schweigen bricht. »Darf ich dich mal etwas fragen?«, gibt sie leise von sich und sieht mich innig an.

Ich nicke langsam und wende meinen Blick ebenfalls an sie. Sofia streicht sich übers Haar und platziert ihre Hand auf ihrem Oberschenkel. Es kommt mir fast so vor, als würde sie zögern, aber schließlich gibt sie Worte von sich, welche ich eigentlich nicht hören will. »Ich weiß, es ist echt doof, das zu fragen, aber ich kann einfach nicht anders, ich muss das wissen. Wieso hast du früher so viele

Mädchen ... nun ja, du weißt schon? Das kann schließlich nicht nur an Erwartungen liegen.«

Ich schlucke laut und mein Blick wandert rasch zu Boden. Ich wusste, diese Frage würde irgendeinmal aufkommen und ganz ehrlich, ich weiß die Antwort darauf selbst nicht einmal.

»Ich weiß nicht, wieso ich es getan habe. Es lief einfach so viel Scheiße bei mir ab und ich wollte mich ablenken«, entfährt es mir und in dem Moment fühle ich mich so grottig wie noch nie zuvor. *Ich wollte mich ablenken*, das hört sich ja mal wie das allergrößte Arschloch auf Erden an. Aber es ist die Wahrheit, das kann ich nicht leugnen.

»Aber hast du nicht auch mal an die Gefühle der anderen gedacht? Es tut mir leid, dass es dir so schlecht ging, aber es ist keine Entschuldigung.«

Ich weiß. »Natürlich habe ich an deren Gefühle gedacht. Jede, mit der ich etwas hatte, wusste im Vorhinein genau, dass ich nicht auf was Ernstes aus bin. Ich war egoistisch, ja und das bereue ich, wirklich, aber mir geht es einfach schlecht und ich wusste nicht, weiß nicht, was ich dagegen machen soll.«

»Dir geht es immer noch schlecht, wieso hast du dann aufgehört, so zu sein, wenn du sagst, es war so, weil es dir schlecht geht?«

Wegen dir Sofia. »Ich weiß nicht. Ich habe einfach realisiert, dass es nicht das Richtige ist, schätze ich mal«, gebe ich knapp von mir. »Du musst mir glauben, ich würde sowas nie wieder machen«, sage ich, wobei ich selbst nicht einmal weiß, wie ich mir dabei so sicher sein kann, aber ich bin es.

Ich wollte nie so sein und würde ich es rückgängig machen können, dann würde ich es ändern, aber die Zeit kann ich nun einmal nicht zurückdrehen und ich muss jetzt damit leben.

»Ich glaube dir, Aaron«, flüstert sie leise und nimmt meine Hand in Ihre. Es kribbelt an meinem ganzen Körper und ein unbeschreibliches Gefühl erfasst mich. »Danke«, sagt Sofia und gibt mir einen leichten Kuss auf die Wange. Wow. Ihre Lippen sind so weich und es ist solch ein schönes Gefühl – ich möchte mehr. Ich weiß nicht, wofür der Kuss war, aber das ist mir ehrlichgesagt auch völlig egal – alles, was zählt, sind ihre Lippen auf meiner Wange.

»Wofür war dieser Kuss denn?«, frage ich leise und sehe etwas benommen zu ihr.

»Für heute«, sagt sie dankbar und geht sich durch die Haare.

»Gerne«, hauche ich und da ist so ein Moment zwischen uns. Einer, in dem wir uns ganz nahe sind – nicht nur physisch, sondern auch seelisch. Ich spüre etwas, das ich zuvor so noch nie gefühlt habe.

»Also, jetzt ist unser Date, Treffen – wie auch immer du es nennen magst, bald schon vorbei und nun ja, was denkst du nun darüber?«, frage ich behutsam und blicke erwartungsvoll zu ihr. Ich hoffe so sehr, dass sie mir die Antwort gibt, welche ich hören möchte – dieses eine Mal.

»Das sage ich dir morgen«, haucht sie mir leise ins Ohr und es ist unglaublich, was für einen Effekt sie auf Menschen hat – was für einen Effekt sie auf *mich* hat.

Die restlichen Stunden verbringen wir lachend miteinander, reden über belanglose Dinge und es fühlt sich so unbeschwert an – mit ihr fühlt sich alles so leicht an.

Ich denke, sie ist jemand, den ich lieben könnte.

19

Aaron

Lustlos kaue ich auf dem Doughnut, den mir Liam mitgebracht hat. Im Moment habe ich überhaupt keine Lust, mich mit ihm zu unterhalten. Er ist nicht wirklich mein Freund – das sagt er, ja, aber es steckt nichts Wahres dahinter. Meine ganzen *Freunde* sind, wenn es hart auf hart kommt nicht für mich da.

Easton ist mein einziger, richtiger Freund und wenn ich mir das mal durch den Kopf gehen lasse, ist das echt traurig. Aber es ist in Ordnung – ich habe ihn, das reicht mir.

»Kommst du auch mit zu Evan? Er macht wieder eine Party«, kommt es von Liam.

Gestresst drehe ich mich zu ihm. Party – wann habe ich dazu schon jemals nein gesagt? Ich liebe es – Alkohol, die laute Musik ... *mit Mädchen rummachen.* Ich verbanne diesen Gedanken sofort aus meinem Kopf. So bin ich nicht mehr und so will ich auch nie wieder werden.

»Weiß noch nicht«, gebe ich trocken von mir und nehme einen weiteren Bissen von meinen Doughnut.

»Ach komm schon, wie in alten Zeiten. Es ist schon lange her, seit wir gemeinsam auf einer Party waren.« Er zieht einen Schmollmund – ich hingegen versuche, ein Augendrehen zu unterdrücken.

113

Wenn wir zusammen auf eine Party gehen, sieht es genau so aus, dass ich ihn die ersten paar Minuten zu Gesicht bekomme und dann für den restlichen Abend gar nicht mehr sehe. Bis ich ihn dann schließlich entweder unter Drogen, stockbesoffen oder mit irgendwelchen vergebenen Mädchen erwische.

»Wie gesagt, ich weiß es noch nicht«, gebe ich mürrisch von mir und wende meinen Blick ab. Connor kommt im Schlepptau mit Dylan in unsere Richtung gelaufen. Angekommen bei uns, setzten sich die beiden auf die Bank neben uns. »Um was geht's?«, räuspert sich Dylan und sieht gespannt zu Liam und mir. Dieser geht sich durch seine schwarzen Haare und beißt auf seine Unterlippe. »Es geht um die Party heute bei Evan. Ich habe Aaron gefragt, ob er mitkommt, aber er will nicht.«

So habe ich das nie gesagt. »Ich weiß noch nicht, ob ich komme. Nie war die Rede davon, dass ich keine Lust habe«, verteidige ich mich schnell und fahre gestresst durch meine Haare. *Wobei er ja eigentlich recht hat, ich habe keine Lust.*

»Wie auch immer, du musst kommen. Ich habe gehört, Abigail wird auch da sein. Die Kleine ist besessen von dir und mit ein bisschen Überzeugung bekommst du sie bestimmt rum«, sagt Connor mit wackelnden Augenbrauen und einem breiten Grinsen auf den Lippen.

»Ich will nichts von Abigail und ich will auch sonst keine rumbekommen«, gebe ich leise von mir und kratze meinen Hinterkopf.

Alle samt blicken geschockt zu mir, bis sich Liam schließlich räuspert. »Ich weiß, was hier los ist. Du hast dich in die kleine Alvarado verliebt. Nur zu schade, dass sie nie so jemanden wie dich lieben würde.« Triumphierend lächelt er, aber in mir lassen seine Worte ein ganz schlechtes Gefühl hervorrufen.

Sofia ist mir in der letzten Zeit wichtig geworden, ja, aber ich liebe sie nicht. Ich liebe generell nicht, denn Liebe macht einen schwach und verletzlich. Bei unserem Date gab es einen Moment, in dem ich nur ganz kurz darüber nachgedacht habe, wie es sein würde, sie zu lieben, aber ich darf das nicht zulassen. *Ich darf nicht schwach sein.* Übrigens weiß ich immer noch nicht, wie sie überhaupt zu der ganzen Situation steht – auf meine Frage hat Sofia immer noch nicht geantwortet.

Nur zu schade, dass sie nie so jemanden wie dich lieben würde, da war es wieder. *So jemanden wie dich,* diese Worte bekomme ich zu oft zu hören und langsam fange ich an, sie zu glauben. Wie es mein Vater, Niall und nun auch Liam gesagt haben – jeder teilt mir dasselbe mit.

Ich schlucke laut, lasse mir aber nicht anmerken, dass mich diese Worte wirklich getroffen haben. »Ich liebe sie nicht, das wisst ihr. Und tut mir leid, dass ich nun mal keine Lust mehr habe, was mit irgendwelchen Mädchen zu haben.« Wütend und auch verletzt stehe ich auf und laufe davon – einfach irgendwo anders hin, denn das muss ich mir nicht geben.

Schon beim Betreten des Kursraumes kommt Liam auf mich zu, klopft mir auf die Schulter und presst ein leises Entschuldigung heraus. Ich nicke lediglich stumm und setze mich zu Easton.

»Ich habe gehört, du kommst nicht zur Party?«, stellt er fest, obwohl sich die Weise, wie er diesen Satz ausspricht, eher nach einer Frage anhört.

»Nicht du auch noch. Wie ich schon vorhergesagt habe, ich weiß es noch nicht. Außerdem habe ich die letzten zwei Stunden ja noch Psychologie und wollte mit Sofia vielleicht noch am Nachmittag die Präsentation überarbeiten.«

Easton nickt leicht verwirrt, antwortet jedoch. »Du ziehst Schulischem einer Party vor? Wow, ich bin stolz«, entgegnet er lachend und sieht mich ungläubig an.

»Es hat sich einiges geändert«, gebe ich nur von mir und krame meine Schulsachen aus dem Rucksack.

»Du kannst es echt nicht ernst nehmen, oder?«, bring Sofia lachend hervor und neigt ihren Kopf zur Seite.

Erstaunt senke ich meinen Stift. »Was? Ich? Ich nehme alles ernst«, gebe ich lächelnd von mir und blicke sie schmollend an.

»Aha, dann zeig es mir.«

Grinsend nicke ich. *Ja, Sofia, das zeige ich dir liebend gern.*

»Ich habe hier mal eine Liste mit den verschiedenen Themen angefertigt. Hier habe ich sie im Vergleich, dort habe ich die Dinge, die wir durch die Umfragen herausgefunden haben, aufgeschrieben und noch die Informationen vom Internet. All das müssen wir jetzt nur noch zusammenfügen«, erklärt sie mir stolz und zeigt, was sie aufgeschrieben hat.

Ich liebe ihre Listen – es gefällt mir, wie sie alles so feinsäuberlich ordnet. Wie sie genau weiß, was zu tun ist. Ich finde es süß.

»Perfekt.«

Der Unterricht vergeht wieder einmal viel zu schnell und es ist echt ein Wunder, dass ich das sage, aber es macht mir wirklich Spaß. Es war die richtige Entscheidung, diesen Kurs zu belegen. Ich mag es vor allem, da ich Zeit mit Sofia verbringe.

»Dann bis nachher?«, hakt sie nach, als wir draußen stehen und sich unsere Wege trennen. In dem Moment klingelt mein Handy und ich verdrehe genervt die Augen, als ich die Nachricht auf meinem Bildschirm lese.

»Was ist?«, fragt Sofia und versucht, einen Blick auf mein Handy zu erhaschen.

»Es ist nur Liam, er will mich überreden, zu dieser Party von Evan heute zu gehen.«

Sofia schweigt einen Moment und runzelt die Stirn. »Überreden? Wieso gehst du nicht hin? Die ist doch eh erst am Abend.«

Ich fahre mir hastig durch die Haare und sehe zu ihr hinab. »Ich weiß nicht.«

Sofias Blick verändert sich schlagartig. »Doch, du gehst dahin, Aaron und ich komme mit.«

Nun bin ich es, der die Stirn runzelt. »Was?«, frage ich perplex.

116

»Meine Mutter würde mir nicht erlauben, alleine zu gehen, auch nicht mit meinen Freundinnen, aber wenn du mitkommst, dann erlaubt sie es bestimmt. Du weißt schon, da du ein Typ bist, und besser auf mich aufpassen kannst. Du musst auch nichts mit mir dort machen – du kannst zu deinen Freunden. Es ist nur wichtig, dass meine Mutter denkt, du würdest mit mir dahin gehen«, strahlt sie und blickt erwartungsvoll zu mir.

Sie möchte mit mir zusammen auf eine Party! »Also, wenn ich schon mitgehe, damit du hindarfst, gehe ich auch mit dir zusammen hin. Du wirst mich nicht so leicht vom Hals bekommen«, antworte ich grinsend.

»In Ordnung, als heißt das, wir gehen?«

Ich weiß echt nicht, wie ich mich dazu überreden lassen habe, aber ich nicke mit einem verschmitzten Lächeln auf dem Gesicht.

»Dann kommst du wie ausgemacht um kurz nach drei zu mir und nach dem Lernen gehen wir auf die Party – sofern meine Mutter es erlaubt.«

20

Sofia

»Also, was sieht besser aus? Dieses Kleid oder das?« Ich halte beide abwechselnd vor mich und sehe mit erwartungsvollen Blicken zu Aaron.

»Eindeutig das hier.« Er zeigt auf ein schwarzes, schulterfreies, enges Kleid. *Wäre auch mein Favorit gewesen.*

Ich schmeiße das andere auf den großen Kleiderhaufen, der sich mittlerweile auf meinem Boden gebildet hat, und sehe zufrieden zu ihm. »Dann soll es das sein. Ich geh mal kurz ins Bad und zieh mich um, bleib du einfach hier«, erwidere ich und laufe rüber zu meiner Kommode.

»Keine Scheu, Prinzessin, du kannst dich gerne hier umziehen«, gibt Aaron grinsend von sich.

»Tut mir leid, deine Illusionen zu zerstören, aber daraus wird nicht, Süßer.« Unauffällig ziehe ich einen trägerlosen BH aus meiner Schublade und verstecke ihn unter dem Kleid. Ich habe keine Lust darauf, dass er sich nachher noch meine Unterwäsche ansieht.

»Schade.« Er zieht einen Schmollmund und in mir entfacht es ein kleines Lächeln. Aaron ist einfach unfassbar und er weiß immer, wie er mich zum Erröten bringen kann – verdammt.

Ich trete aus der Tür hinaus, verschwinde im Bad und ziehe mich eilig um. Gerade laufe ich wieder in mein Zimmer, da erblicke ich

Aaron oberkörperfrei und in Boxershorts vor mir. Hitze schießt mir ins Gesicht und ich senke meinen Blick in Sekundenschnelle zu Bode. Mit einem Räuspern mache ich mich bemerkbar.

Aaron sieht zu mir herüber – anscheinend nicht in der Versuchung, sich schnellstmöglich wieder anzuziehen. »Sorry, ich dachte, du wüsstest, dass ich mich auch umziehe. Hast du geglaubt, dass ich in Jogginghose dahingehen würde?«

Beschämt beiße ich mir auf die Lippe und drehe mich um. »Willst du dir dann nicht auch mal deine Sachen anziehen?«, frage ich ungeduldig und weiß regelrecht wie schmutzig er gerade grinst.

»Ich weiß nicht, mir gefällt die Vorstellung, mit dir nackt in einem Zimmer zu sein. Wobei, ich sagen muss, das Kleid sieht an dir wirklich wunderschön aus.«

Oh meine Güte, dieser Junge kann es echt nicht lassen. Aber trotz, dass mich diese Sprüche nicht im Geringsten interessieren, üben sie sehr wohl einen Effekt auf mich aus – *Aaron* übt einen Effekt auf mich aus.

»Du kannst dich wieder umdrehen«, sagt er.

Langsam aber sicher öffne ich meine Augen, welche ich zusammengekniffen habe – obwohl dies ja komplett überflüssig ist, da ich den Rücken zu ihm kehre. *Wie auch immer.* Hastig drehe ich mich zu ihm um und ziehe meine Augenbrauen in die Höhe.

Aaron legt die Sporttasche, in der er seine Sachen mitgebracht hat, auf den Boden und sieht mich erwartungsvoll an. *Wieso sieht er so gut aus? Jedes Mal sieht er so verdammt gut aus. Das sollte verboten werden.*

»Sollen wir dann los?«, frage ich nervös und streiche mein Kleid glatt.

»Jap, wir können los.«

Das Haus ist nicht einmal annähernd so groß wie Aarons aber immer noch unglaublich. Es spielt laute Musik, alle tanzen und leben ihr bestes Leben – ich liebe es.

»Also, trinken wir was?«, frage ich und zerre Aaron zur Küche. Er nimmt sich einen roten Pappbecher mit Alkohol und setzt ihn an seine Lippen. Ich will auch schon nach einem greifen, da hält er meine Hand fest und blickt mir in die Augen. »Nicht für dich. Hier ist eine Fanta.«

Verdutzt sehe ich zu ihm. »Bitte was?«

Aaron bleibt allerdings hartnäckig und drückt mir die Flasche in die Hand. »Ich musste deiner Mutter versprechen, dass du keinen Alkohol trinkst«, gibt er von sich, woraufhin ich nach Luft schnappe. Perplex blinzle ich. *Habe ich gerade richtig gehört? Er achtet darauf, dass ich keinen Alkohol trinke, weil meine Mutter ihn darum gebeten hat?*

Widerwillig nehme ich die Fanta entgegen und trinke einen Schluck. »Für dich dann aber auch nichts, das ist nur fair«, sage ich schnell, entreiße ihm seinen Becher und stelle ihn wieder auf den Tresen.

Aaron setzt sein attraktives Lächeln auf und zuckt mit den Schultern. »Na gut, Prinzessin, wie du willst.«

Wir setzen uns auf ein Sofa und Aarons Kumpel gesellen sich zu uns, jedoch rückt Aaron keine Sekunde von meiner Seite. Wir sitzen so nah nebeneinander, dass sich unsere Knie leicht berühren. Ich weiß nicht, wie er das sieht, aber mich macht das aus irgendeinem Grund nervös.

»Oh mein Gott. Hi, Aaron«, kreischt ein Mädchen. Ich kenn sie, das ist Abigail Chuke. Sie geht mit Amara in eine Klasse. Von ihren Erzählungen her eine echte Schlampe – das sind ihre Worte, nicht meine.

Abigail umarmt Aaron und gibt ihm zwei Küsschen auf die Wange. In mir lodert das Gefühl von Eifersucht auf, aber als ich bemerke, wie unwohl er sich dabei fühlt und sehe, wie er sie wegdrückt, geht es mir schon viel besser.

»Such dir jemand anderen, den du nerven kannst«, gibt Aaron trocken von sich und normalerweise fände ich das einfach nur unhöflich, aber in diesem Moment bin ich heilfroh.

Mein Gesichtsausdruck muss anscheinend immer noch ein bisschen verspannt sein, denn Aaron blickt mich nun grinsend an. »War das eben Eifersucht?«, fragt er und wackelt mit seinen Augenbrauen.

Pff, nein? »Bestimmt nicht. Ich hol mir was zum Trinken«, erwidere ich beschämt und stehe auf. In ein paar Schritten bin ich in der Küche angelangt und nehme mir einen leeren Pappbecher, um daraufhin die Cola, welche ich zuvor von dem Tresen genommen habe, einzuschenken.

»Hey, du musst Sofia sein, oder?«, wendet sich ein Typ an mich. Keine Ahnung, wer er ist.

»Ja und du bist?«

»Tristan«, stellt er sich vor und geht nervös durch seine Haare. Im Augenwinkel bemerke ich, wie mich Aaron beobachtet und Tristan mit seinem Blick durchlöchert. Gerne wüsste ich, was er in diesem Augenblick denkt – ob er eifersüchtig ist. Ich habe nicht einmal eine Ahnung, weshalb ich das wissen möchte, denn im Grunde sollte es mir egal sein, jedoch interessiert es mich brennend und ich kann meinen Blick nicht von ihm wenden.

»Ich muss sagen, du bist echt hübsch«, gibt er von sich.

Entrissen aus meinen Gedanken wende ich meine Aufmerksamkeit erneut auf den Typen, der vor mir steht, und lächle leicht. »Dankeschön.«

Er beißt sich auf die Unterlippe und geht einen Schritt auf mich zu. »Wollen wir vielleicht mal an einen ruhigeren Ort, wenn du verstehst?«

Deja-vu.

Deja-vu.

Deja-vu.

»Nein, passt schon«, gebe ich trocken von mir und rühre mich keinen Fleck. Ich kann nicht, ich bin wie erstarrt.

»Ach komm schon«, sagt er etwas lauter und packt mich an meinem Arm. Panik durchströmt meinen Körper. *Nein, nein, nein.*

Aber bevor er noch etwas machen kann, reißt Aaron Tristan von mir und verpasst ihm einen Schlag mitten ins Gesicht.

»Hat man dir nicht beigebracht was nein bedeutet?«, schreit Aaron außer sich und verpasst ihm gleich noch einen Schlag.

Es bildet sich ein großer Kreis um die beiden – es wird gejubelt und geschrien, aber mir ist so übel. Ich weiß nicht, was ich tun soll. *Was wäre passiert, wenn Aaron nicht für mich dagewesen wäre?*

»Aaron, hör auf«, rufe ich, aber er hört nicht auf. Er prügelt immer weiter auf Tristan ein und packt ihn schließlich am Kragen. »Hör zu, solltest du dich noch einmal wagen, in ihre Nähe zu gehen, ich schwöre dir, du wirst es bereuen«, ruft er mit starker Stimme.

»Aaron, es reicht«, sage ich leise und laufe zu ihm. »Bitte«, flehe ich und umfasse seinen Unterarm. Nach ein bisschen zögern lässt er Tristans Kragen los und steht auf. »Ihr könnt wieder weiterfeiern, es gibt hier nichts mehr zu sehen«, ruft er und dreht sich danach zu mir. Aaron ist definitiv stärker als Tristan, aber ein paar Schläge hat er dennoch abbekommen. Ich fahre leicht über seine Wange und blicke mit besorgtem Ausdruck zu ihm. »Tut es sehr weh?«

Er schüttelt seinen Kopf. »Alles, was zählt, ist, dass dieser Bastard dich nicht nochmal zu irgendwas drängen will«, gibt Aaron zischend von sich. Ich sehe die Wut in seinen Augen auflodern und nehme instinktiv seine Hand in meine.

»Danke, aber es hätte auch einfach gereicht, wenn du ihn von mir weggezogen hättest«, sage ich leise und blicke ihn innig an.

»Er musste spüren, dass es falsch ist«, entgegnet Aaron laut.

Ehrlichgesagt weiß ich nicht, was ich von dem Ganzen halten soll. Ich habe bis jetzt immer nur in Büchern davon gelesen und fand das immer ein bisschen arg kitschig, aber ich muss sagen, irgendwie ist es auch süß – er passt auf mich auf.

Tristan steht langsam auf und fasst schmerzerfüllt an sein Gesicht. Keine Sekunde später macht Aaron einen Schritt auf ihn zu und zerrt ihn zu mir. »Entschuldige dich!«, zischt er ihm ins Ohr.

Tristan senkt den Kopf zu Boden und nuschelt ein leises es: *Tut mir leid*. Ich sehe, wie Aaron seinen Arm fester drückt und ihn näher zu sich zerrt. »Und jetzt noch einmal ehrlich gemeint.«

Tristan blickt zu mir auf und erwidert mit zittriger aber lauter Stimme eine Entschuldigung. Erst jetzt lässt ihn Aaron los und sagt ihm, er solle verschwinden.

»Danke«, flüstere ich leise. »Ich denke, du verstehst, wenn ich jetzt gehe, oder?«

Die Blicke der anderen anwesenden Personen durchlöchern mich und ich höre das Getuschel von allen Seiten. Keine weitere Minute halte ich es hier aus.

»Ja, ich hole noch kurz meine Jacke«, teilt mir Aaron mit und läuft schnell zu der Couch.

»Du musst nicht gehen, alles gut«, gebe ich ihm Bescheid, jedoch bleibt er hartnäckig. »Doch und jetzt komm, wir gehen.«

Sobald wir das Haus verlassen haben, ergibt sich eine Welle der Erleichterung über mich. *Das war es echt mal wieder für den Abend.*

»Hier.« Aaron streckt mir seine Jacke entgegen, die ich dankbar an mich nehme. Ich habe keine Ahnung, was uns die Zeit noch bringt, aber ich bin froh, dass er hier ist.

21

Sofia

»Oh mein Gott, wie süß«, kreischt Amara und blickt zu mir auf. »Ich kann es echt nicht glauben. Aaron Blythe, der sich für dich die Hände schmutzig macht.«

Ich rolle spielerisch mit den Augen und blicke sie ungläubig an. »Naja, so theatralisch ist es nun auch nicht gewesen, aber wenn ich ehrlich bin, dann finde ich das schon ein bisschen süß, aber nur ein kleines bisschen.«

Amara reißt ihre Augen weit auf und wippt aufgeregt mit ihrem Bein. »Also ich finde euch süß zusammen und du sagst, er ist eigentlich gar nicht so, dann glaube ich dir. Wann ist die Hochzeit?«

Ich tippe mir auf die Stirn und sehe sarkastisch zu ihr. »Nicht du auch noch«, gebe ich von mir und streiche durch mein Haar.

»Wieso? Wer ist noch meiner Ansicht?«, fragt sie interessiert und legt ihren Kopf auf meiner Schulter ab.

»Alicia. Aber wirklich, Aaron und ich sind nur Freunde«, bringe ich hervor.

»Und er sieht das auch so?«, gibt Amara mit einem gewissen Unterton von sich.

»Ich –«, aber bevor ich meinen Satz überhaupt fertig sprechen kann, kommt mir Amara zuvor. »Du bist blind, Sofia. Freunde sehen sich nicht so an. Der steht voll auf dich, Süße.«

Ich beiße mir auf die Unterlippe und sehe unschuldig zu ihr. Mag ja sein, aber an meinen Gefühlen ändert das nichts, oder? Ich habe Aaron immer noch nicht gesagt, was ich wirklich fühle. *Ach komm schon, ein Date und dann kannst du selbst entscheiden, was du denken willst,* waren seine Worte. Ich kann mich noch ganz genau erinnern, jedoch weiß ich es nicht – wirklich. Ich habe ihm eigentlich versprochen, es schon viel früher zu sagen, aber er hat nicht mehr nachgefragt und ich möchte nichts Unüberlegtes sagen. Denn ob ich es nun laut ausspreche oder nicht, aber er bedeutet mir viel – sehr viel. Die ganze Zeit denke ich darüber nach, ob ich mir eine Zukunft mit ihm vorstellen könnte.

Eine Zukunft, in der wir zusammen sind und uns lieben.

Eine Zukunft, in der *ich* ihn liebe.

Und ich kann es mir vorstellen – diese Vorstellung ist … schön. Aber ich habe keine Ahnung, ob das wirkliche Gefühle für ihn darstellen, oder nur das Gefühl, geliebt zu werden, im Vordergrund steht.

»Ich weiß nicht«, gebe ich schließlich schulterzuckend von mir und fahre gestresst durch meine Haare. »Als wir unser Date hatten, na ja, da hat er mich gefragt, was ich darüber denke. Treffen oder Date und so, aber ich habe ihm immer noch nichts gesagt und ich weiß aber auch nicht, was ich sagen sollte.«

Amara grinst mich breit an und öffnet ihren Mund. »Ich denke, du hast die Antwort schon, denn sonst hättest du es nicht als Date, sondern als Treffen bezeichnet.«

Oh. »Das sollte ich ihm wohl sagen, oder?«, gebe ich kleinlich von mir und lasse mich in ihr Bett fallen. Ich atme schwer aus und vergrabe meinen Kopf in ihrem Kissen. *Wieso muss das alles nur so kompliziert sein?*

»Ja, das solltest du und genau aus dem Grund schreibst du ihm jetzt, dass du ihn heute noch sehen willst.«

Perplex blinzle ich. »Ich kann nicht«, bringe ich schrill hervor.

»Oh, doch.« Sie angelt mein Handy vom Bett und beginnt zu tippen.

125

»Amara, lass das!«, kreische ich und setzte mich ruckartig auf. Ich versuche, mein Handy wiederzubekommen, doch sie ist schon aufgestanden und rennt von mir davon.

»Wenn du das abschicks–«

»Ups«, erwidert sie und blickt unschuldig zu mir. »Da habe ich wohl aus Versehen was geschrieben.«

Hey, ich muss dich heute noch sehen. Kann ich in einer Stunde vorbeikommen?

»Glaub mir, du wirst mir noch danken«, sagt Amara. Das hoffe ich schwer – für sie, aber vor allem für mich.

Ich stehe vor seinem Anwesen und sollte irgendetwas tun – klopfen, klingeln oder ihm schreiben, dass ich da bin, aber ich rühre mich nicht vom Fleck. *Man, wieso macht mich das so nervös? Wieso macht er mich so nervös?* Allein bei dem Gedanken könnte ich im Erdboden versinken und hoffen, nie wieder an die Oberfläche zu gelangen. *Komm schon Sofia, sei nicht so ein Schisser! Es ist ja nur Aaron, richtig?*

Ich atme noch ein paar Mal tief ein, bis ich mich schlussendlich dazu überwinde, meine Hand zu der Klingel zu bewegen, aber in diesem Moment öffnet sich die Tür und Aaron kommt zum Vorschein.

»Hey«, gebe ich langsam von mir und winke ihm verwirrt zu. *Das hat mir echt gefehlt.* Trotz, dass ich nun schon wieder rot anlaufe, versuche ich das bestmöglich zu überspielen. »Ich bin gerade gekommen und wollte klingeln«, sage ich schnell.

Er grinst breit. »Ach, dann habe ich wohl ein anderes Mädchen, das genauso wie du aussieht, fünf Minuten vor meiner Tür stehen sehen. Da muss ich mich wohl getäuscht haben.«

Schamerfüllt blicke ich zu ihm und beiße mir auf die Unterlippe. »Ertappt.«

Aaron sieht mich wieder mit diesem schmachtenden Blick an und auf einmal fühle ich mich so schwach. Meine Beine – so weich als wären sie aus Wackelpudding und wenn ich noch länger in diese wunderschönen Augen blicke …

»Und wieso bist du nicht gleich rausgekommen?«, frage ich empört und ziehe eine Augenbraue nach oben.

Aaron geht sich durch seine perfekten Haare und krempelt die Ärmel seines Pullovers hoch. »Nun ja, mir hat es gefallen, zu sehen, wie nervös du bist. Wer weiß, wenn ich jetzt nicht die Tür aufgemacht hätte, ständest du da wohl noch ewig draußen.«

Ja, das mag sein. »Ach, du hast genau gesehen, dass ich gerade klingeln wollte, und jetzt reden wir nicht mehr darüber«, erwidere ich eingeschnappt und drücke mich an ihm vorbei ins Haus.

Ich stoppe abrupt, denn erst jetzt erblicke ich, was auf dem Regal im Gang liegt.

»Du bist nicht die Einzige, die nervös ist«, entfährt es Aaron, während er an mir vorbeiläuft. »Die sind für dich«, sagt er und streckt mir einen wunderschönen Blumenstrauß hin.

Das sind bestimmt einhundert Rosen.

Mein Mund bleibt offenstehen und ich kann mich nicht rühren.

»Das sind einhunderteins Rosen für dich. Ich habe mal gehört, es soll Unglück bringen, eine gerade Zahl zu schenken.«

Ich kann es nicht glauben. Immer noch benommen strecke ich meine Hände vor und umfasse den unfassbar riesigen Strauß.

»Das… Aaron«, quetsche ich aus mir heraus, aber mir fehlen die Worte. Er macht einen Schritt auf mich zu und gibt mir einen leichten Kuss auf den Wangenknochen. »Ich weiß, ich weiß«, haucht er mir ins Ohr, woraufhin mir ein Schauer über den Rücken läuft.

»Danke, Charming«, flüstere ich.

Mein Charming wird langsam, aber sicher wirklich zu einem Märchenprinzen. »Du bist unglaublich«, sage ich und blicke ihn verliebt an.

»Ich habe hier eine Vase, da kannst du sie schonmal reinstellen«, bemerkt Aaron schnell und läuft in die Küche. Ich gleich hinter ihm im Schlepptau, bei dem Versuch, über den riesigen Strauß hinüber zu sehen. Ich bin wirklich erleichtert, als ich die Rosen in die Vase abstelle und lasse mich kurz darauf auf sein Sofa fallen.

»Also, wieso wolltest du denn so unbedingt zu mir?«, fragt Aaron grinsend und lässt sich neben mich fallen.

Sofia, du schaffst das. Es sind nur Worte, ja? »Also ich habe dir immer noch nicht gesagt, was ich jetzt von uns halte, und das alles mit dem Date. Fakt ist, ich mag dich – sehr. Und das Date war wirklich schön. Und ja, vielleicht kann ich mir auch mehr vorstellen, aber bilde dir bloß nichts drauf ein, ja?«

Sein Grinsen wird immer breiter. »Ja? Ich habe dich nicht richtig verstanden? Was hast du gesagt? Hast du gesagt, dass du mich magst?«, hinterfragt Aaron neckend.

»Aaron«, ziehe ich ihn auf und lächle leicht. »Du hast es genau verstanden.«

Seine Augen werden groß und er rückt ein Stück zu mir. »Vielleicht will ich es aber nochmal hören.«

Ich presse meine Lippen aufeinander und schüttle den Kopf.

»Ach, ja?« Mit einem Satz kniet er über mir und beginnt mich zu kitzeln. Ich habe keine Chance gegen ihn und drehe mich vor Lachen hin und her. »Okay, okay, du hast gewonnen. Ich mag dich. Ich mag dich sehr und jetzt bitte hör auf«, gebe ich lachend von mir und Gott sei Dank, befolgt er meine Bitte.

Aaron beugt sich leicht zu mir vor und haucht eine Antwort in mein Ohr. »Nur um das klarzustellen, darauf bilde ich mir gewaltig was ein.« Er grinst. »Und ich mag dich auch, Sofia. Sehr sogar.«

22

Aaron

Meine Gefühle machen mir Angst. Ich weiß nicht, was das ist. *Liebe?* Nein. Aber trotzdem habe ich mich noch nie so angezogen von einer Person gefühlt. Und noch nie ist es vorgekommen, dass ich mir Gedanken darüber mache, wie es wäre, zu lieben – zumindest bis jetzt.

Aber dann wären alle meine Prinzipien in den Wind geschossen. Alles, was mir stets gepredigt wurde, wäre fortan bedeutungslos. Ich habe Angst davor, was das alles bedeutet und trotzdem lasse ich es zu.

Ich habe ihr gesagt, dass ich sie mag, verdammte Scheiße. Früher hätte ich selbst sowas nicht gemacht. Aber sie mag mich – *sehr,* hat sie sogar gesagt. Es war beängstigend, das zu hören. Jemandem wichtig zu sein bedeutet auch, dass es eine weitere Person gibt, die man nicht enttäuschen darf – dennoch hat es sich gut angehört und richtig angefühlt.

»Aaron? Noch da?«, meldet sich Easton am Telefon.

Scheiße, ihn habe ich ja fast vergessen.

»Also du hast ihr wirklich einhundert Rosen geschenkt? Ich wusste nicht, dass du es so ernst meinst.«

Ich kaue auf meiner Unterlippe herum und starre die Wand vor mir an. »Doch, sie ist mir wichtig.«

Für ein paar Augenblicke ist es ruhig an der anderen Leitung, aber dann beginnt Easton wieder zu reden. »Hast du noch bock vorbei zu kommen?«

Ich überlege einen Moment aber wieso eigentlich nicht? Ich habe eh nichts Besseres zu tun. »Klar, bin gleich da.«

Nach Beendenden des Anrufs schnappe ich mir schnell meine Schlüssel, bevor ich aus dem Haus trete. Kurzerhand rufe ich Jefferson an, denn Easton wohnt ein bisschen weiter von mir entfernt. Würde ich laufen, bräuchte ich etwas länger und darauf habe ich in diesem Moment überhaupt keine Lust.

Im Handumdrehen ist mein Chauffeur da, woraufhin ich in den Rolls Royce steige. »Wo soll es hingehen, Mister Blythe?«, fragt mich Jefferson, während ich mich auf den Sitz fallen lasse.

»Zu Easton, bitte«, erwidere ich schnell und schenke ihm ein kleines Lächeln. Ein bisschen Ablenkung kann ich bei diesem ganzen Gefühlschaos echt gut gebrauchen. Ich liebe meinen Kumpel und seine Familie. Seine Geschwister sind so unglaublich nett und alle sind für jeden da, auch wenn es hart auf hart kommt. Das beneide ich immer so sehr an ihnen. Trotz ihrer Probleme, haben sie sich wenigstens noch gegenseitig.

Der Rolls Royce stoppt und ich steige hastig aus. Ich spreche Jefferson meinen Dank aus und stehe nun schließlich vor Eastons Wohnung.

»Hey, Aaron.« Eastons großer Bruder öffnet die Tür und lächelt mich verschmitzt an.

»Hey«, begrüße ich Silas, nicke ihm zu und betrete sein Zuhause. Es riecht besonders gut nach Spagetti und kaum sind meine Füße über die Schwelle, kommt auch schon Avery auf mich zu gerannt.

Stürmisch nehme ich sie in den Arm – ich brauche diese Umarmung wohl gerade mehr als sie. Soll man mich seltsam nennen, aber ich freue mich immer, sie zu sehen, und mache gerne etwas mit ihr. Ich liebe Kinder. Womöglich ist einer der Gründe, weshalb ich Easton so gerne besuche, dass ich dann auch immer diesen kleinen Sonnenschein sehe.

»Na? Wie geht's?«, frage ich und knie mich zu ihr hinunter.

Avery reißt gespannt ihre Augen auf und beginnt zu erzählen. »…und wir haben auch vorhin Spagetti gekocht. Isst du mit? Bitteeee.« Die Kleine zieht einen Schmollmund und blickt erwartungsvoll zu mir, *wie könnte ich da nur nein sagen?*

»Na klar. Wo ist eigentlich dein Bruder?«, hake ich bei ihr nach. Silas, der gerade an uns vorbei in die Küche läuft, antwortet mir auf meine Frage. »Er musste kurz noch was bei der Post abgeben, aber er kommt bald wieder.«

Ich nicke und sehe daraufhin wieder zu Avery. »Und was machen wir so lange? Hast du immer noch deine coolen Barbies?«

Ihre Augen beginnen zu strahlen und sie nickt überschwänglich. »Ja, ich hol sie«, schreit sie aufgeregt und springt hastig auf.

»Es ist süß, dass du mit ihr spielst, aber das musst du wirklich nicht«, ruft mir Silas von der Küche aus zu.

»Alles gut. Ich mach das gerne«, antworte ich zuversichtlich und grinse breit. Schon immer hatte ich ein Händchen für kleine Kinder.

Freudig kommt Avery wieder angerannt und kniet sich auf den Teppich im Wohnzimmer. »Also das hier ist Barbie, das Chelsea, das Skipper und das Ken, wen willst du alles spielen?«

»Hey, sorry, ich musste noch ein wichtiges Paket abgeben.« Höre ich Easton sagen, als er endlich zur Tür hineinkommt und seine Jacke auszieht. Belustigt zieht er seine Augenbrauen nach oben und grinst in sich hinein. »Ich sehe, ihr habt Spaß?« Sein Blick fällt auf die Barbies, die gerade eine Tee Party veranstalten, eigentlich aber auf einer geheimen Mission sind und einen Drachen fangen müssen. Easton lächelt breit bei dem Anblick und setzt sich zu uns auf den Boden.

»In der Tat«, gebe ich von mir.

»Ja, ja, ja. Können wir bitte noch spielen? Es ist gerade so cool«, bettelt sie und blickt Easton flehend an. »Nun ja, wenn ihr mir verratet, wen ich spielen darf«, sagt er. Averys Grinsen verdreifacht sich nun sogar und so sitzen wir alle zusammen und spielen mit Barbies.

23

Sofia

Schon witzig, wie sich das Leben auf einen Schlag ändern kann. Mir läuft eine Träne über die Wange und ich halte die Luft für einen Augenblick an.

Musste das passieren?

Ich starre in die Leere und das ist einer der Momente, in denen ich mich so verloren fühle. Ich habe eine wunderschöne, liebende Familie, ja – alles, was ich mir wünsche, aber dort gibt es einen Menschen, der dies auf einen Schlag zur Nichte machen kann.

Er ist da gewesen.

Bei uns zuhause.

Er ist einfach ohne Vorwarnung hineingestürmt.

Alles mit dieser tut mir leid, verzeiht mir Masche, aber ich hatte nie vor ihn wieder zu sehen.

Mein Vater ist wieder da gewesen.

Er ist wieder in der Stadt und nach so vielen Jahren, in denen er sich einen Dreck um uns gekümmert hat, kommt er wieder. Mamá und Alma waren in diesem Moment nicht zuhause, das wusste er. Ein Glück, dass Enzo bei uns gewesen ist, sonst hätten wir ihn wohl nicht aus dem Haus bekommen.

Du bist ja so groß geworden, Worte welche man normalerweise von seinen alten Bekannten hört. Kein Kind will das von seinem

Vater gesagt bekommen. Ich bin ihm fremd, er ist mir fremd. Er ist für mich nichts weiter als die Person, mit der ich meine DNA teile. Keine Emotion und keine Liebe steckt hinter unserer Beziehung, denn wir haben *nie* eine wirkliche Beziehung aufgebaut. Wie auch? Er war ja nie da.

Als Kind wollte ich ihn immer wieder sehen und dachte mir, irgendwann kommt er zurück und erklärt, wieso er weggegangen ist – irgendeine plausible Erklärung habe ich mir erhofft.

Doch die kam nie.

Nur *er*

.

Vergangenheit.

»Schau dich doch an«, höre ich meine Mutter aufgebracht sagen. »Du bist der Mann geworden, welcher du nie sein wolltest.«

Leise tapse ich ein Stück näher, um besser hören zu können, über was sich meine Eltern unterhalten. Ich setze mich auf eine Stufe und sehe durch den Treppenspalt in die Küche hinab.

»Was wagst du es, so etwas zu sagen?«, ruft mein Vater lautstark, aber Maria hält ihm augenblicklich die Hand vor den Mund und blickt ihn flehend an. »Die Kinder sollen nicht wach werden«, flüstert sie mit gebrochener Stimme.

Carlos Blick – emotionslos.

»Ich meine ja nur… vielleicht wäre es besser, ein bisschen weniger zu trinken«, gibt Mamá schließlich zögernd von sich. »Für die Kinder«, fügt sie hinzu, als sie das Aufblitzen in seinen Augen erkennt.

»Willst du damit etwa sagen, ich sei kein guter Vater?« Carlos blinzelt perplex und strafft seinen Rücken.

»N…nein.«

»Das hat sich aber anders angehört.«

»Du weißt, ich meine das nicht so.« Mamás Augen sehen verängstigt aus und an ihrer Haltung kann ich erkennen, mit wie viel Vorsicht sie sich vor Carlos stellt.

Sie hat Angst – Angst vor … meinem Vater?

134

Ich unterdrücke ein Niese und streiche mir eine Haarsträhne, welche aus meinem Zopf gefallen ist, hinters Ohr.

»Stellst du mich nun als dumm dar?« Die Stimme meines Vaters ist eisig und seine Mimik ist in Stein gemeißelt.

»Nun übertreibst du aber«, kommt es unüberlegt von meiner Mutter und schon landet Papas Hand auf ihrem Gesicht.

Es passiert alles so schnell.

Ich zucke ängstlich zusammen und halte mir den Mund zu, sodass ich keinen Laut von mir gebe.

»Du bist meine Frau, du musst horchen!«, sagt er.

Mein Vater – mein Held – meine Zuflucht – meine Familie. *Wie kann er so etwas tun? So ist Papa doch überhaupt nicht.*

Ein Schluchzer verlässt meine Kehle.

Geschockt sitze ich wie erstarrt da und hoffe, dass mich keiner gehört hat.

Sie hörten mich nicht.

Papa weiß nicht, dass ich an jenem Abend dabei war – Mamá weiß nicht, dass ich an jenem Abend dabei war.

Meine Zimmertür öffnet sich und meine Mutter kommt zum Vorschein. Sie streckt mit traurigem Gesichtsausdruck ihren Kopf in mein Zimmer und setzt sich kurz darauf neben mich auf mein Bett.

Ohne, dass ich etwas sagen kann, schließt sie ihre Arme um mich und vermittelt mir das Gefühl, nicht alleine zu sein. »Enzo hat mir alles erzählt. Es tut mir so leid, das wollte ich nie«, gibt sie leise von sich. Ich sehe, wie ihr eine Träne über die Wange läuft. Augenblicklich wischt sie diese mit ihrem Handrücken weg, jedoch habe ich sie genau gesehen.

»Es ist alles gut Mamá, du musst keine Angst haben«, vermittle ich ihr nun, denn ich bin nicht die Einzige, der das zu schaffen macht. Meiner Mutter hat eindeutig Angst, da Carlos nun wieder hier ist, und da muss sie nicht stark für mich sein.

»Ach, Süße, komm her«, erwidert sie mit zittriger Stimme, streitet dabei allerdings nicht ab, dass sie Angst hat. Meine Mutter nimmt mich nur noch fester in den Arm und streicht meinen Rücken.

Ich zwinge mir ein Lächeln auf die Lippen und sehe zu ihr auf. »Alles gut, geh du nun lieber zu Alicia, sie braucht dich jetzt dringender«, sage ich ruhig und befreie mich aus ihrer Umarmung.

»Okay. Ich bin stolz auf dich, meine Große«, gibt sie von sich bevor sie zur Tür läuft. *Meine Mutter ist stolz auf mich.* Bei diesen Worten erwärmt sich mein Herz für einen Augenblick und ich muss lächeln.

»Mamá«, rufe ich ihr hinterher. »Ist es okay, wenn ich noch zu Amara gehe?«

»Ja, geh ruhig, aber komm bitte zum Abendessen wieder heim«, antwortet sie und schließt hinter sich die Tür.

Ich kann jetzt nicht hierbleiben, nein.

»Ich bin froh, dass du zu mir gekommen bist«, sagt meine Freundin und nimmt mich in den Arm. Ich lasse mich fallen – hier brauche ich keine Rücksicht nehmen, denn sie betrifft es nicht.

Mir läuft eine Träne über die Wange, anders weiß ich nicht mit meiner Trauer umzugehen. Es fühlt sich gut an, bei ihr zu sein. Meine Gedanken lenken zu alten Zeiten, wie wir gemeinsam nebeneinander im Bett gelegen sind, wenn bei uns etwas nicht stimmte. Wir waren einfach füreinander da und das sind wir jetzt immer noch.

»Und was hat er noch alles gesagt? Ich meine, vielleicht hilft es dir, darüber zu reden«, flüstert sie schließlich leise und bricht somit das Schweigen.

»Er meinte, er wollte uns schon viel früher sehen, aber unsere Mutter sei ja so schrecklich und verbietet es deshalb. Außerdem, dass sie noch dazu eine Lügnerin sei, weil die Geschichte mit dem ... nun ja, ein paar schlimme Erzählungen eben auch nur ausgedacht waren.« Schweigsam sehe ich an ihr vorbei und fixiere meinen Blick an dem Kalender, welcher über ihrem Schreibtisch hängt. Ich erkenne, wie in ganz großen Buchstaben: *Papas Geburtstag* mit einem großen, roten Herz dahinter, niedergeschrieben wurde.

Ich möchte doch einfach nur einen liebenden Vater ...

Nach wenigen Augenblicken räuspere ich mich schließlich und fahre fort.»Noch dazu hat er ständig gesagt, wie erwachsen wir doch geworden sind, und hat alle Merkmale an uns aufgezählt, die ihm ähnlich sind.« Ich schniefe. »Er hat mich als seine Tochter bezeichnet ... es hat sich so falsch angehört. Ist es komisch, dass es sich falsch anhört? Immerhin stimmt es ja eigentlich ...«

»Nein«, erwidert Amara schnell und schenkt mir ein bedrücktes ... nun ja, ich schätze, es soll ein Lächeln darstellen. »Das ist völlig verständlich.«

Ich schweige und konzentriere mich sehr stark darauf, nicht gleich wieder mit dem Weinen anzufangen.

»Es tut mir so leid. Dein Vater ist ein schlimmer Mensch«, gibt sie energisch von sich und verzieht ihre Augen zu schmalen Schlitzen.

Ich habe nie so von ihm gedacht. Meine ganze Kindheit lang habe ich mir ausgemalt, was ein möglicher Grund für sein Verhalten sein könnte – nun erkenne ich, dass es den nicht gibt. Er ist wirklich ein schlechter Mensch.

»Alles gut, keine Achtung, okay? Mein Vater ist kein guter Mensch, ich weiß.«

Ich weiß.

Ich weiß.

Ich weiß.

Dennoch tut es weh, diese Worte auszusprechen, denn ich *möchte* nicht daran glauben.

Amara versteht mich, schätze ich – und das tut gut. Sie schließt ihre Arme erneut um mich, vermittelt mir, dass ich mich voll und ganz auf sie verlassen kann, und verweilt in dieser Position für einige Augenblicke. Mir geht so vieles durch den Kopf, aber ich bin nicht alleine – das ist etwas Gutes.

Ich löse mich leicht von ihr und wische mit dem Handrücken über mein Gesicht, um meine Tränen zu entfernen. »Bring mich auf andere Gedanken, bitte«, sage ich flehend.

Amara zögert keine Sekunde und antwortet mir sofortig. »Okay, na gut. Hast du Aaron schon geküsst? Oder mehr?«, platzt es aus ihr hinaus, als hätte sie sich schon die ganze Zeit darauf vorbereitet, mich das zu fragen.

Perplex sehe ich sie an und reiße die Augen auf.

»Entschuldigung, aber ich muss es einfach wissen. Ich bin zu neugierig«, fügt sie hinzu.

Ein kleines, wahrhaftiges Schmunzeln breitet sich auf meinem Gesicht aus. »Nein, wir haben uns weder geküsst noch Sex gehabt«, antworte ich zaghaft und schweige.

»Aber?«, hakt Amara nach und blickt mich gespannt an.

»Aber als ich bei ihm war, habe ich ihm gesagt, dass ich ihn mag und er mir auch. Und er hat mir einhunderteins Rosen geschenkt.«

»Was?!«, kreischt sie schrill und plumpst auf ihr Bett. »Und das erfahre ich erst jetzt?!«

Entschuldigend sehe ich zu ihr und fuchtle mit meinen Händen in den Haaren. »Tut mir ja leid, aber falls dich das beruhigt, ich hatte schon noch vor, dir davon zu erzählen.«

Ungläubig sieht meine Freundin zu mir und wirft provokativ ihre Haare nach hinten. »Das will ich wohl hoffen.«

Ich grinse breit und schließlich entkommt aus meiner Kehle sogar ein Lachen.

»Süße, der steht sowas von auf dich. Einhunderteins Rosen, einfach ein Traum. Ich habe ihn wohl doch ganz anders eingeschätzt. Ich habe meine Meinung geändert, er ist gut für dich«, kommt es lächelnd von ihr.

Erstaunt rümpfe ich die Nase. »Deine Meinung hat sich geändert? Du hast mich doch überredet oder mehr oder weniger gezwungen, ihm meine Gefühle zu gestehen.«

Amara zuckt mit den Schultern und schlägt ihre Beine übereinander. »Nun ja, da war ich aber noch nicht einhundert

Prozent überzeugt. Jetzt nach dieser Aktion bin ich sogar einhunderteins Prozent sicher.«

Bei diesem Ausdruck fange ich strahlend an zu lächeln und beiße mir verlegen auf die Lippe. »Er ist wirklich toll«, sage ich und neige meinen Kopf zur Seite. Ja, Aaron *ist* toll – das habe ich nun begriffen. Er weiß es nun, Amara weiß es und nun möchte ich, dass es die ganze Welt weiß – aber ganz besonders *er*. *Aaron* soll es wissen.

24

Aaron

»Und, wie sieht es aus, wann haben wir unser zweites Date?«, flüstere ich Sofia ins Ohr, nachdem ich mich unauffällig zu ihr vorgebeugt habe, um mir einen Stift zu borgen.

Sie grinst breit und senkt den Blick auf ihren Block. Jedes Mal, wenn sie nervös ist, kritzelt sie irgendetwas darauf, wie auch jetzt gerade. Das mag ich, wenn ich ehrlich bin. Ich finde Gefallen daran, sie nervös zu sehen und zu wissen, dass sie dies wegen *mir* ist, macht es umso besser. Jedoch ist dies ausnahmsweise nicht der Fall.

»Wie wäre es mit morgen oder am Sonntag?«, antwortet sie mir leise und kramt eine ihrer Listen aus ihren Schulunterlagen hinaus.

»Sonntag klingt gut«, antworte ich und lasse mich lässig auf den Stuhl zurückfallen. Heute ist es so weit, wir tragen unser Projekt vor. Womöglich ist das auch der Grund dafür, weshalb sie so nervös ist. Die wochenlange Arbeit hat sich echt gelohnt, aber wenn ich zu Sofia blicke, scheint sie das wohl mehr zu belasten, als ich dachte. Sie wippt ständig mit ihrem Fuß und kaut auf ihrer Unterlippe.

Ich platziere sachte meine Hand auf ihren Arm und nun endlich liegt ihre volle Aufmerksamkeit auf mir. Ihr Blick schnellt nach oben und die Röte schießt ihr nur so ins Gesicht. Aber sie tut nichts, also schätze ich, dass es ihr gefällt – wenigstens hört sie nun mit dem Fußwippen und Lippenbeißen auf.

»Es wird alles gut werden. Wir bekommen das hin. *Du* bekommst das hin. Immerhin haben wir uns so lange darauf vorbereitet«, muntere ich sie auf und sehe ihr in die Augen.

Sie erwidert den Blickkontakt.

»Ich weiß, nur was ist, wenn ich alles vergesse«, fängt sie an, mit besorgtem Ausdruck zu antworten. Sie hyperventiliert und blickt so nervös zu mir, dass es kaum auszuhalten ist. »Oh Gott, ich werde alles vergessen und dann werden wir eine schle–«

»Wirst du nicht«, versichere ich ihr. »Glaub mir.«

Als hätte ich es nicht gesagt – wir sind fertig und es ist alles perfekt gelaufen. Wenn wir dafür keine gute Note bekommen, dann weiß ich auch nicht weiter. Sobald Sofia begonnen hat, vorzutragen, konnte ich ihr die Nervosität überhaupt nicht mehr ansehen. Es ist, als wäre sie vollkommen in ihrem Element. Dass sie sich überhaupt Sorgen darüber gemacht hat, ist im Nachhinein betrachtet so unnötig gewesen. Ich wusste schon von Anfang an, dass sie das mit Bravour hinbekommen wird – nur sie hat nicht an sich geglaubt.

Grinsend neige ich meinen Kopf zur Seite und sehe sie mit einem: Ich-habe-es-dir-doch-gleich-gesagt-Blick an.

»Wollen wir vielleicht zur Feier des Tages essen gehen? Ich muss dir noch etwas erzählen«, gibt Sofia nervös von sich und ignoriert absichtlich meinen Blick.

Gute Entscheidung, würde ich auch tun.

»Natürlich. Ich könnte ein Platz in diesem neuen Restaurant reservieren, das soll echt supergut sein«, gebe ich von mir und zücke schon mein Handy, da schüttelt Sofia ihren Kopf und drückt meine Hand nach unten. »Ich dachte da eher an was anderes«, erwidert sie leise und spielt mit ihren Haaren.

»Und das wäre?«

Sie zuckt nur mit den Schultern und sieht mich mit großen Augen an. »Lass dich überraschen. Diesmal machen wir das auf meine Art.«

Ich soll mich überraschen lassen, das gefällt mir.

»Dann um achtzehn Uhr?«, fragt sie.

»Ich hol dich ab.«

»Gefällt mir«, stelle ich fest und fahre mit dem Finger über die Karte der Pizzeria. Ein leichtes Lächeln entfacht sich auf Sofias Gesicht nach meiner Bemerkung, jedoch kann ich regelrecht spüren, dass etwas nicht in Ordnung ist. Zwar weiß ich noch nicht was, aber das hat mit Sicherheit etwas damit zu tun, was sie zuvor erwähnt hatte.

Sie möchte *mir* etwas sagen.

Es ist so vertraut – ich meine, einer Person, bei der man sich nicht wohlfühlt, würde man ja schließlich nichts erzählen. Also das muss heißen, dass sie sich bei mir wohlfühlt.

Ja, das muss es heißen.

Ich hoffe es sehr.

»Also, über was wolltest du mit mir reden?«, gebe ich von mir und blicke sie fragend an. Ihre Mundwinkel wandern bei der Anmerkung meinerseits augenblicklich nach unten. Zuvor konnte ich schon merken, dass etwas nicht stimmt, nun sehe ich es allerdings klar und deutlich.

»Über meinen Vater. Ich habe dir nicht ganz die Wahrheit über ihn erzählt«, stammelt sie nervös und sieht mich mit großen Augen an. *Scheiße, dieser Blick.* Ich sehe in ihre traurigen, rehbraunen Augen und schon möchte ich jeder Person, welche ihr Leid zugefügt hat, ausfindig machen und dafür sorgen, dass dies nie wieder geschehen wird. So viel Schmerz ist erkennbar in diesen Augen ... so viel Angst.

Ich lege meine Hand auf Ihre, um ihr ein Gefühl der Sicherheit zu vermitteln. »Alles gut, du kannst es mir sagen«, flüstere ich ihr beruhigend zu und streiche mit meinem Daumen sanft über ihre Hand. Ich spüre, wie sie ein leichtes Zittern übergeht, und halte sie daraufhin nun noch fester.

»Sofia du machst mir Angst. Was ist los?«

Sie geht sich hastig durch die Haare und blickt nun endlich zu mir auf. »Mein Vater hat meine Familie vor Jahren verlassen. Er hatte sehr starke Probleme mit dem Alkohol und wurde auch handgreiflich gegenüber meiner Mutter.« Sie stoppt für einen Moment und unterdrückt ein Schluchzen. »Er hat sich nie bei uns gemeldet, also nachdem sich meine Eltern getrennt haben und er gegangen ist.«

Sie schweigt für ein paar Momente – ein paar Momente zu viel. »Dann ...«, fährt sie stotternd fort und fasst sich, bevor sie weiterredet. »Dann stand er gestern vor meiner Tür. Er hat nur Lügen von sich gegeben und ich weiß nicht ... das wühlt mich wieder so auf. Ich will ihn nicht in meinem Leben haben«, flüstert sie schluchzend.

Eine Träne läuft ihr über die Wange – und noch Eine.

Schnell stehe ich auf und setze mich neben sie. Ich schließe Sofia in meinen Arm und wische ihr die Tränen weg. Liebevoll halte ich sie fest – so fest, damit sie sich nicht mehr alleine fühlt – so lange, bis sie sich nicht mehr alleine fühlt. Ich will, dass sie weiß, dass sie nicht alleine ist.

»Es ist alles gut. Ich bin hier. Es tut mir so leid«, flüstere ich ihr ins Ohr und fahre mit meiner Hand durch ihre Haare. Ich streiche die in ihr Gesicht gefallenen Strähnen hinters Ohr und drehe ihr Gesicht zaghaft zu meinem, damit sie zu mir sieht – sie tut es nicht.

»Sofia sieh mich bitte an.«

Nun blickt sie zu mir.

Scheiße.

Sie ist so traurig.

»Ich will das alles nicht«, schluchzt sie leise und schaut mich innig an. In diesem Moment erkenne ich etwas – ich erkenne sie. Blicke ich in ihre Augen, sehe ich so viel Schmerz.

»Komm, wir gehen kurz an die frische Luft«, schlage ich ruhig vor und stehe auf. Schützend lege ich meinen Arm um ihre Schulter und begleite sie vor die Tür. Ein paar der Gäste sehen uns verwirrt nach, aber ich muss sie hier jetzt rausbringen.

»Hier, nimm bitte meine Jacke, du frierst«, sage ich und lege sie ihr über die Schultern.

»Dankeschön«, schluchzt sie und lächelt leicht. »Du bist wirklich süß«, fügt sie leise hinzu und wischt sich die Tränen weg. Mein Herz wärmt sich für einen Augenblick, aber dann sehe ich wieder in ihre traurigen Augen und sofort wird mir kalt.

»Falls dein Vater wieder zu dir kommen sollte, dann rufst du mich an, verstanden? Ich lass nicht zu, dass er dir nochmal weh tut«, gebe ich bestimmt von mir.

»Er hat mir nie ... weh getan.«

»Oh doch. Vielleicht nicht physisch, aber psychisch ganz bestimmt.«

Daraufhin erwidert sie nichts.

Hätte ich das sagen sollen? War das zu viel?

»Aaron?«

»Ja?«

»Danke, dass du für mich da bist, das schätze ich sehr.«

»Für dich immer«, entgegne ich und greife nach ihrer Hand.

Sofia blickt auf unsere umschlossenen Finger, aber sie schreckt nicht zurück, sie lässt es einfach geschehen. Sie lässt mich nicht los und ich halte sie fest. Mein Körper durchfährt ein kleines Kribbeln und ich frage mich, was das ist.

Dieses Gefühl – kann das bitte für immer bleiben?

25

Aaron

Es muss etwas Besonderes sein – ein wunderschönes Date. Vor allem weil Sofia in den letzten Tagen so viel durchgemacht hat, möchte ich sie ein bisschen ablenken – etwas, wobei sie das alles für einen Moment vergisst.

Ich bin gestern extra noch kurz bei ihr vorbei, um ihre Mutter zu fragen, welchen Film Sofia gerne schaut, und ich muss sagen, der ist echt gar nicht mal so schlimm – ich habe ihn schonmal mit Avery gesehen.

Der Rolles Royce stoppt vor Sofias Haus und ich bitte Jefferson, einen Augenblick zu warten. Schnell streiche ich meinen Pullover glatt und gehe mir durch die Haare. Erst dann hole ich einen Blumenstrauß aus dem Kofferraum und klopfe an Sofias Haustüre.

Kaum eine Sekunde später öffnet sich diese und mein Mädchen blickt mich mit strahlenden Augen an. »Aaron, hey.«

Ich sehe sie und es raubt mir fast den Atem – sie sieht so unfassbar schön aus. »Hey, Sofia«, entgegne ich und neige meinen Kopf zur Seite, um sie zu betrachten – ihre Schönheit ist atemberaubend.

Sofias Blick fällt auf die Blumen in meiner Hand, woraufhin ihre Augen ganz riesig werden. »Das wäre doch nicht nötig gewesen«, sagt sie lächelnd und macht einen Schritt auf mich zu.

»Eigentlich sind die für deine Mutter«, erwidere ich verlegen. »Deine bekommst du nachher.«

In dem Augenblick erkenne ich, wie ihre Augen nur noch mehr strahlen. »Aaron, was für ein Gentleman du doch bist. Sie ist gerade in der Küche.« Mit einem Nicken signalisiert Sofia mir, dass ich hineingehen soll und zieht sich daraufhin ihre Schuhe an.

Maria begrüßt mich schon von weitem mit einem breiten Lächeln und steht strahlend von ihrem Stuhl auf. »Aaron, schön dich zu sehen«, gibt sie von sich und läuft einen Schritt auf mich zu.

»Es ist ebenfalls schön, Sie zu sehen, Frau Alvarado. Die sind für Sie, als Dank, dass ich mit Ihrer Tochter ausgehen darf«, gebe ich von mir, wobei ich all die Worte so meine. Maria ist so ein liebevoller Mensch, genau wie ihre Tochter. *Ehrlichgesagt genieße ich es, wie sie mich behandelt – ein bisschen wie eine Mutter.*

Ich strecke ihr den prächtigen Blumenstrauß entgegen – Mütter werden bei so etwas meist immer vernachlässigt, aber gerade sie haben es häufig am meisten verdient – besonders sie, Maria hat es sehr verdient.

Überrascht reißt sie die Augenbrauen nach oben und blickt mich baff an. »Wow, du wurdest wirklich gut erzogen. Da behandelst du mich ja besser als mein ex Mann«, gibt sie lachend von sich, jedoch bleibt mir bei ihren Worten das Lachen im Hals stecken. Wenn Sofia schon so viel wegen ihres Vaters durchmacht, dann wird das bei ihrer Mutter wohl kaum anders sein. Trotz meiner negativen Gedanken zwinge ich mir ein kleines Lächeln auf und überreiche ihr den Strauß.

»Und über das Sie sind wir schon lange hinaus. Nenn mich bitte Maria. Sonst fühle ich mich immer so alt.«

Eifrig nicke ich und wende mich langsam zur Tür. »Dann noch einen schönen Abend, Maria«, gebe ich von mir und laufe nach den Worten zu Sofia zurück.

Diese steht breitgrinsend an der Tür, bereit zum Gehen. »Danke«, entfährt es ihr leise. Sie gibt mir einen leichten Kuss auf die Wange – sinnlich und zart. Es fühlt sich gut an und ihre weichen Lippen hinterlassen ein Prickeln auf meiner Haut.

»Ist doch selbstverständlich.«

146

»Darf ich jetzt vielleicht erfahren, wohin wir gehen?«, fragt Sofia interessiert und versucht, irgendetwas von mir zu erfahren, aber vergebens.

»Nope«, erwidere ich und blicke lachend zu ihr.

»Pff.« Sie bläst sich eine Strähne aus ihrem Gesicht und verzieht gespielt die Miene. »Ich finde es immer noch so unglaublich, dass du einen eigenen Chauffeur hast.«

Ja, das ist eigentlich schon ganz cool ...

»Einer der Vorteile, wenn man reich ist. Aber glaub mir, ich würde viel lieber selbst fahren«, gebe ich verlegen von mir und kratze mich am Nacken. Es hört sich so undankbar an und in dem Moment, in dem ich die Worte ausspreche, bereue ich, dass ich es getan habe.

»Und wieso fährst du dann nicht einfach? Wo ist das Problem?« Verwirrt runzelt sie ihre Stirn und fährt bedacht mit ihrer Hand über die Ledersitze.

»Nun ja, mein Vater möchte nicht, dass ich einen Führerschein mache, da es unnötig ist, weil ich ja sowieso überall hingefahren werden kann.«

Sofia zieht scharf die Luft ein und betrachtet mich lange. Ich kann genau sehen, wie sich die Wut in ihr entfacht und wenn wir wenigstens etwas gemeinsam haben, dann, dass wir beide beschissene Väter haben.

»Nein«, gibt sie energisch von sich. »Das ist ja mal so bescheuert. Wenn du einen Führerschein machen willst, dann tu das und hör nicht auf deinen Vater.« Wütend blitzen ihre Augen auf und sie atmet tief durch.

»Ja, mal sehen«, entgegne ich ruhig. *Ich will ihm nicht noch einen Grund mehr geben, von mir enttäuscht zu sein.*

»Guck mal, du wirst doch sowieso in so drei Monaten achtzehn, das heißt, wenn du jetzt den Führerschein beantragst, hast du ihn spätestens in einem halben Jahr und dann bist du ja so oder so volljährig. Also was sollte dein Vater denn dann machen?«

Es geht nicht darum, was er tut oder nicht tut – es ist eher seine Meinung, die mich in Angst versetzt. Und ja, ich weiß, das sollte mich nicht beeinflussen, aber es ist nun einmal so und ich kann nichts daran ändern.

»Okay«, gebe ich zurück. Keine Ahnung, wo das herkommt. Vielleicht liegt es daran, dass ich einmal in meinem Leben mit meinem Verstand und nicht mit meinem Gewissen gehandelt habe, oder es liegt einfach daran, dass sie mich mit diesen verdammt wunderschönen Augen ansieht.

Sofias Mundwinkel wandern nach oben und sie scheint sich wirklich zu freuen. »Na siehst du, ist ja gar nicht so schwer.« Stolz blickt sie zu mir, als hätte sie gerade einen Jugendlichen dazu überredet, mit dem Rauchen aufzuhören.

»Du musst jetzt deine Augen schließen«, verlange ich von Sofia und strecke meine Hand nach ihr aus. Sie verdreht süß die Augen, schließt sie danach, tastet sich an meine Hand, bis sie diese schließlich ergreift und sich unsere Finger umschlingen. Erst jetzt öffne ich die Tür und führe sie hinaus.

26

Sofia

»Jetzt«, höre ich Aarons Stimme und öffne daraufhin langsam meine Augen. »Der ganze Kinosaal ist nur für uns«, fügt er grinsend hinzu und beißt sich auf die Unterlippe.

Ich mag es, wenn er das macht. Ich selbst habe diese Angewohnheit und bemerke mittlerweile überhaupt nicht mehr, wenn ich es mache, aber bei ihm fällt es mir jedes Mal auf.

Mein Mund bleibt offenstehen. *Wie?*, ist das einzige Wort, das ich hervorbringe. Mein Blick schweift durch den großen, leeren Saal und ich kann es nicht fassen.

»Nicht so wichtig«, gibt er grinsend von sich und auf einmal bleibt mein Blick auf dem obersten Sitz in der Mitte des Kinosaals kleben.

»Aaron«, hauche ich und kann es nicht fassen. Dort oben liegen all meine Lieblingssnacks und ein riesiger Blumenstrauß.

Ich kann es echt nicht glauben. Ist das ein Traum?

»Ich bin dir so dankbar, das … ich kann…«, stammle ich vor mich hin, aber ich finde keine Worte, um meine Gefühle bezüglich dieser Tat auszudrücken. Das ist einfach unglaublich – so wie er.

»Ich weiß, ich weiß«, kommt es locker von ihm.

Es entfacht sich ein breites Schmunzeln auf meinem Gesicht.

»Du bist wirklich unglaublich, Aaron«, gebe ich diese Worte von mir und hebe seine Hand fest in meiner. Ich wende den Blick von dem Kinositz ab, drehe mich schnell in seine Richtung und nehme ihn in den Arm – ganz fest. *Wo war er nur mein ganzes Leben und ist er wirklich echt?*

Aaron erwidert die Umarmung und jetzt habe ich eine neue Lieblingsbeschäftigung gefunden: Aaron umarmen. Ich löse mich von ihm und ich glaube, hätte ich das nicht getan, würden wir wohl noch ewig Arm in Arm sein. Wir setzen uns und keine fünf Minuten später öffnet sich der Vorhang.

»Warte mal, ist das Rapunzel?«, kreische ich förmlich und blicke aufgeregt zu ihm. *Ja, das ist es. Ja, das ist es.* »Ich liebe diesen Film«, füge ich hinzu und rüttle an seiner Schulter.

»Ich weiß, deshalb sehen wir den ja an. Denkst du, ich würde freiwillig sowas anschauen? Na ja, okay, mit Eastons kleiner Schwester schonmal, aber das zählt nicht.«

Mein Herz pocht so laut, dass es wahrscheinlich auch noch die Menschen in einem Umkreis von einem Kilometer hören.

Aber vor allem er – er wird es hören.

Mich überkommt ein Kribbeln am ganzen Körper, etwas, das ich noch so nie gefühlt habe. *Aaron hat für mich einen ganzen Kinosaal leer gekauft, meinen Lieblingsfilm spielen lassen, meine Lieblingssnacks gekauft und meiner Mutter sowie mir Blumen geschenkt – wie könnte ich in diesem Moment nicht so ein Gefühl empfinden?*

»Woher weißt du überhaupt, dass ich diesen Film so sehr liebe? Ich kann mich nicht daran erinnern, dass wir darüber schon einmal geredet haben.«

Aaron dreht seinen Kopf zu mir und schaut tief in meine Augen. »Ich habe deine Mutter gefragt«, gibt er ganz simpel von sich und schiebt sich ein Popcorn in den Mund. Und das ist der Moment, in dem ich anfange, mich in ihn zu verlieben.

Aarons Hand liegt auf meinem Oberschenkel. Ich kann keinen klaren Gedanken fassen, denn alles, an was ich in diesem Augenblick denken kann, ist Aaron und seine scheiß Hand. Ich weiß, dass er mich ansieht, und das schon seit über zehn Minuten und er weiß, dass ich weiß, dass er mich ansieht – seit über zehn Minuten.

Da – da war es wieder. Seine Hand hat sich um einen Millimeter bewegt. *Was spielst du für ein Spiel, Aaron?* Ohne den Blick von der Leinwand abzuwenden, lehne ich mich zur Seite und flüstere ihm ins Ohr. »Ich weiß, dass du mich anstarrst.«

»Ich weiß«, gibt er zurück und mir schießt die Röte augenblicklich ins Gesicht. *Wie schafft er das nur immer?* Ich spüre regelrecht, wie er breitgrinsend dasitzt, aber ich tue einfach so, als wäre mir das egal.

Na ja oder auch doch nicht – so gut kann ich nicht schauspielern. Ich drehe meinen Kopf zu ihm und nun sind wir uns so nah, dass ich mich nur ein paar Zentimeter vorbeugen müsste, und schon lägen meine Lippen auf seinen.

Seine Hand auf meinem Oberschenkel – sein Blick fixiert auf mir. Er beugt sich langsam zu meinem Ohr und haucht mir etwas zu. »Auch so gerne ich dich jetzt küssen würde, Sofia, ich will diesmal alles richtig machen – alles zu seiner Zeit.«

Empört verziehe ich das Gesicht. »Das hast du mit Absicht gemacht, nicht wahr?«, gebe ich von mir und gehe ein Stück nach hinten. Ich verdrehe die Augen und blicke ihn verstohlen an.

»Wie gut du mich doch kennst.«

Ach so, Blythe, wenn du so spielen willst, dann lass uns spielen.

»Findest du nicht auch, dass es hier extrem warm ist«, frage ich und sehe ihn mit großen Augen an. Mit der Hand fächere ich mir Luft zu und sehe dabei schmunzelnd im Kinosaal umher.

»Eigentlich nicht«, antwortet Aaron verwirrt und lässt sich in seinen Sessel zurückfallen.

»Komisch«, erwidere ich und ziehe mir langsam den Pulli über meinen Kopf. Ich trage ein enges Top darunter – keinen BH.

151

»Ja, jetzt ist es viel besser. Kannst du mir mal das Wasser geben?«, frage ich und stoße in dem Moment gegen seinen Arm, in dem er mir das Glas reicht.

»Ups«, flüstere ich gespielt. Das Wasser ist über mein ganzes Oberteil gelaufen. Ich wische seufzend drüber und verteile es somit nur noch mehr. Schulterzuckend lehne ich mich zu ihm vor. »Jetzt bin ich ja ganz nass. Na ja, Wasser trocknet wieder. Ich würde das Top ja ausziehen, aber darunter habe ich jetzt wirklich nichts mehr an.«

Ich grinse frech. Durch das kalte Wasser erkennt man den Abdruck meiner harten Nippel und ich würde nicht lachen, wenn es nicht perfekt gelaufen wäre.

Aaron sieht zu mir auf und fährt sich hastig durch die Haare. Ich merke, wie er überlegt und schon denke ich, mein Plan hätte nicht funktioniert, da schüttelt er den Kopf und sieht mich innig an. »Ach komm, scheiß drauf.«

Er beugt sich zu mir vor, doch bevor seine Lippen auf meine Treffen, lasse ich mich nach hinten fallen und grinse in mich hinein. »Weißt du, ich will dieses Mal alles richtig machen – alles zu seiner Zeit«, wiederhole ich nun seine Worte und verschränke meine Arme ineinander.

»Guter Spielzug, Prinzessin. Guter Spielzug.«

27

Aaron

»Na, wer ist denn da?«, frage ich grinsend und breite freudig meine Arme aus. Avery rennt kreischend auf mich zu und umarmt mich stürmisch. Ich wirble die Kleine einmal im Kreis umher und setze sie schließlich wieder auf dem Boden ab.

»Aaron, hey.« Sie lächelt breit und ihr Zopf wackelt bei ihren stürmischen Bewegungen auf und ab.

»Hey, Kleine. Und, mit wem bist du hier? Deinem Bruder?«, frage ich interessiert und nehme die Haarspange, die ihr fast aus den Haaren fällt, in meine Hand und klipse sie ihr wieder in ihr welliges Haar. Ich muss grinsen – diese Spangen habe ich ihr geschenkt.

»Nein, der ist heute bei so einem Flohmarkt, um ein bisschen was zu verkaufen. Ich bin mit meiner Freundin Anna hier, guck, das ist ihre Mutter Susanna.« Avery zeigt auf eine Frau mittleren Alters. Sie hat kurze, braune Haare und ein markantes Gesicht. Freundlich hebe ich die Hand, um sie zu begrüßen, und wende meine Aufmerksamkeit schließlich wieder an Avery.

»Und was machst du jetzt noch Schönes mit deiner Freundin?«, frage ich aufmerksam und lächle ihr zu.

»Wir wollten noch bisschen auf den Spielplatz«, entgegnet Avery zuckersüß und geht sich durch die Haare.

»Dann noch viel Spaß«, sage ich. Kurzerhand krame ich in meiner Hosentasche und ziehe mein Geldbeutel raus. »Hier, kauft euch davon etwas Süßes.«

Ihre Augen werden ganz groß und sie springt von einem Bein auf das Andere. »Danke, Aaron. Danke.«

Ich wuschele ihr durch die Haare und ziehe den Reißverschluss ihrer Jacke bis nach ganz oben. »Es ist kalt, pass auf, dass du dich nicht erkältest.«

Avery nickt eifrig und wendet sich schon zum Gehen, da rufe ich ihr noch etwas zu. »Weißt du, wo der Flohmarkt ist?«

Sie dreht sich auf der Stelle und watschelt schnurstracks wieder zu mir. »Easton hat gesagt, der ist in so einer Halle. Ich glaube die heißt Helisha oder so.«

Helshhall.

Ich nicke und winke ihr noch zum Abschied, bevor ich wieder zu Jefferson ins Auto steige.

»Aaron, was machst du hier?«, fragt Easton verblüfft, als er meinen Kopf in dem Getümmel von all den Menschen erblickt.

»Ich habe Avery getroffen und sie hat mir gesagt, dass du hier bist.« Mein Blick fällt auf den Tisch und ich scanne all die Sachen ab, welche er zum Verkauf bereitgelegt hat.

Mit einem Schritt bin ich bei ihm und halte seine Videospiele in die Höhe. »Deine Spiele? Deine Playstation? Wieso verkaufst du die? Du hast die doch erst vor ein paar Jahren, von deinem Onkel geschenkt bekommen?«

Easton geht sich verlegen durch die Haare und sieht auf den Boden. Er sagt nichts, aber das muss er gar nicht – ich sehe es in seinen Augen.

»Wenn ihr Geldprobleme habt, dann sag mir das doch. Ich kann euch helfen«, flüstere ich ihm leise zu, sodass nur er mich verstehen kann.

»Wir haben keine … Geldprobleme und ich brauch auch kein Geld von dir«, gibt er knapp von sich und kratzt seinen Nacken. Ich war dabei, als er die Playstation geschenkt bekommen hat. Ganz genau kann ich mich noch daran erinnern, wie sehr er sich gefreut hat, das kann nicht einfach weg sein.

»Okay, dann will ich die Playstation und all die Spiele kaufen.«

Easton verdreht die Augen. »Aaron, hör auf«, entgegnet er aufgebracht und wendet seinen Blick von mir ab.

»Womit denn aufhören? Ich will die kaufen. Wie viel?«

Easton schnauft einmal tief durch, tippt jedoch schließlich irgendwelche Beträge in sein Handy ein. »Siebzig Dollar«, gibt er knapp von sich und zeigt mir die Rechnung.

Kurzerhand krame ich in meinem Portemonnaie, hole ein Zweihunderterschein hinaus und halte ihn Easton hin. »Passt so«, sage ich und nehme die Playstation und Spiele in die Hand.

»Aaron, nimm wenigstens das Wechselgeld«, bittet mich Easton flehend und hält mir das Rückgeld hin – das werde ich nie annehmen.

»Du weißt, wie sehr ich kleines Geld hasse«, sage ich daraufhin spielerisch. Er verdreht leicht die Augen, lächelt aber kurz darauf.

»Wenn du nachher fertig bist, schreib mir. Ich komm zu dir und wir spielen zusammen mit deiner Playstation«, rufe ich ihm zu, bevor ich mich umdrehe. Er deutet schon an, etwas zu erwidern, aber da bin ich schon um die Ecke gebogen.

Wieso will er sich nicht helfen lassen? Ich bekomme nie mit, wie tief er in der Scheiße steckt, denn er sagt es mir nicht. Ich habe doch genug Geld und ich bin sein Freund, warum lässt er sich nicht helfen?

Seufzend lasse ich mich auf den Autositz fallen und krame mein Handy raus. Ich tätige einen Anruf und schon ist die nächste Miete für die Millers gezahlt.

»Nochmal danke wegen der Playstation, aber wirklich, ich werde dir das zurückzahlen, nur dieses Geld vom Flohmarkt brauche ich für die Miete.«

Ich schüttle protestierend mit dem Kopf, doch bevor ich etwas erwidern kann, meldet sich Easton erneut zum Wort. »Warte mal, ich gebe das Geld noch schnell Silas.«

Easton springt von seinem Bett auf, eilt in die Küche, in der sein großer Bruder gerade Abendessen kocht und unterhält sich mit ihm. Als er wieder zurückkommt, sieht er alles andere als glücklich aus.

»Aaron, du kannst nicht einfach unsere Miete bezahlen. Hier, nimm das Geld.« Er will mir die Kasse in die Hand drücken. Sein Blick ist wütend, wobei ich seine Reaktion überhaupt nicht nachvollziehen kann – ich möchte nur helfen.

»Nein, ich werde das nicht annehmen. Außerdem weißt du nicht mehr, ich mag kein kleines Geld.« Ahnungslos sehe ich ihn an und lächle schief. Mir fällt nichts anderes ein, als es so zu begründen, denn vielleicht ist das die Möglichkeit, um ihn davon zu überzeugen, es wäre besser, wenn er das Geld behält.

»Ist mir egal, dann gehe ich eben zur Bank und wechsle das Geld zu großen Scheinen«, kommt es nun von ihm. »Es ist wirklich nett, was du versuchst, aber wir brauchen keine Almosen.«

Meine Mundwinkel fallen nach unten und ich nicke geschlagen, denn in dem Augenblick wird mir klar, dass es immer noch seine Entscheidung ist. Auch wenn ich es nicht nachvollziehen kann, muss ich es akzeptieren – zumindest muss er denken, dass ich das tue.

»Sorry, ich wollte nur helfen«, gebe ich leise von mir und kratze mich am Hinterkopf.

»Ich weiß, das ist auch wirklich nett von dir, aber wir brauchen es nicht … vielleicht habe ich auch ein bisschen überreagiert, tut mir leid. Wollen wir ein bisschen spielen?«, fragt Easton und wackelt mit den Augenbrauen, während er auf die Playstation blickt.

»Gerne«, kommt es von mir und ich mache es mir mit dem Controller auf seinem Bett gemütlich.

Sicher ist auf jeden Fall, dass ich das Geld für diese Playstation nie annehmen werde. *Wer weiß, vielleicht findet Silas ja irgendwann einmal zufälligerweise einen Fünfhundertdollarschein auf der Straße.*

Keine Ahnung, ob das alles richtig ist, was ich mache, aber was ich weiß, ist, dass ich nur das Beste für ihn und seine Familie möchte. Vielleicht ist er jetzt noch nicht bereit, Hilfe von mir anzunehmen, aber was noch nicht ist, kann immer noch werden.

28

Sofia

Was tue ich nur wieder?

Mein Blick huscht zum Friedhof. Ich habe erwartet, dass Aaron dort ist, weswegen bin ich also so nervös? Langsam nähere ich mich ihm. Er sitzt mit dem Rücken gekehrt zu mir vor einem Grabstein – Alias Grabstein.

Ich weiß nicht, ob es eine gute Idee ist, zu ihm zu gehen, immerhin ist dies ein Moment der Verletzlichkeit. Aaron zeigt ungern seine wahren Gefühle und wenn er mir dann doch einmal einen ganz kleinen Einblick gewährt, verschließt er sich kurz darauf wieder und tut so, als wäre nichts geschehen.

»Hey«, flüstere ich leise.

Ruckartig dreht sich Aaron um und sieht emotionslos zu mir. Für ein paar Augenblicke sagt oder tut er überhaupt nichts, bis sich schließlich ein Lächeln auf seinem Gesicht entfacht.

Dieser Emotionsumschwung – ich weiß ganz genau, dass er versucht, seine verletzliche Seite zu verstecken, doch wann versteht er, dass ich genau diese Seite liebe?

»Hey«, erwidert er lächelnd. »Was machst du hier?«

Was ich hier mache? Gott, ich weiß es selbst nicht einmal. »Ich ... ich bin hier vorbeigelaufen und ... und ich habe dich hier gesehen. Ich wollte ... Ich kann auch wieder gehen.« Eilig drehe ich mich um und wende mich schon von ihm ab, da greift Aaron um mein Handgelenk und sieht mich innig an. »Bleib.«

»Okay«, gebe ich kleinlich von mir und setze mich neben ihn. Eine gewisse Spannung herrscht zwischen uns, ich weiß nicht so recht, woher sie kommt. *Ob es daran liegt, dass wir seit unserem letzten Date nicht mehr miteinander geredet haben?* Gut möglich.

Für ein paar Minuten sehen wir uns einfach nur schweigend an – es ist keine unangenehme Stille. Im Gegenteil, ich habe das Gefühl, wir fühlen uns beide auf irgendeine Weise verstanden, welche nicht in Worten ausgedrückt werden kann.

»Sofia?«

Mein Herz – es pocht so sehr.

»Aaron?«

»Es fängt an zu regnen, wir sollten verschwinden.«

Der erste Tropfen landet auf meiner Stirn – das Wetter ist kalt und es ist stürmisch, dennoch möchte ich diesen Augenblick um gar keinen Preis unterbrechen.

»Ich finde, wir sollten hierbleiben«, entgegne ich leise und nehme seine Hand in meine.

»Sofia, deine Klamotten werden, wenn du nicht die nächsten paar Minuten ins Trockene gehst, völlig durchnässt sein«, sagt Aaron besorgt und streicht mit seinem Daumen über meine Hand.

Ich weiß, mag sein, aber das ist mir egal.

»Aaron.«

»Ja?«

Ich sehe lieblich zu ihm. Der Regen prasselt nur so auf uns – jedoch habe ich nicht das Bedürfnis, zu gehen. Ich möchte bei ihm bleiben – hier, bei ihm.

»Das mit uns ...«, flüstere ich zaghaft.

Aaron rückt ein Stück an mich ran und schon wieder sind wir uns so nah. Ich kann spüren, wie sein heißer Atem langsam an mir vorbei rauscht und mein Herz bleibt für einen Augenblick stehen. *Schlägt es noch? Ich habe keine Ahnung.*

»Sofia, ich mag dich wirklich und du bedeutest mir sehr viel«, gibt er diese bedeutsamen Worte auf einmal von sich – ohne, dass ich meinen Satz beenden kann. Sie hallen immer wieder aufs Neue durch meinen Kopf und ich kann nichts anderes, als zu lächeln. *Du bedeutest mir sehr viel* – ich dachte nicht, dass diese Worte so viel bei mir auslösen könnten.

»Du bedeutest mir auch sehr viel«, gebe ich seine Worte wider und blicke ihn innig an. Seine Augen werden groß und auf einmal sieht er auf den Boden – ich spüre seine Unsicherheit.

Entschlossen nehme ich sein Gesicht in meine Hände und drehe es zu mir, sodass er in meine Augen sieht. Ich spüre die Kälte seiner Haut durch meine Berührung – mit einer Bewegung streiche ich eine nasse Haarsträhne aus seinem Gesicht. »Aaron, es ist nichts Schlechtes, einer Person wichtig zu sein. Du wirst mich nicht enttäuschen, denk das nicht«, flüstere ich ihm ins Ohr, da ich genau weiß, wie dringend er das hier hören muss.

»Du bist mir wichtig, wie auch so vielen anderen Menschen. Easton, Avery, Silas, diesem Thomas von dem du mal erzählt hast, meiner Mutter, sogar meiner Großmutter und vor allem mir. Stoße mich bitte nicht von dir weg, nur weil du denkst, du könntest damit nicht umgehen, denn das kannst du.«

Er schmunzelt leicht und mein Atem setzt für eine Sekunde aus, als er seine Hand an meine Hüfte legt. Wir beide sitzen im strömenden Regen auf einem Friedhof, dennoch ist das Einzige, was ich in diesem Moment empfinden kann, Wärme.

»Solange ich bei dir bin, habe ich keine Angst mehr«, entgegnet Aaron und drückt mich ein bisschen näher an sich. Unsere beiden Körper berühren sich und ich kann sein Herz regelrecht spüren – es pocht mindestens genau so schnell wie Meins. Er sieht so wunderschön aus, wenn er lacht, und in meinem Körper bildet sich ein ganz neues Gefühl – ein schönes Gefühl.

»Sofia«, haucht er leise. Sein Gesicht ist nun keine fünf Zentimeter mehr von mir entfernt und seine Augen sehen direkt in Meine.

»Aaron.«

Dieser Moment.

»Ich würde dich jetzt so verdammt gerne küssen«, flüstert er leise und fährt mit seinem Finger meine Wange entlang.

Dieser Junge.

»Wieso tust du es dann nicht?« Ich ziehe scharf die Luft ein und vergewissere mich, dass er meine Worte gehört hat.

Ja, das hat er.

Keinen Moment später krachen seine Lippen auf meine und es ist, als würde alles um uns herum stillstehen.

Aaron küsst mich.

Aaron Blythe küsst mich – mein Charming.

»Das wollte ich schon so lange machen«, haucht er leise in mein Ohr, bevor er sich mir wieder zuwendet und mich erneut küsst. Er presst seine Lippen auf meine, als würde er das brauchen – als könnte er ohne das nicht überleben. Mit so viel Begierde und so viel Sinnlichkeit.

»Ich schätze, jetzt wirst du mich nie wieder los«, haucht Aaron leise und streicht mir über das vom Regen nasse Gesicht.

»Ich habe auch kein Interesse daran, dich gehen zu lassen. Ich behalte dich, Aaron.«

29

Aaron

Ich habe sie geküsst.

Ich habe Sofia geküsst.

Ihre Lippen waren auf meinen – so sinnlich und wunderbar. Das war unser Moment, etwas ganz Besonderes nur zwischen uns beiden. Sie, ganz alleine hat es geschafft, mich auf andere Gedanken zu bringen – nicht an meine tote Schwester zu denken. Ihre Präsenz hat dafür ausgereicht und im nächsten Moment saßen wir im strömenden Regen und haben uns geküsst, als würde es niemand anderen außer uns geben. Zwar war es nicht mein *erster* Kuss, aber es war mein erster *Kuss*.

30

Sofia

Sweet seventeen.

Meine Augen sind weit geöffnet und ungeduldig liege ich in meinem Bett. Die Uhr zeigt kurz vor sechs – unvorstellbar, dass ich um diese Uhrzeit von alleine aufwache. Vor allem an einem Sonntagmorgen, aber bedingt durch die Aufregung, auf den heutigen Tag, schaffe ich es einfach nicht mehr zu schlafen.

Ich kann mich noch ganz genau erinnern, als ich ganz klein war, bin ich manchmal sogar schon um vier Uhr morgens aufgewacht und habe meine Mutter überreden wollen, mir jetzt schon meine Geschenke zu überreichen. Leider jedes Mal ohne Erfolg. Sie hat mich wieder in mein Bett geschickt und ich musste warten, bis sie mich aufgeweckt hat. Jedes Jahr kam sie gemeinsam mit meinen Schwestern und einer Torte in der Hand singend in mein Zimmer – wie sehr ich diese Tradition liebe.

Ich schmunzle und versuche, meine Augen noch für ein paar Stunden zu schließen.

Es klopft leise an meiner Zimmertür. Natürlich wache ich sofortig auf. Wenn ich aufgeregt bin, ist es, als hätte ich eine Superkraft – schon durch das leiseste Geräusch, wache ich auf.

Meine Mundwinkel schnellen nach oben, da ich genau weiß, wer davorsteht. Langsam öffnet sich die Tür. Meine Mutter, Abuela, Catalina und Alicia kommen singend herein und in der Hand meiner Mutter erblicke ich eine riesige Torte mit leuchtenden Kerzen – so wie jedes Jahr.

Ich weiß noch genau, an meinem dreizehnten Geburtstag hatte mir Catalina eine Torte gebacken, dazu muss man wissen, ich war schrecklich besessen von Justin Bieber. Überall in meinem Zimmer hingen große Poster mit seinem Gesicht darauf und seine Lieder habe ich rauf und runter gehört. Also hat sie mir eine ganz besondere Torte gebacken, nämlich eine mit Justins Gesicht drauf.

Ich seufze bei dem Gedanken. Mein Geburtstag war schon immer, ausgeschlossen von Weihnachten, mein Lieblingstag. Ja, Geschenke sind toll, aber mir geht es vor allem darum, dass an diesem Tag jede Person, die mir wichtig ist, etwas mit mir unternimmt und sich alles um mich dreht. Versteht mich nicht falsch, ich habe kein Problem, wenn andere im Mittelpunkt stehen, aber an meinem Geburtstag ist das nochmal ein anderes Gefühl. Das Kribbeln im Bauch und die Aufregung – ja, ich liebe Geburtstage.

Eilig schließe ich meine Augen und blase die Kerzen aus, wobei ich an etwas ganz Spezielles denke. Dieses Jahr ist es anders – ich wünsche mir kein neues Handy, keinen Hund oder auch sonst nichts. Mein sehnlichster Wunsch ist Seelenfrieden. Ich kann meine Gedanken nicht abschalten und Carlos beeinflusst mich zu sehr. Durch sein erscheinen hat er mein ganzes Leben auf den Kopf gestellt und ich kann nicht mehr auseinanderhalten, was richtig und irrtümlich ist.

Ist es falsch von mir, ihn zu hassen? Meinen eigenen Vater? Ist es falsch von mir, zu wünschen, er hätte sich nie bei uns gemeldet? Ist es falsch von mir, zu wünschen, ich hätte einen liebenden Vater? Alles, was ich will, ist, nicht mehr darüber nachzudenken, denn alles war so viel besser ohne ihn. Er sagte, es täte ihm leid, aber würde er die Worte wirklich ernst meinen, hätte es nicht so viele Jahre gedauert, bis er sie ausgesprochen hat.

Meine Mutter gibt mir einen leichten Kuss auf die Stirn und drückt mir einen Brief in die Hand. Sofort entfaltet sich ein Gefühl der Geborgenheit in mir – ich weiß ganz genau, was das ist.

»Lass dir ruhig Zeit und komm dann zum Frühstück, mein Schatz.« Sie streicht mir schnell über den Kopf und verlässt daraufhin zusammen mit allen anderen mein Zimmer.

Ich kreuze meine Beine und öffne vorsichtig den leicht verknitterten Briefumschlag. Langsam ziehe ich das Stück Papier hinaus und falte es sorgfältig auf.

Sofia,

ich weiß ganz genau, wie aufgeregt du gerade in diesem Augenblick bist. Es ist der Moment, auf den du schon das ganze Jahr gewartet hast. Freu dich, du bist jetzt 17!!! Ich hoffe, dir geht es gut und so, aber das weißt du ja selbst, also, um deine Erinnerungen ein bisschen aufzufrischen, erzähle ich dir mal, was bei mir so läuft. Amara und ich haben gestern den Tag zuhause verbracht, gemeinsam gebacken, Filme geschaut und sie hat bei mir übernachtet. Natürlich hat Mamá wieder alles dekoriert und ich muss mit bedauern sagen, die Torte dieses Jahr ist längst nicht so toll wie die von meinem vor letzten Geburtstag. Aber wer weiß, vielleicht hat sie dieses Jahr die Justin-Bieber-Torte übertroffen. Sonstige Fakten, mein Lieblingsfilm ist Zoomania, Lieblingsfarbe Rot, Lieblingsessen Burritos und meine beste Freundin ist Amara. Ich hoffe, dass sich daran nichts ändert und ich hoffe, du vergisst nicht, wieder einen Brief für nächstes Jahr zu schreiben. Glaub mir, du wirst mir danken.
Bis zum nächsten Mal, Sofia.

Mit einem übergroßen Lächeln auf dem Gesicht falte ich den Brief feinsäuberlich zusammen und stecke ihn zurück in seinen Umschlag. Schon seit ich ein kleines Kind bin, habe ich mir jedes

Jahr einen Brief an mein späteres Ich geschrieben. Sogar schon als ich im Kindergarten war, nur, dass dies dort meine Mamá für mich übernommen hat.

Es ist eine schöne Tradition.

31

Aaron

»Entschuldigung, können Sie mir helfen?«, frage ich eine nett aussehende Kassiererin in der Buchhandlung unserer Stadt. Sie sieht beschäftigt auf einen Stapel von Papieren und beachtet mich zuerst kaum. Ein Moment später schnellt allerdings ihr Blick zu mir, und ein schmales Lächeln breitet sich auf ihrem Gesicht aus. »Natürlich. Was brauchst du?«

Mit einem verschmitzten Ausdruck kratze ich mich am Hinterkopf und gehe einen Schritt auf Sie zu. »Könnten Sie mir ein paar Bücher empfehlen?«

Die Frau, wessen Blick schon wieder auf den Papierstapel geflogen ist, sieht geschwind zu mir auf, fährt sich durch die langen, blonden Haare und schenkt mir schließlich ihre volle Aufmerksamkeit.

»Es ist für meine Freundin«, füge ich hinzu.

Ich habe keine Ahnung, welche Bücher Sofia gerne liest. Ich weiß lediglich, dass sie es gerne tut. Heute ist ihr Geburtstag und ich möchte ihr etwas schenken, das ihr gefällt. Etwas Besonderes – etwas, das ihr zeigt, dass ich an diesem Tag an sie denke.

»Welches Genre liest sie denn gerne?«, möchte die Frau von mir erfahren. Freundlich blickend kommt sie hinter der Kasse hervor und gestikuliert mit ihren Händen, damit ich ihr folge.

»Liebesromane.« Ohne es wirklich zu wissen, bin ich mir eigentlich sehr sicher. Zwar haben wir noch nie darüber geredet, aber es reicht mir, dass ich sehe, wie sich ihre Wangen rosa färben, wenn ich etwas Romantisches tue, und schon hat sie sich selbst verraten.

»Da habe ich ein paar«, antwortet sie und geht zum Regal mit den Liebesromanen.

»Perfekt, geben Sie mir alle, die Sie empfehlen können.«

32

Sofia

»Hey Süße, alles Gute«, begrüßt mich Amara, als sie zur Tür hereinstürmt. Sie nimmt mich liebevoll in den Arm und drückt mich ganz fest. Sie kann so unglaublich gute Umarmungen geben, das liebe ich so sehr.

Aufgeregt blicke ich zu ihr und grinse breit.

»Hier. Ah, ich bin so aufgeregt. Bitte öffne es schnell«, entfährt es ihr freudig. Sie drückt mir eine Tüte in die Hand und sieht mich erwartungsvoll an. Schnell schließe ich die Tür hinter ihr, setze mich auf mein Sofa im Wohnzimmer und widme meine Aufmerksamkeit voll und ganz ihrem Geschenk.

»Als ich das gesehen habe, musste ich sofort an dich denken.« Amara lächelt und nimmt neben mir Platz.

Nachdem ich ein rechteckiges Päckchen aus der Tüte hinausgeholt habe, kann ich mir fast schon denken, was das ist – ein besseres Geschenk gibt es nicht. Vorsichtig mache ich das Geschenkpapier auf und meine Mundwinkel schnellen instinktiv nach oben, als sich meine Vermutung bestätigt. »Danke, Amara«, flüstere ich grinsend und sehe auf das neuste Buch meiner Lieblingsautorin.

»Das ist noch nicht alles, schau mal rein«, bemerkt sie hibbelig. Lächelnd lege ich das Buch zur Seite und möchte schon die Tüte öffnen, da unterbricht sie meinen Vorgang. »Nicht die Tüte, also ja auch, aber eigentlich meinte ich das Buch«, bringt sie lachend hervor.

»Oh.« Mit Bedacht nehme ich das Buch in meine Hand und schlage die erste Seite auf. »Nein, oder?«, frage ich aufgeregt. »Was?!«

Das Buch ist signiert – es ist eine persönliche Widmung von der Autorin für mich niedergeschrieben. »Das ist so cool, sowas wollte ich schon immer mal.«

Ich liebe es, wie gut sie mich kennt – der Roman steht sogar schon auf meiner Wunschliste, aber ich hatte noch keine Gelegenheit, ihn mir zu holen.

»Danke, danke, danke«, bringe ich hervor und schlinge meine Arme um sie. »Ich liebe es.«

Ein schneller Blick in die Tüte und schon erkenne ich lauter meiner Lieblingssüßigkeiten. »Möchtest du?«, biete ich meiner Freundin welche an.

»Nein, danke«, entgegnet sie lachend und neigt ihren Kopf zur Seite. »Wann kommen die anderen?«

»Ich denke mal so in zwanzig Minuten, wenn sie pünktlich sind.« Ich grinse breit und vertiefe mich nun in den Klappentext des Buches. Ein toller, kitschiger Liebesroman – perfekt.

Nach einer halben Stunde ist schließlich auch Dahlia eingetroffen – nun fehlt nur noch Sienna. Eigentlich habe ich es mir aber auch schon fast gedacht, denn sie ist eine der unpünktlichsten Personen auf Erden. Wirklich, das ist abartig. Manchmal sagt Amara ihr sogar extra eine falsche Uhrzeit, damit sie pünktlich kommt. Tatsächlich funktioniert das ganz gut – das sind die einzigen Momente, in denen sie wirklich rechtzeitig erscheint.

Ich feiere nur im sehr kleinen Kreis, denn das ist mir genug. Ich finde es dadurch viel persönlicher und vor allem auch gemütlicher. Das sind meine Lieblingspersonen und ich möchte sie nicht missen.

Ein Klingeln ertönt – das muss Sienna sein. Eilig hechte ich nach vorne und reiße schwungvoll die Tür auf. Überrascht blicke ich in ein bekanntes Gesicht. »Oh, hey Aaron, du… ich wusste gar nicht, dass du auch kommst.«

Ein warmer Schauer übergeht meinen Rücken, als er meine Hand ergreift. *Wieso haben seine Berührungen so einen Effekt auf mich?*

»Nun ja, deine Großmutter hat mich eingeladen. Ich glaube, sie mag mich«, lacht Aaron und seine Lache ist so wunderschön.

Ehrlichgesagt habe ich gar nicht darüber nachgedacht, ihn einzuladen. Nicht, weil ich ihn nicht dabeihaben möchte, denn das tue ich, sondern weil es bis jetzt immer nur wir vier waren. Amara, Dahlia, Sienna und ich. Noch dazu kennen meine Freundinnen Aaron nicht wirklich – womöglich hatte ich bedenken, dass es seltsam werden könnte. Aber diese sind nun alle verschwunden, als ich in seine wunderschönen Augen sehe.

»Ich freu mich, dass du hier bist«, hauche ich ihm ins Ohr und möchte schon einen Schritt nach hinten machen, sodass er in mein Haus hineinkann, da beugt er sich zu mir vor und drückt mir einen sachten Kuss auf die Wange. Für einen Augenblick steht die Welt still und auch noch Minuten nachdem seine Lippen meine Wange verlassen haben, spüre ich sie. Ich gehe mir nervös durch die Haare und beiße verlegen auf meine Lippe, während ich ihn mit großen Augen anblicke.

»Ich liebe es, wenn du das machst«, flüstert er. Aarons warmer Atem rauscht an meinem Ohr vorbei und auf einmal fühlen sich meine Beine so schwach an. Ein weiteres Wort und ich würde ihm verfallen.

»Wenn ich was mache?«

Aaron grinst breit – ach, sein Grinsen. *Was ist nur mit mir los? Auf einmal ist alles, was dieser Junge macht, attraktiv.*

»Wenn du dir so auf die Unterlippe beißt«, entgegnet Aaron und blickt mich an – so wie mich noch nie zuvor jemand angesehen hat.

171

Aufgeregt grinse ich und trete einen Schritt nach hinten. »Komm doch rein, es ist kalt draußen.«

»Zuerst habe ich noch etwas für dich«, schmunzelt er breit und streckt seinen Arm aus. Ich habe zuvor nicht darauf geachtet, da seine eine Hand hinter der Hausfassade versteckt war, doch nun fällt mein Blick auf einen wunderschönen Strauß. Doch es sind nicht nur Blumen – nein – es ist ein Bücherstrauß.

»Alles Gute zum Geburtstag, Sofia«, flüstert Aaron.

Verblüfft sehe ich ihn an. Ich habe überhaupt nicht damit gerechnet, etwas von ihm geschenkt zu bekommen, und ich kann es kaum fassen, dass er so etwas Durchdachtes schenkt. Zwischen den Büchern ragen ein paar rosa Nelken hinaus – noch nie habe ich etwas Schöneres gesehen.

»Nelken magst du doch so sehr. Ich habe genau gesehen, wie du sie das letzte Mal angeschaut und tausendmal daran gerochen hast.«

Mein Mund bleibt offenstehen und für einen Augenblick kann ich nicht realisieren, was gerade geschieht.

»Wenn dir die Bücher nicht gefallen kann, ich sie auch zurückgeben und du kannst dir Andere raussuchen«, gibt Aaron schnell von sich und fährt nervös durch seine Haare.

Keinen Moment später schlinge ich meine Arme um ihn. Das ist ein so wunderschöner Augenblick – er und ich, Arm in Arm. Meine Nase erfasst den leckeren Geruch seines Parfums und ich spüre seine Hand, welche langsam über meine Haare streicht.

»Nein, es ist perfekt. Vielen, vielen Dank, Aaron. Es ist eine wunderschöne Idee – ich liebe es.«

Sobald ich mich aus der Umarmung gelöst habe, nehme ich den Strauß in die Hand und rieche an den Nelken. Es ist das Erste, was ich mache – gibt man mir Blumen, stecke ich meine Nase herein und genieße den wunderbaren Geruch.

»Ich bin froh, dass es dir gefällt«, entgegnet Aaron.

Ich sehe ihm dabei zu, wie er erst die Tür hinter sich schließt, die Schuhe auszieht und dann seine Jacke aufhängt.

Breitlächelnd strahle ich ihn an. Das Geschenk ist wunderbar – er ist wunderbar. Mit einem tiefen Seufzen der Zufriedenheit presse ich meine Lippen auf seine. So hingebungsvoll – so voller begehren.

33

Sofia

Mein Herz – es bricht, jedes Mal, wenn ich an ihn denke. *Wie kann er mir nur so viel Schmerz bereiten?* Er sollte doch eigentlich derjenige sein, welcher mein größtes Vorbild ist. Die Person, zu der ich stets aufsehen sollte.

> Alles Gute zum Geburtstag, mein Schatz. Ich hoffe, du feierst schön, lass es dir gut gehen.

> Ich würde mich gerne mit dir treffen, damit wir reden können.

Mit leerem Blick starre ich auf die Nachricht.
Mein Magen dreht sich und ich schnappe nach Luft.
Mein Vater hat mir geschrieben.
Er hat mir zum Geburtstag gratuliert – zwei Tage zu spät.

Er hat mir eine Nachricht geschrieben und will sich mit mir treffen. Wieso versucht er es immer weiter? Ich habe ihm doch klar und deutlich zu verstehen gegeben, dass ich nichts von ihm wissen möchte und er am besten ganz weit von mir und meiner Familie fernbleiben soll.

Es stehen die Feiertage vor der Tür und ich will mir meine Lieblingszeit nicht wegen ihm verderben lassen. Ein Teil meiner selbst möchte mit ihm reden, da ich mir eine Erklärung erhoffe. Eine Erklärung für sein Verhalten, die nie kommen wird. Der andere Teil möchte ihm erst gar keine Chance geben.

Ich bin der Überzeugung, dass sich Menschen ändern können. Jedoch gibt es bestimmte Dinge, welche sich *nie* ändern werden – bestimmte Charakterzüge oder Einstellungen. Mein Vater war womöglich schon immer eine grausame Person, aber erst ab einem gewissen Augenblick konnte ich sein wahres Gesicht erkennen. Dass er nun von mir verlangt, das Alles einfach zu vergessen und ihm eine weitere Chance zu geben, zeigt doch nur, wie narzisstisch er ist.

Ich schlucke, um das trockene Gefühl in meiner Kehle zu unterdrücken, und kaue auf meiner Unterlippe. Das mache ich immer, wenn ich nervös bin. Tränen, welche ich versucht habe, zu unterdrücken, laufen nun über meine Wange.

Ich bin verletzt und enttäuscht. Alles was ich bin, ist doch nur ein Mädchen, welches sich ihren Vater wünscht. Diese beschissene Hoffnung lässt mich nicht los, die Hoffnung darauf, dass er auf einmal ein toller Vater ist. Aber das ist nun einmal nur das, was ich gerne hätte. Ich wäre nur bitterenttäuscht, würde ich diese Hoffnung näher an mich ranlassen.

Traurigkeit verwandelt sich in Wut und ich wische mit meinem Handrücken meine Tränen aus dem Gesicht. Nicht ganz so überzeugt schnappe ich mir wieder mein Handy und öffne den Chat mit meinem Vater. Nach kurzem Zögern tippe ich eine Antwort und schicke sie ab, bevor ich es mir anders überlege.

> Mein Geburtstag war vor
> zwei Tagen.

> Und nein, ich möchte mich nicht mit
> dir treffen. Versuche es nicht mehr und
> auch erst recht nicht bei meinen Ge-
> schwistern!

Ich schalte mein Handy aus und ziehe mir kurzerhand einen Pullover drüber. Eigentlich wollte ich schon vor fünf Minuten zu Dahlia, aber dann kam die Nachricht meines Vaters und ich musste das erst einmal verdauen.

Schnell mache ich mich auf den Weg zum Bahnhof, um den Zug noch zu schaffen. Ich sehe schon von weitem, wie er einfährt, sprinte die letzten Meter und lasse mich schnaufend auf dem Sitz am Fenster nieder, nachdem ich gerade noch rechtzeitig durch die Türen gerannt bin.

Erschöpft lehne ich meinen Kopf gegen die Scheibe und blicke nach draußen. Ein kleines Lächeln bildet sich auf meinem Gesicht, denn es schneit. Ich liebe Schnee über alles und damit meine ich keinen matschigen, dreckigen Schnee – nein – schönen, weißen, fluffigen Schnee.

Der Zug stoppt an meiner Haltestelle und ich steige rasch aus. Schon landen die ersten Schneeflocken auf mir und ich lausche den Geräuschen, während ich durch den Schnee stapfe. Es ist alles so friedlich, nur ein paar Menschen sind unterwegs.

Dahlia lebt in einem kleinen Dorf – ich würde zwar nicht behaupten, dass ich in der Stadt lebe, aber im Vergleich zu ihr ist mein Zuhause dann doch eher in der Stadt – einer Kleinstadt.

Angekommen vor Dahlias Haus klingle ich. Keine Sekunde später öffnet meine Freundin auch schon herzlich die Tür und begrüßt mich lächelnd. Die Wärme aus dem Haus strömt zu mir und ich begebe mich schnell nach drinnen.

»Weißt du, was ich gehört habe? Also ich darf es eigentlich nicht sagen aber…«, fängt Dahlia aufgeregt an zu reden und bei den Worten spitzen sich meine Ohren.

»Komm, sag schon! Jetzt will ich es wissen«, presse ich heraus und blicke sie durchdringlich an, nachdem ich meine Schuhe und Jacke ausgezogen habe.

»Na gut. Du kennst ja Ashley oder?«

Ich nicke knapp.

»Anscheinend wurde sie dabei erwischt, wie sie Mister Cornwell geküsst hat.«

Mein Mund bleibt offenstehen und ich blicke meine Freundin geschockt an. »Ist nicht wahr?« Mister Cornwell ist einer unserer Lehrer in seinen mittleren Zwanzigern, Ashley hingegen geht in unsere Stufe und ist nicht einmal siebzehn Jahre alt.

»Kann nicht sein«, bringe ich nur hervor und neige meinen Kopf gespannt zur Seite. Dahlia reißt ihre Augenbrauen warnend nach oben und blickt mich durchdringlich an. »Das hast du nicht von mir und du solltest es auch keinem weitersagen. Es ist wie gesagt nur ein Gerücht, aber so, wie ich Ashley kenne, kann es gut sein, dass es stimmt«, sagt Dahlia und fährt sich durch ihre dunkelblonden Haare.

Eilig nicke ich, kann allerdings immer noch nicht glauben, was ich da gerade gehört habe. Ich liebe Drama über alles, solange ich nicht involviert bin. Jeder neue Klatsch, jeder neue Tratsch ist bei mir perfekt aufgehoben. Ich will zwar alles wissen, aber es droht keine Gefahr, dass ich etwas weitererzählen würde, außer Amara und Sienna, aber das ist ja wohl selbstverständlich.

»Versprochen, ich sag es nicht weiter, aber jetzt musst du mir erstmal mehr darüber erzählen.«

34

Aaron

Schweigend sehe ich auf das Fotoalbum in meiner Hand. Es war ein Fehler, es wieder auszukramen. Ich habe es in einer Kiste, mit vielen anderen Erinnerungen an meine Kindheit, in die hinterste Ecke meines Zimmers verfrachtet – damit ich überhaupt nicht in die Versuchung komme, mir diesen Scheiß anzusehen.

Wieso ich es nicht weggeschmissen habe, bleibt mir ein Rätsel, aber wobei, da hat mein Vater wohl recht, ich bin ein sentimentaler Idiot. Vor ein paar Monaten war ich sogar schon einmal in der Versuchung, all diese Erinnerungen wegzuwerfen – oder zu verbrennen. Ich denke, das würde mir wirklich ein befriedigendes Gefühl geben. Aber ich konnte es nicht und daran hat sich nichts geändert.

Ich sehe auf ein Bild, welches an Weihnachten vor rund elf Jahren geschossen worden ist. Es zeigt meine beiden Eltern und mich. Meine Mutter steht links neben mir, drückt mir einen Kuss auf die Wange und sieht so glücklich aus. Sie trägt ein rotes, enges Kleid und auf ihrem Kopf hat sie ein Rentierhaarreif.

Ich blicke strahlend in die Kamera – meine Backen sind ganz rot. Zur Feier des Tages trage ich einen kuscheligen Weihnachtspullover, welchen ich das Jahr zuvor geschenkt bekommen haben. Er hat eine Lichterkette abgebildet, welche sogar

177

geleuchtet hat und ich kann mich noch ganz genau daran erinnern, wie abgöttisch ich diesen Pullover geliebt habe.

Mein Vater steht rechts neben mir – er hat seinen Arm um mich geschlungen und lächelt in die Kamera. *Gott, wann habe ich ihn das letzte Mal lächeln sehen?* Es ist total entfremdet, denn dieses Lächeln scheint authentisch. Keine Ahnung, wann ich so etwas zuletzt gesehen habe. Er trägt eine rote Weihnachtsmütze und einen schwarzen Anzug.

So richtig, wie ein Familienvater. Aber das war er nicht – nie war er das. Dieses Foto entspricht nicht der Wahrheit – wie auch all die anderen Bilder in diesem Album. Denn was danach passiert ist, kann man anhand dieses Bildes nicht herausfinden.

Ich weiß es noch, als wäre es gestern gewesen – dieser Scheiß steckt in meinem Kopf und ich bekomme ihn nicht aus meinen Gedanken. Mein Vater hat mich nicht einmal eine Stunde nach diesem Foto blutig geschlagen und das nur, weil ich aus Versehen eine seiner teuren Christbaumkugel kaputtgemacht habe.

Mit voller Wucht schlage ich das Album zu und verstaue es in der Kiste mit den vielen Erinnerungen von früher. Es tut mir überhaupt nicht gut, das durchzusehen, dennoch tue ich es. Mein Blick bleibt bei den kleinen Zettelchen hängen, die auf dem Boden der Box verteilt liegen. Ich zögere einen Augenblick, bis ich mir schließlich einen nach dem anderen nehme und vorsichtig auffalte.

Lass es dir schmecken!
Hab dich lieb, mein Großer.

Hab einen wunderschönen Schultag.
Kuss, Mami.

Ich habe dich ganz dolle lieb.

178

Vergiss nicht, dein Vesper mitzunehmen!
Hab dich lieb, Mama.

Ich komme heute doch erst sehr spät nachhause, wir
müssen den Filmabend verschieben. Tut mir leid, ich mache
es wieder gut.
Hab dich lieb, Kuss.

Meine Mutter hat mir im Laufe der Jahre stets Briefe geschrieben
– meist hat sie mir diese auf den Tisch gelegt, damit ich sie sofort
sehe. Keine Ahnung, weshalb ich sie alle aufgehoben habe.
Womöglich aus dem Grund, da es mir immer so gutgetan hat, zu
lesen, dass sie mich liebhat und dass ich ihr wichtig bin. Dadurch
habe ich den Glauben nicht komplett verloren.

Natalie hat mir nie gezeigt, dass sie mich liebt, sie hat es mir
immer nur gesagt. Könnte sie nicht kommunizieren, hätte ich nie
erfahren, dass sie mich liebt – geschweige denn, dass ich ihr
ansatzweise wichtig bin.

Ich merke, wie mir eine Träne über die Wange fließt – scheiße,
nun weine ich. Frustriert nehme ich mir die Zettel, schmeiße sie in
die Box und verstaue diese wieder.

Wieso kann ich nicht einfach loslassen?

*Wieso klammere ich mich immer noch so sehr an diese
verdammten Erinnerungen?*

Mein Herz schmerzt und ich kann nichts dagegen tun.

35

Sofia

»Brauchst du noch etwas aus der Stadt? Ich gehe jetzt einkaufen«, ruft meine Mutter von unten und reißt mich somit aus meinen Gedanken.

»Nein, danke, ich glaube nicht«, entgegne ich, jedoch erfolgt keine Antwort. Ich rufe noch einmal, aber wieder nichts. *Ernsthaft? Das ist jedes Mal so.*

Stöhnend stehe ich von meinem Bett auf und schlüpfe in meine gemütlichen Eisbärenhausschuhe, die ich vor Jahren mit Dahlia im Partnerlook gekauft habe.

Langsam schlürfe ich die Treppe hinunter und wiederhole meinen Satz, den ich jetzt schon drei Mal gesagt habe. Mamá nickt und blickt grinsend zu mir. »Und weil du ja gerade schon unten bist, kannst du gleich die Spülmaschine ausräumen.«

War ja klar. »Natürlich«, gebe ich schmunzelnd von mir und mache mich auf den Weg in die Küche.

»Bis nachher«, verabschiedet sie sich.

»Tschüss.«

Widerwillig laufe ich in die Küche und beginne damit, das Besteck in die Schublade einzusortieren. In dem Augenblick vibriert mein Handy. Schnell lege ich die letzte Gabel ab, bevor ich danach greife, um nachzuschauen, wer mir geschrieben hat.

> Hey was machst du gerade?

> Nichts wirklich, mir ist nur so langweilig, denn keiner ist zuhause. Was ist mit dir?

> Ach, ich mache auch nichts wirklich, stehe nur vor deinem Haus und werde gleich klingeln.

Mein Herz macht einen Sprung in die Höhe und ich lasse alles stehen und liegen um zur Tür zu rennen. Kaum, dass ich das Klingeln höre, ist die Haustür auch schon offen und ein Augenpaar liegt auf mir.

»Hey, Aaron.«

»Hey, Prinzessin.« Er geht einen Schritt auf mich zu und blickt zu mir herab – liebevoll und so unfassbar wunderschön.

»Was machst du hier?«, gebe ich hauchend von mir und presse meine Lippen aufeinander.

»Du hast gesagt, du bist alleine zuhause?«, möchte Aaron grinsend von mir wissen und neigt seinen Kopf zur Seite.

Er lächelt – dieses Lächeln.

Stumm nicke ich und sehe dabei zu, wie er kurz darauf in den Hausgang tritt, die Tür hinter sich schließt und seine Lippen auf meine presst. »Ich habe dich vermisst«, gibt er lieblich zwischen seinen Küssen von sich.

»Wir haben uns doch erst vorgestern gesehen«, bringe ich kichernd hervor und vergrabe meine Hände in seinen Haaren.

»Eben, das ist viel zu lange her.« Aarons Hände wandern hinunter zu meinem Po und er hebt mich mit Leichtigkeit hoch. Ich bin immer wieder erstaunt, wie stark er ist. Schnell schlinge ich meine Beine um seinen muskulösen Oberkörper, während er mit seinen Lippen zu meinem Hals wandert und mich mit liebevollen Nackenküssen verwöhnt. Es ist so schön. Ich möchte nicht, dass es je endet – nie soll es enden.

»Aaron«, kreische ich schrill und plumpse von ihm hinunter.

Verlegen kratzt er sich am Kopf und blickt entschuldigend zu mir. »Tut mir leid, habe ich was falsch gemacht?«

Nein, du hast alles richtig gemacht. Ich bin immer noch davon erstaunt, dass das wirklich ein Ton war, den ich von mir gegeben habe, so hoch wie der war. Eigentlich bin ich überrascht, dass man es überhaupt gehört hat, denn das war eher in meinen Gedanken.

»Nichts«, gebe ich schnell von mir. »Tut mir leid, falls ich jetzt den Moment ruiniert habe«, gebe ich geschlagen von mir und ziehe eine Grimasse.

»Sofia, komm schon. Ich weiß, dass was ist, du kannst mir nichts vorspielen.« Aaron blickt mich verständnisvoll an und nimmt meine Hand in seine.

Verlegen beiße ich mir auf die Unterlippe. »Nun ja ...« Mein Blick wandert nach unten zu seiner Hose. »Ich weiß nicht, was in mich gefahren ist. Ich denke nur, also… ich habe noch nie… und du hast schon so oft und ich bin jetzt noch nicht bereit dazu«, stammle ich vor mich hin und mein Gesicht nimmt einen knalligen Rotton an.

Aaron fängt an zu lachen.

Er lacht mich aus!

»Hallo? Ich meine das ernst!«, gebe ich empört von mir und stoße meine Hände in die Seite. Er wiederum schüttelt den Kopf und blickt lieblich zu mir. »Ich weiß, ich weiß. Es ist nur so süß, wie verklemmt du bist und wie rot du wirst.« Er grinst breit und ich weiß genau, dass ich in diesem Augenblick noch röter werden.

»Ich bin überhaupt nicht verklemmt«, verbessere ich ihn und verdrehe meine Augen. Wütend funkle ich ihn an, aber Aaron lacht schon wieder. »Du musst dir wegen dem Sex keine Sorgen machen Sofia, wir tun nur das, wozu du bereit bist«, entfährt es ihm nun aber ernst.

Ich entspanne mich sofortig und blicke ihn erleichtert an. »Gut, dann können wir ja da weiter machen, wo wir aufgehört haben«, hauche ich und presse meine Lippen auf Aarons.

36

Aaron

Sofia.
Ich muss ständig an *sie* denken.
An ihre Lippen.
An ihre Lippen auf meinen.
An ihre Hände in meinen Haaren.
An meine Lippen auf ihrem Hals.
An unsere Körper, die eng aneinandergepresst sind.
An uns beide.
An unsere Zweisamkeit.

37

Der herrliche Duft von weihnachtlichem Gebäck strömt mir in die Nase und die frische Luft füllt meine Lunge.

»Willst du Mandeln?«, wendet sich Aaron an mich und schmunzelt. Seine Nase ist durch die Kälte ganz rot und ich blicke ihn verträumt an.

»Gerne«, antworte ich schließlich und nippe an meinem Punsch. Es ist das erste Mal dieses Jahr, dass ich auf einem Weihnachtsmarkt bin und ich habe es echt vermisst. Jedes Jahr freue ich mich darauf am meisten.

Ich sehe Aaron dabei zu, wie er sich an die Schlange des Essstandes anstellt, und mache es mir auf einer Bank gemütlich. Ich bin mir sicher, dass mein Gesicht genauso rot wie seins ist, aber dafür habe ich es an meinem restlichen Körper warm. Ich trage einen dicken Winterpullover, darunter ein Unterhemd, eine warme Hose, eine Winterjacke und meine weißen, kuscheligen Handschuhe. *Lieber ein bisschen zu warm angezogen als dass man friert,* die Worte meiner Mutter.

Die Wärme des Punsches dringt durch meine Handschuhe und lässt ein wohliges Gefühl in mir hervorrufen. Ich blicke den Schneeflocken zu, wie sie langsam herabfliegen. Alles sieht so wunderschön aus – so still – so friedlich.

»So, hier sind die Mandeln.« Aaron läuft mit einem breiten Lächeln auf mich zu und steckt sich genussvoll eine Handvoll in den Mund.

»Oh, lecker«, erwidere ich grinsend und greife ebenfalls in die Tüte. Ich lasse den süßen Geschmack des Karamells auf meiner Zunge vergehen und sehe Aaron dabei verträumt an. Er setzt sich neben mich auf die Bank und wir verweilen für ein paar Augenblicke so.

»Hast du dir schon über meinen Vorschlag Gedanken gemacht?«, kommt es schließlich von mir, während ich an meinem Getränk puste, bevor ich ein Schluck davon nehme.

Aaron spiel nervös mit seinen Händen und blickt auf den Boden. Eine Strähne seines welligen Haares fällt nach unten – sanft streiche ich es wieder zurecht.

»Sofia, das kann ich nicht annehmen. Weihnachten ist etwas für die Familie.«

»Klar kannst du das. Außerdem liebt dich meine Familie abgöttisch und es werden so viele da sein, da fällt es nicht besonders auf, wenn eine Person mehr kommt.« Ich schmunzle und nun entfährt ihm ebenfalls ein kleines Lächeln auf seinen wunderschönen Lippen.

»Vertrau mir, das wird toll werden«, versichere ich ihm.

Aaron nimmt meine Hand in seine. Mich durchfährt ein Kribbeln und ich spüre seine Wärme.

»Danke, wirklich«, entgegnet er und gibt mir einen leichten Kuss auf die Stirn. Ich liebe es, wenn er das macht. Es fühlt sich so vertraut an.

Weihnachten steht kurz vor der Tür und Aaron hat es seit Jahren nicht mehr richtig gefeiert. Mein Herz ist in tausend kleine Stücke zerbrochen und mein inneres Kind schreit förmlich. Für mich ist Weihnachten immer das aller Schönste und es ist aus meiner Sicht unvorstellbar, dass er das nicht auch so sieht. Es war die Idee meiner Abuela, ihn einzuladen, um mit uns Weihnachten zu feiern. Sie hat mir immer gelehrt, Nächstenliebe sei das Wichtigste.

»Und, gibt es irgendetwas, auf das du mich vorbereiten solltest? Irgendwelche Traditionen?« Aaron schmunzelt breit und legt seine

Hand auf meinen Oberschenkel. Mein Körper zuckt bei seiner Berührung leicht zusammen, aber auf eine gute Art und Weise. Jedes Mal, wenn ich seine Hand auf meinem Körper spüre, passiert das.

»Mach dir nicht so einen großen Kopf. Meine Mutter und vor allem meine Großmutter lieben dich, dann wird es der Rest meiner Familie ebenfalls tun. Außerdem bin ich die ganze Zeit bei dir. Ich weiß, wir haben eine sehr große Familie und das kann sehr angsteinflößend wirken, aber glaub mir, sie sind unglaublich nett, zumindest die meisten.« Ich rede schon wieder so viel wie ein Wasserfall und kann nicht stoppen. Es ist, als strömen die Worte einfach aus mir heraus, ohne dass ich irgendeine Art von Einfluss darauf habe.

Langsam beugt sich Aaron in meine Richtung und gibt mir einen sanften Kuss auf den Mund. Seine Lippen sind schön warm und ein wohliges Gefühl breitet sich in mir aus.

»Ich freue mich«, gibt er lächelnd von sich. Aaron spricht diese Worte mit so viel bedacht aus – mit so viel Dankbarkeit. Ich nehme einen weiteren Schluck meines Punsches und stopfe mir ein paar Mandeln in den Mund. *Wie sehr ich es nur liebe.*

»Oh, hey Aaron.« Eine weibliche Stimme wendet sich an ihn. Hastig drehe ich mich in ihre Richtung. Das Mädchen, welches dort steht, ist ohne Aufnahme wunderschön, hat glänzende, lange, blonde Haare und grüne Augen. Ihre Figur ist ganz zierlich und ihr undurchdringlicher Blick ist starr auf Aaron gerichtet.

»Hey«, wendet er sich knapp an sie.

Das Mädchen würdigt mich keines Blickes, als sie weiterredet. »Ich dacht mir, wenn du die nächsten Wochen noch nichts vorhast, kannst du zu mir. Wir haben eine neue Sauna, vielleicht wollen wir sie mal testen, wenn es so kalt hier draußen ist.«

Ich verschlucke mich fast an einer Mandel, welche sich gerade eben noch in meinem Mund befand, und blicke geschockt zu ihr. *Wie kann sie so eine Anspielung machen, wenn sie doch genau sieht, dass ich neben ihm sitze?*

Unwohl beiße ich mir auf die Unterlippe und blicke sie verachtend an. Ich spüre, wie sich Aarons Hand in meine schließt, und schon löst sich meine Anspannung ein kleines bisschen.

»Ich denke, du siehst, dass ich hier mit Sofia bin«, kommt es kalt von ihm und erst jetzt fällt der Blick des Mädchens auf mich, unsere verschlossenen Hände und dann erneut auf Aaron.

»Tut mir leid, ich habe Sofia ganz übersehen.« Sie spricht meinen Namen mit solche einer Verachtung aus, wie ich es nicht einmal für möglich gehalten hätte.

»Sprich nicht so über sie«, entgegnet Aaron kalt und sieht das Mädchen herabsehend an.

»Was? Ich habe gar nichts gesagt. Aber wenn das, was auch immer ihr da habt, vorbei ist, du weißt ja, wie du mich erreichen kannst«, gibt sie arrogant von sich und läuft, bevor Aaron überhaupt noch etwas erwidern kann, davon.

Ihre Worte zischen nur so an mir vorbei und ich frage mich ehrlich, wie jemand nur so etwas von sich geben kann. Mein Herz pocht wie wild, aber Aaron ist bei mir und blickt mich an. Er sieht mir in die Augen und ich in seine. Ein vertrautes Gefühl kommt in mir hoch und schon ergeht es mir besser.

»Es tut mir leid.« Seine Worte.

Was tut ihm leid? Dass sie so gemein ist?

»Es muss dir nicht leidtun, aber was war das bitte? Ich habe ja noch nie so jemand Unhöflichen getroffen«, entgegne ich schnell und schlage meine Beine übereinander.

»Das ist meine Vergangenheit.« *Seine Worte.*

Er hat mit ihr geschlafen.

Ich schlucke.

Ja, ich kenne seine Vergangenheit und ich weiß, dass er schon oft... und ich kann damit umgehen, aber es ist nun mal doch nicht so einfach. Seine Vergangenheit gehört zu ihm – sie ist der Abschnitt, in dem ich noch kein Teil seines Lebens war.

38

Aaron

Glaubt ihr an Schicksal? Glaubt ihr, dass alles aus einem Grund passiert? Ich starre auf mein Handy, meine Hand ist verkrampft und regungslos sitze ich auf meinem Bett.

Sie.

Sie hat mir geschrieben.

Meine Mutter hat mir geschrieben.

Diese Angst, diese scheiß Angst, die sich in mir ausbreitet. *Was will sie?* Ich habe ihre Nachricht noch nicht geöffnet und ich weiß ehrlichgesagt auch nicht, ob ich es überhaupt tun werde. Sie auf der Beerdigung zu sehen war schon zu viel für mich, ich möchte damit abschließen und sie vergessen, aber irgendetwas lässt mich nicht. *Wieso kann ich sie nicht gehen lassen?*

Mit emotionsloser Miene werfe ich mein Handy aufs Bett und stehe abrupt auf. Eilig ziehe ich mir einen Pullover an und stürme nach draußen. Sauerstoff, das ist es, was ich brauche. Ich spüre, wie sich meine Lunge mit der eisigen Winterluft füllt, und schon merke ich, wie eine große Last von meinen Schultern fällt.

Ich liebe den Winter. Heute schneit es sogar und ich blicke den Schneeflocken zu, wie sie langsam auf den Boden rieseln, während ich mich auf den Weg zum Friedhof mache – es hat eine entspannende Wirkung auf mich.

Auch wenn ich Alia nur mehrere Monate gekannt habe, war es trotzdem ein schwerer Schicksalsschlag. Ich habe mir schon immer eine kleine Schwester gewünscht und als meine Eltern mir dann verkündet haben, meine Mutter wäre schwanger, konnte ich es kaum fassen.

Ich habe sie schon in mein Herz geschlossen, als sie noch nicht einmal auf der Welt war und dann, als Alia geboren wurde, hat man mich nicht mehr von ihr wegbekommen. Es schien alles perfekt, es gab keinerlei Anzeichen und wir waren eine glückliche Familie.

10.05.

Sie ist gestorben.

Alia ist im Schlaf aufgrund des SIDS gestorben.

Es war für mich unerklärlich, ich wollte es nicht wahrhaben. Es konnte nicht sein – es durfte nicht sein. Ihre Zeit war noch nicht gekommen – sie hätte noch viele glückliche Jahre leben sollen. Nach Alias tot hat sich alles geändert. Unsere Familie – in Scherben. Ich kann mich nicht daran erinnern, wann wir danach einmal glücklich waren.

Meine Mutter hat uns verlassen – sie hat mich verlassen. Das werde ich nie verstehen. *Wie kann eine Mutter ihr Kind verlassen?* Sie hat sich nie gemeldet, ich wusste nicht, was mit ihr passiert ist. Mein Vater hat sich verschlossen und wurde von Tag zu Tag kälter – jetzt erkenne ich ihn nicht mehr.

Er war mein Vorbild. Mein Vater – mein Superheld. Jetzt ist dies nur noch eine Illusion, nichts weiter. *Also ist das alles Schicksal? Ist dies alles aus einem Grund passiert?*

Ich betrete den Friedhof. Jedes Mal, wenn ich hierherkomme, fühlt es sich so befreiend, aber zugleich bedrückend an. *Komisch oder?* Ich lasse mich vor ihrem Grab nieder und blicke regungslos darauf. Alia – mein Engel. Das ist mein Seelenfrieden. Wenn ich hier bin, fühle ich mich unbeschwert. Ich kann für einen Augenblick aufhören, über meine Probleme nachzudenken und mich nur auf sie konzentrieren. Und so sitze ich einfach für Minuten über Minuten da.

Kann ich dich sehen?

Ich konnte es nicht lassen – ich habe die Nachricht geöffnet …

Ich blicke auf die Nachricht meiner Mutter, lese sie mir immer wieder aufs Neue durch, aber es ändert sich nichts. *Sie will mich sehen?* Der Schmerz tief in mir drin wird größer und ich verfluche diese ganze Scheiße. Zeit heilt alle Wunden – was ein Bullshit. Ich habe sie damals nicht gebraucht und ich brauche sie jetzt nicht.

Mit zitternden Händen tippe ich vier Buchstaben ein und schicke sie ab.

Nein.

Ich will sie nicht sehen, mein Herz hält das nicht aus. Für einen Augenblick schließe ich die Augen – ich denke darüber nach, was ich nun tun sollte, doch schließlich drücke ich auf ihren Kontakt und blockiere sie.

Ein neues Kapitel in meinem Leben beginnt, ohne die Hoffnung, meine Mutter zurückzubekommen. Ich habe viel zu lange auf sie gewartet – viel zu lange um sie getrauert. Jetzt bin ich frei von ihr, zumindest rede ich mir das ein. Zwischen dem, was ich möchte und dem, was der Wirklichkeit entspricht, liegt ein enormer Unterschied.

39

Aaron

Merry Christmas.

Grinsend sehe ich zu Sofia, welche ihre Arme weit ausgestreckt hat. Mit ihren Händen hält sie ein Päckchen fest und reicht es mir – das Geschenk ist in kitschigem Papier eingepackt auf dem Rentiere und Zuckerstangen abgebildet sind.

Ich mache es mir auf ihrem Bett gemütlich und nehme das Päckchen entgegen. Schnell reiße ich das Papier auf und dieses Gefühl ist unbeschreiblich. Es ist lange her, seit ich das letzte Mal ein Geschenk bekommen hab. Klar, mein Vater kaufte mir stets Dinge für meinen Geburtstag, aber diese einzupacken war ihm immer zu viel Aufwand.

Ich blicke auf den Inhalt des Geschenkes und lächle breit. Langsam ziehe ich den weihnachtlichen Pyjama hinaus und falte das Geschenkpapier ordentlich zusammen.

Meine Augen leuchten, als Sofia ebenfalls einen Pyjama in die Höhe hält. »Siehst du, wir haben Partnerlook!«, sagt sie strahlend. Das Set besteht aus einer rot, weiß, schwarz karierten Hose und einem Shirt, auf dem ein Rentier abgebildet ist.

Ich rücke ein Stück näher zu Sofia und gebe ihr einen saften Kuss. »Das ist das aller beste Geschenk, danke«, hauche ich und sehe meinem Mädchen zu, wie ihr wunderhübsches Lächeln immer größer wird. Kurzerhand stülpe ich mir mein Pullover über den Kopf und ziehe das Rentiershirt an. Sofias Wangen färben sich rot und noch nie sah sie so süß aus.

Dieses Geschenk bedeutet mir so unfassbar viel, sie hätte mir womöglich alles schenken können, ich wäre glücklich, denn die Geste allein zählt. Etwas, das mein Vater nie verstanden hat.

»Steht dir«, räuspert sie sich und blickt mich verliebt an. Dieser Blick – wie sehr ich ihn liebe. Ihre vertrauten Augen, ihr wunderschönes Lächeln und ihre geborgene Ausstrahlung. Scharf ziehe ich die Luft ein, als sie ebenfalls ihren Pullover über den Kopf zieht. *Sofia trägt einen roten BH.* Meine Augen werden groß, aber ich wende eilig meinen Blick ab, um nicht aufdringlich zu wirken. Keine Sekunde später spüre ich den zarten Griff ihrer Hand an meinem Gesicht und ihre Wärme durchströmt meinen Körper. »Es ist okay«, flüstert sie bedacht und dreht meinen Kopf zu sich.

Sofia.

In einem roten BH.

Ich will ihr dieses Ding vom Leib reißen.

»Noch nie habe ich Rot so sehr geliebt, wie in diesem Augenblick«, hauche ich, woraufhin sie rot wird – so rot wie ihr BH. Für einige Momente sehe ich sie einfach nur lieblich an, bis ich mich schließlich zu ihr vorbeuge und sie küsse. Sofia seufzt leise auf, als ich mit meiner Hand ihre Hüfte entlang streiche. Jede meiner noch so zärtlichen Berührungen bring sie zum Erschaudern. Ich liebe das so sehr, aber zugleich macht es mir auch Angst, denn es zeigt mir, wie sehr sie mich mag.

Es macht mir Angst, dass es auf einmal jemanden gibt, der mich mag.

Eine Person, welche mich bei sich haben möchte.

Eine Person, welche mir vertraut.

Eine Person, welche ich nicht verletzten darf.

Eine Person, welche ich nicht enttäuschen darf.

Ein Mensch wird von seiner Kindheit geprägt und lernt das, was seine Eltern ihm vermitteln. In meiner Kindheit gab es keine wirkliche Liebe, weder zwischen meinen Eltern noch zwischen ihnen und mir. Also was ist, wenn ich nicht fähig bin richtig zu lieben? All meine Hoffnungen auf die Liebe sind in dem Moment verblasst, in dem mir klar wurde, dass meine Mutter uns verlassen hat und nie wieder zu mir zurückkommen wird.

Ich schlucke schwer und wende mich abrupt von Sofia ab. Ihr Blick ist eindeutig – als würde sie verstehe, was gerade in meinem Kopf vor sich geht – jedoch sagt sie nichts. Schweigend ziehe ich mir die Pyjamahose an und blicke starr zur Wand. Ein Gefühl der Leere breitet sich in mir aus, bis sich schließlich Sofias Arme von hinten um mich schlingen und meinen Körper mit Wärme umhüllen. Ich brauche überhaupt nichts zu sagen, sie braucht überhaupt nichts zu sagen. Wir sind einfach hier – gemeinsam.

»Der Pyjama ist wirklich gemütlich«, wende ich mich an Sofia und kaue unbewusst auf meiner Unterlippe. Leicht streiche ich mit meiner Hand über ihre weiche Haut und drehe mich schließlich zu ihr.

Große, braune Augen sehen in meine. »Ich denke, wir sollten mal runter und ein bisschen helfen. Die Gäste kommen bestimmt bald.«

Kräftig nicke ich und blicke hastig auf mein Handy – die Uhr zeigt kurz vor sieben. Ich stemme meine Hände ins Bett und richte mich eilig auf. Ein bisschen albern komm ich mir in diesem Pyjama schon vor, vor allem wenn mich nachher Sofias ganze Verwandtschaft darin sieht, aber sie hat ihn auch an, also ist es okay.

Ich hörte schon von der Treppe aus die Weihnachtsmusik, welche lautstark aus dem Radio ertönt, und erkenne Maria, wie sie Hüfte schwingend das Essen zubereitet. Sofias Mutter strahlt breit, als sie uns beide erblickt und kann sich ein kleines Lachen nicht verkneifen.

»Oh, seht ihr süß aus«, gibt sie entzückt von sich und greift rasch nach ihrem Handy. »Kommt, stellt euch mal zusammen.«

»Mamá«, flüstert Sofia heißer.

Kaum dass ihre Mutter etwas erwidern kann, schlinge ich meine Arme um Sofia und lächle in die Kamera.

Es duftet herrlich und mir verläuft das Wasser im Mund, als ich die ganzen Leckereien entdecke. So etwas gab es bei mir noch nie. Ich kann mich ganz schwach an einen Weihnachtstag erinnern, als meine Mutter noch bei uns war. Wir haben gemeinsam Plätzchen für den Weihnachtsmann gebacken – an mehr kann ich mich nicht erinnern.

Am letzten Weihnachtsfest saß ich alleine an einem riesigen Tisch und es gab eine gefüllte Gans – so wie auch all die Jahre zuvor. Ein Essen hergestellt von unserer Köchin. War mein Vater mal länger als fünfzehn Minuten beim Abendessen, war das schon etwas Besonderes. Geschweige denn die vielen Weihnachtstage, an denen er nicht einmal erschienen ist, da er gearbeitet hat.

Maria dreht das Handy zu uns, sodass wir uns das Bild ansehen können. Wir beide im Weihnachtspyjama – das ist meine neue Lieblingserinnerung.

40

Sofia

»Hey«, begrüße ich freudig meine Familie und nehme meine kleine Cousine stürmisch in den Arm. Aaron steht etwas benommen hinter mir – kurzerhand schnappe ich mir seinen Arm und ziehe ihn zu mir rüber.

Lächelnd nicke ich jedem zu und bis schließlich alle da sind, vergeht knapp eine Stunde. Unser ganzes Wohnzimmer ist gefüllt, ein paar Menschen stehen sogar draußen im Garten. Ich freue mich wie ein kleines Kind, denn es schneit. Kein matschiger Schnee – nein, weißer, schöner Schnee. Perfekt für Weihnachten.

Wir haben einen riesigen Christbaum inmitten unseres Wohnzimmers aufgestellt. Alicia, Catalina und ich haben ihn gestern Abend geschmückt – rot-weiße Christbaumkugeln, eine lange Lichterkette und natürlich ein großer Stern auf der Spitze des Baumes.

»Sofia«, sagt meine Tante strahlend meinen Namen und kommt mir mit offenen Armen entgegen. Breit lächelnd umarme ich Beatriz und begrüße sie freudig.

»Oh, wer ist denn das, etwa dein Freund?« Ihr Blick fällt auf Aaron, der neben mir auf dem Sofa sitzt. Mit seinen Händen in den Haaren vergraben und mit einem verschmitzten Lächeln auf dem Gesicht sieht er zu meiner Tante.

»Uhm, das ist… Aaron«, weiche ich der Frage aus und kratze mich verlegen am Nacken. Ehrlichgesagt weiß ich nicht einmal, was wir sind. *Nur Freunde?* Nein. Aber keiner hat offiziell gesagt, dass wir zusammen sind.

Ich schlucke schwer, doch zum Glück geht sie nicht weiter darauf ein, sondern wechselt sofort das Thema. »Wie läuft es in der Schule?« Erleichterung pur durchströmt mich beim Umschwung des Gespräches und ich unterhalte mich angeregt weiter, bis meine Abuela ihr Weinglas erhebt und uns alle zum Schweigen bringt. Ich setze mich gemütlich neben Aaron aufs Sofa und lausche ihrer Anrede.

»Sofia«, haucht er meinen Namen.

»Ja?«

»Es hat mir gefallen, als deine Tante mich als deinen Freund bezeichnet hat.« Leise flüstert er mir diese Worte zu, woraufhin mich abrupt ein Schauer übergeht.

Es. Hat. Ihm. Gefallen.

»Was willst du damit sagen, Blythe?«

Ich spüre Aarons Lippen an meinem Ohr und wie seine Hand meine erfasst. »Sofia Alvarado, darf ich dein Freund sein?«, fragt und ich bemerke, wie er dabei schmunzelt.

Ja. Ja. Ja.

»Ja, Charming, das darfst du.« Ich grinse so breit und mein Herz fühlt sich so vollkommen an.

»…dann könnt ihr nun alle Platz nehmen und essen«, beendet meine Großmutter ihre Rede. Alle tummeln sich um die Tische und mir verläuft regelrecht das Wasser im Mund, als ich die vielen, verschiedenen Leckereien entdecke. Von Empanadas bis über zu allen möglichen Meeresfrüchten haben wir alles, was mein Herz begehrt.

Ich nehme an dem riesigen Esstisch Platz und kaum ist das Gebet gesprochen, fangen alle an zu essen. Jeder unterhält sich lebhaft über alles Mögliche und ich liebe es so unglaublich sehr.

»Schmeckt es dir?«, fragt Aaron grinsend, als er meine vollen Backen entdeckt. Schnell nicke ich und wende mich daraufhin wieder dem Essen zu – es schmeckt einfach zu gut.

Er lacht entzückt auf. Es ist so schön, ihn Lachen zu hören – er hat ein wunderschönes Lachen.

»Bauchtanzen?«

»Einkaufen?«

»Wandern?«

Verzweifelt schüttle ich den Kopf und wiederhole meine Bewegung nun zum zehnten Mal. Ich nehme meine Hände entlang meines Körpers mit und bewege meine Beine in Schlangenlinien. Schließlich setze ich mir eine imaginäre Brille auf und fuchtle mit meinen Händen.

»Skifahren«, ruft mein Cousin in die Runde.

Erfreut klatsche ich in die Hände und seufze froh auf. »Endlich.« Der Blick auf die Sanduhr verrät mir, dass ich bereits meine ganze Zeit aufgebraucht habe, und erkannt wurden insgesamt nur vier Begriffe.

»Wie kann man das denn bitte nicht erraten?«, wende ich mich fragend an Aaron und runzle meine Stirn. Normalerweise bin ich supergut in Pantomime, das bin ich auch immer noch – ich sage einfach, es liegt an denen, die es erraten sollten.

Das Spiel ist somit offiziell beendet, denn in diesem Moment stolziert meine Cousine geradewegs auf die Ziellinie zu. »Oh ja«, ruft sie freudig.

Mit großen Augen blicke ich Aaron an. »Ich hätte das locker gewonnen, wenn ich bessere Mitspieler gehabt hätte«, kommt es schmunzelnd von mir.

Der Bildschirm von seinem Handy erhellt sich und kurz nachdem er die Nachricht gelesen hat, richtet er sich auf und gibt mir einen Kuss auf die Stirn. »Da bin ich mir sicher. Ich bin gleich wieder da«, stimmt er mir zu und verschwindet, ohne noch etwas zu sagen, um die Ecke. Ich frage mich, was ihm wohl geschrieben wurde, aber nicht einmal ein paar Minuten später, steht er mit fünf

Blumensträußen vor mir. Mein Mund bleibt offenstehen und ich sehe ihn verdutzt an, wie auch viele andere.

Deren Aufmerksamkeit liegt nun mehr oder weniger auf Aaron. Ich höre ein: *oh*, und ein: *ah*, von allen Seiten und dann nimmt er einen Blumenstrauß in seine freie Hand und reicht ihn mir. Er besteht aus Nelken – es sind rosa Nelken – und ein paar rosa Rosen, so wie rosa Chrysantheme und Schleierkraut. Noch nie habe ich etwas Schöneres gesehen.

Die anderen vier Sträuße bestehen aus weißen Rosen. Aaron läuft zu meiner Familie und gibt jedem einen Strauß. Erst meiner Mutter, dann meiner Abuela und zuletzt meinen beiden Schwestern.

Ich liebe es, wie gut er mich doch kennt. Aaron ist sich genau darüber bewusst, welche Blumen ich über alles liebe, und er weiß, mit was er mir eine Freude machen kann.

»Sofia hat mir gesagt, ich soll nichts schenken, aber ich denke, einen Blumenstrauß hat jede Frau verdient.« Ertönen seine Worte in meinem Ohr.

Aaron ...

Aaron, welcher mir und meiner Familie Blumen schenkt.

Mein Herz füllt sich mit Liebe – Liebe zu ihm.

Alicia und Catalina bedanken sich freundlich aber meine Abuela und Mutter nehmen ihn fest in den Arm.

»Lass ihn nie wieder los, mein Schatz«, flüstert Mamá beim Vorbeigehen in mein Ohr.

Lieblich schlinge ich meine Arme um Aaron. »Vielen, vielen Dank«, hauche ich und drücke ihn, so fest es geht. Ich vergrabe meine Nase in seinem Shirt und dufte sein Parfüm.

»Für dich und deine Familie nur das Beste«, flüstert er bedacht, woraufhin ich meine Arme nun noch fester um ihn schlinge.

41

Aaron

»Maureen also?« Ich wackle mit den Augenbrauen und blicke meinen besten Freund mit einem schmutzigen Grinsen an. Easton öffnet zuerst schnell seinen Mund, schließt ihn kurz darauf jedoch wieder, schüttelt den Kopf und geht sich nervös durch die Haare. »Ich denke nicht, dass das etwas mit ihr wird«, kommt es trocken von ihm, während er sich auf die Couch sacken lässt.

Ich verdrehe die Augen. »Du gibst ihr ja nicht mal eine Chance, sie sieht doch nett aus«, gebe ich verzweifelt von mir und sehe ihn mit strengem Blick an. »Du beschwerst dich immer, dass du keine Freundin hast und wenn es dann jemanden gibt, der an dir interessiert ist, hast du auf einmal kein Interesse mehr.«

Easton war ein paar Mal mit Maureen aus aber auf einmal will er nichts mehr von ihr – er ist wie eine Katze, die sich vor dem Wasser scheut und um keinen Preis baden möchte.

»Nun ja mag sein, dass sie nett aussieht aber… scheiße, sie ist diejenige, welche nichts mehr mit mir zu tun haben möchte. Sie hat herausgefunden, wie wenig Geld wir haben, und ist dann sofort abgehauen.«

Meine Mundwinkel sacken bei Eastons Worten instinktiv nach unten und ich mustere meinen Freund mit trauriger Miene. Sein Gesicht ist ganz blass und er tut zwar so, als würde ihm diese

Aussage nichts ausgemacht, aber ich weiß, dass sie ihn härter trifft, als er zugeben möchte.

»Was für eine Bitch«, gebe ich mürrisch von mir.

Easton presst die Lippen aufeinander und sieht mich schweigend an – ja, es verletzt ihn *definitiv* mehr, als er zugeben möchte.

»Dein Mädchen wird noch kommen, ich verspreche es dir«, gebe ich von mir und blicke ihn zuversichtlich an.

»Versprich nichts, was du nicht halten kannst«, erwidert Easton, aber ich bin der Überzeugung, dass es geschehen wird. Er ist ein guter Mensch, ein weitaus besserer als ich. Easton hat all das und noch so vieles mehr verdient. *Wieso sollte ihn kein Mädchen lieben?* Es braucht nur etwas Zeit, bis eine kommt, die ihn richtig kennenlernt.

»Ich bin Aaron Blythe, unterstell mir nicht, ich würde meine Versprechen nicht einhalten können. Das richtige Mädchen wird kommen, du wirst sehen.«

»Wenn du das sagst«, gibt er seufzend von sich. »Also ich will dich echt nicht wegschicken, aber ich muss noch mit Avery zum Arzt, wir sehen uns mal wieder?«, sagt Easton und rutscht daraufhin vom Bett.

Ich nicke, während ich gemütlich aufstehe und in Richtung Flur laufe. »Jap, tschüss«, entgegne ich, ziehe mir erst meine Schuhe und dann meine Jacke an. Schon nachdem ich einen Schritt aus der Tür gemacht habe, landet eine Schneeflocke auf mir. Ich blicke mich um und erkenne eine verschneite Umgebung – es ist wunderschön.

Gemütlich mache ich mich auf den Weg zu mir nachhause, diesmal laufe ich. Würde ich Jefferson rufen, müsste ich nochmal zehn Minuten warten, dann kann ich genauso gut einen kleinen Spaziergang machen.

Meine Lunge füllt sich mit der eisigen Winterluft und mein Atem rauscht an mir vorbei. Ich liebe es, an kalten Wintertagen draußen zu sein – es lenkt mich von allem ab, denn das Einzige, an was ich nun denken kann, ist der weiße Schnee unter meinen Füßen.

Nach ein paar Minuten erblicke ich eine bekannte Person – Sofia läuft mit gesenktem Kopf am anderen Straßenende entlang. Ihre langen Locken sind voller Schnee und ihre Nase ist ganz rot.

Ich grinse breit.

Sie hat mich noch nicht gesehen, also wechsle ich unauffällig die Straßenseite und verschließe ihre Augen von hinten mit meinen Handflächen.

Sofia schreckt ein wenig zusammen, aber als sie sich umdreht und ihr Blick auf mich fällt, entspannt sie sich augenblicklich und lächelt. »Hey«, begrüßt sie mich.

Ich nehme ihr Gesicht in meine Hand und gebe ihr einen schnellen Kuss auf den Mund. »Was ist los?«, frage ich besorgt, denn ich kann es in ihren Augen sehen. Etwas ist nicht in Ordnung – etwas macht ihr zu schaffen.

Nachdem ich diese Worte von mir gegeben habe bricht sie in Tränen aus. Ich weiß nicht, was los ist, aber ich nehme sie schützend in meinen Arm, um ihr zu vermittelt, dass was auch immer gerade los ist, ich für sie da bin.

Nach einer Weile wendet sie sich langsam von mir ab. Ihr wunderschönes Gesicht ist übersäht von Tränen – kurzerhand wische ich ihr diese sanft mit meinem Daumen weg. »Was ist passiert? Erzähl es mir«, bitte ich sie und drehe ihren Kopf sanft zu mir nach oben, sodass Sofia in meine Augen sieht. Ich erkenne so viel Schmerz in ihrem Blick ...

»Ich ... also ... ich habe es dir noch nicht gesagt, weil ... nun ja. Ich denke, weil ich selbst nicht darüber reden will, aber mein Vater hat mir kurz nach meinem Geburtstag geschrieben und er wollte sich mit mir treffen um zu reden. Ich habe nein gesagt. Und er hat darauf nichts mehr geantwortet ... bis jetzt.«

Sie holt tief Luft und japst. »Er hat mir geschrieben, dass jetzt meine letzte Chance sei. Ich muss sagen, ob ich ihm noch eine Chance gebe oder nicht und wenn nicht, dann wird er mich oder besser gesagt meine Familie nie wieder belästigen.«

Sofias verzweifelter Blick durchlöchert mich. »Ich habe ihm noch nicht geantwortet. Eigentlich will ich nichts mit ihm zu tun haben, denn er ist schlimm und er hat meiner Mam böse Dinge angetan. Noch dazu ist er ein Narzisst, der sich nicht um andere sorgt, aber er... er ist nun einmal immer noch mein Vater.«

Ich atme einmal tief durch, denn die Sachen, welche sie mir alle von ihrem Vater erzählt hat, sind schrecklich und ich hasse ihn von ganzem Herzen, aber ich kann sie sehr gut verstehen. Als ihr Freund würde ich ihr raten, den Kontakt abzubrechen, aber als ein Sohn, welcher selbst um die Aufmerksamkeit seines Vaters bettelt, würde ich ihr raten, ihm noch eine letzte Chance zu geben.

»Sofia, alles gut, hohl erstmal tief Luft«, gebe ich ruhig von mir und streiche eine Strähne ihres lockigen Haars hinters Ohr.

»Was soll ich machen?«, schluchzt sie und greift mit ihren kleinen Fingern nach meiner Hand. Es zerreißt mich innerlich, denn ich weiß nicht, was ich darauf antworten soll.

Ich fahre leicht mit meinem Daumen über ihren Handrücken und blicke ihr dabei tief in die Augen. »Willst du denn deinem Vater noch eine Chance geben?«, frage ich bedacht.

Sofia zuckt mit den Schultern. »Ich weiß nicht«, kommt es kurz danach von ihr.

»Du weißt es nicht oder du hast Angst, verletzt zu werden?«

Sofias Augen weiten sich. »Ich denke, ich habe Angst.«

»Gib deinem Vater eine Chance, er ist jetzt wieder hier und möchte dich kennenlernen. Wenn du es nicht versuchst, wirst du das bestimmt bereuen.« *Meine innere Stimme, als ein Sohn, hat gewonnen.*

Sofia nickt erschlagen. »Das werde ich wohl.« Schnell zückt ihr Telefon und tippt eine Nachricht – ihr Blick ist zu mir gewandt. Sie scheint wohl eine Reaktion von mir zu erwarten, eine Bestätigung, dass sie dies tun soll. Ich nicke, woraufhin sie die Nachricht an ihren Vater abschickt, in der sie ihm mitteilt, dass sie ihm noch eine Chance geben möchte, sich zu erklären. Vielleicht hat sie wenigstens Glück mit ihm und wenn nicht, traut sich dieser Gott verdammte Hurensohn nicht mehr in die Nähe seiner Tochter.

»Aber was ist mit dir? Du sagst mir all das mit zweiten Chancen geben und willst deine Mutter nicht sehen?«, sagt Sofia leise.

Mist.

»Das ist etwas anderes«, gebe ich von mir, aber sie schüttelt stur den Kopf. »Das ist genau dasselbe. Gib ihr auch eine Chance«, entgegnet Sofia und sieht ernst zu mir.

Ich kann wirklich nicht glauben, dass ich das jetzt machen werden. Tief atme ich durch, zücke daraufhin mein Handy, gebe meine Mutter frei und tippe Worte, welche ich nie abschicken wollte.

»Gut«, kommt es zögernd von Sofia, die nun nicht mehr ganz so überzeugt scheint. Ach, ich weiß doch auch nicht, ob das alles richtig ist. Ich wünschte, es würde jemanden geben, der dies mit Sicherheit bezeugen würde, doch ich schätze, man muss *immer* ein Risiko eingehen und kann sich nie sicher sein.

»Was ist eigentlich mit deinen Schwestern?«, hake ich nach und setze mich gemeinsam mit Sofia auf eine Bank. Sie ist ein wenig verschneit, doch ich wische kurzerhand mit meinem Unterarm darüber und schon ist der Schnee weg, sodass wir uns setzen können.

»Catalina will überhaupt keinen Kontakt zu ihm, was er weiß und Alicia, nun ja, sie hat ihn bereits blockiert, was für sich selbst spricht«, gibt Sofia müde von sich und legt ihren Kopf auf meine Schulter ab. »Aber vielleicht sollte ich nochmal mit Alicia reden. Und wie soll ich das meiner Mutter und Abuela erklären?«, kommt es panisch von ihr.

Sachte streiche ich Sofia über den Kopf und halte sie in meinen Armen. »Sie werden es verstehen. Er ist dein Vater und nur, weil du dich mit ihm triffst, damit er dir alles erklären kann, bedeutet es nicht, dass du ihm all die schlimmen Dinge verzeihst«, versichere ich ihr. *Bei ihrer verständnisvollen Familie bin ich mir sicher, dass sie es nachvollziehen können.*

»Du hast recht.« Sofia stellt sich ruckartig auf und bindet ihre Haare zu einem Zopf zusammen – ihr Gesichtsausdruck ändert sich augenblicklich. »Ich will jetzt nicht mehr traurig sein«, beschließt sie und ehe ich mich versehe, landet ein Schneeball auf mir.

Warnend sehe ich zu ihr hinüber, jedoch steht sie nur kichernd vor mir und bückt sich, um gleich den nächsten Ball zu formen.

»Das hättest du lieber lassen sollen, Prinzessin«, gebe ich von mir, bevor ich aufspringe und sie ebenfalls mit einem Schneeball abwerfe.

»Nein, Charming, das hier gewinnst du nicht«, kommt es strahlend von Sofia und sie wirft mich ein weiteres Mal ab. Ich sprinte zu ihr, schlinge meine Arme um ihre Hüfte und sie … sie reißt mich nach unten – ehe ich mich versehe, liegen wir beide lachend auf dem Schneeboden. Die Kälte durchdringt mich, aber ich spüre Sofias warmen Körper neben mir – da ist mir lang nicht mehr so kalt.

»Ich sagte doch, das gewinnst du nicht.«

»Da hast du wohl recht.«

42

Sofia

Das Brennen in meinen Augen verschwindet nicht und das leere Gefühl in meinem Magen breitet sich immer weiter aus. Hibbelig sitze ich auf einem Stuhl – neben mir ist Aaron. Mein Magen zehrt sich jedes Mal aufs Neue zusammen, wenn sich die Tür zum Restaurant, in dem wir nun schon seit fast zwanzig Minuten warten, öffnet.

Ich weiß immer noch nicht, ob ich bereit bin, meinen Vater zu treffen. Ich bin froh, dass Aaron an meiner Seite ist, ohne ihn würde ich das höchstwahrscheinlich nicht durchziehen. Immerhin ist er derjenige gewesen, welcher mich dazu ermutigt hat.

Wenn ich ganz ehrlich bin, habe ich noch keinem aus meiner Familie erzählt, dass ich meinen Vater treffen werde. Ich weiß, es ist falsch ihnen das zu verheimlichen, aber ich will mich nicht von ihnen beeinflussen lassen – *oder vielleicht habe ich auch einfach Angst davor, verurteilt zu werden.*

Nervös wickele ich eine Strähne meines wirren Haares um meinen Finger und blicke starr zur Tür. Aaron legt schützend seine Hand auf meinen Oberschenkel, wahrscheinlich um mich zu beruhigen, und ich habe es bitternötig.

»Alles wird gut«, spricht er zuversichtlich. Er sieht mich mit diesem einen Blick an, bei dem ich ihm für ein paar Augenblicke wirklich alles abkaufe, was er von sich gibt, aber dann ergreift mich die Realisation und ich werde ganz still.

Wie möchte er das wissen?

Was ist, wenn dieses Treffen die ganze Situation nur noch verschlimmert?

Ich mache mir viel zu viele Sorgen und die tausenden Szenarien, welche ich mir ausdenke, lassen mich nicht los. Über das *was wäre, wenn ...* sollte ich mir keine Gedanken machen, doch ich kann nicht anders.

Schließlich drehe ich meinen Kopf für einen kurzen Moment zu Aaron. »Ich bin froh, dass du hier bist«, flüstere ich. Nicht lang nach diesen Worten wende ich meinen eisernen Blick erneut zur Tür – die Tür, welche sich in diesem Augenblick öffnet.

Ein großer Mann mit braunen Haaren und blauen Augen tritt hindurch. Seine Präsenz allein reicht und schon fühle ich mich wieder so schwach und hilflos wie früher. Meine Adern gefrieren und ich ergreife Aarons Hand.

Carlos lächelt leicht, als er auf mich zu läuft und bleibt schlussendlich vor meinem Tisch stehen. »Hallo, Sofia«, gibt er freudig von sich, so als würden wir hier jede Woche essen gehen.

Ich nicke knapp und begrüße ihn leise. Mein Vater zieht seinen Mantel aus und setzt sich gegenüber von uns auf die Bank. Er tut dies mit einer Leichtigkeit, als würde ihm das wirklich überhaupt nichts ausmachen. *Wie? Er ist so eine lange Zeit nicht präsent in meinem Leben gewesen und hat sich einen Scheiß für unsere Familie interessiert.*

»Wer ist das?«, wendet sich mein Vater nun an mich, mit dem Blick auf Aaron gerichtet.

»Das ist –« Ich schlucke den Kloß in meinem Hals hinunter und zwinge mir ein Lächeln auf. »Das ist mein Freund, Aaron«, gebe ich mit kratziger Stimme von mir. Ich kann und möchte mich nicht einfach mit ihm unterhalten, als wäre dies ein völlig normales Treffen, denn das ist es nun einmal nicht. Er hat kein Recht, auf unschuldig zu tun.

Aarons Hand schlingt sich kräftiger um meine und ein Gefühl der Sicherheit macht sich in mir breit.

Aaron ist bei mir.

Er wird nicht gehen.

Und er bleibt hier – bei mir.

»Oh, das ist ja sehr schön. Es freut mich, dich kennenzulernen.« Carlos streckt seine Hand nach Aaron aus, dieser blickt ihn allerdings nur warnend an und antwortet mit ruhiger Stimme – ich merke, wie er sich zusammenreißen muss. »Ich wünschte, ich könnte dasselbe über Sie sagen.«

»Nun ja.« Mein Vater zieht seine Hand verlegen zurück und kratzt sich im Haar. »Wie auch immer, ich bin froh, dich wieder zu sehen.«

Ich zwinge mir nun kein Lächeln auf die Lippen – *er hat es nicht verdient, wieso bemühe ich mich also?* Durchdringlich blicke ich ihn an.

»Wie wäre es mit etwas zum Essen? Ich lad euch ein«, schlägt er vor und deutet mit einer Handbewegung an, dass die Bedienung zu uns kommen soll. Zum Essen ist mir gerade ganz und gar nicht zu Mute. Es ist eine schlechte Eigenschaft, ich weiß das, aber ich kann nicht anders – in stressigen Situationen ist der Hunger wie weggeblasen. Außerdem haben wir bereits etwas zum Trinken bestellt – das reicht. Ich schüttle den Kopf und nehme einen großen Schluck von meiner Fanta. »Nein, danke.«

»Nun ja, wenn ihr nicht wollt …«, gibt Carlos schulternd zuckend von sich und wendet seinen Blick an die Bedienung. »Dann nehme ich eben etwas. Ich hätte gerne eine Pizza Prosciutto und ein Bier.«

Voller Enttäuschung und furcht sehe ich ihn an, schon wieder bin ich den Tränen nah. »Ich dachte, du wolltest aufhören«, kommt es mit zitternder Stimme von mir. Der Alkohol macht ihn zu einer anderen Person, er weiß, was es mit ihm anrichtet, und ich erinnere mich an so viele Male, als er versprochen hatte, aufzuhören … er hat es nie getan.

»Das habe ich auch, Schätzchen. Es ist nur ein Bier nach dem Feierabend.« *Ja, andere Männer schlangen aber auch nicht ihre Frau nach ein paar Tropfen Alkohol.*

»I–« Meine Stimme bricht ab und ich verkrampfe. *Es war eine schlimme Idee, wieso sollte er sich je ändern?*

»Ihrer Tochter fühlt sich unwohl, wenn Sie trinken, also falls Sie ihre Chance nicht verspielen wollen, dann bestellen Sie etwas anderes.« Höre ich Aarons kühle Stimme und noch nie habe ich ihn mehr gebraucht als in diesem Moment.

Ich nehme wahr, wie mein Vater perplex blinzelt, schließlich nickt er aber und bestellt sich eine Cola. »Wie läuft es in der Schule?«

»Wir werden jetzt ganz bestimmt nicht so tun, als wäre nichts passiert. Dich interessiert es nicht, wie es bei mir in der Schule läuft, also frag nicht. Das Einzige, was du tun sollst, ist mir alles zu erklären, mehr nicht«, gebe ich harsch von mir. Meine Stimme ist brüchig und unsicher, aber ich möchte ihm auf keinen Fall vermitteln, es sei in Ordnung.

»Das habe ich wohl verdient. Aber das stimmt nicht, mich interessiert es, wie es dir geht und das schon immer. Denkst du, es war leicht für mich, euch zu verlassen?«

Lügen über Lügen – Ausreden über Ausreden.

Alles schon gehört ...

Alles schon gehört ...

Alles schon gehört ...

»Ich habe mich von euch ferngehalten, *für* euch, weil ich wusste, dass ich euch sonst weh tun würde. Ich musste mit mir selbst erst einmal ins Reihen kommen, bevor ich zu euch zurückkonnte«, gibt er von sich und sieht mich flehend an, als würde er irgendeine bestimmte Reaktion von mir erwarten. Wahrscheinlich erhofft er sich mit diesem Gespräch Vergebung, aber dies ist sehr schwer und ich denke nicht, dass ich stark genug dazu bin.

»Ich liebe dich, Sofia.«

Seine Worte schmerzen. Sie hallen in meinem Kopf wider. *Ich liebe dich, Sofia.* Ich möchte das nicht hören!

»Wenn du mich wirklich lieben würdest, hättest du es überhaupt nicht so weit kommen lassen!«, entgegne ich aufgelöst und fixiere meinen Blick auf die Serviette, welche auf dem Tisch liegt.

»Ich war … ein anderer Mensch. Glaub mir, ich bereue es zutiefst und würde so etwas nie wieder tun.«

Ich schenke seinen Worten keinen Glauben. Carlos bereut es, okay. *Was wäre er für ein Mensch, wenn er keine Reue zeigen würde?* Soll er jetzt eine Auszeichnung dafür bekommen, dass er sich schlecht fühlt, weil er seine Frau Misshandelt und seine Kinder verlassen hat? Ich glaube, genau er ist derjenige, welcher diese Dinge wieder tun würde, jedes Mal aufs Neue. Aber all das sage ich nicht, stattdessen antworte ich damit: »Was erhoffst du dir mit diesem Gespräch?«

Er kaut auf seiner Unterlippe, einer der Eigenschaften welche ich von ihm habe – ich hasse sie. »Vergebung.« Knallhart prallen die Worte meines Vaters auf mich ein. *Vergebung ist ein starkes Wort, wie könnte ich ihm je vergeben?*

»Hör zu, ich weiß, dass das nicht von heute auf morgen passiere, aber vielleicht können wir uns besser kennenlernen und ich werde der Vater den du und deine Geschwister verdienen.«

»Nein!«, schrei ich perplex. So laut, dass sich ein paar Menschen zu mir umdrehen. Ich senke meine Stimme. »Ich will dich nicht kennenlernen. Ich kenne dich und das gefällt mir nicht. Ich dachte aus irgendeinem Grund, dass du dich geändert hast, aber du scheinst immer noch gleich. Du weißt, wie traumatisiert ich von deiner Alkoholsucht bin, und trotzdem machst du gerade da weiter, wo du aufgehört hast.«

Ich kann meine Tränen nun nicht mehr länger zurückhalten – ich lasse es geschehen. Abgelöst blicke ich zu Aaron. Dieser nimmt mich schützend in den Arm, wirft einen Fünfzigerschein auf den Tisch und läuft mit mir nach draußen. *Wie viele Tränen ich schon wegen meines Vaters vergossen habe – ich will, dass es aufhört.*

»Sofia.« Aaron nimmt mein Gesicht zwischen seine Hände. »Sofia, sieh mich an.«

Ich tue, was er sagt.

»Es ist okay. Es ist nun vorbei«, gibt er mir zu verstehen und küsst meine Stirn. »Alles ist gut.«

Seine Worte beruhigen mich zwar ein wenig, aber ich weiß, dass das nur so dahingesagte Sätze sind. Ich habe mir selbst eingeredet, ich könnte es schaffen, Carlos noch eine weitere Chance zu geben, da ich mir so unglaublich sehr einen *Vater* wünsche, aber das kann ich nicht. Ab dem heutigen Tag ist mein Vater für mich gestorben.

43

Aaron

Sie weint.

Sie weint in meinen Armen.

Sofia so zerbrechlich zu sehen, ist, wie als würde mir ein Dolch immer tiefer ins Herz gestochen werden. Ich halte sie und bewahre mein Mädchen vor dem Zusammenbruch, aber in Wirklichkeit brauche ich das selbst. Dieses Gefühl von ihrer Nähe ist das Einzige, was ich benötige.

Es ist meine Schuld, dass sie sich so fühlt, und das bringt mich glatt um – ich war derjenige, welcher sie überredet hat, ihren Vater zu sehen. *Und was ist passiert?* Ihr Herz wurde in tausend Stücke zerrissen. *Hätte ich sie nicht überredet, ihrem Vater eine Chance zu geben, wäre sie nicht noch mehr verletzt worden.*

Dadurch wird mir einiges klar – ich werde das Kapitel mit meiner Mutter nun schließen. Sie hat mein ganzes Leben kein Interesse gezeigt, weshalb sollte sie es nun verdienen, an meinem Leben teilzuhaben? Ich bin sehr gut ohne sie klargekommen.

Mit schuldbewusstem Blick sehe ich zu Sofia hinunter und streiche ihr die Tränen aus dem Gesicht. Mein Hemd ist getränkt in ihren Tränen, aber das ist mir in diesem Augenblick komplett egal – alles, was zählt, ist sie und dass es ihr gut geht.

»Habe ich überreagiert?«, fragt sie schluchzend, während sie mir mit durchdringlichem Blick tief in die Augen sieht.

Dieser verdammte Blick ...

»Was? Natürlich nicht. Du hast all das Recht, so zu reagieren.«

Sofia nickt geschlagen.

»Willst du nachhause? Ich rufe Jefferson an«, rede ich weiter, aber bevor ich mein Handy zücken kann, umfasst sie meinen Unterarm mit ihren kleinen Fingern und lenkt meine Aufmerksamkeit auf sich selbst.

»Ich…«, sie schluckt. »Ich will noch nicht gehen. Ich möchte wieder rein, um mich zu verabschieden.«

Ihre Worte bringen meinen Gesichtsausdruck zum Schwanken.

Sie will sich verabschieden.

Ich nicke knapp und nehme ihre Hand in meine – fest umschlossen, sodass sie sich keine Sorgen machen muss. »Alles, was du willst«, gebe ich von mir und steuere den Weg zum Restaurant an.

Als ich die Tür öffne, sitzt Sofias Vater immer noch an dem Tisch. Ich balle meine Faust bei dem Anblick, denn er sitzt seelenruhig auf seinem Platz und lässt sich seine Pizza schmecken, als wäre nichts geschehen. Er ist ein dreckiger Lügner und ich würde ihn so gerne, für all das, was er getan hat und immer noch tut, bezahlen lassen.

Er verletzt Sofia – er verletzt *mein* Mädchen.

Aber vor allem verletzt er seine Tochter, für die er nie da war.

Wie kann man solch eine liebenswerte Person wie Sofia so grauenvoll behandeln?

Carlos Blick schnellt in die Höhe, als er uns im Türrahmen entdeckt. Er blinzelt perplex, aber scheint nicht sonderlich interessiert. Es kommt mir fast so vor, als hätte es dies bereits erwartet – was ein elendiger Dreckskerl.

Sofia geht mit großen Schritten voraus und krallt ihre Finger währenddessen so fest in meine Handfläche, dass es fast anfängt, zu schmerzen.

Ein paar Meter vor ihrem Vater bleibt sie schlussendlich stehen und sieht Carlos an. Dieser Blick – diese Sehnsucht – diese Verletzlichkeit. *Ich erkenne mich in ihr wieder.*

»Sofia, du bist doch wieder zur Vernunft gekommen«, ertönt seine Stimme.

Eins.

Zwei.

Drei.

Aaron, tief durchatmen – denkt daran, dass diese Person immer noch Sofias Vater ist.

»Ich wollte mich nur bei dir verabschieden«, sagt sie emotionslos. »Durch das Treffen wurde mir klar, dass ich keinen Kontakt mehr zu dir haben möchte – nie wieder.«

Nach diesen Worten sieht sie zu mir – als wollte sie in irgendeiner Art Bestätigung. Kurzerhand schlinge ich meinen Arm von hinten um ihre Hüfte und ziehe ihren Körper nah zu mir.

Carlos Blick verfinstert sich und sein Kopf läuft rot an. »Ich wusste es«, zischt er. »Ich wusste, dass du genauso ein undankbares Miststück wie deine Mutter bist.«

Meine Hände ballen sich und ich versuche, mich mit aller Kraft zurückzuhalten. *Scheiße, ich darf keine Hand an ihren Vater legen.*

»Rede nicht so über Sofia!«, gebe ich mit fester Stimme von mir und mein Gesicht verfinstert sich. Ich möchte ruhig bleiben – ich möchte es wirklich – für Sofia, doch ich denke, er lässt mir keine andere Wahl.

Sie umgreift ängstlich meine Hand und fährt leicht über meine Haut, um mich zu beruhigen. Es klappt – zumindest für ein paar Augenblicke. Ich konzentriere mich auf sie und auf ihre Berührung auf meiner Haut.

Ruckartig steht Carlos auf und mit großen Schritten läuft er zu uns. Augenblicklich dränge ich Sofia hinter mich, sodass ich ihr Schutz biete. Keine Ahnung warum, ich schätze aus dem Grund, da ich ganz genau weiß, wie es gleich ablaufen wird.

»Was fällt dir ein, mir etwas zu befehlen?«, schreit er und richtet somit die Aufmerksamkeit der Gäste auf sich. »Sofia, komm jetzt!«, sagt er umfasst ihren Oberarm.

In diesem Moment reiße ich ihn von ihr weg und sehe gereizt zu ihm. »Du fasst Sofia nicht noch einmal ohne ihren Willen an!«, rufe ich mit kühler Stimme und verenge meine Augen zu kleinen Schlitzen.

»Damit hast du dir gerade dein eigenes Grab geschaufelt«, antwortet Carlos grimmig und kaum, dass ich mich versehe, landet seine Faust in meiner Magengrube. Augenblicklich löse ich mich von Sofia, stürze auf ihren Vater und prügele mit aller Wucht auf ihn ein, bis wir schließlich auseinandergezogen werden.

Dieser Mann soll leiden.

Es ist schon fast Freude, die in mir zum Vorschein kommt, als ich sein Blut an meinen Fäusten kleben sehe. Ich bin froh, dass er diese Prügelei angefangen hat, denn es ist Genugtuung alleine, ihn vor Schmerz aufstöhnen zu hören.

Sofias Vater verflucht mich und versucht, sich aus den Zwängen des Mannes, welcher ihn festhält, zu befreien, um es mir heimzuzahlen, aber es ist zu schwach.

Ich grinse ihm dreckig ins Gesicht, doch meine Mundwinkel fallen instinktiv nach unten. Erst jetzt fällt mein Blick auf Sofia, welche zusammengekauert auf dem Boden sitzt, und den Kopf in die Hände gelegt hat. *Es ist ihr Vater, den ich geschlagen habe – immer noch ihr Vater.*

Ich versichere, nichts weiter zu unternehmen, Carlos wird rausgeworfen und ich schlinge meine Arme, so fest es geht, um Sofia. Ihr Körper bebt unter mir, ihre Atmung ist unregelmäßig und ich bin daran schuld.

»Sofia«, flüstere ich und drücke ihren zärtlichen Körper nur noch fester. »Es tut mir leid.«

»Bitte bring mich nach Hause, Aaron«, wimmert sie mir ins Ohr und kaum, dass sie die Worte ausspricht, hebe ich sie hoch und trage sie nach draußen.

Nicht einmal fünf Minuten später kommt Jefferson. Sofia protestiert nicht, als ich sie die ganze Zeit trage und nicht einmal, als ich sie im Auto festschnalle. Sie sagt überhaupt nichts und das tut sie selbst jetzt nicht.

Schweigend sitze ich neben ihr, meine Hand auf ihrem Körper, aber ihr Geist ist nicht bei mir. Ihre Gedanken sind abwegig, ich weiß nicht, was in ihrem Kopf vor sich geht.

»Sofia, bitte rede mit mir«, hauche ich und streiche mit meiner Hand über ihren Oberschenkel. Zuerst schweigt sie, dann öffnet sie schließlich ihren Mund und entgegnet mit brüchiger Stimme: »E ... es ist nicht d-deine Schuld…ich…es ist gerade einfach ein bisschen viel.«

Ihre Augen sehen so traurig aus. »Ich möchte gerne nach Hause … und wir reden morgen, versprochen. Ich kann gerade einfach n-nicht darüber reden –« Sofias Stimme bricht bei den Worten, wie auch mein Herz.

»Ich verstehe«, gebe ich ihr zu wissen.

Sie will nicht darüber reden, wir reden nicht darüber.

Sie will nach Hause, ich bringe sie nach Hause.

Nach ein bisschen zögern blickt sie endlich zu mir und streicht mit ihren Fingern sanft über mein Gesicht. »Tut es sehr weh?«, fragt sie leise, fast flüsternd. Ihre Wärme, welche durch ihre Finger strömen, lässt mich erschaudern. Jede, verfickte Berührung ist gerade Höllenschmerz, aber wenigstens habe ich ihre Hände auf mir.

»Ist nicht schlimm, mach dir darüber keine Sorgen«, beruhige ich sie.

»Das ist schon das dritte Mal, dass du dich wegen mir prügelst. Ich bring dich immer in Schwierigkeiten«, seufzt sie träge. Ihre wunderschöne Stimme ist wie Medizin für meine Schmerzen – mir egal, was sie sagt, nur soll sie damit nicht aufhören.

»Ist mir egal. Ich würde mich auch noch tausendmal für dich prügeln. Es ist ganz einfach, ich mag es nicht, wenn jemand mein Mädchen ungerecht behandelt. Jeder der es wagt, seine Hände an dich zu legen, hat es so verdient.«

Ihre Wangen erröten leicht bei meinen Worten und ich erhasche ein ganz kurzes Lächeln, bevor ihre Mundwinkel wieder nach unten fallen. Wäre Sofia nicht dabei gewesen, wären ein blaues Auge und eine blutende Nase nicht das Einzige, was Carlos weh tun würde. Dieser gottverdammte Hurensohn kann in der Hölle verrotten.

44

Erschreckenderweise geht es mir mittlerweile viel besser. Es ist, als wäre eine Last von meinen Schultern gefallen. *Ist das seltsam?* Jetzt weiß ich gewiss, dass mein Vater immer noch die schreckliche Person ist, welche er schon immer war und dass er sich nie geändert hat. Ich kann damit abschließen – meinen Seelenfrieden finden.

Alicia setzt sich neben mich auf mein Bett und blickt grinsend zu mir. »So, jetzt zu einem anderen Thema. Wie war das nochmal, als du mir versichert hast, du würdest nicht auf ihn stehen… und jetzt? Seid ihr etwa zusammen?« Meine kleine Schwester hebt die Augenbrauen und stößt mir freundschaftlich in die Rippen.

Ein Lächeln macht sich auf meinen Lippen breit, woraufhin Alicia die Augen aufreißt. »Oh. Mein. Gott«, kreischt sie. »Habt ihr euch schon geküsst? Warte habt ihr schon –«, will sie aufgeregt wissen und kreuzt ihre Beine, aber ich falle ihr beschämt ins Wort. »Nein«, meine Wangen färben sich rot. »Zumindest noch nicht«, füge ich leise hinzu.

Alicia blickt mich grinsend an und beißt sich auf die Unterlippe. »Oh mein Gott, Sofia.«

Verstohlen sehe ich zu ihr und spiele mit meinen Haaren, denn ich bin verlegen. Ich würde nicht direkt behaupten, dass mir das ganze unangenehm ist, aber es ist dennoch seltsam darüber mit meiner kleinen Schwester zu reden.

»Also habt ihr euch noch nicht geküsst?«, hakt sie nach.

»Doch«, verbessere ich sie und tippe hibbelig mit meinen Zehenspitzen auf den Fußboden.

»Oh, oh, oh, wie war es? Kann er so gut küssen, wie er aussieht?« Für den Kommentar schlage ich ihr erstmal leicht gegen die Schulter und verdrehe lächelnd meine Augen. »Nun ja, er kann sehr gut küssen«, entfährt es mir und ich neige meinen Kopf zur Seite. »Aber jetzt genug über Aaron geredet, ich muss was Ernstes mit dir besprechen.«

Alicia hebt aufmerksam ihren Kopf und sieht mit ihren braunen Rehaugen zu mir. Es tut mir weh, ihr das jetzt zu sagen, denn danach wird ihr Ausdruck nicht mehr so fröhlich sein. »Dad hat sich bei mir gemeldet.« Ich schlucke. »Er wollte sich mit mir treffen, um alles zu erklären. Erst wollte ich nicht, aber dann hat mich Aaron dazu ermutigt. Und es war auch nur die richtige Entscheidung, denn ich weiß nun, dass er immer noch der Alte ist.«

Ich nehme wahr, wie sich Alicias Augen verändern – sie sehen auf einmal so unsagbar traurig aus.

»Ich weiß es war falsch, euch nichts davon zu erzählen, aber Catalina wollte erst gar nichts mit Dad zu tun haben und ich wollte dir keine falschen Hoffnungen geben. Erstmal wollte ich selbst sehen, wie er ist.«

Ich höre auf zu reden, bevor ich noch etwas sage, das ich später bereuen werde – gezielt lasse ich die schrecklichen Einzelheiten aus. Ich möchte ihr nicht mehr weh tun, als es nötig ist.

Alicias Gesicht färbt sich weiß und für einen Augenblick sagt sie überhaupt nichts. Sie schaut aus wie ein Geist – so blass und still. Ich habe keine Ahnung, was in ihrem Kopf gerade vor sich geht.

Catalina habe ich schon aufgeklärt und Mamá weiß ebenfalls Bescheid. Nachdem mich Aaron gestern nach Hause gebracht hat, habe ich mich bei ihre ausgeheult. Trotz, dass so viele Schmerzen auf Mamás Herz lasten, ist sie für mich da gewesen – jedes Mal ist sie das. Sie hat mich nicht verurteilt, keines Wegs. Sie war nur für mich da – so wie ich es in diesem Moment gebraucht habe. Alicia ist die Einzige, welche noch nichts davon wusste.

Kleinlich sehe ich meine Schwester an, die nun endlich das Wort ergreift. »Ich bin kein kleines Kind mehr!« Sie sieht verletzt aus, dabei will ich sie doch einfach nur beschützen.

»Ich habe es satt immer außen vor gelassen zu werden. Lass mich raten, ich bin die Einzige, welche noch nichts davon wusste?«

Ich schweige.

»Führ dich nicht so auf, du bist kaum ein Jahr älter als ich. Ich kann genauso gut mit den Sachen umgehen wie du. Das macht ihr immer. Und wieso wirst du nicht von Mamá und Catalina *beschützt*? Oh ja, weil du ein Jahr älter als ich bist, hätte ich ja fast vergessen«, gibt sie verletzt von sich und sieht wütend zu mir.

Sie hat ja recht, aber wir alle meinen es nur gut ...

»Ja, okay, vielleicht ist es nicht so toll, dich immer auszuschließen, aber das machen wir nur, weil wir dich lieben. Ich werde nun mal oft in die Sachen hineingezogen und erfahre Dinge, bei denen ich mir wünscht, ich hätte sie nie erfahren. Ich will bloß, dass du nicht denselben Schmerz erleiden musst wie ich«, versuche ich ihr zu erklären und das ist nichts mehr als die nackte Wahrheit. Ich wünschte mir oft, ich würde von diesen Sachen nicht mitbekommen, aber das tue ich nun mal.

»Ich weiß, aber ich muss auch lernen, mit sowas umzugehen und das werde ich nie, wenn ich nicht einmal die Chance dazu bekomme.« Alicias Stimme wird bei jedem Wort ruhiger und nun sieht sie mir tief in die Augen.

»Es tut mir leid ... das nächste Mal bist du die Erste, die was erfährt, okay?« Nach meinen Worten entfacht sich ein kleines Lächeln auf ihren Lippen.

»Versprochen?« Sie streckt mir den kleinen Finger entgegen.

»Versprochen.« Ich hake meinen kleinen Finger in ihren und grinse ihr zu. Ein kleiner Fingerschwur – es ist für mich schon immer das Bedeutsamste. Gebe ich dir einen kleinen Fingerschwur, kannst du dir sicher sein, dass ich ihn nicht brechen werde.

»Dann kannst du gleich damit anfangen und mir genau erzählen, was Dad gesagt hat«, fordert sie und das tue ich. Ich erzähle ihr –

alles. Bis ins kleinste Detail. Selbst wenn ich oft denken, dass ich das Richtige tue, sollte ich vielleicht öfters auch mal die Menschen miteinbeziehen, um herauszufinden, was sie möchten. Ich will Alicia nicht länger etwas vorenthalten, lieber erzähle ich ihr alles und wir stehen das gemeinsam durch.

45

Aaron

Ich erinnere mich noch ganz genau an letztes Silvester – die Uhr schlug Mitternacht, ich lag in meinem Bett, blickte aus meinem Fenster hinaus und sah den Feuerwerken am Himmel zu. Mein Vater war geschäftlich unterwegs gewesen und konnte daher den Abend nicht mit mir verbringen. Ich aß alleine und ging schließlich schlafen. Am ersten Januar bin ich alleine aufgewacht und hab den ganzen Tag im Bett verbracht.

Aber dieses Jahr wird es anders werden, das nehme ich mir vor. Mein Vater hat frei und wenn nichts dazwischenkommt, kann es tatsächlich sein, dass wir ein schönes Fest feiern werden.

Ich schlage meine Decke von mir und ein Blick auf die Uhr verrät mir, dass ich schon wieder viel zu spät dran bin – ich wollte längst bei Easton sein. Heute habe ich seiner kleinen Schwester versprochen, etwas mit ihr zu unternehmen – wir gehen eislaufen. Als ich das letzte Mal auf dem Eis stand, hat das nicht gut geendet. In meinem ganzen Leben war ich vielleicht ... dreimal Eislaufen? Jedoch war es Averys Wunsch und wie sollte ich dieser Kleinen irgendetwas ausschlagen?

Als ich durch die Tür hereingehe, erblicke ich Avery, welche bereits einen rosa Winterpullover anhat, flauschige Handschuhe trägt, eine blaue Wollmütze aufgesetzt hat, und darüber eine dicke Jacke anhat.

Ich lächle breit und öffne einladend meine Arme, als Avery auf mich zu rennt. Stürmisch umarme ich sie und wirbele ihren Körper einmal im Kreis herum, bis ich sie schließlich wieder absetze und mein Blick auf Easton fällt. Er kommt gerade aus seinem Zimmer herausgelaufen und sieht mit belustigter Miene zu uns.

»Bist du bereit?«, fragt er. »Ich freu mich schon, dich hinfallen zu sehen«, entfährt es ihm lachend. Für diesen Kommentar verpasse ich ihm erstmals einen Schlag gegen die Brust. »Ihr werdet überrascht sein, denn ich bin super im Schlittschuhlaufen«, prahle ich, doch mein Blick verrät mich.

»Das werden wir ja sehen. Kommt«, ergreift Easton das Wort und schiebt seine kleine Schwester nach draußen. Vor der Wohnung wartet Jefferson, zu dem wir alle samt in den Rolles Royce einsteigen. Avery kommt aus dem Staunen überhaupt nicht mehr raus, während sich Easton einfach nur erledigt auf den Sitz fallen lässt.

»Weißt du was, Aaron?« Avery sieht mich grinsend an und tippt mir auf die Schulter. »Mir ist gestern ein Zahn rausgefallen«, bekundet sie mich und öffnet weit ihren Mund, um mir die Lücke in ihrem Gebiss zu zeigen.

»Avery, Mund zu. Ich denke, Aaron glaubt dir auch so«, sagt Easton schnell und klappt ihren Mund wieder zu.

»Woah, das ist echt cool. War die Zahnfee denn schon da?«, entgegne ich gespannt.

»Oh ja, die war da. Ich habe eine neue Barbie bekommen.« Die Kleine grinst über beide Ohren und ich sehe zufrieden zu ihr. Ich finde es so schön, dass sie noch so viel Fantasie hat und an etwas glaubt. Wie gerne ich solche Dinge in meiner Kindheit gehabt hätte, aber mein Vater hat mir schon von klein auf gepredigt, dass es keinen Weihnachtsmann, Osterhase geschweige denn eine Zahnfee gibt. Er empfand dies als überflüssig und sagte, ich sei schon alt genug, um das zu verkraften. *Das war ich nicht.*

Der Wagen stoppt, wir packen unsere Sachen zusammen und kaum, dass ich mich versehe, stehen wir auch schon vor der Eisbahn. Mit wackligen Beinen setzte ich einen Fuß auf das Eis, noch Einen und dann versuche ich, zu fahren. Ehrlichgesagt habe ich gedacht, ich würde das ein bisschen besser hinbekommen, aber schon liege ich auf dem Eis.

Avery lacht herzig – sie lacht mich aus. Easton kann sich ebenfalls kein Grinsen verdrücken, aber ich nehme es ihnen auch nicht übel, denn an ihrer Stelle würde ich das genauso machen.

»Habe ich es dir nicht gesagt?«, ertönt die spottende Stimme meines Kumpels. Ich belächle seine Aussage und verdrehe die Augen.

»Komm, ich zeig dir, wie es geht«, bietet Avery grinsend an und hält mir ihre kleinen Händchen hin. Schnell rappele ich mich wieder auf und starte einen neuen Versuch. Nach ein paar Malen (und nachdem ich noch zweimal hingefallen bin) habe ich es schlussendlich einigermaßen drauf.

46

Sofia

»Okay, jetzt kannst du deine Augen wieder öffnen«, ertönt Aarons Stimme. Auf seine Worte hin nehme ich langsam meine Handflächen von den Augen und blicke auf.

»Du wolltest, dass ich das hier anziehe«, gibt er schuldzuweisend von sich und sieht mit hochgezogenen Brauen zu mir, als er erkennt, wie sich ein Grinsen auf meinem Gesicht ausbreitet.

»Du siehst toll aus, der Anzug steht dir«, sage ich lächelnd und streiche mit meiner Hand sanft über den Stoff.

»Dass der Anzug gut aussieht, weiß ich selbst, ich habe ihn gekauft. Aber diese Krawatte, die du ausgesucht hast, ist schrecklich.«

Zynisch verdrehe ich die Augen und blicke zu Aaron. »Ja, ja, ich verstehe, aber sie sieht doch süß aus und außerdem habe nicht ich die Krawatte ausgesucht, sondern Abuela«. Protestierend stemme ich meine Arme in die Seite.

»Schon klar«, entgegnet er sanft und streicht mir über den Kopf. Seine Krawatte ist schwarz und glitzert – ich liebe es. Trotz, dass sie etwas kitschig ist, sieht Aaron unglaublich gut aus. Er in seinem schwarzen Anzug, mit seinen Haaren, welche er in einem Mittelscheitel trägt, seinen männlichen Händen, seinem übergroßen

Lächeln und seinem breit gebauten Körper – ich könnte bei diesem Blick sofort dahinschmelzen.

Wir gehen heute auf eine Hochzeit. Mein Cousin heiratet und Aaron war so bereitwillig, mich zu begleiten. Ich bin ziemlich froh, dass er mitkommt, denn bei dem Gedanken, alleine auf so einer Veranstaltung zu sein, wird mir ganz übel. Direkt muss ich an das letzte Mal denken, daran, was passiert ist und was vielleicht noch passiert wäre, wenn Aaron nicht zur Stelle gewesen wäre.

Die ganze Zeit über habe ich diese Gefühle unterdrückt und selbst als Aaron mich auf das Thema angesprochen hat und mit mir darüber reden wollte, habe ich abgeblockt. Ich habe mir selbst eingeredet, dass es mir nicht viel ausmacht, aber nun, da es bald wieder so weit ist, überkommt mich eine Flut von Furcht. *Es macht mir etwas aus und ja, es macht mir auch Angst – nur würde ich das nie zugeben.*

»Ist alles gut?« Aarons Stimme zieht mich aus meinen Gedanken und bei dem weichen Klang, beruhige ich mich sofort ein kleinwenig. Hastig nicke ich mit dem Kopf und drehe mich von ihm weg, damit er mir nicht länger in die Augen sehen kann. Er würde merken, dass ich lüge – er würde merken, dass es mir nicht gut geht, und das möchte ich nicht. Ich will diesen Moment hinter mich bringen und mich ablenken. Ich kann es nicht gebrauchen, wenn er sich Sorgen um mich macht, das kann bis morgen warten – heute werden wir einen schönen Abend miteinander verbringen.

»Würdest du bitte noch den Reißverschluss schließen? Ich komme nicht dran«, bitte ich ihn und keine Sekunde später spüre ich seine Hände auf meinem Körper. Ein warmes Kribbeln durchfährt mich und ich merke, wie Aaron langsam den Reißverschluss zu meinem langen, grünen Samtkleid schließt.

»Du siehst wunderschön aus«, flüstert er mir leise ins Ohr und wirbelt mich zu sich. Wir sind uns nun wieder ganz nah. Ich spüre seinen Herzschlag und sein Daumen wandert langsam über meine Wange. »Wunderschön«, haucht er erneut und zieht mich zu sich.

Aarons Mund presst sich auf meine Lippen und eine heiße Wärme schießt durch meinen Körper. Seine Lippen schmecken so wohlig weich und ich kann nicht genug bekommen.

Sanft löst er sich von mir und streicht eine meiner Haarsträhnen hinters Ohr. »Meinetwegen kannst du der ganzen Welt vorspielen, dass er dir gut geht, aber mir nicht. Ist es wegen diesem Drecksack auf der Quinceañera?«

All meine Muskeln versteifen sich bei seinen Worten und ein unwohles Gefühl macht sich in mir breit, etwas Unantastbares.

»N…nein«, stottere ich.

Aaron verzieht schmerzerfüllt das Gesicht. »Ich sehe, wenn es dir nicht gut geht. Wenn du nicht darüber reden willst, in Ordnung, wenn doch, bin ich für dich da, aber lüg mich bitte nicht an.«

Aarons Worte hallen in meinem Kopf und eine unsichtbare Last fällt von meinen Schultern. Er scheint auf irgendeine Weise verstehen zu können, wie ich mich fühle, ohne, dass ich ihn darüber in Kenntnis setzen muss.

Dankend sehe ich zu ihm und lege meinen Kopf auf seine Brust. »Danke«, gebe ich leise von mir. »Du hast recht, mir geht es nicht so gut. Ich habe das Ganze, denke ich zu lange unterdrückt und jetzt bricht es wie ein Vulkan auf mich herab.«

Aaron erfasst meine Hand und schlingt unsere Finger ineinander. »Keine Sorge, ich passe auf dich auf.« Seine Worte sind alles, was ich in diesem Augenblick brauche – mehr nicht. Ich verspüre ein Gefühl der Sicherheit – es strömt durch meinen Körper wie ein Fluss und reißt all die schlechten Gedanken mit sich.

»Daran habe ich nie gezweifelt«, flüstere ich. Wir verharren noch für einen Augenblick so nah aneinander, bis wir uns schließlich auf den Weg zur Hochzeit machen.

Es ist schon viel los als wir im großen Saal ankommen. Wunderschön dekorierte Sitzkärtchen liegen bereits auf den Tischen und die Stühle sind mit weißem Samt überzogen.

Langsam lasse ich mich auf den weichen Stoff fallen und fahre mit meinen Händen die Fasern entlang. Mit meinem Blick scanne ich den ganzen Raum ab und nehme die Menschen in meiner Umgebung zur Kenntnis. Ich erkenne viele bekannte Gesichter, aber einige sind neu.

Ein Gefühl der Sicherheit macht sich in mir breit, als ich Aarons Hand auf meinem Oberschenkel spüre. Langsam blicke ich zu ihm hoch und schenke ihm ein zaghaftes Lächeln. »Es ist schön hier«, gebe ich ruhig von mir.

Ich bemühe mich, mein Lächeln aufrechtzuhalten, damit ich ihm keine Gewähr auf meine wahren Emotionen gebe. Ich muss mich nur ablenken, so einfach ist es.

Aaron nickt langsam und schiebt sich eines der Häppchen, welche auf dem Tisch liegen, in den Mund. Ich grinse bei dem Anblick und mustere ihn genau. Ich nehme seine Gesten in mich auf und versuche, mir jedes noch so kleine Detail von ihm einzuprägen. Das mache ich gerne, wenn ich mich ablenken möchte – ich fixiere mich rein auf ihn.

Ich blicke auf seinen Kiefer, der sich schnell bewegt, ich sehe auf seine Zunge, welche geschwind über seine Lippen gleitet, um sie zu befeuchten, und begutachte die leichten Grübchen, die sich bilden, als er lächelnd zu mir schaut.

»Das Essen schmeckt wirklich so gut. Probiere mal«, fordert er mich auf und schnappt gleich ein zweites Häppchen, um es mir zu geben. Eigentlich ist mir gerade überhaupt nicht zum Essen zu Mute. Ich habe das Gefühl, dass wenn ich jetzt Essen zu mir nehme, ich mich übergeben muss. Trotzdem schiebe ich mir zögernd das Häppchen in den Mund.

Meine Mundwinkel schnellen nach oben. »Das ist wirklich sehr gut.« Daraufhin nehme ich mir gleich noch ein Zweites. Das komische Gefühl im Magen verschwindet sofort, nachdem der süße Geschmack zu meinen Geschmacksknospen durchdringt. Ich hatte schon immer eine Schwäche für süße Leckereien.

»Und Prinzessin« Aaron beugt sich zu mir und seine Lippen streichen sanft mein Ohr. »Ich sehe, du hast Angst und ich merke, dass du dich unwohl fühlst, aber ich kann dir versprechen, dir wird niemand etwas antun. Ich bin hier und sollte es jemand wagen, dich anzufassen, habe ich keine Hemmungen, mich noch ein viertes Mal zu prügeln.« Er rückt noch ein Stück näher und blick mir tief in die Augen. »Niemand, hörst du? Niemand wird dich je noch einmal berühren, ohne, dass du es willst. Ich werde das nicht zulassen.«

Bei seinen Worten wird mir ganz schummrig zu Mute. Noch nie hat mich jemand so sehr verteidigt und noch nie hatte ich das Gefühl, dass mich jemand so sehr beschützt, wie er es tut.

Ich fühle mich sicher – *er* lässt mich sicher fühlen.

Schweigsam lasse ich mir Aarons Worte durch den Kopf gehen – mein ganzer Körper reagiert auf seine Berührung an meinem Arm und erst jetzt höre ich, zu was er mich auffordert. »Tanz mit mir, Süße.«

Ich schmelze dahin, als er mich so anspricht. Ich liebe es, wenn er mich so nennt. Noch mehr liebe ich es, wenn er Prinzessin zu mir sagt, auch wenn ich das nie zugeben würde. Mittlerweile ist dieser Wortklang so vertraut, dass es sich falsch anhören würde, dies nicht zu sagen.

Nachdem ich mit einem kleinen Lächeln auf den Lippen nicke, zieht er mich langsam an meinen Händen nach oben und schlingt seine Arme um meine Hüfte. Normalerweise wäre mir so etwas unangenehm, aber ich bin so vertieft in diesen Augenblick, dass ich solche Gedanken ganz einfach von mir abschüttele. Unsere eng aneinandergepressten Körper bewegen sich im Rhythmus der Musik. Ich lege meinen Kopf auf seiner Brust ab und vergrabe meine Hände in seinen Haaren.

»Danke«, hauche ich kaum hörbar.

Danke dafür, dass du für mich da bist.

Danke dafür, dass du mich beschützt.

Danke dafür, dass du genau weißt, was mir fehlt.

Danke dafür, dass du bei mir bleibst.

Er weiß, was ich damit meine – er weiß, wofür ich ihm danke. Aaron streicht mir mit seiner Hand sanft über den Kopf und ich schwelge in diesem Gefühl. Ich rieche seinen vertrauten Duft und schon sind all meine Ängste verflogen.

47

Aaron

»Hattest du einen schönen Abend mit deinem Vater?«, will Sofia wissen, während sie mit ihren Händen meine Krawatte richtet. Der Klos in meinem Hals wird größer und ich senke meinen Blick nach unten. Ich hatte mich so sehr darauf gefreut, Silvester mit ihm zu verbringen – meinem Vater, aber selbst an seinem freien Tag ist er mit dem Kopf immer noch bei der Arbeit gewesen.

»Es geht«, gestehe ich wahrheitsgemäß. *Ich kann nicht einmal einen schönen Abend mit meinem Vater verbringen.* Mein Herz sackt bei diesem Gedanken nach unten.

»Wieso? Was ist passiert?«

Ich schnaufe laut aus und kratze mich am Kopf. »Er hat ständig nur über die Arbeit nachgedacht. Haben wir geredet war es immer nur er, der über die Arbeit erzählt hat und wollte ich ihm mal etwas erzählen, hat er mich nach dem ersten Satz unterbrochen.«

Gestresst fahre ich mir durch die Haare und sehe Sofia mit durchdringlichem Blick an. »Das Essen war scheiße – es gab diesen einen, bestimmten, teuren Fisch, obwohl er weiß, dass ich ihn, schon seit ich klein bin, hasse. Dann, als das neue Jahr da war, hat er mit mir angestoßen und keine Sekunde später ist er wortlos ins Schlafzimmer verschwunden, weil er müde war und am nächsten Tag ja wieder fit sein muss«, gebe ich schon fast energisch von mir.

Mein Puls schießt in die Höhe und ich muss mich bemühen, meine Stimme zu senken.

»Das tut mir so leid, Aaron«, flüstert Sofia leise in mein Ohr. »Dein Vater ist ganz klar ein Workaholic.«

»Ein Workaholic?«

»Ja, das sagt man, wenn eine Person von ihrer Arbeit besessen ist und sich ihr ganzes Leben nur noch um die Arbeit dreht. Hast du ihm mal gesagt, wie du dich dabei fühlst? Vielleicht bemerkt er es selbst nicht?«

Ich muss bei ihren Worten lachen, denn Sofia ist so gutgläubig, mit ihren haselnussbraunen Augen, die vergebens nach einer Möglichkeit suchen, all das Böse und Ungerechte aus der Welt zu schaffen.

»Glaub mir, das habe ich schon zu oft versucht. Er hört mir nie zu«, sage ich emotionslos.

Ihre Augen wandern an mir auf und ab und bewegen sich hektisch im Raum. Mein Herz pocht und ich drehe mich instinktiv um, denn ich merke, dass irgendetwas nicht stimmt.

Da erblicke ich *ihn*.

Sofia krampft zusammen und kurz darauf stelle ich mich schützend vor sie.

»Aaron, bitte, das ist eine Hochzeit ... bitte mach keine Szene«, fleht sie mit gebrochener Stimme.

Noah ist hier.

Sofia hat Angst und trotzdem sorgt sie sich als aller Erstes um die anderen und stellt sicher, dass die Hochzeit nicht gefährdet wird. Sie ist der gutmütigste Mensch, den ich kenne. Sie nimmt auf alle Rücksicht, was ich von mir nicht behaupten kann – ich sorge mich um sie und damit es ihr gut geht, nehme ich alles andere in Kauf.

Sofia kennt mich nur zu gut – sie weiß genau, wie ich darüber denke. Deshalb ist auch das Erste, worum sie mich gebeten hat, gewesen, dass ich Rücksicht nehmen soll. Ich werde keine Szene auf der Hochzeit machen, wenn sie mich darum bittet, nein – das bedeutet allerdings nicht, dass ich diesen gottverdammten Hurensohn nicht trotzdem fertigmachen kann.

»Bleib hier«, befehle ich Sofia.

Sie tut, was ich sage.

Alleine, wenn ich mir vorstelle, was gerade alles in ihrem Kopf vor sich gehen muss, zieht sich mein ganzer Körper zusammen. Mit großen Schritten laufe ich auf Noah zu und als er mich erblickt, fangen seine Augen diabolisch an zu glänzen – wie sehr ich ihn verachte.

»Was denkst du dir verdammt noch mal dabei, hier aufzutauchen?«, fahre ich ihn mit kalter Stimme an, aber immer noch leise genug, sodass die anderen Gäste auf der Hochzeit nichts davon mitbekommen und ich keine Aufmerksamkeit auf mich ziehe.

»Oh, sieh mal einer an, der Retter in der Not. Denkst du nicht, deine Kleine kann selbst sprechen?«, zischt er, woraufhin seine Freunde ihn freudig abklatschen. Nun fühlt er sich sicher, er denkt, er könnte so sprechen, da er seine Freunde bei sich hat, doch ihm wird das Lachen noch vergehen.

»An deiner Stelle würde ich nicht so vorlaut sein«, gebe ich von mir und versuche, ruhig zu bleiben. Ich probiere, mich unter Kontrolle zu halten – mich zusammenzureißen, und ich versuche, meine Faust so weit wie möglich von seinem Gesicht zu entfernen, nicht, dass sie sonst noch aus Versehen verrutscht. Sofia habe ich versprochen, dass ich keine Aufmerksamkeit auf mich ziehe, und das halte ich verdammt nochmal ein.

»Ich muss ja schon sagen, guten Geschmack hast du auf jeden Fall. Die Kleine ist geil, hast du mal ihren Arsch gesehen?«

Das.

Hat.

Gereicht.

Niemand redet so über Sofia!

Mit harschem Griff ziehe ich Noah nah an mich heran. Meine Hände krallen sich in seine Haut, aber aufgrund der Jacke, welche er trägt, erkennt das niemand.

Mit belustigter Miene sehe ich ihn an. »Hör zu, mach ruhig so weiter, aber dann muss ich leider deine kleinen Videos veröffentlichen. Deinen Vater würde das bestimmt brennend interessieren. Ach und deine Mutter erst. So eine schmutzige Vergangenheit ... Falls du also nicht möchtest, dass jeder deinen mickrigen Schwanz zu Gesicht bekommt, würde ich dir raten, zu verschwinden und nie wieder in Sofias Nähe zu gehen«, flüstere ich ihm leise ins Ohr.

Noah zuckt unter meinem festen Griff zusammen, seine Augen werden riesig und er sieht mich mit flehendem Blick an.

Tja, du hast dich mit dem Falschen angelegt.

»Woher weißt du das?«, fragt er geschockt, doch ich zucke nur sanft mit den Achseln. »Sagen wir einfach mal, ich habe da einen guten Freund, der mir noch einen Gefallen schuldig ist«, antworte ich schadenfroh und erst jetzt nehme ich meine Hände von ihm.

»Bitte, zeig die niemandem«, fleht er. »Mein Vater würde mich umbringen.« Wie niederträchtig und erbärmlich er dort vor mir steht.

»Sei nie wieder in Sofias nähe, rühre Sofia nie wieder an, rede nie wieder über Sofia, denk nicht einmal an sie, verstanden?« Abwertend sehe ich in sein verlogenes Gesicht. Nicht mal seine Freude stehen für ihn ein, diese tun einfach so, als wäre nichts geschehen.

Noah scheint zu verstehen, blickt mich noch einmal flehend an und verschwindet schließlich ohne ein weiteres Wort von sich zu geben. *Kluger Junge.*

Ich packe mein Handy hervor, öffne ein Video und klicke auf senden. Kurz darauf schreibe ich eine Nachricht an Noah.

> Dein Vater wird sich freuen, zu sehen, was du machst. Sehe das als Warnung. Wenn du nicht willst, dass ich ihm weitere Videos schicke, weißt du ja, was du zu tun hast.

Wenn man sich mal ein bisschen mit der Vergangenheit einer Person beschäftigt, ist es erstaunlich, wie viel Dreck man findet. Es war ein Kinderspiel, diese Videos zu bekommen. Kurz nach dem Abend, an dem ich Sofia vor Noah beschützt habe, habe ich nach

Informationen gesucht. Ich habe im Dreck gewühlt und dabei äußerst interessante Sachen über ihn herausgefunden.

Anscheinend ist er noch nie brav gewesen – es gibt kleine Sexvideos von ihm, ein paar davon noch ganz harmlos, andere im Gegenzug ...

Wenn sein Vater die sehen würde, müsste ich mir wenigstens nicht die Hände schmutzig machen – er würde das schon von ganz alleine tun. Aber ich bin gutmütig, denn die schlimmen Videos habe ich seinem Vater nicht geschickt – noch nicht.

48

Sofia

Aaron, der arrogante Arsch wurde zu *meinem* Aaron – die Person, welche ich so sehr in mein Herz geschlossen habe. Ich höre seinen Namen und mein Herz macht einen Sprung in die Höhe.

Die Schule hat wieder begonnen und wir sehen uns nun leider nicht mehr so oft. Der Psychologiekurs ist nur für ein Halbjahr gewesen und somit kommt er nicht mehr jeden Freitag in meine Schule. So tragisch ist es allerdings auch nicht, denn immerhin sehe ich ihn fast immer, wenn der Schultag vorüber ist.

»Hey«, gebe ich von mir und drehe mich lächelnd zu Aaron. Da sehe ich ihn, wie er grinsend vor mir steht. Ich halte die Träger meiner Schultasche fest, laufe auf ihn zu und gebe ihm einen flüchtigen Kuss.

»Wie war die Schule?«, fragt er und neigt seinen Kopf zur Seite. Ich liebe es, wenn er das tut – es macht ihn noch attraktiver, als er eh schon ist.

»Ganz gut. Wir nehmen gerade die griechische Mythologie durch, ich liebe dieses Thema.« Ich strahle, als ich ihm davon erzähle. Die griechische Mythologie lässt mein Herz schneller schlagen – ich weiß, es ist ein bisschen komisch, aber es interessiert mich nun einmal sehr. Stundenlang könnte man mit mir darüber reden und ich würde mich nicht langweilen.

»Sehr schön. Ich habe eine Überraschung für dich«, sagt Aaron und grinst über beide Ohren. Er stoppt und dreht sich freudig zu mir. »Das hier ist für dich.« Er reicht mir ein kleines Buch und lächelt mich schief an.

Aufgeregt öffne ich es und überfliege den Text. Ich lese ihn immer und immer wieder – er ist wunderschön. »Ich wusste gar nicht, dass du so mit Worten umgehen kannst«, flüstere ich und fahre mit meinem Daumen über die raue Seite des Papiers.

»Ich hatte viel Zeit und ich liebe es, schon seit ich klein bin, Briefe zu schreiben. Es ist zu kitschig, oder? Ich weiß, es war eine dumme Idee, ich dachte nur –«

»Es ist perfekt. Ich liebe es«, unterbreche ich ihn und presse das Buch auf meine Brust. »Danke.«

In dem goldenen Büchlein sind Briefe niedergeschrieben.

Briefe für mich, wenn es mir nicht gut geht.

Briefe, die ich mir durchlesen soll, wenn ich Angst habe – wenn ich mich unwohl fühle.

Briefe, die mir helfen, wenn er es nicht kann.

Einen habe ich bereits gelesen und er ist wunderschön – es folgen zwanzig weitere Briefe.

»Das ist unglaublich. Wie… ich meine… wie bist du auf die Idee gekommen?«, frage ich zaghaft und sehe auf seine geschwungene Handschrift.

»Ich weiß nicht, ich habe einfach mitbekommen, dass du oft selbst mir deine Ängste nicht sagen möchtest. Das ist auch okay, aber ich will dir trotzdem helfen. Ich dachte, das hilft dir vielleicht ein bisschen«, gibt Aaron von sich.

Aaron, welcher früher nicht an die Liebe geglaubt hat.

Aaron, welcher sich hinter seiner Schutzmauer versteckt hat.

Dieser Aaron schenkt mir ein Buch voller Briefe – ich kann es nicht fassen. Mein Herz pocht laut. Ich möchte der ganzen Welt mitteilen, wie viel mir das hier wert ist – wie viel *er* mir wert ist.

»Danke. Danke. Danke«, sage ich tausendmal, mache einen Schritt auf ihn zu und küsse ihn – so wahrhaftig und so liebevoll.

»Solange du glücklich bist, bin ich es auch«, flüstert Aaron und ergreift meine Hand. Mein Lächeln wird größer und wir machen uns auf den Weg zu mir nachhause. Angekommen, hat Mamá schon lecker gekocht, wir essen zusammen und schon sind wir in meinem Zimmer verschwunden.

»Also, ich habe Lorenzo mal gefragt und er hat gesagt, dass er keine Saya kennt«, gebe ich von mir und lasse mich neben Aaron auf mein Bett fallen.

»Okay, dann ist es auch nicht der Lorenzo, der ich dachte.«

Ich lege meine Stirn in Falten. »Was?«

»Ich dachte nur, ich würde Enzo bereits kennen. Saya war mein Kindermädchen, als ich klein war. Sie erzählte ständig von ihrem Enkel Lorenzo. Ich dachte nur, vielleicht ist er es«, erklärt Aaron und atmet tief durch. »Ich hatte die Hoffnung, Saya wieder zu sehen«

»Sie bedeutet dir viel, nicht wahr?«, frage ich und stupse gegen seine Nasenspitze. Er lächelt. »Sie war im Grunde mehr für mich da, als es meine Eltern je gewesen sind. In gewissen Maßen ist sie für mich wie eine Mutter gewesen.«

Ich lasse mir seine Worte für ein paar Augenblicke durch den Kopf gehen – es muss schrecklich sein, eine Kindheit zu erleiden, in der man keine Liebe der Eltern spürt.

»Kannst du sie nicht ausfindig machen? Ich meine, dein Vater hat doch bestimmt noch ihre Kontaktdaten«, frage ich interessiert.

»Ich werde sie nicht ausfindig machen. Ich könnte es, ja, aber das will ich nicht. Ich dachte nur, Lorenzo könnte mir ein bisschen erzählen, wie es ihr geht, mehr nicht.«

Das glaube ich ihm nicht – Aaron ist so schlecht im Lügen.

»Wieso sträubst du dich dagegen? Wieso willst du nicht wahrhaben, dass sie dir fehlt?«, frage ich und rücke ein Stück näher an Aaron.

»Es ist komisch. Sie ist mein Kindermädchen, für sie war ich ihre Arbeit – einer von vielen.«

»Ich denke, nicht einmal du selbst glaubt, was du dort von dir gibst«, entgegne ich und streiche ihm eine Strähne seines hellbraunen Haars an die richtige Stelle.

»Sie hat ihr eigenes Leben, okay? Ich wollte einfach nur wissen, wie es ihr geht, mehr nicht«, erwidert Aaron etwas angespannt und kaut auf seiner Unterlippe.

»In Ordnung, dann eben nicht«, gebe ich patzig von mir und drehe mich von ihm weg. Wenn es so ein Dickkopf sein muss, kann ich das auch sein.

»Hey, Sofia.« Er schlingt seine warmen Hände um meinen Körper und schmiegt sich an mich. Mir steigt die Hitze nur so hervor und ich drehe mich rasch zu ihm um. Wir liegen Kopf an Kopf nebeneinander – uns teilen nur noch ein paar Zentimeter und ich spüre seinen heißen Atem auf mir.

»Ich brauche Saya nicht mehr, denn jetzt habe ich dich und deine Familie, die mir mehr liebe schenkt, als dass ich es mir je hätte erträumen können«, flüstert er und legt seine Hand auf meine Wange. »Du bist die Einzige, die ich in meinem Leben brauche.«

49

Aaron

Schwitzige Haut berührt sich und Hände vergraben sich in den Haaren. Ich küsse Sofia so innig, wie ich es noch nie zuvor getan habe. Sie japst leise zwischen unseren Küssen auf und ich lächle gegen ihre Lippen. Sofia umgreift den Saum ihres Oberteiles und zieht es sich über den Kopf. Sie sieht mir tief in die Augen – ihre unschuldigen Rehaugen.

»Wir machen nur das, wozu du bereit bist«, versichere ich ihr, damit sie es weiß. Ich möchte nicht, dass sie sich unwohl, oder gar zu irgendetwas gezwungen fühlt. Meinetwegen könnte ich mein ganzes Leben lang auf Sex verzichten, wenn ich dafür sie haben kann.

Sie.

Ist.

Umwerfend.

Sofia ist die Perfektion in Person.

»Gefällt dir, was du siehst?«, flüstert Sofia leise und beißt sich unschuldig auf ihre Unterlippe, während sie sich mit ihrem Körper auf mir bewegt.

»Ist das überhaupt eine Frage? Du bist wunderschön, Sofia.« Ich drehe mich auf sie und küsse lieblich jeden einzelnen Zentimeter ihres perfekten Körpers.

»Zieh dein Pullover aus, bitte«, höre ich sie.

Ich tue, was sie von mir verlangt.

Sofias Blick verharrt auf meinem Oberkörper, ihre Finger fahren über meine Bauchmuskeln – die kleinen Berührungen auf meiner Haut lassen mich stärker empfinden, als alles andere. Ich atme scharf ein und schließe meine Augen. »Ich mag es, wenn du mich so ansiehst«, gebe ich leise von mir.

»Wie sehe ich dich denn an?«, flüstert Sofia.

»So, als würde es nur uns beide geben«, beantworte ich ihr die Frage und sehe an mir hinunter zu ihrer Hand, welche immer noch meinen Oberkörper berührt.

»Ich will, dass du weiter machst«, gibt sie leise von sich. Ich merke, wie sich ihre Stimme leicht erhöht, und ihre Wangen nehmen einen kirschfarbenen Ton an.

»Den« Sie nimmt ihre Hände nach hinten und öffnet ihren BH. »brauche ich nicht mehr.« Sofia streift sich die Träger sachte über die Schultern und wirft den dunkelgrünen BH zu Boden.

Ich starre auf ihre entblößten Brüste – noch nie habe ich so etwas Perfektes gesehen. »So fühlt es sich also im Himmel an? Du bist ein Engel auf Erden«, flüstere ich. Mit bedachtem Blick auf sie gerichtet, schließe ich meine Hand um ihre Brust, woraufhin Sofia ein leises Stöhnen von sich gibt. Ich küsse lieblich ihren Nacken. Sofia gibt einen zufriedenen Laut von sich und das alleine reicht mir.

Ihre kleinen Hände verschwinden in meinen Haaren – ich liebe es, wenn sie das tut. Sie ist die Einzige, welche meine Haare anfassen darf. »Aaron«, seufzt sie und fährt mit ihren Händen meinen Rücken entlang. Ich nehme das leichte kratzen ihrer Fingernägel wahr und ihren geschmeidigen Körper, welcher sich unter mir bewegt.

Sie schluckt laut und sieht mich entschlossen an. »Du bist unglaublich«, flüstert sie, dreht sich auf mich und öffnet ihre wundervolle Haarpracht, welche zuvor zu einem Dutt zusammengesteckt war.

Ihr Körper gleitet über meine, sie küsst mich bedingungslos und reibt ihr Unterleib an mir. Amüsiert ziehe ich meine Augenbrauen nach oben und lasse es geschehen. Ihre Bewegung ist wie eine Qual für mich – der Stoff unserer Hosen, der zwischen uns ist, scheint unausstehlich.

Ich will sie, so sehr habe ich noch nie jemanden gewollt. Aber trotz, dass ich sie so sehr möchte, werde ich nicht mit ihr schlafen. Nicht jetzt – nicht heute. Sie ist dazu noch nicht bereit. Ich möchte die Zeit mit ihr genießen und wenn es einmal dazu kommt, dann soll es aus Liebe geschehen. Nicht, dass es nun aus anderen Intentionen geschehen würde, aber ich möchte, dass sie völlig bereit ist – das ist ihre und nur ihre Entscheidung. Sie ist mir so viel wert, dass ich ewig für sie warten würde, wenn das bedeutet, dass sie sich gut fühlt.

Ich gebe ihr noch einen letzten Kuss und falle dann in ihrem Bett zurück. »Sofia«, raune ich und sehe zu ihr. »Ich denke, du könntest alles mit mir anstellen und ich würde es zulassen. Du bringst mich um den Verstand.«

Sie wird rot und schmiegt sich liebevoll an mich. »Das ist es, was ich so sehr an dir liebe«, flüstert sie und legt ihren Kopf auf meine Brust.

»Du liebst es, dass du alles mit mir anstellen kannst?«

»Genau«, bringt sie grinsend hervor.

»Interessant«, entgegne ich lachend.

Sofia ist ein liebenswerter Mensch mit einer zarten Seele, sie lieben zu dürfen ist besonders. Dieser Augenblick fühlt sich so real an und in diesem Moment, sehe ich sie so an, wie sie es sonst immer tut. So, als gäbe es nur uns zwei.

50

Sofia

»James«, gibt Sienna langsam von sich und sieht hastig zu Boden – es scheint so, als wolle sie Blickkontakt vermeiden.

Meine Mundwinkel schnellen nach oben. »Siehst du, ich wusste es.«

Ihre Wangen färben sich rot und sie blickt nervös zu mir.

»Ihre seht aber auch echt süß miteinander aus«, kommt es nun von Amara, woraufhin Dahlia ihren Kopf schief legt. »Das stimmt«, sagt sie zustimmend.

»Nun ja, also wir sind aber noch nicht zusammen«, stellt Sienna klar und kratzt sich am Hinterkopf. Ich lasse mich in die weichen Satinkissen auf Siennas Bett fallen und sehe amüsiert zu ihr. »Und wie ist es sonst so? Habt ihr euch schon geküsst? Hattet ihr schon Sex? Du erzählst fast gar nichts über ihn, ein bisschen geheimnisvoll.«

Angestrengt mustert sie mich und erhascht, wie nun alle Augenpaare auf ihr liegen.

»Da wirst du nicht drum rumkommen, wir verbringen noch den ganzen Abend miteinander«, meint Dahlia und kreuzt ihre Beine.

»Ja, nein und ja«, entgegnet Sienna langsam und richtet sich auf. »Ich erzähle nun mal nicht so viel, da es noch nicht ganz so ernst ist. Ich will mich nicht zu sehr drauf fokussieren, nicht, dass es nachher wie bei Ian endet«, beendet sie den Satz und sieht uns mit einem etwas bedrücktem Ausdruck an. Ich verstehe, wie sie sich fühlt – Ian ist ein Arschloch. Aber sie muss doch auch verstehen, wie neugierig wir sind.

»Na ja, okay. Wir haben uns bis jetzt einmal geküsst und es war wirklich romantisch. Wir waren draußen spazieren, er hat mir seine Jacke gegeben, als mir kalt wurde und bevor er mich geküsst hat, hat er sogar gefragt, ob das in Ordnung ist.« Siennas Augen strahlen, als sie das erzählt und ich freue mich unglaublich für sie.

Ich kenne James nicht wirklich, ich habe ihn nur einmal gesehen, als ich mich mit Aaron und seinen Freunden getroffen habe. Solange er sie richtig behandelt ist alles gut.

Amara fängt an zu kreischen und Dahlia stimmt gleich mit ein. »Das ist ja unfassbar romantisch«, kichert Amara und dreht sich auf den Rücken. »So süß.«

Sienna rafft sich auf und streckt uns die Hände entgegen. »Jetzt kommt, lasst uns noch was kochen – ich habe langsam Hunger bekommen.«

Eilig ziehe ich mich an ihrer Hand hoch, schlüpfe in die flauschigen Hausschuhe, welche ich immer bei ihr habe und zusammen begeben wir uns alle in ihre Küche.

Wir haben heute seit langem Mal wieder einen Mädels Abend geplant – gemütlich kochen, über alles quatschen, und später einen Film ansehen.

»Was wollen wir überhaupt kochen, hast du etwas geplant?«, fragt Amara und streckt ihren Kopf neugierig in die Küche.

»Ich dachte, wir könnten heute einen mexikanischen Abend machen. Meine Mutter hat extra Tacos und sogar Nachos gekauft, die können wir mit Käse überbacken und dazu esse«, antwortet Sienna und grinst breit. Sie schmeißt ihre langen, schwarzen Haare hinter die Schultern und kramt die Zutaten, welche wir benötigen, aus dem Schrank.

»Oh, lecker«, gibt Dahlia von sich und leckt über ihre Lippen.

Bei all dem Gequatsche über James habe ich total vergessen, wie viel Hunger ich eigentlich habe. Allerdings wird mir dies schnell bewusst, als mein Magen anfängt zu knurren.

»Sofia, du bist für die Guacamole zuständig – besser als deine geht es einfach nicht.«

Ich grinse – was für ein Kompliment.

»Dahlia, kannst du mir bitte helfen, die Belage für die Tacos in den kleinen Schüsseln anzurichten?« Sienna zeigt auf die Gold verschnörkelten Schalen, woraufhin Dahlia kräftig nickt. Ihre kurzen Haare wippen bei der Bewegung hin und her und auf ihrem Gesicht zeichnet sich ein Lächeln ab.

»Und Amara, du bist für die Nachos verantwortlich, okay?«

»Klaro«, stimmt sie zu.

Wir machen uns alle an die Arbeit, Amara lässt Musik laufen, wir singen alle lautstark mit und kaum, dass ich mich versehe, bin ich auch schon fertig.

»Darf ich mal?«, frage ich und öffne den Kühlschrank, nachdem Dahlia ein Stück weggerutscht ist. Ich stelle die Guacamole hinein, schließe die Tür und sehe meiner Freundin über die Schulter. »Brauchst du noch Hilfe?«, frage ich lieb und neige meinen Kopf zur Seite.

»Du könntest das Hackfleisch anbraten«, antwortet mir Sienna, woraufhin Dahlia vielversprechend die Augenbrauen hochzieht. »Du hast sie gehört«, flüstert sie mir lächelnd zu und schnippelt das Gemüse weiter.

»Was ist eigentlich mit dir und Aaron? Läuft es gut bei euch?«, möchte Sienna wissen, als ich das Hackfleisch auspacke und in die Pfanne mit dem heißen Öl gebe.

Ich nicke kräftig und bei der Erwähnung seines Namens wärmt sich mein Herz. »Es könnte nicht besser laufen«, antworte ich lächelnd.

»Und vögelt er auch so gut, wie er aussieht?«, kommt es von Dahlia, woraufhin alle anfangen zu kichern.

Mein Kopf läuft knallrot an und ich drehe mich verlegen zu ihr. »Also erstens haben wir noch nicht einmal und zweitens hat er noch ganz viele andere gute Qualitäten, nicht nur sein Aussehen«, gebe ich schnell von mir und wende mich dem Kochen zu, damit mir meine Freundinnen nicht ins Gesicht sehen können. Andererseits könnten sie nämlich erkennen, wie unangenehm mir dies momentan ist.

»War ja nur ein Witz«, rechtfertigt sich Dahlia kichernd und für einen Moment ist es still, man hört lediglich die laute Musik.

»Ich find euch echt sehr süß zusammen«, kommt es von Amara und Sienna fügt ebenfalls etwas hinzu. »Das find ich auch, aber ich traue ihm immer noch nicht.« Lachend pruste ich los, als ich mich zu Sienna umdrehe, denn diese steht mit den Brauen hochgezogen und verschränkten Armen vor mir. In diesem Moment sieht sie ein wenig so aus, als wäre sie meine Französischlehrerin und würde prüfen, ob ich die Hausaufgaben gemacht habe.

»Ja, Sienna, das wissen wir«, presse ich lachend hervor und wende mich wieder dem Kochen zu.

»Was wollt ihr sehen?«, fragt Sienna und schält den Fernseher in ihrem Wohnzimmer ein.

»Wie wäre es mit dem da?« Ich zeige auf den Film, welcher gerade in der Vorschau kommt, und blicke erwartungsvoll zu den anderen. Die Suche nach einem Film dauert immer ewig, bis wir endlich einen gefunden haben, wird das Essen schon längst wieder kalt sein – so läuft das leider jedes Mal ab.

»Ich weiß nicht«, gibt Amara von sich und runzelt die Stirn. »Vielleicht schauen wir lieber einen Film mit mehr Action.«

»Was haltet ihr dann von, *Die Bestimmung*?«, schlage ich vor. Ich habe den Film zwar bestimmt schon dreimal angesehen, aber er wird nie langweilig.

Sienna nickt zustimmend, Dahlia scheint ebenfalls damit einverstanden zu sein und Amara liebt den Film sowieso genau so sehr wie ich. »Perfekt, dann haben wir ja etwas«, sage ich freudig und lasse mich auf das gemütliche Sofa fallen. Ich schnappe mir einen Nacho und beginne zu essen. So einen Mädels Abend habe ich echt mal wieder gebraucht.

51

Sofia

»Willst du auch mal?« Catalina drückt mir eine Gummischlage in die Hand, während sie mich interessiert ansieht.

»Seit wann bietest du mir etwas von deinem Essen an?«, hinterfrage ich vorsichtig und schiebe mir die Süßigkeit in den Mund, bevor sie es sich doch noch anders überlegt. Meine große Schwester liebt mich über alles und würde ihr ganzes Leben für mich aufgeben, aber etwas von ihrem Essen würde sie mir nie freiwillig überlassen.

»Kann ich nicht einfach mal nett sein, ohne, dass du gleich schon wieder denkst, ich würde etwas von dir wollen?«, gibt sie gekränkt von sich und streicht ihre hellbraunen Haare hinters Ohr.

Ich verenge meine Augen zu kleine Schlitze und blicke sie prüfend von der Seite an.

»Aber diesmal will ich etwas von dir.«

Ich wusste es. »Was willst du?«

»Du kennst doch Ben, richtig?«

Ich nicke.

»Er hat Ava und mich zu einem Event eingeladen, beziehungsweise das seines Vaters. Anscheinend ist dieser Abend irgendwas Besonderes, aber Mamá will mich nicht hingehen lassen.

Ich muss dort hin, verstehst du?« Bittend blickt mich meine große Schwester an und legt ihre Stirn in Falten.

»Und ich soll was genau machen?«, hake ich nach, denn ich verstehe immer noch nicht, was ich an unserer Mutters Meinung ändern könnte.

»Nun ja, du könntest auch hin und Aaron mitnehmen. Enzo kann nicht und Mamá liebt Aaron. Wenn er mitkommt, erlaubt sie es bestimmt.«

Ich lege meine Stirn in Falten. »Niemals wird das funktionieren.«

Es hat funktioniert.

Langsam fahre ich über den Soff meines Kleides. Es ist lang und schwarz. Die dünnen Träger zieren mein Dekolletee und der seidige Stoff ist mit feinen Strickereien versehrt.

»Es ist wunderschön«, bringe ich hervor und blicke mich im Spiegel an. »Das Kleid passt perfekt, als wäre es maßgeschneidert.«

»Es ist auch maßgeschneidert«, höre ich die raue Stimme von Aaron, der es sich auf meinem Sessel gemütlich gemacht hat und mich anstarrt.

»Wie bitte?«, bringe ich hervor und sehe auf den Karton, in dem das Kleid, welches er mir geschenkt hat, drin lag.

»Sei unbesorgt, ich bin kein komischer Stalker, der dich heimlich gemessen hat oder sowas. Ich habe lediglich ein gutes Auge, und habe einen Blick auf deine anderen Kleider geworfen«, sagt Aaron und sein Lächeln wird breiter.

»Wie auch immer, nochmal vielen Dank, es ist unfassbar schön.«

»Gerne.«

Schmunzelnd sehe ich zu ihm – ich kann es immer noch nicht glauben. Das Kleid ist wunderbar, noch nie hatte ich so etwas Besonderes an.

»Warst du schon oft auf solchen Events?«, erkundige ich mich und laufe ein Schritt auf ihn zu. Aaron fährt sich durch die gepflegten Haare, während er mit dem Kopf nickt. »Als kleines Kind war ich oft auf solchen Veranstaltungen, aber ich fand sie immer langweilig. Der einzige Grund, weshalb ich mit gegangen bin, war das Essen.«

Ein leichtes Schmunzeln ziert mein Gesicht bei seinen Worten. »Ich werde das Kleid heute tragen«, beschließe ich und betrachte mich im Spiegel.

»Das solltest du«, gibt Aaron mit sanfter Stimme von sich und steht auf. Er stellt sich vor mich und nimmt meine Hand in seine. »Kann es sein, dass du aufgeregt bist?«, fragt er sanft und fährt, mit seinem Daumen über meinen Handrücken.

Ob ich aufgeregt bin? Pff, natürlich nicht. Okay, vielleicht ein kleines bisschen. »Kann sein«, quetsche ich hervor und drücke seine Hand. Ich bin es einfach nicht gewohnt, in solch einem Kleid zu solch einer Veranstaltung zu gehen.

»Seid ihr fertig?«, kommt es von Catalina, die ungeduldig im Türrahmen steht und uns mit hochgezogenen Augenbrauen mustert. Sie hat ihre Haare zu einem strengen Zopf zusammengebunden, trägt ein weißes Kleid und ist mit großen Creolen bestückt. Meine große Schwester sieht wunderschön aus.

»Ja«, gebe ich kurz von mir, schnappe mir eine schwarze Handtasche, die an meiner Tür hängt, und laufe die Treppe hinunter. Ich versuche, mich nicht komplett in meiner Nervosität zu verlieren, hake mich bei Aaron ein und gemeinsam mit meiner Schwester steigen wir ins Auto.

Wir sind an der Veranstaltung angekommen und es ist überwältigend. Die ganzen Personen, auf die ich hier treffe, sind der Wahnsinn. Das ist eine komplett neue Welt, sogar das Essen ist vom Feinsten.

Bedacht sehe ich mich im Saal um – ich erkenne wie sich Ava und meine Schwester mit Ben unterhalten. Er hat sich kaum verändert. Ich habe ihn noch von früher in Erinnerung. Ben war ein sehr guter Freund von Catalina – ich habe ihn gemocht.

Aaron und ich sind durchaus die Jüngsten, außer vier- fünf, andere in unserem Alter, erkenne ich nur erwachsene, reiche Menschen.

»Willst –«, beginnt Aaron zu sprechen, wird aber in diesem Augenblick von dem Geräusch eines klirrenden Weinglases unterbrochen.

»Oh, Entschuldigung«, gibt eine ältere Frau hysterisch von sich und kniet hinunter, um die Scherben des kaputten Glases aufzuheben.

»Ich –«, redet sie weiter, stoppt allerdings, als ihr Blick auf Aaron fällt. »Aaron«, gibt sie überrascht von sich und steht hastig auf. Sie scheint ihn zu kennen, denn die Frau nimmt ihn in den Arm.

Was passiert hier? Aaron steht wie angewurzelt da und sein Körper verkrampft als sich die Arme der Frau um ihn schließen.

»Wie schön dich wieder zu sehen«, sagt sie und lächelt.

Aarons Blick – immer noch emotionslos. »Hallo, Saya.«

52

Aaron

Ein großer Kloß bildet sich in meinem Hals und ich weiß nicht wieso. *Ich wollte Saya sehen, jetzt sehe ich sie, also weshalb fühle ich so?* Ihre Umarmung fühlt sich fremd an, obwohl sie mir doch einst wie eine Mutter war.

Ich zwinge mir ein kleines Lächeln auf und blicke zu ihr. »Ich bin überrascht, dass du hier bist. Wir haben uns ewig nicht mehr gesehen«, sage ich schließlich.

Saya hat immer noch das gleiche Lächeln wie früher. »Wie geht es dir, moonshine?« Als sie meinen Spitznamen erwähnt, überkommt mich ein Gefühl der Wärme. Es hört sich so vertraut an – Saya nannte mich früher immer so, da ich ständig in meinem Zimmer war. Sie sagte dauernd, ich sei ein Mondscheinkind, denn ich verschloss mich im Dunklen vor der Sonne und wartete, bis der Mond rauskam.

»Ehm, mir … mir geht es gut«, antworte ich stammelnd. Auf einmal fühlt sich alles so real an. *Saya ist hier, sie redet mit mir – es ist kein Traum.*

Ihr Blick fällt auf Sofia.

»Das ist meine Freundin, Sofia«, stelle ich sie vor und nehme ihre Hand. Ich glaube, sie weiß, dass ich sie brauche, auch, wenn sie keinen blassen Schimmer hat, was in mir vorgeht. Ich würde es ihre gerne sagen, aber dafür müsste ich es erst einmal selbst wissen.

»Och, das freut mich sehr. Ich bin Saya, Aarons altes Kindermädchen«, stellt sie sich vor und nimmt Sofia herzig in den Arm.

»Ich freue mich, Sie kennenzulernen. Erst letztens meinte Aaron, dass er sich wundert, wie es Ihnen geht«, gibt Sofia von sich und da ist wieder dieser Kloß in meinem Hals. *Wieso zum Teufel fühle ich so?*

»Du hast dir einen Guten rausgesucht, lass ihn nicht los«, kommt es lachend von Saya und dabei blickt sie Sofia liebevoll an.

»Seit wann bist du wieder in der Stadt?«, frage ich.

Saya beißt sich leicht auf die Unterlippe und sieht ertappt zu mir. »Seit mehreren Monaten.«

Ich nicke. Irgendetwas in mir ist verletzt. Wieso, weiß ich nicht. Sie hat für meinen Vater gearbeitet, was schon Jahre her ist und hat ihr eigenes Leben.

»Okay«, entgegne ich trocken. Der Schmerz in meiner Stimme ist kaum zu überhören, obwohl ich doch so sehr versuche, das zu unterdrücken.

»Wie –«

»Saya, du bist nicht hier, um zu plaudern. Mach dich gefälligst wieder an die Arbeit«, höre ich die Stimme eines Mannes. Sie blickt entschuldigend zu mir, nimmt die Serviette, in die sie zuvor die Scherben getan hat, in die Hand und wendet sich zum Gehen. »Ich muss dann wieder an die Arbeit, aber ich habe mich sehr gefreut, dich zu sehen. Viel Spaß euch beiden.«

Ich winke ihr zum Abschied und senke, als sie weg ist meine Hand.

»Willst du reden?«, fragt Sofia zärtlich und sieht bedacht zu mir.

»Ich muss kurz aufs Klo«, antworte ich knapp und verlasse den Raum. *Wieso verdammte Scheiße fühle ich so?*

»Hast du denn nicht schon deine Zähne geputzt?« Saya blickt mit hochgezogenen Augenbrauen zu mir. Ertappt sehe ich zu Boden und spiele mit meinen Fingern. »Ja«, gebe ich traurig von mir und lasse meine Mundwinkel fallen. »Aber bitte.« Ich verschließe meine Hände ineinander und sehe sie flehend an.

Nach ein bisschen zögern, nickt sie schließlich. »Na gut, ausnahmsweise.« Ich reiße meine Augen auf und renne stürmisch in die Küche. Kaum bin ich dort angelangt, versuche ich den Süßigkeiten Schrank zu öffnen, jedoch bin ich zu klein dafür.

»Du hast es aber eilig«, scherzt Saya, kommt lachend angelaufen und holt eine Schokolade für mich aus dem obersten Fach. Ich schlecke mir genüsslich über die Zunge und verzehre glücklich die Schokolade. »Danke«, nuschle ich mit vollem Mund und grinse Saya breit an. Sie streicht mir sanft über den Kopf und sieht mich liebevoll an – so wie eine Mutter.

Die Erinnerung scheint mich zu erdrücken und ich ringe um Luft. *Wieso hat sie sich nicht bei mir gemeldet? Wieso war sie monatelang in der Stadt und wir begegnen uns nur aus Zufall?*

Meine leibliche Mutter ist zwar nicht Tod, doch sie ist für mich schon längst gestorben. Sie war all die Jahre nie für mich da.

Wer hat mich getröstet, als es mir schlecht ging?

Wer hat mich zum Lachen gebracht?

Wer war dabei, als ich meinen ersten Schultag hatte?

Wer war in all den schweren Nächten für mich da?

Wer hat mir geholfen, Alias Tod zu akzeptieren?

Das war alles Saya, nicht meine Mutter, welche dies eigentlich hätte tun sollen. Sie war es, die meine ganze Kindheit an meiner Seite gestanden ist. Saya war es und nun scheint es mir, als wäre dies alles nur eine Illusion gewesen – eine Silhouette meiner Sehnsucht. *Saya war für mich wie eine Mutter, aber war ich für sie wie ihr Sohn? War die ganze Zeit mit uns für sie mehr als nur Arbeit?*

Fast sechs Jahre haben wir uns nicht mehr gesehen. Ab dem Alter von zwölf Jahren fand mein Vater es irrelevant, Geld für ein Kindermädchen zu bezahlen. Er meinte, ich sei groß und könne alleine zurechtkommen. *Das stärkt deinen Charakter,* sagte er immer.

Mein Körper beginnt unkontrolliert zu zittern und ich sehe mich im Spiegel an, welcher über den Waschbecken hängt. Ich erkenne einen gebrochenen, kleinen Jungen, der ohne Mutter aufgewachsen ist.

Nach kurzer Zeit spüre ich eine warme Berührung auf meinem Arm und im Spiegel erkenne ich, dass Sofia hinter mir steht. »Rede mit mir, bitte«, flüstert sie und ist mir nun ganz nah. Ich spüre ihre Arme, welche sich von hinten um mich schlingen. Sofias Berührung beruhigt mich.

»Aaron«, sagt sie zaghaft, schlüpft unter meinem Arm, den ich am Waschbecken abgelehnt habe, hindurch und nimmt mein Gesicht in ihre kleinen Hände. »Du kannst mit mir reden.«

Wenn ich nur selbst wüsste, was los ist. »Ich weiß.«

»Wieso versteckst du dann deine Gefühle vor mir?«

Weil ich Angst davor habe. »Ich weiß es nicht.«

»Versuche, mir zu erklären, was in deinem Kopf vor sich geht.« Sofia streicht mit ihrem Daumen über meine Wange und dreht meinen Kopf hinunter, sodass ich sie ansehe. »Bitte«, flüstert sie mit liebevoller Stimme.

»Wieso hat sie sich nie bei mir gemeldet?«, gebe ich schließlich verzweifelt von mir. *Scheiße, ich stell mich an wie ein kleines Kind, dass nicht in den Kindergarten möchte, da es seine Mama sonst zu sehr vermisst.*

»Wieso hast du dich nicht bei ihr gemeldet?«, entgegnet Sofia mit einer Gegenfrage.

Verdutzt blicke ich zu ihr. »Wie bitte?«

»Beantworte mir die Frage, Aaron. Wieso?«

Für einen kurzen Moment schweige ich und denke darüber nach, was ich als Nächstes sagen sollte. »Ich wollte mich ja bei ihr melden, aber ich dachte, es wäre komisch, denn sie hat ihr eigenes Leben und es sind schon zu viele Jahre vergangen. Ich bin mir nicht sicher, ob unsere Bindung für sie auch so besonders ist oder sie es nur als Arbeit angesehen hat.«

»Da hast du deine Antwort. Saya denkt wahrscheinlich genau dasselbe und hat sich deshalb nicht gemeldet«, sagt Sofia schlichtweg und blickt mich innig an.

»I…ich weiß nicht, was wenn −«

»Rede mit ihr«, unterbricht mich Sofia augenblicklich. »Rede mit Saya. Sie scheint dir unsagbar viel zu bedeuten und das beruht auf Gegenseitigkeit. Ich habe es in ihren Augen gesehen, als sie dich angeschaut hat.«

Sie scheint dir unsagbar viel zu bedeuten. Das tut sie. Saya war immer für mich da und ich habe sie lieben gelernt. Aus einer Fremden wurde meine Familie. Ich möchte sie nicht loslassen − mein inneres Kind schreit immer noch ihren Namen und vermisst sie, seit dem Tag, an dem sie fortgegangen ist.

54

Aaron

»Soll ich für dich klingeln?«

Schnell schüttle ich meinen Kopf. *Ich schaff das.* Nach einem tiefen Atemzug bringe ich mich schließlich dazu, die Klingel zu betätigen. Es dauert ein paar Minuten, welche sich allerdings wie eine halbe Ewigkeit anfühlen, bis sich die Tür öffnet.

»Hallo«, ertönt die Stimme eines Jungen. Er ist vielleicht sechs Jahre jünger als ich – das muss Sayas Sohn sein. *Was für eine dumme Idee das war.* Ich möchte umdrehen und gehen, aber Sofia hindert mich daran. »Wir sind wegen Saya da. Ist sie zuhause?«, fragt sie, während sie beruhigend meine Hand streicht.

Ich betrachte den Jungen etwas genauer. Es muss Sayas Sohn sein – seine Augen sind genau dieselben wie Ihre. Ich erkenne, wie der Junge sich hinter seinem Ohr kratzt – eine Eigenschaft von Saya.

»Mama, komm mal bitte«, ruft er ins Haus und wartet, bis Saya bei uns ist. Sobald sie uns erblickt, funkeln ihre Augen. Sie… freut sich, mich zu sehen.

»Aaron, Sofia, schön euch zu sehen. Kommt doch rein«, begrüßt sie uns herzlich und öffnet die Tür einen großen Spalt. Zögernd trete ich ein, doch Saya schließt mich geradewegs in eine feste Umarmung. Es fühlt sich gut an – anders als das letzte Mal, denn dieses Mal ist es bewusst. Sofias Augen strahlen bei dem Anblick –

ihr scheint es wirklich Freude zu bereiten, zu sehen, wie liebevoll sie mit mir umgeht.

Saya lässt uns mit einer Handbewegung wissen, dass wir ihr folgen sollen. Schon nachdem ich ein paar Schritte in ihr Wohnzimmer getreten bin, erhasche ich einen Geruch. Es ist ein bekannter Geruch – er erinnert mich schlagartig an meine Kindheit.

»Möchtet ihr Atayef? Ich habe gerade welche gemacht.«

Atayef – wie sehr ich sie liebe. Sie sind mit unter einer meiner Lieblingsdesserts in meiner Kindheit gewesen. Saya hat sie öfters zubereitet. Wir haben uns dann jedes Mal gemütlich mit einer Tasse Tee hingesessen und sie und schmecken lassen. Ein Gefühl der Wärme breitet sich in meiner Brust aus, als ich daran denke.

»Gerne«, antworte ich mit einem Lächeln auf den Lippen.

»Was sind Atayef?«, fragt Sofia interessiert und neigt ihren Kopf etwas zur Seite. Saya schmunzeln breit, nimmt meine Freundin an die Hand und zieht sie mit sich in die Küche. »Du wirst Atayef lieben«, gibt sie von sich und nimmt eines in die Hand, um es Sofia zu reichen. »Das sind Pfannkuchen mit einer Puddingcremefüllung und Pistazien.«

Erfreut sieht sie dabei zu, wie Sofia genüsslich in den Pfannkuchen beißt, und ihre Augen strahlen förmlich, als Sofia schwärmt, wie gut es ihr schmeckt.

»Es ist Aarons Lieblingsdessert gewesen«, höre ich Saya sagen und gehe einen Schritt auf die beiden zu, um mir ebenfalls ein Atayef zu stibitzen.

»Immer noch«, gebe ich von mir und schmunzle breit. So viele Erinnerungen stecken hinter diesem Dessert – so viele Gefühle.

Saya legt ein paar davon auf einen Teller und stellt diesen auf einen kleinen Glastisch vor dem Sofa. »Setzt euch.« Sie sieht mich liebevoll an und klopft auf den freien Platz neben sich. Ihr Blick ist so sehnsüchtig, so wie meiner. Ich habe Sehnsucht nach ihr – Sehnsucht nach diesem Gefühl – Sehnsucht nach meiner Mutterfigur. Wir setzen uns und für einen Augenblick ist es still. Ich weiß nicht, wie ich meine Gedanken in Worte fassen soll, und ich habe keinen blassen Schimmer, wie ich überhaupt anfangen kann.

»Weißt du, Aaron?«, ergreift Saya das Wort. »Ich habe mich immer gefragt, was aus dir geworden ist. Dich nach all diesen Jahren wieder zu sehen, freut mich wirklich. Ich habe immer gehofft, dass dieser Tag einmal kommen würde.« Sie stoppt für einen kurzen Moment und fährt schließlich fort. »Wie geht es dir denn nun? Geht es dir besser?«

Mein Körper verkrampft sich, als ich diese Frage höre. Ich möchte antworten, was ich fühle, doch ich kann nicht. *Seit du gegangen bis geht es mir nur noch schlechter.* »Mir geht es besser«, sage ich stattdessen.

Saya nickt bedacht und nimmt meine Hand in ihre. »Das ist schön zu hören, moonshine. Sehr schön.«

Ich lächle verschmitzt und sehe sie dankend an.

Wieso kann ich ihr nicht sagen, dass es mir kein Stück besser geht? Sofia weiß, dass es mir nicht so gut geht, weshalb verstecke ich mich also? Ich sehe ihr in die Augen und versuche, mich selbst erst einmal von meiner Antwort zu überzeugen.

»Und wie sieht es sonst so bei dir aus? Gehst du noch zur Schule?«

»Ja.«

»Hast du schon Pläne für die Zukunft?«

»Ich werde die Firma meines Vaters übernehmen«, gebe ich trocken von mir.

Saya blickt besorgt zu mir. »Aber ist das auch das, was du willst?«

Nein. »Ich habe keine andere Wahl.«

Sie schluckt laut und ihr Blick verändert sich schlagartig. Ich wünschte, ich könnte in ihren Kopf hineinsehen – ich wünschte, ich wüsste, was sie denkt. »Ich bin der Meinung, dass du sehr wohl eine Wahl hast. Du bist so klug und sollst das machen, was dir Spaß macht.«

Ich antworte nichts darauf, denn ich weiß selbst nicht, was ich sagen sollte. Es war nie mein Wunsch, die Firma meines Vaters zu übernehmen, aber aus irgendeinem Grund, war dies schon immer ein Fakt. Etwas, das passieren muss, weil es mir so vorgeschrieben wird. Nie war es meine Entscheidung – immer nur die meines Vaters.

»Wollt ihr Tee?«, fragt Saya schnell und springt auf.

»Sehr gerne.« Wenn ich eins gelernt habe, dann, dass sie es als beleidigend ansieht, wenn ich ihr Essen oder Trinken ausschlage.

Eilig huscht sie in die Küche und setzt Wasser auf.

»Aaron.« Sofia rutscht zu mir und legt ihre Hand auf meinen Arm. »Sag ihr, dass du sie vermisst«, flüstert sie – ihren Kopf positioniert sie auf meiner Schulter.

»Ja«, gebe ich bestimmt von mir und verschränke meine Hand mit ihrer. »Ja, das werde ich.«

»So, hier ist der Tee.« Saya kommt mit drei Tassen in der Hand aus der Küche hinausgelaufen und sieht uns beide lächelnd an. »Ach, ihr seid ein süßes Paar«, gibt sie von sich, als ihr Blick auf unsere verschlungenen Hände fällt.

Sofia lächelt breit, wodurch ihre Grübchen zum Vorschein kommen. *Gott, wie sehr ich diese Grübchen liebe.*

»Ich habe das wirklich vermisst«, sage ich, nachdem sie neben mir Platz genommen hat. »Ich habe *dich* vermisst«, füge ich leise hinzu und sehe zu Boden. Es fällt mir so verdammt schwer über meine Gefühle zu reden, es frisst mich innerlich glatt auf.

»Ich habe dich auch vermisst«, entgegnet Saya schmunzelnd. »Du bist wie mein eigener Sohn, Aaron. Natürlich habe ich dich auch vermisst.«

Wie mein eigener Sohn, da waren sie – da waren die Worte, vor denen ich so große Angst hatte – so große Angst, sie nicht zu hören.

»Ich würde mich freuen, wenn du mich öfters besuchst. Wie wäre es, nächste Woche um die gleiche Uhrzeit? Ich mache wieder Atayef und Tee – so wie früher.« Ihr Blick schwenkt zu Sofia. »Du kannst natürlich ebenfalls gerne kommen.«

Ein übergroßes Grinsen breitet sich auf meinem Gesicht aus und ich schließe eilig meine Arme um Saya. Ich umarme sie und es fühlt sich wie früher an – so wie die wärmende Berührung einer Mutter.

55

Sofia

Fünf Monate später.

Die Schule ist endlich zu Ende und es geht doch nichts über einen Tag am See.

Ich.

Freue.

Mich.

So.

Sehr.

Angekommen lege ich mein Handtuch auf den Boden und genieße für einen Augenblick das warme Wetter. Es ist erst Ende Mai und bereits schon angenehm warm – ich liebe es. Ich habe bereits alles, was ich heute benötige in meine Schultasche gequetscht und nun ist Warten angesagt – ich hasse warten.

Ein kurzer Blick auf mein Handy verrät mir, dass die anderen bald da sein werden. Eilig springe ich auf, laufe durch den kleinen Waldweg und komme an einer Kreuzung hinaus.

Da ist *Aaron*.

Strahlend blicke ich zu ihm. Er rennt zu mir und nimmt mich schwungvoll in den Arm. »Heyy«, begrüße ich ihn und sehe gespannt nach hinten, denn dort laufen mir Easton und seine Freundin entgegen.

Aaron gibt mir einen sanften Kuss und blickt hastig über seine Schulter nach hinten. Die beiden anderen sind mittlerweile ebenfalls bei uns angekommen und bleiben vor mir stehen. Mit einem riesigen Lächeln auf den Lippen sehe ich zu Audrey. Sie streckt ihre Hand aus und begrüßt mich, ich schließe sie allerdings direkt in eine feste Umarmung.

»Schön, dass es geklappt hat. Ich muss dich unbedingt kennenlernen«, kommt es glücklich von mir. Audrey schmunzelt leicht und nickt zustimmend. Tatsächlich habe ich sie mir ganz anders vorgestellt. Ich bin der festen Überzeugung, dass Aaron irgendwann einmal erwähnt hätte, ihre Haare wären kurz. Außerdem dachte ich, sie hätte blaue Augen. Nun ja, ich schätze, Aaron achtet nicht so sehr auf die ganzen Einzelheiten.

Aber trotz, dass ich sie mir so anders vorgestellt habe, passt das Erscheinungsbild zu ihr. Ich meine, rein vom ersten Eindruck her, ist sie sehr freundlich. Etwas schüchtern, aber ich habe das Gefühl, dass wir wirklich gute Freunde werden.

Außerdem ist sie so wunderschön. Ich möchte es ihr sagen – möchte ihr mitteilen, wie schön sie ist. Aber dann denke ich, dass es vielleicht gezwungen rüberkommen könnte. Vielleicht lieber zu einem anderen Zeitpunkt.

»Ich habe uns schonmal einen guten Platz gesichert«, gebe ich grinsend von mir und führe sie alle durch einen Waldweg zu dem Abschnitt, an dem ich bereits mein Handtuch ausgebreitet habe. Es ist etwas außerhalb des regulären Badebereiches, deshalb ist hier auch niemand, zumindest nicht unter der Woche.

»Es tut mir leid, wirklich«, flüstert mir Aaron leise ins Ohr und legt seine Hand lieblich auf meine Schultern. Wumm – schon wieder bin ich mit meinen Gedanken bei den Worten, welche Aaron kürzlich zu mir gesagt hat.

»Du wirst es vielleicht nicht verstehen können, aber manchmal habe ich in der Art, wie mein Vater mit mir umgeht Frieden gefunden. Ich habe mir vorgestellt, dass er das alles nur tut, weil er mich auf irgendeine Art doch liebt. Ich glaube, er selbst hat mit mehr Dämonen zu kämpfen, als ich und behandelt mich daher so – um sich besser zu fühlen. Das gibt mir das Gefühl, dass wir in einer gewissen Hinsicht gleich sind und dass mein Vater mich vielleicht doch liebt.«

Er hat es gesagt, als wäre es nichts – so trocken und emotionslos. Ich hatte keine Möglichkeit zu antworten, denn kurz nach diesen Worten ist er zu Jefferson ins Auto gestiegen. Ich hasse es, wenn er sowas tut. Wir reden miteinander über etwas Wichtiges, etwas, das ihn beschäftigt und er lässt so eine Aussage einfach stehen. Er verschwindet und dann, wenn wir uns wieder sehen, tut er so, als wäre nichts geschehen.

Aaron verdrängt eine ganze Menge und immer, wenn ich glaube, ich wüsste alles, finde ich etwas heraus und denke mir: *Wow, was?* Ich wollte einmal *nicht* daran denken, da ich den Tag ehrlich genießen möchte. Und jetzt ich *er* derjenige, welcher mich daran erinnert. *Super. Aaron sucht sich immer die besten Momente aus – Timing ist echt sein Ding.*

Ich möchte nicht daran denken, nicht jetzt, denn gerade sind Easton und Audrey da. Ich will den Tag mit ihnen genießen, doch ich kann mich nicht von dem Gedanken wegreißen. Langsam aber sicher realisiere ich, wie sehr ich mich an Aarons Arm gekrallt habe.

Belustigt blickt er zu mir, woraufhin ich ihn auf der Stelle loslasse. »Sofia, es tut mir leid, okay? Ich verspreche dir, wir reden darüber, sobald wir alleine sind«, flüstert er in mein Ohr und streicht mir leicht über den Rücken.

Ich weiß genau, dass Aaron weiß, über was ich nachdenke – er kennt mich zu gut. Denn er weiß auch, dass ich das weiß, und er weiß, dass er etwas sagen sollte, damit meine Anspannung wenigstens ein kleines bisschen nachlässt.

Mein Blick alleine reicht ihm als Antwort. Ich schließe für einen Augenblick die Augen und genieße die Sonne auf meinem Körper. *Frei von Sorgen, Sofia, in Ordnung? Nur heute.*

»Dann lass uns ins Wasser«, schlage ich lächelnd vor und schiebe mir mein Kleid über den Kopf. Einen gelben Bikini trage ich bereits untendrunter und mir ist mittlerweile so heiß geworden, dass ich gleich im Erdboden verschmelze, wenn ich nicht sofort ins Wasser gehe.

Sobald Aaron sein Oberteil ausgezogen hat, schnappe ich mir seine Hand und wir rennen gemeinsam ins Wasser. Das kühle Nass berührt meinen Körper. Augenblicklich fühle ich mich besser – entspannter.

»Wären wir jetzt allein, ich würde –«, haucht Aaron leise und blickt innig zu mir, aber ich unterbreche ihn mit ruhiger Stimme. »Ich weiß.« Meine Wangen nehmen einen kirschfarbenen Ton an und ich tauche Unterwasser, nur damit er nicht sieht, wie sehr mich seine Worte zum Erröten bringen.

»Seid ihr fertig?«, höre ich Aaron rufen, als ich wieder auftauche. Keinen Moment später sind Audrey und Easton ebenfalls bei uns im Wasser.

»Lasst uns dieses Spiel spielen.« Ich streiche meine nassen Haare aus dem Gesicht und rede weiter. »Wir nennen das Chicken, kennt ihr das?«

Audrey weiß sofort, was ich meine und gesagt getan steigen wir auf die Schultern von Aaron und Easton. Früher habe ich dieses Spiel immer mit meinen Cousinen gespielt – sie haben sogar einen eigenen Pool und als wir sie im Sommer besucht haben, war das unsere Hauptbeschäftigung.

Ich muss lächeln, denn die Erinnerung an früher lässt ein wohliges Gefühl in mir hervorrufen. Audrey ist toll und ich habe ein ganz starkes Gefühl, dass wir noch viele Erlebnisse miteinander sammeln werden.

56

Aaron

»Es ist ja kaum auszuhalten, wie angespannt du wirkst, Sofia«, gebe ich mit einem kleinen Lächeln von mir. Es sollte die Situation etwas aufheitern und ich wollte vielleicht auch etwas sagen, damit sie nicht mehr so angespannt ist. Aber ich schätze, dass das, was ich eben gesagt habe, das Gegenteil bewirkt.

»Aaron«, höre ich sie meinen Namen in einem ernsten Ton sagen. Sofia verschränkt ihre Arme ineinander und blickt zu mir – mit so viel Verlangen – Verlangen danach, all meine Gedanken zu erfahren.

Ich schlucke laut und kratze mich am Hinterkopf. *Okay, vielleicht ist nun der Augenblick gekommen, um zu reden.* Seit Audrey und Easton gegangen sind, sieht mich Sofia mit diesem ganz bestimmten Blick an. Ich weiß, was sie damit erreichen will – sie möchte, dass ich anfange und freiwillig über meine Gefühle rede. *Scheiße.* Ich will ihr ja auch alles erzählen, aber das ist verdammt noch mal nicht einfach.

»Dir ist bewusst, dass das, was dein Vater schon dein ganzes Leben lang mit dir tut, nichts mit Liebe zu tun hat, oder?«, gibt Sofia leise von sich. Ihre Lippen formen diese Worte mit solchem bedacht und ich merke, wie viel Angst ihr diese Frage bereitet – wie viel Angst ihr meine Antwort bereitet.

»Ja«, gebe ich von mir und sofort löst sich ihre Anspannung ein wenig. »Es war nur einfacher für mich daran zu glauben, weißt du?«, fahre ich fort. »Ich konnte es als kleines Kind nie verstehen. Verstehen kann ich es jetzt immer noch nicht, aber das ist nicht der Punkt. Ich habe … keine Ahnung … ich habe nur gedacht … ich weiß auch nicht, was ich gedacht habe«, kommt es mit zittriger Stimme von mir. »Ich wollte mir doch nur wenigstens vorstellen, wie es wäre, geliebt zu werden.«

Nun ist meine Mauer endgültig zerbrochen und meine Augen füllen sich mit Tränen. *Hör auf zu weinen, sei ein Mann,* höre ich die bittere Stimme meines Vaters.

»Oh, Aaron.« Sofias Arme schlingen sich fest um mich. Mein Körper bebt und ich verliere die Kontrolle über mich selbst. Zu lange habe ich meine Gefühle im Verborgenen gelassen und ignoriert, wie sehr mir dies alles zu schaffen macht.

»Aaron«, wiederholt sie ständig meinen Namen und streicht mir über den Rücken – immer wieder, bis ich mich beruhige. »Setzt dich«, fordert mich Sofia mit zarter Stimme auf und zeigt auf die Bank neben uns. Es ist still und dunkel – weit und breit ist keine Menschenseele zu sehen und wir sind beieinander. *Wir sind beieinander und ich weine.*

Nachdem ich mich neben sie gesetzt habe, nimmt Sofia mein Gesicht in ihre Hand. Sie blickt mich an – innig und mit so viel vertrauen. »Ich stelle dir jetzt eine Frage und du musst ehrlich sein«, haucht sie und lässt ihre Hände nach unten sinken. Nervös blickt sie zu mir, woraufhin ich nicke, um ihr zu versichern, dass ich die Wahrheit sagen werde. Sofia nimmt meine Hand und sieht mir tief in die Augen. »Bist du depressiv?«

Bei ihren Worten breitet sich ein Gefühl der Leere in mir aus. Nie zuvor hat mich das jemand gefragt – niemals hat jemand etwas gemerkt … Ich beiße mir auf die Unterlippe und sehe schnell von ihr weg. »Ich weiß es nicht«, antworte ich wahrheitsgemäß. Stets habe ich mir verboten, darüber nachzudenken, doch schon oft habe ich mir die Frage gestellt. Aber dann kam mir mein Vater in den Sinn, wie er mir einen Vortrag darüber hält, nicht noch mehr Probleme zu bereiten.

Sofia nimmt mein Gesicht sanft in ihre Hand und erst jetzt bemerke ich, wie mir erneut eine Träne über die Wange fließt.

»Es ist okay«, flüstert sie und nimmt mich in den Arm. Ihre Berührung ist alles, was ich brauche. Sie lässt mich sicher fühlen – nicht mehr allein. Ich würde es niemals wagen, mir selbst einzugestehen, dass ich vielleicht Depressionen habe, aber wenn sie mich jetzt fragt, bin ich mir da nicht mehr sicher.

»Es ist okay, nicht okay zu sein«, flüstert sie und dreht meinen Kopf, sodass ich zu ihr sehe.

»Sorry, dich sollte das nicht belasten«, gebe ich von mir und wische meine Tränen weg. Sofia schüttelt schnell ihren Kopf und nimmt mich daraufhin nur noch fester in den Arm. »Hör auf sowas zu sagen, ich will für dich da sein und das bin ich auch.«

Ich lächle leicht und löse mich langsam aus der Umarmung.

»Wenn du willst, dann rede, bitte. Ich höre dir zu«, sagt Sofia.

Mein Atem stockt für ein paar Sekunden.

Sie will mir zuhören.

Sie sorgt sich um mich.

»Ich weiß nicht, ich habe dir ja schon viel über meinen Vater erzählt und du weißt das über meine Mutter. Ich fühle mich einfach immer so einsam und so, als würde ich alles falsch machen.« Still weiche ich ihrem Blick aus. »Wenn ich sehe, was für eine tolle Familie du hast … da denk ich an meine und wie kaputt das alles ist – wie kaputt *ich* bin.«

Sie blickt mich mit großen Augen innig an. »Das stimmt nicht.«

»Ich bin zu kaputt, um geliebt zu werden«, flüstere ich mit gebrochener Stimme. Ich erkenne den Schmerz in ihren Augen, als ich diese Worte von mir gebe.

57

Mein Herz zerbricht.

»Du bist nicht kaputt, Aaron, glaub mir«, gebe ich leise von mir und blicke in seine traurigen Augen. Er schüttelt den Kopf. »Doch, Sofia. Ich werde dich nur auch mit hinunterziehen und zerstören. Willst du so kaputt werden wie ich? Mir liegt so viel an dir, wirklich und deshalb kann ich das nicht zulassen. Dein Leben ist noch nicht versaut, lass es dir nicht von einem arroganten Arsch wie mir ruinieren«, gibt er aufgebracht von sich und fährt durch seine Haare.

Ich nehme Aarons Hand in meine und umschließe unsere Finger. »Du bist nicht kaputt, nur verletzt. Ich werde dich nicht alleine lassen – ich bin hier«, hauche ich und rücke ein Stück näher. »Du bist nicht kaputt«, flüstere ich ihm immer wieder ins Ohr und fahre mit meiner Hand entlang seines Körpers.

Er blickt zu mir, ein intensiver Blick – Aaron schaut auf meine Lippen, dann wieder hoch zu mir und bleibt schließlich wieder bei meinen Lippen hängen. Langsam beugt er sich zu mir und presst mir einen sanften Kuss auf die Lippen.

Ich erwidere ihn.

Aaron fährt mir durch die Haare und berührt sachte meine Hüfte, aber in einem respektvollen Weg. *Wie konnte ich ihn so lange Zeit verachten? Er ist doch nur ein trauriger Junge.* Ich schmecke den salzigen Geschmack seiner Tränen, woraufhin ich ihn nur noch intensiver küsse. Ich möchte ihm diese Tränen weg küssen, ich möchte all seine Traurigkeit in mich aufnehmen, damit er frei davon ist. *Es ist schon schade – wieso muss es immer die Menschen mit einem guten Herz treffen?*

»Es tut mir leid. Es tut mir leid«, schluchzt Aaron immer wieder, nachdem er sich von mir gelöst hat. Ich halte seinen Kopf und drehe ihn zu mir, sodass er in meine Augen sieht. »Aaron, du musst dich für überhaupt nichts entschuldigen.« Und nach diesen Worten presse ich meine Lippen erneut auf seine. Ein so trauriger, aber zugleich auch so schöner Moment.

»Kannst du dir vorstellen, dass ich dich liebe, weil du *Du* bist? Ich liebe dich und deine Vergangenheit wird nichts daran ändern – dein Vater wird daran nichts ändern. Nichts wird daran etwas ändern, ist dir das bewusst? Ich liebe dich gerade, *weil* du so bist. Gott, Aaron, noch nie wollte ich jemanden so sehr, wie ich dich will. Du bist so viel mehr wert als das, was dir immer gesagt wird und es bricht mir das Herz, dass du das nicht glauben kannst.«

Aarons Augen weiten sich. Für kurze Zeit betrachtet er mich wortlos, sieht mir tief in die Augen, als würde er dort nach irgendetwas suchen. »Du liebst mich?«, flüstert er schließlich. Ein Lächeln breitet sich auf seinem Gesicht aus, auch wenn ihm vor ein paar Sekunden noch eine Träne über die Wange gelaufen ist.

Mit ganzem Herzen – bedingungslos. »Ja, Aaron, ich liebe dich«, entgegne ich sanft. Ein wohliges Gefühl breitet sich in mir aus.

»Es ist das erste Mal, dass du das sagst.« Liebevoll blickt er mich an. Mit so viel bedacht und solch einer Wucht an Emotionen.

»Ja und ich meine es so«, gebe ich von mir und trotz, dass es so dunkel ist, bin ich mir sicher, dass er weiß, dass sich meine Wangen gerade rosa färben. Nun ist Aaron derjenige, welcher mein Gesicht in die Hände nimmt. »Ich liebe dich auch, Sofia«, sagt er und streicht mit seinem Daumen über meine Wange. »Ich liebe dich so sehr. Was ich niemals für möglich gehalten hätte, aber ich denke, ein Teil von mir wusste das schon, als wir uns das erste Mal gesehen haben. Es war klar, dass ich mich irgendwann in dich verlieben würde, es war nur eine Frage der Zeit.«

Er liebt mich.

Aaron liebt mich.

Drei Worte, zwölf Buchstaben und vier Silben mit so einer großen Bedeutung. Für einen Augenblick bleibt die Welt stehen und in diesem Moment gibt es nur uns beide – Aaron und mich. So habe ich noch nie empfunden.

»Nie dachte ich, ich könnte jemanden lieben. Mein Vater hat mir stets beigebracht, dass Liebe einen schwach macht, und ich hatte keinen Grund, an die Liebe zu glauben. Ich meine, schau dir doch die Beziehung zwischen meinen Eltern an. Merkst du etwas? Da gab es keine Liebe. Aber jetzt mit dir… ich habe es zugelassen und ich habe gemerkt, dass manche Menschen für die Liebe bestimmt sind, andere nicht. Meine Eltern waren es nicht, doch wir sind es«, bringt er liebevoll hervor.

»Liebe macht einen stärker – es muss nur eine bedingungslose Liebe sein und genau das habe ich jetzt verstanden. Und damit du es nochmal hörst, Sofia Marisol Alvarado, ich liebe dich«, kommt es von ihm und noch nie hat er so viele Gefühle seinerseits offenbart.

Ich fühle *so* viel in diesem Moment, dass es mir fast nicht gelingt, mich auf etwas zu fokussieren. Aber ich weiß, egal wie schön das ist, muss ich mit Aaron reden, denn ich mache mir ehrlich sorgen um ihn. »Ich liebe es, wenn du so redest. Ich liebe es, wenn du so ehrlich bist und mir deine Gefühle zeigst. Ich liebe das«, hauche ich bedacht und schon presst er seine Lippen auf meine.

Sachte wende ich mich ein wenig von ihm ab und lächle bedrückt. »Und so schön es auch ist, diese Worte von dir zu hören«, flüstere ich. »rede weiter mit mir. Dir geht es nicht gut und ich möchte alles daransetzen, dass es dir besser geht.«

Er schweigt.

»Bitte«, flehe ich.

»Okay.«

Wir sitzen noch bis spät in der Nacht auf dieser Bank im Dunkeln und sprechen miteinander. Aaron redet über seine Gefühle und lässt diesmal nichts aus. Es ist bestimmt schon nach Mitternacht, als wir bei ihm zuhause ankommen.

»Ich fahre dich nachhause. Hast du deiner Mutter gesagt, dass du bei mir bist? Oh Gott, was wenn sie sich Sorgen macht, was–«

»Ich habe meiner Mutter gesagt, ich würde bei dir schlafen, also mach dir keine Sorgen«, beruhige ich ihn und streiche über seinen Arm.

»Das heißt, du bleibst hier?«, haucht er hoffnungsvoll in mein Ohr, nachdem er sich ein Stück nach vorne gebeugt hat.

»Ja, ich gehe nirgendwo hin. Ich bleibe bei dir.« Ich nehme seine Hand und presst sie auf mein Herz. »Ich bleibe bei dir, für immer.«

58

Sofia

»Komm, steig ein.« Aaron lächelt mich verschmitzt an und fährt sich durch sein braunes Haar, während er mich vom Auto aus beobachtet.

»Ja, einen Moment«, gebe ich von mir und wende mich an Sienna. »Ich kann dir, sobald ich zuhause bin, die Aufschriebe schicken. Du überlegst dir Vorschläge, über was wir präsentieren wollen, okay?«

Sie nickt knapp und blickt lächelnd zu mir. »Das mache ich, bis morgen«, verabschiedet sich meine Freundin, schenkt mir ein Lächeln und läuft nachhause.

Ich wende mich zu Aaron und steige in sein Auto – ja, richtig gehört – *sein* Auto. Er hat endlich seinen Führerschein beendet und sich ein Cabrio geholt. *Toll, oder?* Aaron hat auf seine eigenen Bedürfnisse geachtet und darauf gehört, was er gerne möchte und nicht auf das, was sein Vater ihm versucht einzureden.

Allerdings fährt er eher weniger und nutzt noch öfters Jeffersons Dienste. Aaron sagt, dass er sich schlecht fühlt, wenn er dies nicht tut, denn davon hängt Jeffersons Lebensverdienst ab. Er ist ein Chauffeur und es ist sein Job Aaron von einem zum anderen Ort zu befördern, braucht Aaron ihn nicht mehr, ist es das für ihn gewesen.

Noch dazu hat sich herausgestellt, dass die beiden wohl eine tiefere Bindung zueinander haben, als ich zuerst dachte. Aaron kennt Jefferson seit er klein ist und dieser war, im Gegensatz zu seiner Familie, immer da. Aaron sagte, es gab Zeiten, da sind sie lediglich draußen umhergefahren, allein aus dem Grund, da Aaron nicht nachhause wollte. Jefferson hat dies verstanden und ohne groß mit ihm über seine Gefühle zu reden, tat es Aaron, schätze ich mal, einfach gut jemanden zu haben, der bei ihm ist.

»Wie war es in der Schule?«, fragt er mich interessiert und nickt mit dem Kopf rüber zu Sienna, welche von weitem noch erkennbar ist. »Ihr macht eine Präsentation?«

Ich nicke eifrig und zupfe an meiner Haarsträhne herum. »Wir sollen in Biologie eines von vielen, verschiedenen Themen präsentieren.«

»Und wie ich dich kenne, hast du auch schon ein Thema in Gedanken, welches du am liebsten nehmen würdest«, gibt Aaron grinsend von sich.

Ich zögere für einen Augenblick, doch dann schlage ich meine Beine übereinander, fahre mit meiner Hand langsam meinen Schenkel hinab und lächle ebenfalls. »Ja, aber Sienna soll entscheiden, was wir nehmen. Eigentlich ist es mir auch egal.«

Aaron umgreift das Steuer und fährt in den Kreisverkehr – sein Blick ist fest auf die Straße fixiert, doch seine Ohren sind ganz bei mir. »Ich besuche Saya dieses Wochenende wieder, aber diesmal sind es nicht nur wir. Sie will mich ihrer Familie vorstellen – ihrer ganzen Familie – allen – also ich meine allen und, nun ja, kannst du mit?«, gibt Aaron von sich und sieht mich für einen Augenblick fragend an, bevor er seinen Blick wieder auf die Straße richtet und über die grüne Ampel fährt.

Seit fast einem halben Jahr sehen sich die beiden nun regelmäßig. Endlich lässt Aaron seine Gefühle zu und gesteht sich ein, dass er Saya in seinem Leben haben möchte. Ich freue mich, dass sie nun wieder so viel Kontakt zueinander haben – Aaron scheint glücklicher zu sein.

»Klar komme ich mit. Ich freu mich«, antworte ich, ohne groß nachzudenken. Von der Seite betrachtet erkenne ich Aarons

Schmunzeln – ich weiß ganz genau, wie aufgeregt er ist. Dies ist ein großer Schritt für ihn.

»Wenn wir gerade über Familienfeiern reden, meine Tante, mein Onkel und meine zwei Cousinen aus Sevilla kommen nächste Woche zu Besuch und du bist herzlich eingeladen. Das bedeutet, wir essen mittags etwas Kleines und spät am Abend dann nochmal. Du hast den ganzen Tag Zeit, oder? Abuela wollte, dass ich dich noch heute frage«, teile ich ihm mit.

Ich liebe es, wie Aaron schon fast ein Teil unserer Familie ist. Jedes Mal, wenn wir irgendetwas vorhaben, fragt meine Mutter oder Großmutter, ob er nicht auch mitkommen möchte.

»Gerne. Nächstes Wochenende?«, hakt Aaron nach.

Ich nicke. »Genau, sie sind von Freitag bis Samstag bei uns, danach gehen sie zu ihrer Familie väterlicherseits.«

Aaron nickt anerkennend, während er in eine Seitengasse biegt und sein Auto parkt. Verwundert drehe ich meinen Kopf in seine Richtung. »Was machen wir hier?«, frage ich und sehe mich um.

Er steigt aus dem Cabrio und nickt nach vorne. »Ich möchte dir etwas zeigen«, sagt er schlicht. Ein paar Sekunden später steige ich ebenfalls aus seinem Auto und folge ihm. Wir laufen entlang der Häuser, durch enge Seitengassen, bis wir schließlich an einem kleinen Waldabschnitt ankommen.

»Hier habe ich mich früher immer versteckt«, presst Aaron hervor und kratzt sich am Hinterkopf. Mir gehen viele Gedanken gleichzeitig durch den Kopf, doch bevor ich etwas sagen kann, läuft er zu einem Baum und streicht über die Rinde. »Es ist immer noch da«, murmelt Aaron zaghaft und senkt seinen Kopf. Ich denke, dass dies allerdings mehr eine Aussage als eine Feststellung ist.

Ich mache einen Schritt auf ihn zu, sodass ich erkennen kann, was er meint. In die Rinde des Baumes wurden zwei Namen geritzt – Christian und Natalie. *Oh.*

»Ich habe ihre Namen in den Baum geritzt, weil ich an diesen Scheiß auch noch geglaubt habe.« Aarons Stimme wird lauter. »Ich dachte, ich könnte dadurch die Beziehung meiner Eltern retten.«

Er fährt sich schnell durch die Haare und schnieft. »Und was hat es gebracht? Nichts.« Kurzerhand zückt er ein Taschenmesser, welches er zuvor in seiner Jackentasche hatte, und zerkratzt die Namen, sodass sie nicht mehr länger erkennbar sind. »Das wollte ich schon ewig machen«, gesteht er leise und wendet sich mir zu.

Ich stehe immer noch wie angewurzelt da und rege mich keinen Zentimeter, denn das alles kommt mir viel zu bekannt vor. »I-ich habe das auch gemacht«, gebe ich von mir und sehe zu Aaron hoch. »Wir haben einen Baum in unserem Garten – ich habe die Namen meiner Eltern dort hineingeritzt, nachdem ich gesehen habe w-wie mein Vater meine Mutter geschlagen hat.«

Aaron nimmt meine Hand in seine und dieser Augenblick – es ist ein Moment, in dem wir uns verstehen. Ich habe noch nie jemandem erzählt, dass ich dabei war, als mein Vater meine Mutter geschlagen hat – niemand weiß davon.

»Du hast das gesehen?«, haucht Aaron leise und drückt meine Hand. Ich setze zum Reden an und nun ist es das aller erste Mal, dass ich jemandem die ganze Geschichte erzähle.

59

Aaron

Es ist so einfach, sie zu lieben. So bedingungslos – so unbeschwert. Ich denke an sie, wenn ich schlafen gehe und wenn ich aufwache. Ständig muss ich an Sofia denken. *Gott, wie habe ich sie nur verdient?* Niemals hätte ich zu träumen gewagt, einmal solch eine bedingungslose Liebe zu erleben, doch nun ist sie in mein Leben getreten. Sofia ist das Licht in meiner Dunkelheit – die Hoffnung in meinen düsteren Gedanken.

Mir geht es besser, wenn sie um mich rum ist.

Mir geht es besser, wenn sie neben mir liegt.

Mir geht es besser, wenn sie glücklich ist.

Gott, noch nie wollte ich jemanden so sehr.

Es ist real.

Sie ist real.

Sofia ist real.

Sie ist keine Einbildung – sie ist bei mir und sie hat mich gewählt. *Sie liebt mich.*

In gebückter Haltung pflücke ich ein paar Blumen. Sofia hat vor längerer Zeit einmal erwähnt, wie sehr sie Margeriten liebt. Die gelben Blümchen sehen wunderschön aus, kein Wunder, dass Sofia diese so toll findet.

»Was machst du?«

Mein Blick schweift nach oben und ich sehe in Averys grinsendes Gesicht. »Ich pflücke Blumen für Sofia«, antworte ich und kneife mein rechtes Auge zu, da die Sonne mich blendet. Averys süßes Sommerkleid schwingt hin und her und schließlich geht sie ebenfalls in die Hocke.

»Möchtest du auch einen Blumenstrauß?«, frage ich und lächle verschmitzt. Avery strahlt wie ein Honigkuchenpferd – das heißt dann wohl ja. Ich gebe ihr die bereits gepflückten Margeriten und mache mich daran, einen weiteren Strauß für Sofia zu pflücken.

»Danke, Aaron.«

»Gerne doch, meine Kleine.«

»Weißt du was?« Avery kratzt sich an ihrem Haaransatz und spricht sofort weiter, ohne eine Antwort abzuwarten. »Mein Bruder ist verliebt.«

Bei ihren Worten bildet sich ein großes Lächeln auf meinen Lippen. »So, so«, entgegne ich schmunzelnd und pflücke weitere Blumen.

»Er ist in Audrey verliebt und weißt du was? Ich find sie voll toll. Sie ist so nett zu mir. Audrey gibt mir ganz viel Eis. Ich mag sie«, kommt es nun eilig von Avery. Sie kann sich vor Begeisterung kaum stoppen.

»Es freut mich, dass du sie so sehr magst«, entgegne ich strahlend und richte mich auf, da ich nun genug Blumen gepflückt habe. *Sofia wird sie lieben.*

»Und du?« Avery schlingt ihre Arme um meinen Unterarm und lässt sich hängen.

»Hm?«

»Bist du in Sofia verliebt?«

Ja. Ja. Ja. »Ja, ich liebe Sofia.«

Avery setzt ihre Füße wieder auf dem Boden ab und lässt mich los. »Küsst ihr euch etwa auch?«, fragt sie und öffnet langsam ihren Mund. Schnell schnappe ich Avery, hebe sie unter ihren Armen hoch und drehe sie geschwind im Kreis. Sie kichert freudig und mein Herz fängt an zu schlagen. Nichts macht mich glücklicher als Avery zum Lachen zu bringen.

»Heißt das ja?«, will sie von mir wissen, nachdem ich sie wieder auf den Boden abgesetzt habe.

Ich nicke.

Daraufhin verzieht sie ihr Gesicht und guckt mich erstaunt an. »Ihh.«

Ich lächle breit und wuschle ihr durch die Haare. »Und was ist mit dir? Bist du etwa auch verliebt?«

»Nö, Jungs sind ekelig«, erwidert sie in Windeseile.

»Und was ist mit dem Jungen, den du vor kurzem, als ich dich von der Schule abgeholt habe, angeschwärmt hast?«

Averys Gesicht färbt sich in einem süßen Rosaton, während sie empört nach Luft schnappt. »Das stimmt gar nicht.«

»Uh – huh«

»Aaron, ich weiß, dass du das ironisch meinst. Ich bin nicht mehr klein.« Empört stemmt sie ihre Arme in die Hüften und verdreht ihre Augen.

»Da hast du in der Tat recht«, gebe ich von mir und grinse breit.

Daraufhin antwortet Avery nichts mehr.

»Wollen wir wieder zu deinem Bruder?« Ich neige meinen Kopf zur Seite und strecke meinen Arm nach der Kleinen aus.

»Jap«, sagt Avery knapp und nimmt mich an der Hand.

Gemeinsam spazieren wir eine Weile, bis wir an meinem Auto angelangt sind. Averys Augen strahlen, als sie neben mir auf den Vordersitz platznehmen darf und streckt ihre Hand aus dem Fenster. »Dach auf! Dach auf! Dach auf!«, ruft sie glücklich und gesagt getan gehe ich ihrer Bitte nach.

»Kannst du Sofias Blumenstrauß halten, bis wir zuhause angekommen sind?«, frage ich Avery, welche mir den Strauß sofortig abnimmt.

»Weißt du was?«

»Was?«

»Du bist mein bester Freund.«

Mein Herz.

»Avery, du Süße. Du bist natürlich auch meine beste Freundin«, gebe ich schnell von mir.

»Aber Easton ist schon dein bester Freund«, widerspricht sie leise, während sie mit ihren Fingern spielt.

»Easton ist mein bester Freund, ja, aber du bist meine beste Freundin.«

»Easton ist auch mein bester Freund – und du – ihr beide. Aber du mehr, denn Easton ist mein Bruder, das zählt nicht«, plappert Avery weiter und bei all ihren Worten zaubert sich ein Lächeln auf mein Gesicht.

»Das ist cool«, antworte ich und genieße den Moment. Ich liebe Avery wie meine eigene Schwester. Manchmal kommt es mir so vor, als hätte sie mir Gott geschickt – als wäre sie meine Alia. Es ist unglaublich, wie sehr ich es genieße, Zeit mit ihr zu verbringen – nichts würde ich lieber machen. Easton wollte etwas mit Audrey unternehmen und ich habe sofort vorgeschlagen, auf Avery aufzupassen.

»Ich finde es auch supercool, dass du mein bester Freund bis, Aaron.«

60

Sofia

Bist du zuhause?

Ja, wieso?

Ich bin in fünf Minuten
bei dir.

»Wieso grinst du so in dein Handy?«

Ich sehe von meinem Bildschirm auf und blicke mit einem breiten Lächeln zu Alicia. »Aaron kommt gleich vorbei«, setze ich sie in Kenntnis und richte mich schnell auf. Es dauert nicht lange, bis ich in meinem Zimmer verschwinde und mir etwas anderes anziehe. Ich binde meine Haare zu einem Dutt zusammen und lockere die zwei vordersten Strähnen aus dem Gummi.

»Alicia, hast du wieder mein Parfüm?«, schreie ich durch den Flur und keine Sekunde später streckt meine Schwester unschuldig den Kopf aus ihrem Zimmer und lächelt schief.

»Wie oft habe ich dir schon gesagt, dass du keiner meiner Sachen nehmen sollst, ohne mich davor zu fragen!?«

»Ja ja«, gibt meine Schwester schnell von sich und reicht mir mein Parfüm. Ich sprühe mir einen Sprüher je links und rechts auf meinen Hals und blicke mich zufrieden im Spiegel an.

Die Tür klingelt – Aaron ist da.

Freudig mache ich mich auf den Weg nach unten und öffne die Haustür. Ich sehe in Aarons wunderschönes Gesicht – sofort zaubert sich ein Lächeln auf meine Lippen. Solch wunderschöne Augen – ich liebe Aarons Augen. Wenn ich sie mir genauer betrachte, erkenne ich leichte, bernsteinfarbene Sprenkel. Es ist ein zartes, schönes Braun. Ich liebe es.

»Hey«, flüstert Aaron und streckt seine Hand, welche zuvor hinter seinem Rücken versteckt war, nach vorne.

»Das sind Margeriten?«, frage ich, obwohl ich die Antwort bereits weiß. Es ist mehr eine Feststellung als eine Frage.

Aaron nickt eifrig und grinst breit. »Du hast mal erwähnt, wie sehr du sie liebst und als ich heute auf Avery aufgepasst habe, bin ich mit ihr zusammen nach draußen und habe dir einen Blumenstrauß gepflückt.«

Mein Herz pocht und es fühlt sich an, als würde es gleich aus meiner Brust springen. »Sie sind wunderschön«, hauche ich dankend.

»Ist deine Mutter zuhause?«

Ich schüttle den Kopf.

»Dann musst du ihr die wohl nachher geben«, sagt Aaron und drückt mir eine Pralinenschachtel in die Hand. Erstaunt klappt mein Mund auf und ich blicke verwundert zu ihm. »Woher w–«

»Catalina hat mal gesagt, wie sehr deine Mutter diese Pralinen vergöttert«, bringt er lachend hervor und neigt seinen Kopf zur Seite.

278

In diesem Moment kann ich nicht anders als meine Arme um ihn zu schlingen und meine Lippen auf seine zu pressen.

Ich liebe ihn so sehr.

»Denkst du, es macht deiner Familie etwas aus, wenn ich dich kurz entführe?«, fragt er grinsend. Eilig schüttle ich den Kopf. »Ich stelle die Blumen kurz in eine Vase und lege die Pralinen in den Kühlschrank, dann bin ich sofort bei dir.«

»Weißt du noch als du mir erzählt hast, weshalb du deine romantischen Bücher so unglaublich sehr liebst? Du hast gesagt, dass du dich gerne in eine Fantasiewelt träumst, da es in der echten Welt keine wahre Romantik gibt.«

Ich nicke, da ich mich erinnere, dass ich diese Worte von mir gegeben habe.

»Und ich habe mir überlegt, was du romantisch finden könntest. Manchmal habe ich das Gefühl, dass du Bücher mehr liebst als mich.« Aaron lacht laut auf und dreht seinen Kopf zu mir, sodass wir uns in die Augen sehen. »Daher habe ich mir gedacht, wären Bücher die beste Lösung.«

Ich grinse breit und sehe ihn mit großen Augen an. Mir war nicht bewusst, dass er dies so stark wahrnimmt, immerhin verschanze ich mich ausschließlich mit meinen Büchern, wenn ich alleine bin. Nun ja, mag sein, dass er dies auch so empfindet, da ich ihm ständig berichte, was in meinen Büchern, welche ich lese, passiert ist. Vielleicht rede ich auch manchmal über die fiktiven Charaktere – Männer – was Aaron überhaupt nicht lustig findet. Ich würde sogar fast behaupten, er ist eifersüchtig. Ein bisschen witzig finde ich das schon, immerhin existieren sie nicht.

Doch in all den Jahren und durch all die vielen Bücher, welche ich bis jetzt gelesen habe, wurden meine Standards enorm in die Höhe gepusht. Aaron ist viel mehr, als ich mir je hätte erträumen können. Ich liebe es, wie realitätsnah er ist. Meine Liebe für ihn ist nicht nur aufgrund seiner Gesten – nein, es ist viel mehr als das. All seine Ecken und Kanten, seine Vergangenheit und seine Gefühle. Das alles macht ihn zu dem Menschen, der er nun ist – der Junge, in den ich mich verliebt habe.

Er mag das vielleicht nicht verstehen, doch ich werde nie aufhören, so zu denken. Ich hoffe, er weiß, wie sehr ich alles, was er tut, wertschätze. Das sollte ich ihm öfters sagen. Und das ist der Moment, in dem ich realisiere, dass ich ihm das in der Tat viel zu selten sage. »Danke, Aaron, danke für einfach alles. Das ist nicht selbstverständlich«, gebe ich diese Worte von mir und nehme seine Hand in meine. »Ich liebe dich«, füge ich hinzu und presse meine Lippen liebevoll auf seinen Handrücken.

Ich erkenne, wie sich ein Lächeln auf seinem Gesicht bildet. Das Lächeln, welches ich so sehr liebe. Er parkt ein paar Meter vor der Stadt und sobald der Wagen steht, sieht er mich liebevoll an – seine Pupillen vergrößern sich. Er neigt sich zu mir und küsst mich sanft.

»Komm, wir kaufen dir Bücher.« Nach diesen Worten geht er aus seinem Caprios raus, läuft um das Auto herum und öffnet mir schließlich von außen die Beifahrertür. Noch nie habe ich so sehr gestrahlt wie an diesem Tag. Wir laufen nebeneinander und ich verschlinge unsere Hände ineinander.

»Du bist unglaublich«, flüstere ich ihm in sein Ohr und drücke seine Hand nur noch fester. Ich meine jedes einzelne Wort, welches ich von mir gebe ernst. Sobald wir den Laden betreten, kommt mir der wohlige Geruch der Bücher in den Sinn. Ich fühle mich hier sehr wohl. Einer meiner Lieblingsbeschäftigungen ist es, in einen Buchladen zu gehen und stundenlang zu stöbern, selbst wenn ich kein Geld dabeihabe.

»Also, was liest du denn gerne? Oh, das hast du zuhause.« Aaron zeugt aufgeregt auf den ersten Band der *Shatter me* Reihe.

»Oh, ja«, entgegne ich, ziehe ihn allerdings kurzerhand zu der Romanceabteilung. Normalerweise lese ich keine Fantasy Bücher, sondern ausschließlich Romance – Shatter me ist die Ausnahme.

Vor kurzem habe ich mit Aaron über diese Bücher geredet und ich glaube, der Fakt, dass der Protagonist ebenfalls Aaron heißt, hat ihn noch eifersüchtiger gemacht. Ich bin euch aber ehrlich, müsste ich mich für einen aus der Shatter me Reihe entscheiden, wäre das gewiss nicht Aaron, sondern Kenji – er ist einfach der witzigste Charakter überhaupt. Doch ich bin glücklich mit meinem Aaron. Warner gehört zu Juliette, so wie mein Aaron zu mir gehört.

»Ich glaube, du weißt ganz genau, wie sehr ich romantische Bücher liebe«, gebe ich strahlend von mir und streiche mit meinem Finger über den Rücken eines Buches. Am liebsten würde ich gleich alle Romane mitnehmen, doch ich weiß, dass ich das nicht tun sollte.

»Wir können so lange wie du möchtest hierbleiben und ich kaufe dir so viele Bücher, wie du willst – es liegt ganz bei dir.«

Ich höre Aarons Worte und das ist der Moment, in dem ich mich erneut in ihn verliebe. Immer und immer wieder. Mein Herz ist voll mit Liebe zu ihm. Ich weiß ganz genau, dass Aaron seine Zeit ungern mit Einkaufen verbringt, dennoch tut er es, da er es mit mir zusammen macht – und genau das zeigt mir, wie wunderbar er ist.

61

Sofia

»Was ist los?«, frage ich mit leiser Stimme und laufe auf Dahlia zu. Sie sitzt in der Ecke des Schulkorridors – ihre Augen sind ganz verquollen. Ich knie mich zu ihr und nehme sie, ohne groß nachzudenken, in den Arm. Egal, was geschehen ist, eine Umarmung wird helfen – zumindest ein bisschen.

Ich höre ihr leises Schluchzen und merke, wie sehr sie diese Umarmung nötig hat. Dahlia zieht mich eng an sich und macht keinen Anschein, mich je wieder loslassen zu wollen. Doch das ist in Ordnung, ich werde so lange da sein, wie sie mich braucht.

»Erzähl mir. Was ist los?«, frage ich erneut und wende meinen Kopf ein Stück ab, um ihr ins Gesicht zu sehen. Mit meiner Hand streiche ich ihr eine Strähne hinters Ohr und sehe sie mitfühlend an.

»Meine Eltern lassen sich scheiden«, kommt es mit zittriger Stimme von ihr. Sie wischt sich hastig ihre Tränen aus dem Gesicht und blickt mit hängenden Mundwinkeln zu mir.

»Das tut mir leid«, sage ich leise. Ich zögere, bevor ich noch etwas hinzufüge. »Ich weiß nicht, ob es dir hilft, aber als sich meine Eltern getrennt haben, war ich am Anfang zwar auch sehr aufgebracht, doch es ist das Beste gewesen. Du hast mir viel von deiner Familie erzählt und ich weiß, dass du mitbekommen hast, dass sie sich schon lange nicht mehr verstehen.«

»Es war schrecklich, sie haben sich gefühlt jeden Abend gestritten«, entgegnet Dahlia und zieht ihre Knie nah an ihren Körper.

»Es wird ein wenig dauern, aber irgendwann wirst du lernen, damit umzugehen, und du kannst weiterhin mit deinen beiden Eltern in Kontakt bleiben. Du wohnst doch bei deiner Mutter, oder?«

Dahlia nickt erschlagen und sieht mich dankend an. »Ja, ich bleibe bei ihr. Es tut gut mal mit jemandem darüber zu reden. Ich habe das Gefühl, niemand versteht, warum ich deshalb so aufgebracht bin, außer du.« Ein kleines Lächeln macht sich auf ihren Lippen bemerkbar.

»Ist doch selbstverständlich«, gebe ich von mir und berühre sie behutsam am Oberarm.

Ich verstehe sie nur zu gut, es ist nicht leicht die Trennung der Eltern zu akzeptieren, auch wenn man bereits weiß, dass es das Beste ist. Bis man dies wirklich glaubt, dauert es.

Ich kann mich noch genau daran erinnern, als sich meine Eltern getrennt haben. Einerseits war ich froh, dass mein Vater weg war, denn er ist kein guter Mensch, doch andererseits hat sich ab dem Zeitpunkt alles geändert.

Ich komme sehr schlecht mit Veränderungen klar und ich bekomme Angst, wenn ich nicht weiß, wie etwas abläuft, da es ungewohnt ist. Manchmal bereitet mir das viel zu viele Probleme, doch ich bin nun einmal, wer ich bin. Nicht jede Veränderung im Leben ist schlecht – das habe ich gelernt. Dennoch macht es mir immer wieder aufs Neue Angst.

Das ist, denke ich einmal auch das, was Dahlia Sorgen bereitet – diese Ungewissheit. Jeder versucht diesem Empfinden zu entkommen, doch am Ende sind wir alle nur Menschen mit Gefühlen, die wir nicht kontrollieren können.

»Wollen wir wieder in die Klasse zurück?«, fragt meine Freundin, während sie ihre Haare zu einem Zopf zusammenbindet. Ich nicke knapp, woraufhin wir schweigend nebeneinander laufen. Niemand sagt etwas, doch wir wissen, dass wir uns beide haben, egal was passiert.

»Könntest du Azad bitte nach der Schule sagen, dass ich heute schon früher nachhause gegangen bin? Er wollte auf mich warten, aber ich glaube, ich kann das heute nicht. Ich werde der Lehrerin wahrscheinlich einfach sagen, dass ich starke Bauchkrämpfe habe oder so.«

Verständnisvoll nicke ich und drücke zum Abschied Dahlias Hand. »Klar mach ich das.«

»Du umarmst sie?« Aarons starrer Blick liegt auf mir und Azad. Wenn blicke töten könnten, würde er schon längst auf dem Boden liegen. Azad dreht langsam seinen Kopf zu Aaron und sieht ihn verwirrt an. »Ich wusste nicht, dass ich das nicht darf«, ruft er mit einem spöttischen Unterton und kratzt sich am Kopf.

Bevor Aaron etwas erwidern kann, was er später vielleicht bereut, greife ich ein. »Alles gut, Aaron. Er hat sich nur verabschiedet.«

Sein Blick durchlöchert ihn von oben bis unten. Ein kaum hörbares Schnauben verlässt seinen Mund und ein unwohles Empfinden blitzt in seinen Augen auf. »Du kannst jetzt gehen«, brettert Aaron harte Worte von sich.

Ich sehe Azad entschuldigend an und hoffe inständig, dass er es ruhen lässt.

»Wie bitte?«

Natürlich lässt er es nicht ruhen – die beiden lassen es nicht ruhen. In ein paar Schritten ist Aaron bei Azad angekommen und steht ihm gegenüber. Er ist mehr als einen Kopf größer als Azad und Aarons Breite lässt ihn einschüchtern.

»Ich lass das jetzt, weil du es mir nicht wert bist«, zischt Dahlias Kumpel und ich spüre Aarons verlangen, ihm einen Schlag in die Magengrube zu versetzen.

Ich forme ein kurzes: *Sorry*, mit meinem Mund und blicke daraufhin warnend zu Aaron. »Hallo? Hatten wir denn nicht darüber geredet? Keine unnötigen Auseinandersetzungen.«

Er beißt sich auf die Unterlippe. »Das war aber nötig.« Sein besorgter Blick findet meinen. »Wieso hat er dich umarmt?«

»Wir haben uns verabschiedet. Er ist ein guter Freund von Dahlia. Sie ist heute schon früher nachhause gegangen und wollte, dass ich ihm das sage. Außerdem geht er in meinen Französischkurs«, beantworte ich seine Frage. »Wieso interessiert dich das?«, hake ich nach und sehe ihn schief an. *Wieso macht er so ein großes Ding daraus?*

»Weil sonst etwas hätte passieren können«, gibt er klar und deutlich von sich und streicht mir über die Wange.

»Ich verstehe das und ich weiß auch, dass du Angst hast, weil… nun ja… in der Vergangenheit nicht so schöne Dinge passiert sind, aber Azad ist keiner, welcher mich belästigen würde.«

Aaron schweigt und seine Stimme nimmt auf einmal einen ganz sanften Ton an. »Woher willst du dir da so sicher sein?«

Mit großen Augen sehe ich zu ihm und schlucke schwer.

»Ich passe nur auf, dass dir nichts mehr passiert«, flüstert Aaron. Für ein paar Momente bin ich still und sehe ihn nur schweigend an, bis ich die Worte ergreife. »Gibs zu, das ist es nicht nur. Du bist auch eifersüchtig.«

Er lächelt, aber seine haselnussbraunen Augen werden auf einmal ganz ernst. »Natürlich bin ich auch eifersüchtig.«

Oh Aaron, was machst du nur mit mir?

»Und wieso?«, hauche ich kaum hörbar. Die Spannung zwischen uns ist spürbar und ich sehe erwartungsvoll zu ihm. Einen Moment blickt Aaron starr zu mir, dann regt er sich schließlich und öffnet seinen Mund. »Ich möchte einfach nicht, dass dir noch einmal so etwas passiert wie damals.« Aaron beißt sich verlegen auf die Unterlippe, läuft einen Schritt zu mir und nimmt meine Hand in seine. »Und außerdem, weil ich dich liebe, reicht dir das als Grund?«

Mein Blick schweift an Aaron vorbei und ich schließe für einen Moment die Augen. »Ich liebe es, wenn du das sagst.«

»Wenn ich was sage?«

»Wenn du mir sagst, dass du mich liebst.«

Ich beuge mich zu ihm vor und flüstere etwas in sein Ohr. »Und nur zu deiner Erleichterung, Aaron, Azad hat eine Freundin und ich hatte nie einen anderen Jungen im Sinn, nur dich – versprochen.«

Er atmet erleichtert aus, zieht mich zu sich und presst seine Lippen auf meine. Er ist nicht mehr nur der Junge, mit dem ich ein Projekt machen musste, er ist *mein* Junge. Der Mensch, welchen ich liebe und mit dem ich den Rest meines Lebens verbringen möchte.

Seine Augen strahlen und ich lächle breit.

Ja, ich liebe Aaron.

62

Aaron

»Hallo ihr beiden, schön, dass ihr kommen konntet«, begrüßt uns Saya und streckt ihren Kopf durch die Tür. Mit einem breiten Lächeln auf dem Gesicht blickt sie zu Sofia und mir. Keine Sekunde später schlingt sie ihre Arme um mich – wie sehr ich es vermisst habe. Ich fühle mich bei ihr so geborgen.

»Hallo, Saya. Wir freuen uns, dass wir hier sein dürfen«, höre ich Sofia sagen und sehe, wie Saya nun ebenfalls ihre Arme um sie schlingt.

Ich muss mir selbst zugestehen, dass ich sehr aufgeregt bin. Sayas Familie – das sind Menschen, welchen ich einen guten Eindruck vermitteln möchte. Ich habe Angst, dass sie mich nicht mögen.

»Natürlich, ihr seid doch ein Teil dieser Familie«, kommt es mit einem liebevollen Lächeln von ihr. Sie sagt dies so nebenbei, als wäre es keine große Sache, doch das ist es für mich. Diese Worte haben eine solch besondere Bedeutung.

Ich schenke ihr ein breites Lächeln, woraufhin sie mir strahlend durch die Haare wuschelt. »Siehst gut aus, richtig erwachsen.« Normalerweise mag ich es nicht, wenn man meine Haare berührt, doch bei ihr oder auch Sofia fühlt sich das ganz anders an – es ist in Ordnung.

Vergangenheit

»Stell dich nicht so an«, kommt es von meinem Vater. Sein harscher Griff festigt sich um meinen Oberarm. Ich blicke zu ihm – angsterfüllt. *Hoffentlich merkt er nicht, dass ich Angst habe, sonst wird Vater nur noch wütender.*

»Ich möchte nicht, dass du mir je noch einmal widersprichst! Hast du verstanden?« Mit blitzenden Augen sieht er zu mir und zerrt mich auf einen Stuhl.

»Aber Mama liebt meine langen Haare«, presse ich hervor und sehe auf den Boden – ich habe viel zu viel Angst, ihm in die Augen zu sehen.

»Sieh mich an und trau dich das noch einmal zu sagen«, entgegnet er mit düsterer Stimme. Ich höre keinerlei Liebe – nur Hass. Es gibt nur ein paar Augenblicke in meinem Leben, in denen ich die Liebe meines Vaters gespürt habe – dieser gehört nicht dazu.

Ängstlich neige ich den Kopf nach oben und sehe ihm in seine verbitterten Augen. »Tut mir leid, Vater«, entschuldige ich mich mit kühler Stimme, um mir nicht anmerken zu lassen, dass ich mich fürchte. Vater mag es nicht, wenn ich so bin. Er predigt mir immer, ein Mann dürfe keine Schwäche zeigen.

»Du sagst, Natalie liebt deine langen Haare, hm? Schade, dass sie nicht mehr hier ist. Jetzt zählt nur noch meine Meinung und ich möchte, dass deine Haare abkommen. Du sollst dich an diesen Tag erinnern und das soll dir eine Lektion sein.«

Ich nicke schwer und höre dem Geräusch der Schere zu. Während ich meine Tränen unterdrücke, schließe ich meine Augen – wenn Vater diese sehen würde, würde er mich schlagen.

»So gefällst du mir schon viel besser«, höre ich Christian sagen und spüre, wie er mir durch das kurze Haar fährt. Ich erstarre. Mama war die Einzige, welche das getan hat – ich möchte nicht, dass er es tut.

Als ich vor dem Spiegel stehe, erkenne ich kaum noch Haare – sie sind vielleicht einen halben Zentimeter lang. Mama hat meine langen Haare so

288

geliebt, doch nun sind sie weg – so wie sie. Alles was ich noch von ihr habe verblasst nach und nach.

»So, nun kommt erst einmal herein.« Saya nimmt uns höflich die Jacken ab und hängt sie im Flur an die Garderobe. Mein Herz pocht ganz wild, als wir beide Sayas Wohnzimmer betreten. Es sind schon viele Menschen da – ihre Familie, welche ich nun kennenlernen werde. Noch nie war es mir so wichtig, einen guten Eindruck zu hinterlassen, als in diesem Augenblick und das ganz alleine aus dem Grund, weil mir Saya so unglaublich wichtig ist. Das war sie schon immer und ich habe sie, seit sie nicht mehr mein Kindermädchen war, vermisst.

Sofia nimmt meine Hand in ihre, um mir zu vergewissern, dass sie bei mir ist und, dass es okay ist, so zu fühlen, wie ich es nun einmal tue. Aber es ist nicht nur das Gefühl der Angst, nicht akzeptiert zu werden, was sich in mir breitmacht, ich verspüre ebenfalls Freude.

»Ich möchte euch jemanden vorstellen«, gibt Saya freudig von sich. Ich laufe ihr nach, währenddessen ich mich bemühe, jede Person in diesem Raum freundlich anzulächeln.

»As-salaam 'alaykum, hast du einen kurzen Moment Zeit, Mama?«, spricht Saya eine ältere Dame an – es ist ihre Mutter, natürlich. Ich hätte die Ähnlichkeit sofort erkennen müssen. Ihre Augen sehen genauso aus wie Sayas.

»Das ist Aaron und seine Freundin Sofia. Das ist meine Mutter Nadira«, begrüßt sie uns gegenseitig. Ich frage mich, ob ihre Mutter weiß, wer ich bin – ob sie weiß, dass ihre Tochter jahrelang mein Kindermädchen war – ob sie weiß, wie viel mir ihre Tochter bedeutet.

»Aaron, lass dich ansehen. Ich habe schon so viel Gutes über dich gehört«, entgegnet Nadira. Sie nimmt mich fest in den Arm und nun weiß ich, wieso Saya so gute Umarmungen gibt – sie hat es von der

Besten gelernt. Innerlich breitet sich ein Gefühl der Wärme aus – ich dachte nicht, dass Saya über mich redet, doch nun ... nun weiß ich es. Ich erwidere Nadiras Umarmung und genieße das Gefühl. Nachdem sie sich von mir löst, blickt sie liebevoll zu Sofia und nimmt diese ebenfalls für ein paar Augenblicke in den Arm. Sie ist ein so liebevoller Mensch – man merkt, dass Saya ihre Tochter ist. All die guten Eigenschaften hat sie von Nadira.

An dem heutigen Tag wurden mir bestimmt zwanzig Leute vorgestellt, ich habe sicherlich ein Dutzend Atayefs gegessen und bin so glücklich, wie noch nie. Ich schätze, ich habe mir mal wieder viel zu viel Druck gemacht, denn es scheint wirklich so, als würden sie mich alle mögen. Sie lachen über meine Witze und erzählen mir alte Geschichten. *Ich habe eine Familie gefunden.* Das ist der Moment, in dem ich realisiere, dass dies nicht immer Blutsverwandtschaft bedeutet.

»Wirklich, diese Atayefs sind unglaublich«, schwärmt Sofia mit vollem Mund und sieht wunschlos glücklich aus. Bei diesem Anblick bildet sich ein großes Lächeln auf meinen Lippen. Ich setzte mich neben sie auf das Sofa und lege meinen Arm über ihre Schulter. »Ich habe dir gleich gesagt, dass die süchtig machen«, schmunzle ich.

»Du siehst sehr glücklich aus«, bemerkt sie und scheint sich wirklich zu freuen.

Ich nicke und als ich die nächsten Worte von mir gebe, meine ich sie ernst. »Das bin ich.«

Ich bin glücklich.

In diesem Augenblick bin ich einzig und alleine glücklich – wenn das nur immer so sein könnte. Ich wünschte, es würde mehr solcher Tage geben, an denen ich mich vollkommen fühle – doch leider ist das nicht so einfach.

Ich liege mit offenen Augen in meinem Bett, der Tag ist rum und ich fühle mich wieder wie immer. *Wieso kann ich nicht einfach glücklich sein?* Ein Empfinden tief in mir drin nagt an meinem Bewusstsein – es lässt mir keine Ruhe. *Wann wird das endlich aufhören?*

Ich weiß nicht einmal, wieso ich mich gerade so fühle – der Tag war wunderschön. Ich weiß nur, dass ich mich so fühle.

Vielleicht sollte ich einfach nicht glücklich sein.

63

Sofia

»Sag bloß, du machst das jetzt auch?« Amara kichert leise in sich hinein und sieht erschrocken zu mir.

»Natürlich nicht«, antworte ich und verdrehe meine Augen.

Schnell nimmt sie ihre Hände in die Höhe und schaut mich mit unschuldigem Blick an. »Ich meine ja nur.«

»Lasst uns das Thema wechseln«, kommt es schließlich von Sienna.

Entspannt sehe ich aus dem Zugfenster hinaus – die Landschaft ist wunderschön. Wir haben ein Mädels Tag geplant, so wie früher. Wir fahren in die nächstgrößere Stadt und verbringen dort den Tag. Das Wetter ist wunderschön, also der perfekte Zeitpunkt, um etwas zu unternehmen.

»Wir müssen gleich unbedingt in dieses neue Café. Ich habe gehört, dass es da unglaublich leckere Kuchen gibt«, schwärmt Dahlia lächelnd. Ich freue mich, dass es ihr wieder ein wenig besser geht und ich hoffe, dass der heutige Tag sie von ihren Sorgen ablenkt.

»Unbedingt«, entgegnet Amara und lässt sich in den Sitz fallen.

Als der Zug an unserer Haltestelle stoppt, steigen wir eilig aus. Sobald ich einen Fuß nach draußen setze, scheint das Sonnenlicht auf mein Gesicht. Meine Vorfreude auf den heutigen Tag ist unaussprechlich. Das Wetter scheint perfekt, ich habe wunderbare Freundinnen, mit denen ich den Tag verbringen werde und ich weiß, dass es Aaron gut geht. Er ist letztens bei Sayas Familienfeier richtig aufgegangen und ich habe ihn lange nicht mehr so glücklich gesehen.

»Also ich weiß nicht, wie es euch geht, aber ich habe Hunger. Lasst uns zu diesem Café gehen. Dahlia, weißt du, wo wir lang müssen?«, gebe ich meine Meinung preis und lächle schief.

Meine Freundinnen stimmen mir zu und kurzerhand sind wir auch schon angekommen. Ich sitze vor der Speisekarte und es ist unglaublich, wie viel Auswahl es gibt. Vor allem wie ausgefallen diese Kuchen oder besonders die Törtchen sind.

Ich entscheide mich für eins mit Himbeeren – nichts Außergewöhnliches, aber mit Sicherheit sehr lecker. Dazu bestelle ich mir einen Matcha Smoothie.

»Mit James und mir ist Schluss«, presst Sienna hervor. Sie sagt dies, als wäre es rein nebensächlich. Wir blicken mit offenem Mund zu ihr und können es nicht fassen. Ich bin die Erste, welche das Wort ergreift. »Was hat er gemacht?«

Sienna knirscht mit den Zähnen und spielt mit ihren Fingern. Wenn sie nicht gerade eine hervorragende Schauspielerin ist, würde ich fast behaupten, dass sie überhaupt keine Trauer empfindet.

»Er hat nichts getan. Ich habe mit ihm Schluss gemacht«, gesteht sie schließlich.

Amara reißt ihre Augenbrauen nach oben und sieht fragend zu unserer Freundin.

»Es war ja eigentlich alles gut und er ist auch echt toll, aber ich weiß nicht, auf einmal war dieses Gefühl nicht mehr da. Ich weiß, ich höre mich jetzt an wie der letzte Vollidiot und ihr denkt bestimmt, ich sei total naiv, aber ich habe das schon länger gemerkt, aber wollte uns noch eine Chance geben. Ich weiß ihr wollt das nicht hören, aber es hat sich einfach nicht wie bei Ian angefühlt.«

Ian, ja. Wir haben alle gehofft, dass sie endlich über ihn hinweggekommen ist. Er war ihre erste große Liebe, bis sie irgendwann herausgefunden hat, dass er sie betrügt – mit einem Typen. Er war die ganze Zeit schwul und hat es sich wahrscheinlich nicht selbst eingestehen wollen. Trotzdem werde ich ihm nie verzeihen, dass er Sienna betrogen hat.

»Und das fühlt sich für dich richtig an?«, fragt Dahlia vorsichtig und berührt Sienna liebevoll am Oberarm – so wie ich es bei ihr vor kurzem getan habe.

»Das tut es. Ich weiß einfach, dass er nicht der Richtige ist«

»Wie hat er das aufgenommen?«, möchte ich schließlich wissen.

Sienna reißt die Augen auf und ihre Lippen werden zu einem schmalen Strich. »Ich sag es mal so, zuerst hat er es ganz gut aufgenommen und hat normal mit mir geredet. Dann, als er realisiert hat, dass ich es wirklich ernst meine, wurde er zum arrogantesten Arsch und hat so getan, als wäre es ihm egal.«

Ich kenne James nicht wirklich, ich habe lediglich flüchtig mit ihm geredet, als ich mich damals mit Aaron und seinen Freunden getroffen habe, aber das hat mir schon gereicht. Ich habe gespürt, dass er ein Arsch ist. Ich wollte nicht recht haben – ich habe wirklich gehofft, dass er sich für Sienna ändert, doch anscheinend ist dies doch nicht geschehen.

»Aber es ist alles in Ordnung. Ich wollte nur, dass ihr das wisst. Lasst uns diesen Tag genießen und nicht mehr über James reden«, fügt Sienna hinzu und sieht uns dankend an, als wir das Thema wechseln. Ich liebe es wie wir in unserer Freundschaft sowohl über ernste, als auch über belanglose Dinge reden können. Ich bin glücklich, solche Menschen zu haben.

Ein paar Minuten später kommt unser Essen und ich übertreibe wirklich nicht, wenn ich sage, dass dies das beste Himbeertörtchen ist, welches ich je probiert habe. *Aber was wäre ein Mädels Tag, ohne zu shoppen?* Sobald wir fertig mit essen sind, verlassen wir das Café und schlendern in der Stadt umher. Gemeinsam probieren wir bestimmt eintausend verschiedene Outfits an und vielleicht kaufe ich auch ein bisschen zu viele Klamotten, die ich eigentlich überhaupt nicht brauche.

»Wisst ihr, was wir jetzt noch machen sollten?«, fragt Dahlia und kneift ihre Augen zusammen, da die Sonne prall auf ihr Gesicht strahlt.

»Was?« Amara wendet sich interessiert zu ihr und als Dahlia verschwörerisch die Brauen hebt, schüttelt sie schnell mit dem Kopf. »Oh nein, das kannst du vergessen«, gibt meine Freundin lachend von sich.

Fragen blicke ich zu Sienna, denn sie scheint genauso wenig wie ich zu verstehen, was die beiden vorhaben.

»Könnt ihr uns vielleicht einmal aufklären?«, frage ich mit hochgezogenen Augenbrauen. Ich streiche eine lose Haarsträhne hinter mein Ohr und betrachte mich im Spiegelbild des Schaufensters – das mache ich gerne. Es ist eine Angewohnheit. So selbstverliebt das klingen mag, ich liebe es, mich selbst zu betrachten. Ich rufe mir immer wieder vor Augen, wie dankbar ich bin, und erinnere mich an meine eigenen Werte. Weniger ist mein Äußerliches gemeint – wenn ich in den Spiegel sehe, erkenne ich, was ich für ein Mensch ich bin und erkenne meine Werte.

»Erinnert ihr euch noch an damals, vor so, puh, ich glaube zwei Jahren, als wir hier mit dem Zug vorbeigefahren sind und auf den See gesehen haben?«

Ich nicke zustimmend – daran kann ich mich durch aus erinnern.

»Wir haben gesagt, wie gerne wir jetzt einfach hineinspringen würden«, kommt es erneut von Dahlia. »Ich finde, das wäre der perfekte Abschluss.«

Es gab mal eine Zeit, da hätte ich dazu instinktiv nein gesagt, doch so bin ich nicht mehr. Hört sich nach einer Menge Spaß an. »Ich bin dabei.« Mehr braucht es auch nicht, bis wir uns alle samt an den Händen nehmen. Während wir nach vorne rennen, schmeiße ich meine Tasche auf das weiche Gras und gemeinsam springen wir mitsamt unseren Klamotten in den See hinein. Kleidung nass oder nicht – diese Erinnerung wird für immer bleiben und das ist es wert.

64

Aaron

»Du bist eine Enttäuschung für diese Familie!«, ruft mein Vater mit kalter Stimme.

Seine Worte treffen mich wie ein Schlag.

Ich spanne meine Fäuste an und sehe mit verbittertem Blick zu ihm. »Was denn bitte für eine Familie?«, gebe ich abwertend von mir. *So etwas kann man nicht Familie nennen ...*

»Rede nicht in diesem Ton mit mir!«

»Ach ja? Wir wissen alle genau, dass diese scheiß Familie gebrochen ist, es gibt keine Familie mehr.«

Die Adern in Vaters Gesicht treten hervor – er packt mich harsch am Oberarm und zerrt mich grob zu sich. »Hör zu, ich brauche mir von so einer Missgeburt wie dir nichts sagen. Kein Wunder, dass deine Mutter verschwunden ist. Denkst du, ich habe Lust, mich um dich zu sorgen? Wer weiß, vielleicht hätte ich auch gehen sollen. Eine Entscheidung, welche Natalie richtig getroffen hat.«

Mein Herz zerbricht in tausend Teile. Ich will mich verteidigen, will ihn anschreien, aber da ist diese Stimme, ganz hinten in meinem Kopf, welche ihm Recht gibt. Und das bricht mich nur umso mehr. Ohne es zu bemerken, läuft mir Still eine Träne über die Wange.

»Ich habe dich nicht so erzogen! Was ist bei dir nur falsch gelaufen?«, kommt es wüst von meinem Vater. Er holt schon mit der

Hand aus, bevor er jedoch zuschlagen kann, halte ich seinen Arm fest und starre ihm in die Seele. »Wieso bist du so?«, frage ich aufgelöst und verenge meinen Blick.

Er stößt meine Hand weg und dreht sich um. »Lass mich jetzt in Ruhe und verschwinde aus meinem Haus. Wenn du mir die nächsten Tage unter die Augen trittst, ich schwöre dir, Junge, dann wirst du einen richtigen Grund haben, zu weinen«, schreit er.

Ich zucke leicht zusammen. Christian hinterlässt ein großes, schwarzes Loch in mir und ein blutendes Herz. Noch ein letztes Mal sehe ich ihm hinterher, drehe mich dann aber ebenfalls um und laufe in mein Zimmer. Ich packe ein paar meiner wichtigsten Sachen in eine Tasche und verschwinde.

So etwas muss ich mir nicht geben – nein. Aber was jetzt? Ich würde ja zu Easton gehen, aber der ist gerade nicht zuhause. Ich beiße mir auf die Unterlippe und blicke auf mein Handy. Kurzerhand wähle ich Sofias Nummer.

»Hey, Aaron«, ertönt ihre zarte Stimme.

»Hey«, gebe ich matt von mir und kratze mich am Hinterkopf.

»Was ist passiert?«, fragt sie und ich höre sofort die Besorgnis in ihrer Stimme. Ich schmunzle ein Stück und antworte ihr. »Es ist alles gut, es ist nur mein Vater. Er hat mich gerade mehr oder weniger rausgeworfen und ich weiß nicht, wo ich hin soll. Easton ist weg, Saya im Urlaub und meine anderen Freunde sind nicht solche, die mir bei sowas helfen. Ich würde das eigentlich nicht von dir verlangen, aber denkst du, ich könnte ein paar Tage zu dir? Nur bis sich mein Dad wieder beruhigt.«

Es erfolgt keine Antwort, ich höre lediglich ein Rascheln an der anderen Leitung.

»Sofia?«, hake ich zögernd nach und vergewissere mich, ob der Anruf nicht doch abgebrochen wurde, bis sie sich wieder meldet. »Wo bist du gerade? Ich komm dir entgegen«, sagt sie und danach höre ich, wie sie die Tür hinter sich schließt.

Mein Herz macht einen leichten Sprung in die Höhe.

»Ich bin gerade noch vor meinem Haus«, gebe ich von mir, schmeiße den Rucksack über meine Schultern und beginne in ihre Richtung zu laufen.

»Ich bin sofort bei dir«, versichert sie mir, bevor sie auflegt.

Ich mache mich auf den Weg und keine fünf Minuten später erkenne ich Sofias braune Locken, die im Wind wehen, während sie auf mich zu rennt.

Ich forme mit meinen Lippen ein: *Hi*, aber sie schlingt, ohne etwas zu sagen, ihre Arme um mich. Ich erwidere ihre Umarmung und in diesem Augenblick ist das alles, was ich brauche. Ich mache mir keine Gedanken mehr über meinen Dad, einzig und alleine darüber, dass ich Sofia in meinen Armen habe, sie bei mir ist und ich nicht alleine bin.

Ich rieche an ihren Haaren und streiche sanft über ihren Rücken. Sie lockert sich ein bisschen und gibt mir einen liebevollen Kuss auf den Mund. »Was ist passiert?«, haucht sie mir ins Ohr.

Während wir zu ihr laufen, umschließe ich meine Hand mit Sofias und erzähle, was vorgefallen ist. Ich habe meinen Vater dabei erwischt, wie er Drogen genommen hat – er hat mir geschworen, dass er nie wieder damit anfängt. Das Letzte was ich wollte, ist, einfach nur zusehen und nichts unternehmen. Also habe ich etwas gesagt, doch ich hätte wissen müssen, dass es kein gutes Ende nimmt. Ich schätze, ich hätte schon früher lernen sollen, dass auf sein Wort kein Verlass ist. Genauso gut könnte ich darauf vertrauen, dass ein Kleinkind keine Süßigkeiten mehr isst. Aber es tut gut, darüber zu reden, was ich nie in Betracht gezogen hätte, bevor ich Sofia kennengelernt habe.

»Aaron.« Sie stoppt und nimmt mein Gesicht in ihre Hände. »Du hörst aber nicht auf seine Worte, oder?«

Ich schweige und das ist Antwort genug. Ich weiß, ich sollte darauf nicht hören und eigentlich tue ich das auch nicht, aber er ist mein Vater. Er ist der Mann, zu dem ich immer aufgesehen habe und der mir alles beigebracht hat, was ich im Leben wissen muss. Von dieser Person solche Sachen zu hören, lässt mich schon daran glauben, dass es der Wahrheit entspricht.

»Hört auf das zu denken. Keiner seiner Worte stimmen und weißt du wieso?«, fängt sie mit starker Stimme an auf mich einzureden. »Weil ich dich kenne. Ich weiß, wie du wirklich bist. Dein Vater ist die ganze Zeit nur weg. Wie sollte er dich da gut genug kennen, um über dich zu urteilen? Er ist doch nur unzufrieden mit sich selbst und lässt das an dir raus. Du bist nicht so und du bist auch nicht wie dein Vater.«

Ich schlucke.

Diese Worte zu glauben wäre zu schön, aber wie das nur mal in der Realität so ist, kann ich es nicht einfach hinnehmen.

»Ja«, hauche ich kaum hörbar. »Aber sicher, dass es passt, dass ich zu dir komme?«, vergewissere ich mich. Sofia nickt eifrig und fährt sich durchs Haar. »Das müsste kein Problem sein.«

Dankbar blicke ich zu ihr.

Alma öffnet die Tür und sieht mich mit einem breiten Grinsen an. »Hallo, Aaron, schön, dass du hier bist«, gibt sie von sich und schließt mich in eine feste Umarmung. *Man, wie sehr ich diese Familie nur in mein Herz geschlossen habe.*

»Hallo, Alma.« Ich lächle leicht und trete in Sofias Haus. Es duftet köstlich nach irgendeinem Gebäck und ich erkenne Maria, wie sie mich breit anlächelt. »Isst du mit?«, fragt sie mich, während sie in die Küche läuft.

Ich will schon etwas antworten, da kommt mir Sofia zuvor und läuft zu ihrer Mutter. »Also darüber wollte ich noch mit dir reden. Aaron hat gerade ein paar Probleme mit seinem Vater und kann nirgends zu Freunden und ich wollte fragen, ob er erstmals hierbleiben kann.«

Maria sieht mich skeptisch an, verengt ihre Augen, läuft zu mir und nimmt mich überraschenderweise in den Arm. Verdutzt stehe ich da und lasse es geschehen. Sie nimmt meinen Kopf in die Hand und streicht über meine Haare. »Es tut mir so leid, Aaron, natürlich kannst du hierbleiben – solange du willst«, gibt sie besorgt von sich und lässt mich Willkommen fühlen. Etwas, das ich schon fast vergessen habe – das Gefühl einer liebender Mutter.

»Vielen Danke, ich schätze das sehr«, gebe ich von mir.

Ihre Augenbrauen wandern streng nach oben. »Aber nur, dass das klar ist, Aaron schläft im Gästezimmer.«

Sofia und ich nicken beide schmunzelnd und in diesem Moment bin ich einfach so dankbar – für alles.

65

»Ich bin hier«, versichere ich ihm und schließe Aaron in meinen Arm. Ich genieße seine Nähe und nehme alles in mir auf. Ich bin für ihn da – Aaron sollte das wissen.

Seine Arme schlingen sich ebenfalls um mich und ein warmes Gefühl durchströmt meinen Körper. Ich gebe mich seiner Umarmung hin und lasse mich in seine Arme fallen. Es ist fast so, als würde ich das brauchen. Er gibt mir die Liebe, die ich benötige.

»Ich weiß«, antwortet Aaron leise und bei seinen Worten haucht ein leichter Zug seines heißen Atems an mir vorbei. *Was macht er nur mit mir?*

Langsam dreht er mich zu sich um und nimmt sachte mein Kinn in seine Hand. Mir übergeht ein Schauer, der bedingt durch seine Berührung unkontrolliert in mir hervorkommt. Ich blicke ihm tief in seine Augen und kann mir ein Schmunzeln nicht verkneifen. »Was hast du vor, Blythe?«, hauche ich leise und grinse ihn süß an.

»Ich will einfach nur vergessen«, entfährt es ihm. Er streicht mir sachte eine Strähne hinters Ohr bis er schließlich seine Lippen auf meine presst. Ich weiß nicht, was ich davon halten soll, immerhin ist er emotional gerade sehr instabil, aber wiederum ist es zu schön, um aufzuhören. Wenn ich ihn dadurch für einen kurzen Moment vergessen lassen und sein schreckliches Empfinden mit einer schönen Erinnerung auswechseln kann, dann möchte ich das für ihn tun. Weiter über das zu reden, was sein Vater alles gesagt hat, können wir später immer noch. Jetzt sind es nur wir beide. Haut an Haut – es fühlt sich so richtig an. Ich gebe mich ihm hin und erwidere den Kuss.

Mein ganzer Körper reagiert auf seine Berührung.

Jeder.

Seiner.

Berührungen.

»Also Aaron, ich muss unbedingt wissen, wie du das findest«, ertönt die Stimme meiner Mutter. Wir sitzen gemeinsam mit der ganzen Familie am Tisch und essen zu Abend. Mamá streckt Aaron eine Schüssel voller Crouquetas entgegen und blickt erwartungsvoll in seine Richtung. Eilig nimmt er Eine in den Mund und sieht entzückt zu meiner Mutter. »Maria, das ist unfassbar. Ich liebe sie«, gibt er von sich.

Schleimer!

»Das freut mich, du kannst so viele essen, wie du möchtest.«

»Wann kommen Enzo und Catalina wieder?«, erkundige ich mich interessiert und stecke mir ebenfalls eine Crouqueta in den Mund.

»Morgen Spätnachmittag müssten sie wieder hier sein«, antwortet Abuela und lächelt breit. »Ich vermisse sie auch schon unglaublich.«

Lachend verdrehe ich die Augen und blicke sie ulkig an. »Nun ja, diese drei Tage habe ich gerade noch ohne sie ausgehalten.« Meine Schwester und ihr Freund haben sich kurzfristig dazu entschieden einen Kurztrip nach Barcelona zu machen. Ich wäre auch gerne dort, denn ich vermisse das Meer und vor allem das Getümmel von vielen Menschen so unglaublich sehr.

Meine Mutter kommt ursprünglich aus Malaga und Sevilla und mein Vater aus Cadiz. Fast jede Ferien fliegen wir nach Sevilla, denn dort lebt der Großteil unserer Verwandtschaft. In Malaga war ich auch schon ein paarmal. Einmal haben wir uns ein Auto gemietet und eine Tour durch Spanien gemacht. Dort sind wir sowohl in Malaga, als auch in Cadiz und noch vielen weiteren Städten gewesen.

»Also Aaron, hast du Lust, mir morgen mit Sofia beim Kochen zu helfen?«, fragt Alma und sieht meinen Freund interessiert an.

»Sehr gerne«, entgegne er zufrieden und grinse breit.

Ich blicke ihn von der Seite mit einem verschmitzten Lächeln an und freue mich sehr. Als ich Aaron kennengelernt habe, konnte er nicht großartig viel koche n. Er war es gewöhnt, dass ihm das Essen zubereitet worden ist, und sein Vater hat ihm immer eingeredet, es sei unnötig, kochen zu lernen. Das war der Grund, weshalb er es anfangs nicht wirklich konnte.

Für mich ist das unvorstellbar – ich bin mit dem Kochen aufgewachsen. Schon seit ich klein bin, will ich jedes einzelne Rezept meiner Abuela und meiner Mutter erlernen.

Erst nachdem Aaron mich kennengelernt hat, hat er angefangen, zu kochen. Seien es nur wir beide oder mit meiner Großmutter oder Mamá. Jedes Mal hat er so ein Strahlen in seinen Augen – das ist schön mit anzusehen.

»Perfekt, ich freue mich.«

»Sofia?«

»Hm?«

»Danke.« Höre ich Aaron von sich geben. Er streicht leicht über meinen Kopf, wobei ich seine Berührungen genieße. Wir liegen nebeneinander auf meinem Bett, nichts Sexuelles – nein. Wir sind beieinander und genießen unsere Zweisamkeit.

»Ist doch selbstverständlich«, antworte ich, da ich genau weiß, wofür er sich bedankt.

»Nein, das ist es eben nicht«, entgegnet Aaron und hört auf, meinen Kopf zu kraulen. Er dreht mich zu sich rum, sodass ich ihm tief in die Augen sehe, und nimmt mein Gesicht zwischen seine Hände. »Es ist nicht selbstverständlich«, sagt er bestimmt.

Ich sehe ihn an. Tief blicke ich in seine Augen – versuche all sein verborgenes Empfinden an die Oberfläche zu graben. *Gott, wie sehr ich ihn liebe.*

»Du bist nicht selbstverständlich. Alles, was du tust, ist nicht selbstverständlich«, flüstert Aaron und streicht mir über die Wange. Es ist ein Moment der Intimität, der nur uns zwei gehört. Der Blick in seinen Augen reicht, und ich wäre genügsam dies für immer fortzusetzen.

»Ich sehe dich so gerne an«, haucht er. Ein Schub von Wärme strömt durch meinen Körper. Noch ein paar Augenblicke sieht er mich an, bis Aaron seine Lippen zärtlich auf meine presst. Es ist kein schneller, flüchtiger Kuss – er ist hingebungsvoll und sinnlich. Nie könnte ich genug davon bekommen. Jedes Mal aufs Neue weckt er Gefühle in mir, die wunderschön sind.

66

Aaron

Ich bin eine Enttäuschung für meinen Vater – wieder einmal.
Mein Herz hämmert wie wild gegen meine Brust. Ich liege in Sofias
Gästezimmer, das Bett ist gemütlich, ich habe genügend Kissen und
meine Decke ist bis oben hochgezogen, doch trotzdem fühle ich
mich wie betäubt.

Sofia ist gegenüber in dem anderen Raum, denke ich mir. Ich
hätte sie gerade so gerne bei mir, doch ich möchte das Vertrauen
ihrer Mutter nicht brechen. Ich stelle mir vor, wie Sofias Hände an
meinem Körper entlangfahren und schon habe ich alle Sorgen
vergessen – zumindest für einen Augenblick.

Abrupt setzte ich mich auf die Bettkante und starre für ein paar
Momente in die Dunkelheit. Das Gefühl der Einsamkeit kommt wie
ein Schleier der Finsternis und umhüllt mich.

Eine Minute, zwei Minuten, drei Minuten – ich stehe auf.

Leise öffne ich die Tür und bemühe mich, möglichst still über
den Flur zu huschen. Nachdem ich vorsichtig die Tür zum
Badezimmer geschlossen habe, stütze ich mich an dem
Waschbecken ab und blicke in den Spiegel. Mir läuft eine Träne
über die Wange. Ein leises Wimmern tritt unkontrolliert aus meiner
Kehle und ich sehe nach oben. Ich konzentriere mich darauf, keine
weitere Träne zu verschwenden, und schließe daraufhin meine

Augen. *Es macht mir etwas aus – verdammt, ja.* Sobald ich meine Augen schließe, kommt *er* mir in den Sinn. Mein Vater, der mir immer und immer wieder beibringt, wie enttäuscht er von mir ist.

Ein leises Klopfen reißt mich aus meinen Gedanken. Ruckartig drehe ich mich zur Tür, obwohl diese ja immer noch geschlossen ist.

»Ist bei dir alles in Ordnung?« Es ist Maria.

»Ja, alles in Ordnung«, antworte ich eilig. Schnell wische ich mir die Tränen aus dem Gesicht und öffne daraufhin die Tür. Doch so wie sie da vor mir steht – dieser Blick ... Ich merke wie sich meine Augen erneut mit Tränen füllen und dann spüre ich, wie sich zwei Arme um mich schlingen. Maria umarmt mich, ohne, dass ich sie darum bitten muss.

»Shh, alles ist gut«, beruhigt sie mich wie ein kleines Kind, doch es ist mir egal, denn ich brauche das. Ich brauche diese Art von Zuneigung mehr, als ich es für möglich gehalten hätte. Je öfters ich dies zu spüren bekomme, desto deutlicher merke ich, wie sehr ich das alles will.

Ich möchte umarmt werden.

Ich möchte, dass sich jemand um mich sorgt.

Ich möchte wie ein Kind behandelt werden, das geliebt wird.

Das alles, was für andere selbstverständlich ist, das will ich haben.

»Ich kann auch nicht schlafen. Wie wäre es, wenn ich für uns beide eine warme Milch mache? Als Sofia früher nicht einschlafen konnte, habe ich ihr das auch immer gemacht und es hat jedes Mal geholfen«, schlägt sie leise vor und streicht währenddessen sachte über meinen Kopf. Es ist in Ordnung, dass sie es tut – es fühlt sich richtig an.

Dankbar nicke ich mit dem Kopf. Ich bin so unfassbar dankerfüllt, denn das ist genau das, was ich nun brauche. Leise laufen wir die Treppe hinunter und nachdem Maria die Tür der Küche geschlossen hat, setzt sie einen Topf auf den Herd und läuft zum Kühlschrank.

»Möchtest du darüber reden? Oder, ich weiß nicht, manchmal fühle ich mich auch nicht so, als wolle ich reden. Wir können auch einfach nur zusammen eine warme Milch trinken – ganz normal.«

Ein kleines Lächeln macht sich auf meinen Lippen breit. Sofia hat wirklich Glück, eine so tolle Frau als Mutter zu haben.

»Ich fände es schön, wenn wir einfach eine Milch zusammen trinken – ganz normal«, entgegne ich leise und sehe Maria zu, wie sie eine Packung Milch aus dem Kühlschrank holt.

Ich weiß ja selbst nicht einmal, was mit mir los ist. Wie könnte ich dann mit ihr darüber reden? *Oder ich drücke mich davor, meine Gefühle laut auszusprechen, da sie dann nur realer werden und ich mich ihnen stellen müsste.*

Einsicht ist der erste Schritt, ja, doch ich fühle mich in diesem Atemzug gut. Einfach nur *gut*. Es ist ein schöner Moment – mit Maria eine warme Milch zu trinken ist toll. Komisch, da werden langsam die eigentlich normalangesehenen Dinge zu einer Besonderheit.

Sie lächelt mich lieb an und scheint zu verstehen – das mag ich sehr an ihr. Also sitzen wir gemeinsam an dem Küchentisch, trinken eine warme Milch und fühlen uns verstanden, ohne dafür Worte miteinander auszutauschen.

»So, das wäre dann alles«, gibt Sofia von sich und strahlt ihre Großmutter an. »Können wir nun bitte gehen? Ich möchte mit Aaron zusammen noch den Sonnenuntergang anschauen.«

Alma nickt zufrieden und gibt Sofia einen flüchtigen Kuss auf die Wange. »Spätestens um elf seid ihr wieder zuhause.«

»Klar doch«, entgegnet Sofia und schnappt sich meine Hand. »Wir sind rechtzeitig wieder zuhause.«

Sie hat einen Rucksack mit ein bisschen Essen und etwas zum Trinken dabei. Dort ist nebenbeigesagt auch *meine* Tortilla drin. Richtig gelesen, ich habe sie gemacht. Alma hat mir heute Nachmittag genau gesagt, was ich alles beachten muss, und schon habe ich mit ihrer und Sofias Hilfe eine hoffentlich leckere Tortilla zubereitet.

Wir laufen ein Stück, bis wir schließlich an einem kleinen Hügel ankommen. Oben gibt es eine Aussichtsplattform, von dort können wir den Sonnenaufgang am besten betrachten.

»Du weißt nicht, wie sehr ich mich freue – das ist so romantisch«, schwärmt Sofia. *Das stimmt, sie hatte schon immer eine Schwäche für Romantik – so wie ich für sie.*

»Der Abend wird wunderschön werden«, kommt es von mir. Ich gebe ihr einen liebevollen Kuss auf die Stirn, wir breiten eine Picknickdecke auf der Spitze des Hügels aus und richten das Essen an.

»Komm her«, fordere ich sie auf und setze mich auf den Boden. Keine Sekunde später schmiegt sie sich an mich und ich schlinge meine Arme von hinten um sie. Diese Nähe, dieses Gefühl – es ist das Einzige, was mein Herz davor bewahrt, mit dem Schlagen aufzuhören.

67

Ist die Zukunft beeinflussbar oder doch nur Schicksal? Ich frage mich, ob es einen Grund dafür gibt, weshalb manche Menschen so sehr leiden müssen. *Sollte es von Stärke zeigen? Sollte es den Charakter formen?* Alles, was ich weiß, ist, dass es nicht fair ist. Weshalb kann Aarons Vater nicht sehen, was er alles in seinem Sohn verliert?

Jedes Mal, wenn er ihn verachtet.

Jedes Mal, wenn er ihn ungerecht behandelt.

Wieso kann er nicht jedes Mal in diesen Momenten erkennen, wie besonders sein Sohn ist? Er hat ja keine Ahnung.

Ich lehne mich auf meinem Liegestuhl zurück und schließe für einen Moment die Augen. Eine warme Sommerbrise streicht durch meine Haare und ich genieße den Augenblick. Öffne ich meine Augen wieder, erkenne ich Aaron und Enzo. Sie stehen beisammen und versuchen, den Grill anzubekommen. Ich muss bei dem Anblick schmunzeln und drehe mich zu meiner großen Schwester. »Und wie war es in Barcelona?«, frage ich interessiert und kneife meine Augen zusammen, da die Sonne direkt auf mich drauf scheint.

»Es war unglaublich schön. Wir müssen unbedingt auch mal wieder dorthin«, antwortet sie. *Ja, das müssen wir.* Ich erinnere mich an alte Kindertage, als wir alle zusammen als Familie nach Spanien sind. Es war zu der Zeit, als mein Vater noch bei uns gelebt hat.

Meine Erinnerung schweift ab – ich denke an *ihn*. Seit dem Restaurantbesuch habe ich meinen Vater nicht mehr wieder gesehen. Ich schätze, er hat sich in sein altes Leben zurückgezogen und mich vergessen, so wie ich es wollte. Dennoch empfinde ich dieses unbehagliche Gefühl und ich kann nicht zuordnen, was es zu bedeuten hat.

»Das wäre schön«, gebe ich von mir und wende mich meinem Buch zu. Geschichten, welche auf Papier geschrieben sind – Welten, die nicht real sind – Personen, die es nicht im echten Leben gibt. Ich bevorzuge es, aus der Realität zu fliehen, wenn ich unzufrieden mit meinem eigenen Leben bin. Es fühlt sich so sicher an – als könnte ich für einen Augenblick durchatmen.

Momentan geht es mir sehr gut, nur mache ich mir große Sorgen um Aaron. Doch früher, zu der Zeit als mein Vater ausgezogen ist oder als meine Eltern den ganzen Abend nur gestritten haben, zu der Zeit habe ich mich in eine andere Welt geträumt. Ich habe dies als einzigen Ausweg gesehen und ich bin so dankbar, dass ich diese Methode für mich gefunden habe, denn in gewissen Maßen, hat mir das Lesen in dieser Zeit geholfen.

Vergangenheit.

»Es ist mein gutes Recht, dir das zu sagen!«, schreit meine Mutter. Ich habe sie noch nie so wütend erlebt. Normalerweise ist es immer mein Vater, der seine Fassung verliert, doch diesmal, da ist es sie.

»Ich sehe das aber nun einmal anders, Maria und was ich sage, zählt!«, gibt mein Vater von sich.

Meine Zimmertür ist geschlossen, dennoch höre ich sie klar und deutlich. *Wie könnte ich sie bei diesem Pegel auch überhören?*

»Du hast verdammt nochmal kein Recht so zu reden!«, gibt meine Mutter schreiend von sich. Sie flucht nie und wenn ich nie sage, meine ich auch nie. Sie hat uns von klein auf beigebracht, diese Ausdrücke nicht zu benutzen.

»Carlos!«, schreit sie wutentfacht und verzweifelt und danach höre ich ein Glas zerbrechen.

Daraufhin folgt Stille.

Ich kauere mich in mein Bett, ziehe meine Beine an meinen Körper und versuche, es zu vergessen. *Morgen wird alles wieder gut sein,* sage ich mir selbst, doch ich weiß genau, dass das nicht stimmt.

Nach ein paar Momenten nehme ich mir schließlich mein Buch in die Hand. Es ist der dritte *Harry-Potter-Teil.* Ich beginne zu lesen und für einen kurzen Augenblick vergesse ich alles um mich herum.

»Und, gefällt dir dein neues Buch?«, fragt Aaron und blickt zu mir hinüber, während er das Fleisch auf den Grill legt. Ich nicke kräftig und sehe ihn schmunzelnd an. »Danke nochmal«, gebe ich von mir, während ich meine Beine an meinen Körper ziehe.

Aaron nickt bestätigend und seine Grübchen kommen zum Vorschein. Es ist etwas so Kleines, dennoch fällt es mir so stark auf. So viele Dinge an ihm sind eher unscheinbar und trotzdem nehme ich sie besonders sehr wahr. Beispielsweise die Art, wie er die Ärmel seines Pullovers jedes Mal nach oben krempelt oder das kleine Grübchen an seinem Kinn.

Jedes Mal fällt es mir auf und ich liebe es. Die Art, wie er lacht, ist unbeschreiblich schön und ich mag es besonders, wie sehr er darauf achtet, gepflegt zu sein. Seine Haare sehen ständig perfekt aus, er riecht nach seinem gutduftenden Parfum und ich liebe den Geruch seines Aftershave.

»Aaron«, ruft meine Schwester seinen Namen. Interessiert drehe ich mich um und versuche, einen Blick auf sie zu erhaschen. Alicia steht in der Terrassentür und streckt ihren Kopf zu uns hinaus.

»Was gibts?«, fragt Aaron und wendet seinen Blick für einen Moment vom Grill ab.

»Easton steht vor der Tür«, gibt sie von sich und tritt schließlich in den Garten. »Er hat gesagt, dass er dich gerne sehen würde.«

Mein Blick schnellt zu Aaron und ich betrachte, wie er die Grillzange in Enzos Hände drückt und kurzentschlossen nach drin verschwindet. Zu gerne würde ich wissen, was Easton hier macht, doch Aaron wird es mir schon noch erzählen.

Ich lasse mich auf meinen Stuhl zurückfallen und schließe für einen weiteren Moment meine Augen. Ein paar Sonnenstrahlen schaffen es durch die einnehmende Wolkendecke und scheinen auf mein Gesicht.

Schließlich öffne ich wieder meine Augen und wende mich an Alicia. »Und was hast du so gemacht?« Ich streiche ihr lieblich über die Haare und sehe sie mit einem schiefen Grinsen an. Ich liebe ihre Haare – ich weiß echt nicht, wie sie es schafft, dass sie so gesund sind, und vor allem bin ich neidisch darauf, dass sie glattes Haar hat. Versteht mich nicht falsch, ich liebe meine Locken über alles, aber sie sind dafür auch unglaublich aufwendig.

»Ich habe so ein Tutorial zu einer neuen Frisur geguckt. Denkst du, du könntest sie mir machen?« Alicia streckt zwei Haargummis und eine Bürste in die Höhe und lächelt mich verschmitzt an. »Ich habe das irgendwie nicht so hinbekommen, wie ich es wollte.«

Eilig nicke ich und signalisiere ihr mit meinem Blick, dass sie sich setzen soll. »Was möchtest du denn für eine Frisur haben?«, frage ich und beginne damit, ihre Haare durchzubürsten.

»Diese, die du Catalina früher öfters gemacht hast, erinnerst du dich noch? Die mit den zwei Zöpfen oben, die dann so in einer bestimmten Art zusammengeflochten werden«, antwortet Alicia. Ich nicke, obwohl sie mich in diesem Augenblick nicht einmal ansieht und beginne, ihre Haare in zwei Parts einzuteilen.

Ich liebe es, Frisuren zu machen. An mir selbst funktioniert das meist nicht so gut, doch bei anderen klappt es daher umso besser. Als ich noch klein war, hatte mir meine Mutter immer Zöpfe geflochten. Ich habe es so sehr genossen und es war die Zeit des Tages, an der es nur um uns beide ging.

68

Aaron

»Was wollte Easton von dir?«

Ich streiche Sofia sachte übers Haar, während ich sie von oben herab anblicke. Sie liegt in meinen Armen. Es fühlt sich einfach richtig an, als wäre das ihr Platz. *Sie in meinen Armen, mehr brauche ich nicht, um glücklich zu sein.*

»Er wollte sicherstellen, dass bei mir alles in Ordnung ist«, gestehe ich leise und fahre ihren Wangenknochen entlang. Ich nehme ihre ganze Schönheit in mir auf. *Gott – sie ist so wunderschön.* Jedes Mal aufs Neue frage ich mich, wie ich so jemanden wie sie nur verdient habe.

»Es kann sein, dass ich ihm nicht auf seine Nachrichten und viele Anrufe geantwortet habe«, füge ich schließlich hinzu.

Sofia entfährt ein Seufzen, woraufhin sie sich zu mir umdreht, sodass sie mir nun direkt gegenüber liegt. »Du hast einen echt tollen Freund, weißt du das?«, sagt sie und nimmt mein Gesicht in ihre Hand. Langsam fährt sie über meine Wange und blickt mich innig an.

»Ich weiß«, entgegne ich still.

Eine sehr schlechte Eigenschaft von mir ist, dass ich normalerweise jeden von mir abweise, der mir helfen möchte. Ich kann mich nicht dazu überwinden, Easton zu erzählen, was geschehen ist – es geht einfach nicht. Es fällt mir leichter, ihn zu ignorieren und so zu tun, als wäre nichts passiert.

»Aaron«, flüstert Sofia und drückt mir einen sanften Kuss auf die Lippen. »Jetzt noch ein anderes Thema.«

Nickend symbolisiere ich ihr, dass sie fortfahren soll.

»Du weißt, wie gerne ich dich hier habe. Meinetwegen für immer, aber wir wissen beide, dass das keine Lösung für die Ewigkeit sein kann.«

Ich schlucke schwer und fokussiere mich auf ihre rehbraunen Augen. Ich möchte keinen Gedanken daran verschwenden, wie es sein wird, wenn ich wieder zu meinem Vater zurückmuss. Höchstwahrscheinlich hat er nicht einmal richtig gemerkt, dass ich weg gewesen bin, da wir sonst auch kaum ein Wort miteinander tauschen.

»Ja, ich weiß. Nachdem der Familienfeier verschwinde ich.«

»Ich ... ich möchte dich nicht wegschicken und ich möchte auch nicht, dass du wieder zu deinem Vater zurückkehrst. Aber ... «

»Ich verstehe das wirklich, Sofia. Mach dir um mich keine Sorgen«, beruhige ich sie. Das Letzte, was ich möchte, ist, dass sie sich schuldig fühlt, mich nicht noch länger bei sich zu behalten.

»Kannst du nicht wo anders hin? Ich meine, was ist mit Easton?«, versucht sie zwingend eine Lösung zu finden. Ich kaue auf meiner Unterlippe und wende meinen Blick von ihr ab. *Easton hat schon genug Probleme, für mich ist dort kein Platz.*

»Sofia.« Ich nehme ihr Gesicht in meine Hände und sehe sie lieblich an. »Ich bin okay. Das ist okay«, versichere ich ihr – meiner wunderschönen Sofia. Jedes Mal, wenn ich sie ansehe, heilt sie Wunden, welche sie nicht einmal verursacht hat.

Sie möchte ihren Mund öffnen und etwas erwidern, doch bevor das geschieht, presse ich meine Lippen auf ihre. Ich küsse sie mit sinnlicher Hingebung, als würde ich das hier brauchen.

Weil ich das verdammt noch mal brauche.

Sofia bedürft das Gefühl der Liebe und ich möchte ihr dies geben.

Alles von mir.

Jeden.

Einzelnen.

Part.

»So, welchen Film schauen wir?«, frage ich und lehne mich interessiert nach hinten. Ich sehe Sofia und Alicia dabei zu, wie sie sich schmunzelnd anschauen und mit Lachen anfangen. Alicia schnappt mir die Fernbedienung aus der Hand und schält daraufhin den Bildschirm an.

Ich genieße diesen Augenblick so sehr. Sofias ganze Familie sitzt im Wohnzimmer – so etwas kenne ich nicht. Ich bin es gewohnt, die Dinge alleine zu machen ...

Vergangenheit.

»Danke mein Schatz«, gibt meinen Mutter von sich und drückt mir einen Kuss auf die Stirn. Ich grinse breit und sehe zu ihr auf. »Ich dachte, vielleicht könnten wir mit Papa zusammen dort hingehen«, gebe ich hoffnungsvoll von mir und meine Mundwinkel schnellen bei der Bemerkung nach oben.

»Du weißt doch, dass er arbeiten muss. Aber mal sehen, vielleicht.«

Ich habe mein ganzes Taschengeld gespart, um meiner Mutter zum Geburtstag Kinokarten zu kaufen – es sind drei Stück. Für mich, sie und Papa. Mein Lächeln erlischt. Vielleicht – das heißt nie.

»Ich muss mal aufs Klo«, sage ich abrupt und stehe auf.

Meine Mutter schenkt mir ein kurzes Lächeln und wendet sich schließlich ab. Ich laufe in mein Zimmer und ziehe die Tür hinter mir zu. Traurig lasse ich mich ins Bett fallen und schließe meine Augen. *Ich will doch einfach nur etwas mit meinen Eltern machen.* Eine kleine Träne fließt mir über die Wange, doch ich wische diese sofort wieder weg. *Wenn Papa*

315

mich so sehen würde, dann wäre er sehr enttäuscht und ich will nicht, dass
er das ist – er soll doch stolz auf mich sein.

»Das ist eine Telenovela«, setzt mich Sofia in Kenntnis und schmiegt sich an meine Brust. »Du wirst sie lieben«, flüstert sie. »Nein, wobei, eigentlich wirst du alles viel zu übertrieben finden, aber tja, was soll ich sagen, du wolltest ja zu uns.«

Ich schmunzle breit und gebe Sofia einen Kuss auf ihre Wange – liebevoll und zärtlich. Ich möchte die Momente, welche ich als Kind nie hatte nun neu erleben – das ist alles, was mein Herz braucht.

69

Sofia

Ein Klopfen weckt mich aus meinem Schlaf.

»Sofia.« Höre ich Aarons flüsternde Stimme. Ich drehe mich in meinem Bett um und blicke zu meiner Zimmertür, welche sich leise einen Spalt weit öffnet. Im dimmen Licht erblicke ich Aarons Statur.

»Habe ich dich geweckt? Scheiße, es tut mir leid«, flucht er und fährt sich nervös durch seine Haare. Er möchte sich schon zum Gehen wenden, da stütze ich mich auf meine Unterarme und blicke zu ihm nach oben. »Komm her, Aaron«, flüstere ich sanft.

Ich sehe auf die Uhr – es ist kurz vor drei.

»Sorry«, drückt er hervor, während er sich auf meine Bettkante setzt. Augenblicklich schiebe ich die Decke, unter der ich liege, von mir und schaue ihn einladend an. »Komm.«

Nach kurzen zögern legt er sich neben mich und für eine längere Zeit sagt er überhaupt nichts mehr. Ich spüre seinen Atem in meinem Nacken und seinen Oberarm an meiner Schulter.

»Darf ich heute bei dir schlafen? Ich weiß, deine Mutter will das nicht, aber ich habe keine bösen Absichten. Ich möchte einfach nicht alleine sein. Ich kann auch auf dem Boden schlafen«, gibt er schließlich nervös von sich. »Ach vergiss es, war eine dumme Idee. Ich gehe wieder.« Aaron richtet sich augenblicklich auf, doch ich halte an seinem Arm fest, bevor er die Gelegenheit dazu hat, wieder nach draußen zu stürmen. »Bleib bei mir, Aaron«, hauche ich bedacht und verschließe unsere Hände ineinander. »Ich *möchte*, dass du hierbleibst.«

Nach kurzem Zögern erkenne ich ein Nicken seinerseits und in demselben Moment spüre ich, wie er sich erneut neben mich legt. Er sagt nicht mehr viel, alles, was ich von ihm höre, ist ein leises: *Danke*, bevor er seine Arme um mich schlingt und seinen Kopf auf meine Brust legt.

Ich weiß genau, was er gerade denkt, doch dieses Empfinden würde er nie in Worte fassen. Aaron würde sich womöglich eher sein eigenes Bein abhacken, anstatt zuzugeben, dass er nicht zu seinem Vater zurückgehen möchte. Das aus dem Grund, da er mich nicht beunruhigen will. Doch ich bin beunruhigt – denn genau dieses Verhalten seinerseits bereitet mir am allermeisten Sorgen.

Ich weiß nicht, wie ich Aaron helfen kann. Keine Ahnung, wie ich gegen seinen Vater ankommen soll. Auch wenn ich diesen Mann noch nicht getroffen habe, ekelt er mich jetzt schon an. *Hat er überhaupt ein Herz?*

Wieso bringt man ein Kind zur Welt, wenn man dieses nicht mit Liebe behandeln und viel Zeit mit diesem verbringen möchte? Es ist für mich unvorstellbar. *Was muss bei ihm nur falsch gelaufen sein, dass er so grausam ist?*

Nun ja, in dieser Ansicht sind unsere beiden Väter doch gleich.

»Ist der Tisch gedeckt?«, kommt es von meiner Mutter.

Schnell drehe ich mich zu ihr und nicke eifrig. »Jap, habe ich schon längst gemacht.«

»Sind die Patatas Bravas fertig?«, fragt Alicia grinsend, während sie aufgeregt in die Küche springt.

»Nichts da«, verwarnt meine Mutter sie lachend. Mit einer schnellen Reaktion ergreift Mamá die Hand meiner Schwester, denn sie wollte sich gerade eine Kartoffel in den Mund schieben. »Wir essen gleich.« Schmollend sieht Alicia unsere Mutter an, zieht aber schließlich ihre Hand weg und setzt sich brav an den Esstisch.

»Catalina und Alicia, helft ihr mir mal bitte hier in der Küche? Sofia, kannst du mit Aaron nach draußen und mal ein bisschen herum sehen, ob unsere Verwandten ankommen? Ich bin mir nicht sicher, ob das Navi unser Haus so perfekt findet«, bittet mich meine Mutter, dreht sich danach um und läuft summend in die Küche.

»Klar«, entgegne ich kurzentschlossen und laufe in den Hausgang. Eilig ziehe ich mir meine Schuhe an und öffne schließlich die Tür.

»Und, freust du dich schon?«, kommt es von Aaron, während er seine Arme von hinten um mich schlingt. *Ob ich mich freue? Ich habe meine Verwandten das letzte Mal gesehen, als ich sie in Sevilla besucht hatte, und das ist mittlerweile zwei Jahre her.*

»Ja, das tue ich.« Breitlächelnd schmunzle ich, jedoch erlischt dieses nach ein paar Momenten. »Möchtest du darüber reden, was gestern Nacht passiert ist?« Nervös spiele ich mit meinen Fingern, während ich auf die Straße sehe, um vorbereitet zu sein, wenn meine Verwandten endlich ankommen.

»Was meinst du?«, fragt er emotionslos und zieht die Augen nach oben. Er stellt sich auf dumm – ich hasse das so sehr. *Du weißt genau, was ich meine.* »Ich meine, dass du gestern Nacht um drei Uhr in mein Zimmer gekommen bist, ohne ein Wort darüber zu reden, dich in mein Bett gelegt hast und dann, als ich aufgewacht bin, wieder weg warst«, gebe ich deutlich von mir und fahre mit einem Finger meinen Arm entlang.

»Ich war einfach sehr in Gedanken, tut mir leid«, rechtfertigt er sich leise und ich merke, wie sein Puls dabei in die Höhe schießt. Er mag es nicht, darüber zu reden, doch das ist nun einmal wichtig.

»Dann sag mir, über was du dir Gedanken machst, Aaron. Bitte«, presse ich flehend hervor und drehe mich zu ihm. Mein Blick ist an seinen Augen festgeheftet und ich lasse nicht locker, bis er den Augenkontakt erwidert.

»Nicht jetzt Sofia, okay?«, raunt er und fährt sich gestresst durch die Haare.

»Wann dann?«, platzt es aus mir heraus – meine Stimme wird etwas lauter.

»Ich weiß nicht, aber bitte dränge mich nicht dazu.« Verzweifelt neigt er seinen Kopf zu Boden und sieht dabei so unfassbar traurig aus. *Oh.* Auf einmal verstumme ich und blicke ebenfalls beschämend zu Boden. »Ich wollte dich nicht ... also nie ...«

»Ich weiß. Scheiße, es tut mir so leid.«

»Nicht. Entschuldige dich nicht für etwas, für das du dich nicht entschuldigen musst. Ich muss verstehen, dass du noch nicht bereit bist, darüber zu reden.«

In diesem Moment fährt ein Auto in die Einfahrt meines Hauses – das sind sie. Aaron nimmt mein Gesicht zärtlich in seine Hand und dreht mein Kinn zu ihm. »Hör zu, Sofia. Ich bin nicht sauer und es tut mir leid, dass ich so scheiße im Reden bin. Lass uns heute bitte einfach den Tag genießen. Ich möchte, dass *du* den Tag genießt, hörst du? Mach dir keine Gedanken um mich.«

»Okay.«

70

Aaron

Sofias Verwandtschaft ist mittlerweile schon seit einiger Zeit da und ich bin überrascht, wie aufgeschlossen sie sind. Wir verstehen uns kaum, da sie nur Spanisch sprechen können und ich mit meinen kleinen Grundkenntnissen nicht weit komme, aber Sofia ist mein menschlicher Übersetzer. Also würde ich sagen, auf irgendeine Weise verstehen wir uns trotzdem.

»Aaron?« Sofia neigt ihren Kopf zu mir und blickt mich fragend an.

»Ja?«

»Ich habe vergessen, dir etwas zu sagen«, drückt sie unsicher hervor und rutscht auf meinem Schoß herum. Um uns herum ist gerade nur ihr kleiner Cousin, welcher momentan allerdings äußerst mit seinen Spielsachen beschäftigt und noch dazu außer Hörweite ist. Der Rest der Familie ist im Garten verschwunden, während wir im Wohnzimmer verweilen.

»Weißt du, ich stelle mir so oft vor, wie es wäre, wenn … nun ja. Wenn wir uns lieben würden.« Sofias Stimme ist leise und hoch – sie scheint sehr aufgeregt.

»Was meinst du? Ich liebe dich«, gebe ich von mir und nehme ihre Hand in meine.

»Nein, also ... Ich meine ... also, Liebe machen«, presst sie flüsternd hervor und ihr Kopf nimmt einen kirschfarbenen Ton an.

»Oh, ich verstehe.« Ich lehne mich zu ihr und blicke sie grinsend an. »Und das sagst du mir jetzt? Auf einer Familienfeier?«

Verlegen schaut sie an mir vorbei und spielt mit ihren Fingern. »Nun ja, ich ... ehm. ich weiß, es ist ein bisschen unpassend, aber ich ... Ich wollte dir das ... Also, ich wollte dir das sagen.« Ich liebe es, wenn sie so nervös ist. *Gott – wie sehr ich das liebe.*

»Klar, es ist gut, dass du mir das sagst.« Ich schweige für einen Augenblick, neige mich dann aber zu ihrem Ohr. »Nur du sagst mir jetzt, *während* du auf meinem Schoß sitzt, *während* wir auf einer Familienfeier sind, dass du gerne mit mir schlafen würdest?«, hauche ich langsam und blicke sie währenddessen durchdringlich an. »Das ist ein ganz gefährliches Spiel, das du hier treibst.«

»Schon vergessen, Blythe? Ich liebe Spiele«, flüstert sie leise und dreht ihren Kopf nun erneut zu mir. »Ich möchte nur, dass du weißt, dass ich nun bereit bin.«

Sie möchte aufstehen, aber ich halte sie fest und beuge mich etwas vor. »An deiner Stelle würde ich das nicht tun«, flüstere ich ihr ins Ohr und als sie versteht, was ich meine läuft ihr Gesicht knallrot an. Sofia nickt benommen und dreht sich mit gesenktem Kopf nach vorne. Sie bewegt sich nun kein Stück mehr und explodiert fast vor Scham, als Catalina sich zu uns setzt und mit einem Gespräch anfängt. »Also ich wollte nur noch sagen, dass Lorenzo auf den Ausflug mitkommt. Vielleicht kann Aaron ja auch mit. Frag mal Mamá.«

»Ja, wir fragen sie mal«, gibt Sofia knapp von sich und lächelt leicht.

»Also ich muss dann los, tschüss ihr beiden«, verabschiedet sie sich, noch bevor sie aus der Tür tritt. Ich hebe die Hand und wende mich mit einem verschmitzten Lächeln wieder an Sofia »Ich verschwinde mal kurz ins Bad.«

Keinen Moment, nachdem ich die Tür geschlossen habe, ertönt ein leichtes Klopfen. »Ich bin es«, höre ich Sofia am anderen Ende flüstern und muss instinktiv grinsen. Ich lasse sie hinein und schließe hinter uns die Badezimmertür.

»Ich wäre eh gleich wieder rausgekommen«, sage ich und blicke sie verschmitzt an. Die Röte ist immer noch nicht vollständig aus ihrem Gesicht entwichen. Ihre Augen werden ganz groß und sie macht einen Schritt auf mich zu, sodass sich unsere beiden Körper berühren.

»Sofia«, hauche ich ihr leise ins Ohr. Sie nimmt meine Hand in ihre und fährt mit der anderen unter mein Shirt. »Wir haben noch ein bisschen Zeit, bis sie bemerken, dass wir weg sind«, flüstert sie zaghaft und sieht mich liebevoll an.

Ich umfasse ihre Hüfte und ziehe sie ein Stück näher an mich. »Das Problem ist, wenn ich jetzt anfange, kann ich nicht mehr aufhören.«

»Dann soll es so sein«, haucht sie und sieht mich erwartungsvoll an. »Bitte«, fügt sie leise hinzu. Wenn sie so vor mir steht, kann ich ihr eine Bitte schlecht ausschlagen. Ich beuge mich voller Verlangen vor und verwöhne sie mit liebevollen Nackenküssen. Sofia fängt an, schwerer zu atmen, und gibt ein leises Wimmern von sich. Ich nehme sie hoch, sie schlingt ihre Beine um meinen Oberkörper und ich küsse sie so intensiv und wahrhaftig, mit so viel Verlangen. Ihre Hände auf meinem Körper – ich kann nicht genug haben.

»Aaron«, haucht sie und presst sich gegen mich.

Ich will mehr, ich will sie – mehr als alles andere.

»Meine Familie wird nicht ewig draußen bleiben und ich weiß nicht, wie ich solch weitere Geräusche unterdrücken könnte«, gibt sie von sich und sieht mich mit einem so verdammt unschuldigen Blick an, während sie diese Worte von sich gibt.

»Also möchtest du aufhören?«, frage ich.

»Nein«, entgegnet sie knapp und blickt mich unschuldig an. »Das will ich nicht.«

»Okay, wenn das so ist, wie wäre es dann, wenn wir verschwinden und zu mir gehen? Ich weiß, dass mein Vater den ganzen Tag nicht zuhause sein wird. Er hat ein sehr wichtiges Meeting, wovon er schon Monate spricht«, flüstere ich leise. »Also natürlich nur wenn du möchtest.«

»Klingt gut«, haucht sie in mein Ohr und begibt sich aus der Tür.

Ich schließe mein Haus auf und sobald wir drinnen angekommen sind, helfe ich ihr auch schon dabei, ihr Oberteil auszuziehen. *Sie sieht so gut aus – alles an ihr.* Ich presse Sofia an mich, lege sie auf das Sofa und küsse sie. Ihre kleinen Finger umgreifen den Stoff meines Pullovers und ziehen ihn mir über den Kopf. Ich finde es immer wieder aufs Neue süß, wie sie der Anblick meines Körpers in Verlegenheit bringt.

Leicht hebe ich ihr Kinn mit meinem Zeigefinger an, sodass sie mir in die Augen blickt. »Du musst nicht nervös sein, okay? Wir machen nur das, wozu du bereit bist.«

Sie nickt und zieht mich zu sich. »Ich bin zu allem bereit, solange es mit dir ist«, haucht sie und presst ihre Lippen auf meine. Das sind die einzigen Worte, welche ich brauche.

Sie will mich und ich will sie.

Ich küsse ihr Dekolletee und helfe ihr dabei, ihre Jeans auszuziehen. Kurz darauf streife ich meine ebenfalls ab und schmeiße die Hose auf den Boden. Der Anblick von Sofia in ihrer Unterwäsche fühlt sich wie ein Traum an. *Wie habe ich das nur verdient?*

»Aaron«, haucht sie mir ins Ohr. »Ich bin zu allem bereit.«

»Du bist…«

Ich küsse ihren Hals.

»…ein Engel«

Ich wandere weiter zu ihren Brüsten.

»Und jetzt zieh bitte diese Unterwäsche aus.«

Sie sieht mich mit ihrem unschuldigen Blick an und schiebt mit einer Hand langsam ihre Unterhose hinunter. Ich sehe ihr staunend dabei zu und öffne kurz darauf vorsichtig ihren BH.

»Hast du ein Kondom?«, haucht sie so leise, dass ich mir nicht einmal sicher bin, ob sie es wirklich gefragt hat.

Ich nicke. »Du bringst mich um den Verstand, weißt du das?«

Sie nickt mit rosa gefärbten Wangen. »Weißt du, andersrum ist es nicht anders«, haucht sie. »Zieh schon deine Boxer aus, bitte«, wimmert sie voller Verlangen und darum lasse ich mich kein zweites Mal bitten.

Schnell hole ich ein Kondom aus einer Schublade und stülpe es über meinen Penis. Ihre Augen werden ganz groß, als ich mich wieder über sie lehne.

»Sicher? Ich weiß das ist ein großes Ding für dich und es ist dein erstes Mal und –«

»Ja, sicher«, unterbricht sie mich.

Ich möchte dieses Mal alles richtig machen – kein weiteres Mal lasse ich es zu, dass ich jemanden durch mein Handeln verletze. Sofia ist so jemand Besonderes – es ist zwar nicht mein *erstes* Mal, aber es ist mein erstes *Mal*.

Vorsichtig dringe ich in sie ein und vergewissere mich stets, dass es ihr nicht weh tut. Es fühlt sich so gut an – sie lässt Gefühle in mir hervorrufen, von denen ich niemals erwartet hätte, sie zu erleben. Nie hätte ich gedacht, dass es mir beim Sex einmal nicht nur um Sex gehen würde. Sie lässt mich wieder etwas fühlen und obwohl ich immer so starke Angst davor hatte, lasse ich es zu. Ich lasse es zu, sie zu lieben, und zwar mit jeder Faser meines Herzens.

Ich konnte nie verstehen, was alle daran fanden einen Menschen zu lieben, bis ich sie kennengelernt habe. Es hat nicht mehr nur was mit Sex zu tun, es hat mit Liebe zu tun.

Ich liebe Sofia Marisol Alvarado.

Ich presse meine Lippen auf ihre – dieser Moment, der gehört nur uns zwei. Für Sofia ist Sex so etwas Bedeutsames und trotzdem lässt sie zu, dass wir dies miteinander teilen.

71

Aaron

»Ich will wirklich nicht, dass du gehst«, flüstert mir Sofia ins Ohr, wobei ihr heißer Atem meinen Nacken streift. Sie vergräbt ihre Hände tief in meinen Haaren und sieht seufzend zu mir.

»Ich weiß, aber ich muss«, antworte ich knapp.

»Wenn ich meine Mutter frage, darfst du ganz bestimmt noch länger —«

»Sofia«, unterbreche ich sie augenblicklich. »Wie du schon gesagt hast, es ist keine Lösung für die Ewigkeit, aber danke für alles.«

Sie seufzt unzufrieden und blickt mit ihren verdammt schönen Augen zu mir.

»Komm, lass uns heute noch etwas Schönes machen«, schlage ich vor und neige meinen Kopf zur Seite.

»Was denn?«, möchte sie interessiert von mir wissen.

»Alles, was du willst«, antworte ich sofortig und richte mich auf. Ich fahre mit meinem Finger über Sofias Schreibtisch und sehe mich in ihrem Zimmer um.

»Was ist das?« Mein Blick fällt auf eine Box, die in einem Regal unter ihrem Schreibtisch liegt. Kaum, dass sie mir antwortet, ziehe ich sie heraus.

»Uhm, das ist. Also ich… sieh einfach selbst.«

Mit einer Hand öffne ich den Deckel und mein Blick schweift über den Inhalt. Für einen Schlag setzt mein Herz aus. Kurz darauf sehe ich zu Sofia. »Du hast sie aufgehoben?«, frage ich erstaunt und sehe erneut in die Kiste.

»Jede Einzelne«, gibt sie leise von sich und starrt auf meine Finger, welche durch den Inhalt der Box streifen. »Sie bedeuten mir so unglaublich viel und du weißt, wie schwer ich mich von Dingen trennen kann«, sagt sie lieblich und seufzt tief.

In der Kiste liegen alle Blumen, welche ich ihr je geschenkt habe. Von denen von unserem Date, über den Blumenstrauß, den ich ihr zum Geburtstag geschenkt habe, bis zu dem Strauß, welchen sie von mir an Weihnachten geschenkt bekommen hat. Sie hat sie alle aufgehoben – all die getrockneten Blumen liegen in einer Kiste. *Für immer und alle Zeiten, für die Ewigkeit – für unsere Ewigkeit.*

»Gefällt mir«, gebe ich schmunzelnd von mir und schließe die Box wieder. In diesem Moment beschließe ich, es ist wieder Zeit, ihr neue Blumen zu schenken. »Nun zu deiner Frage zurück. Ich habe jetzt doch selbst entschieden, wo wir hingehen. Komm«, sage ich schnell und strecke meine Hand nach ihr aus.

Grinsend ergreift sie diese und zieht sich an mir hoch.

Mein Blick schweift über die vielen, wunderschönen Blumen und ich frage mich, welche Sofia wohl am meisten gefallen. Nelken, sie liebt Nelken. Rosa Nelken, die mag sie besonders.

»Suche dir aus, welche du möchtest«, sage ich zärtlich und blicke Sofia dabei zu, wie sie eine Rose in die Hand nimmt und daran riecht. Ich grinse breit, denn das tut sie immer – jedes Mal, wenn ich ihr Blumen schenke.

»Welche Blumen mag deine Mutter am meisten? Ich möchte mich bei ihr bedanken, dafür, dass ich bei euch bleiben durfte.«

Sofias Lächeln wird immer breiter und ihre wunderschönen Grübchen kommen zum Vorschein. »Sie liebt Sonnenblumen.«

Anerkennend nicke ich und sehe mich um. Die gelben Blumen sind etwas weiter hinten im Laden, also laufe ich dort hin und nehme ein paar aus dem Topf hinaus. Am Vorbeilaufen greife ich noch nach einem Blumenstrauß von Lilien – weißen Lilien.

Sie sind für Alia.

Jedes Mal bringe ich ihr die gleichen Blumen ans Grab – es ist dumm, denn sie hatte nicht mal eine Lieblingsblume. Irgendwann habe ich das entschieden – Alias Blumen sind weiße Lilien.

Nachdem ich meinen Blick wieder zu Sofia wende, richten sich meine Mundwinkel nach oben. Sie steht mit großen Augen da und hat momentan genau zwei Blumen in ihrer Hand – eine rosa Nelke und eine gelbe Rose.

»Die sind wunderschön«, gibt sie von sich, als ihr Blick auf meine zwei Sträuße fällt. »Für wen sind die Lilien?«

Mein Lächeln verliert an halt und ich versuche, meine Fassung zu wahren – klappt nicht so gut. »Alia«, bringe ich hervor und drehe daraufhin meinen Kopf. Nachdem ich ein paarmal eingeatmet habe, sehe ich sie schließlich wieder an. »Das ist aber nicht alles, oder? Such dir so viele aus, wie du tragen kannst, Prinzessin.«

Sie lächelt schüchtern und dreht sich wieder zu den Blumen. »Was ist mit dir?« Sie streckt mir eine Rose entgegen. »Willst du nicht auch Blumen?«

Schnell schüttle ich den Kopf. »Nein.«

»Doch Aaron, ich bestehe darauf. Ich kauf dir jetzt diese Rose und Die hier, ah und Die – du kannst nichts dagegen tun«, gibt Sofia lachend von sich und schnappt die am schönsten aussehenden Rosen. Sie grinst mich frech an und ihre lockigen Haare springen bei ihrer Bewegung auf und ab.

»Gib mir wenigstens deinen Strauß, den zahlst du sicherlich nicht selbst«, lasse ich sie wissen und strecke erwartungsvoll meine Hand nach ihr aus. Sie reicht mir die zwei Blumen – das kann man unmöglich als einen Strauß bezeichnen. Ich packe weitere Blumen dazu, bei denen ich mir sicher bin, dass sie diese besonders sehr liebt, und stelle mich an die Kasse.

»Hier.« Sofia strahlt breit, als ich aus dem Blumenladen trete, und streckt mir einen Strauß mit Rosen entgegen. Ich schmunzle. Es ist ein seltsames Gefühl, denn ich habe noch nie zuvor Blumen geschenkt bekommen. Sanft gebe ich ihr einen Kuss auf die Stirn – so voller Liebe und Zuneigung.

Sie wird rot.

»Hier.« Ich gebe ihr ebenfalls den Blumenstrauß und lächle breit. »Können wir noch einen kleinen Abstecher machen, bevor wir zu dir nachhause gehen?«, frage ich schnell.

Sofia nickt eilig.

Und ich laufe Richtung Friedhof.

Vergangenheit.

»Aaron.« Höre ich eine bekannte Stimme meinen Namen sagen. Es ist Easton. Trotz, dass es sehr dunkel ist und ich nur die Umrisse seiner Statur erkennen kann, weiß ich genau, dass er es ist.

»Easton«, gebe ich von mir. Mehr, um mir selbst klar zu machen, dass er gerade da ist, weniger um ihm das zu signalisieren.

»Möchtest du alleine sein? Soll ich wieder gehen?«, fragt er und geht einen Schritt auf mich zu. Ich blicke wie versteinert auf das Grab meiner kleinen Schwester und halte die Luft an.

Das ist meine Schwester – meine Kleine. Sie sollte nicht hier an diesem dunklen Ort sein. Es ist nass und kalt und meine ganzen Klamotten sind von dem Regen durchnässt.

»Aaron?«

Ich zeige keine Reaktion, denn ich weiß nicht, ob ich möchte, dass er bleibt. *Doch ich möchte, dass er bleibt.* Nein, ich möchte nicht, dass er mich so sieht. Ich spüre eine Berührung an meiner Schulter und nun blicke ich erst wieder zu ihm auf. »Easton.« Meine Stimme ist brüchiger und leiser, als ich es erwartet hatte. Eine Träne läuft mir über die Wange und in diesem Augenblick merke ich, wie sich die Hände meines Freundes um mich schlingen.

»Es ist okay«, versichert er mir.

Ich schenke seinen Worten für ein paar Sekunden glauben.

»Sicher, dass ich nicht einfach vorne warten soll? Ich kann das machen, wenn du das willst«, hinterfragt Sofia unentschlossen und spielt verlegen mit ihren Fingern. Ich sehe, wie nervös sie ist – sie tut wieder diese Sache mit ihren Lippen.

»Ich möchte, dass du mitkommst«, versichere ich ihr und sehe sie bittend an.

Sie nickt.

Ich betrete den Friedhof und sobald meine Füße den Grund berühren, staut sich ein unwohles Gefühl in mir an. Scheiße, ich wäre so ein verdammt guter Bruder gewesen – ein so Guter. Ich hätte für sie gesorgt, wäre immer für sie da gewesen und hätte ihr alle Dinge, die wichtig sind, beigebracht. All das – doch nichts. Mein Magen fühlt sich leer an, als wäre mein Körper nur eine Silhouette, die innerlich ausgehöhlt ist. Sofia ergreift meine Hand und schon fühle ich mich ein wenig besser. Sie ist bei mir – das macht alles besser.

Ich knie mich vor Alias Grab nieder, lege die Lilien zu ihrem Grabstein und sitze für einige Minuten wie versteinert da. »Sie ist im Schlaf gestorben«, sage ich, ohne meinen Blick an Sofia zu wenden. »Es war doch alles in Ordnung mit ihr, dann ist sie plötzlich gestorben und danach … danach ist unsere Familie zusammengefallen und diese ganze Scheiße ist das, was mir bleibt.«

Ich registriere, wie mein Körper zittert.

Scheiße, ich weine.

»Aaron, es tut mir so leid – komm her«, flüstert sie und nimmt mich in ihren Arm.

Ich weine. In ihren Armen. *Wieder.*

Ich beginne Schwäche zu zeigen.

72

Sofia

»Es ist okay, Aaron«, flüstere ich und streiche sanft über seinen Kopf. Es ist stark bemerkbar, wie sehr sein Körper zittert. Ich versuche, ihn so fest zu halten, wie es geht, bis ich das Gefühl habe, dass sein Zittern ein wenig nachgelassen hat.

»Nein. Nein. Nein«, gibt er diese Worte von sich und vergräbt seinen Kopf in den Händen. »Das ist nicht okay, das ist schwach.« Aarons Stimme ist brüchig, aber doch sicher.

»Was redest du denn überhaupt? Hörst du dir zu? Du besuchst *deine* Schwester auf dem Friedhof. Es ist nicht schwach, wenn du da Gefühle zeigst, das ist menschlich«, sage ich mit lauter Stimme – mein Brustkorb zieht sich in diesem Anblick zusammen.

Er schüttelt enorm mit dem Kopf und wendet seinen Blick von mir ab. »Ich bin schwach, das war ich schon immer. Ein scheiß Schwächling. Wäre ich nicht so, vielleicht wäre dann auch nicht die ganze Sache mit meinem Vater«, schluchzt er.

Denkt er wirklich so? Was für einen Scheiß hat dieser Mann, welcher sich erlaubt, sich Aarons Vater nennen zu lassen, ihm eingetrichtert?!

»Nein«, kommt es protestierend von mir. »Es hätte nichts geändert. Dein Vater ist *kein* guter Vater. Nicht du, verstanden? Du sollst nicht die Rolle eines erwachsenen Mannes einnehmen. Es ist menschlich seine Gefühle zu zeigen. Wann glaubst du mir denn endlich?« Voller Verzweiflung fahre ich mir durch die Locken und sehe zu Aaron hinunter. Er hat nun mit dem Zittern aufgehört, aber ich kann den Schmerz immer noch in seinen Augen erkennen.

»Du bist nicht schwach.« Mein Blick ist direkt auf ihn gerichtet. Zärtlich nehme ich sein Gesicht in meine Hände. »Dein Vater ist schwach, da er keinen anderen Ausweg sieht als seine Trauer an dir rauszulassen. Das zeigt von Schwäche. Du? Du bist so unglaublich stark«, flüstere ich ihm ins Ohr und gebe meinem Freund einen leichten Kuss auf die Wange. »Sag es«, fordere ich ihn auf.

»Hm?«

»Sag, dass du stark bist.«

»Sofia, bitte«, gibt er schniefend von sich und versucht, sich von meinem Griff zu befreien. Er möchte seinen Kopf von mir drehen, aber ich lasse es nicht zu. »Sieh mich an«, gebe ich mit zärtlicher Stimme von mir. »Du bist stark. Jetzt du«

»Du bist stark?«, flüstert er und sieht bedrückt zu mir.

»Aaron, du weißt genau, wie ich es meine«, entgegne ich seufzend. »Dann formuliere ich den Satz eben um. Ich bin stark«

...

»Aaron!«, gebe ich ernst von mir.

»Ich bin stark«, murmelt er leise vor sich hin.

»Und nun glaub die Worte, welche du von dir gibst.«

»Ich würde es wirklich gerne, Sofia«, flüstert er und richtet sich auf. »Jetzt lass uns deiner Mutter die Blumen bringen, sie brauchen Wasser.« Widerwillig stehe ich auf und werfe noch einen letzten Blick zu den Lilien, bevor wir aus dem Friedhof treten.

»Die sind für Sie, da Sie so gutmütig waren und mich hier bei Ihnen wohnen lassen haben.« Höre ich Aaron reden. Er steht breitgrinsend von meiner Mutter und streckt ihr die Sonnenblumen entgegen.

»Du bist immer willkommen, Aaron. Vielen Dank«, gibt sie gerührt von sich und umarmt ihn freudig. Währenddessen blickt sie liebevoll zu mir und schließt für einen Moment die Augen.

»Das schätze ich sehr«, sagt Aaron und löst sich langsam aus der Umarmung. »Wirklich sehr.«

»Sofia, begleite ihn doch noch mit nach Hause«, bittet mich meine Mutter und sieht lächelnd zu mir, allerdings durchschaue ich sie. Meine Mam macht sich Sorgen um Aaron – sehr Große. Das weiß ich, denn sie hat es mir selbst gesagt.

Schnell nicke ich und trete aus der Tür.

»Tschüss, Aaron«, verabschiedet sich meine kleine Schwester bei ihm, welche in diesem Moment die Treppe hinunterkommt. Alicia hat es genossen, dass er bei uns war. Sie hat sich schon immer einen großen Bruder gewünscht, doch leider wurde daraus nichts. Wir sind drei Mädchen – kein einziger Junge ist dabei.

Gemeinsam treten Aaron und ich aus der Tür und laufen ein Stück zusammen, bis ich mich aufgeregt an ihn wende. »Ich habe dir eine Playlist erstellt«, gebe ich schmunzelnd von mir. »Das sind alles Lieder, die mich an uns erinnern. Und wenn du dich alleine fühlst, dann hör sie bitte einfach an, okay? Also natürlich solltest du mir zuerst schreiben, doch na ja, du weißt, wie ich es meine.« Ich sehe ihn mit zusammen gekniffenen Augen an. »Oder?«

»Du hast mir eine Playlist erstellt?«, fragt Aaron verwundert und grinst breit. Eifrig nicke ich und nehme die CD aus meiner Jackentasche. »Es ist ein wenig kitschig – ich weiß, aber ich dachte, du freust dich.«

Aaron bleibt ruckartig stehen, sieht auf die CD und danach in meine Augen. »Du hast die für mich gemacht?«

»Ja«, sage ich kichernd.

»Mit Liedern, die dich an uns erinnern?«

Ich nicke.

»Sofia, das ist perfekt. Ich liebe es«, entgegnet er liebevoll und nimmt mir die CD aus der Hand. »Danke.«

Grinsend sehe ich ihn an, denn genau diese Reaktion zeigt mir, dass es sich gelohnt hat. Aaron gibt mir einen Kuss auf die Stirn und sieht verträumt zu mir. »Wie habe ich so jemanden wie dich nur verdient?«

»Wie habe ich so jemanden wie *dich* nur verdient?«, erwidere ich lächelnd und stoße ihm in die Seite.

»Und was hast du heute noch so vor?« Interessiert neigt Aaron seinen Kopf zu mir und blickt mich mit einem verschmitzten Lächeln an.

»Amara, Sienna und Dahlia kommen zu mir. Wir wollen ein Fotoalbum machen.«

»Das klingt schön.«

»Telefonieren wir heute Abend?«, frage ich sanft und streiche mir mein Haar hinters Ohr.

»Ich ruf dich an«, kommt es von Aaron, während er zuversichtlich lächelt. Ihm geht es ein wenig besser, das merke ich an seiner Art. Aber ich weiß auch, wie viele seiner Gefühle er unterdrückt und sich selbst nicht einmal eingesteht. Das ist nicht gesund, das kann nicht gesund sein und wenn er nicht mit mir darüber redet, dann muss er diese angestauten Gefühle auf irgendeine andere Art und Weise loswerden.

Ich würde mir so sehr wünschen, dass er sich mir gegenüber mehr öffnet. Ich weiß, er tut das nicht um mich auszuschließen, es ist ein Mechanismus und er ist nichts anderes gewohnt. Es ist nur so, ich möchte so sehr, dass er erkennt, wie toll er ist. Denn sonst ist das so unfassbar schade.

»Falls was ist, dann schreib mir, hörst du? Du kannst jeder Zeit wieder zu mir«, sage ich still und blicke auf sein Anwesen, vor dem wir nun schließlich zum Stehen kommen. Aaron nimmt mich fest in den Arm und hält mich für einige Momente. Ich möchte ihn nicht loslassen. Ich möchte ihn nicht zu diesem Monster zurückschicken.

Doch es geht nun einmal nicht anderes – das Schicksal ist mies.

»Tschüss, Sofia.«

»Tschüss, Aaron.«

73

Aaron

»Dad?« Die Tür fällt hinter mir ins Schloss und ich vergewissere mich, ob mein Vater zuhause ist – nope, noch nicht. Er wird wohl immer noch auf seiner Geschäftsreise sein.

Schweigend sehe ich im Raum umher und lasse mich kurz darauf aufs Sofa fallen. Ich bin *wieder* allein, nicht einmal das Personal ist da. Unsere Köchin verweilt hier ausschließlich, wenn mein Vater zuhause ist.

Wie auch immer, mein Magen knurrt und ich weiß nicht, wann mein Vater wieder zurück sein wird. Zuerst fällt mein Blick auf den Flyer vom Bringdienst und ich überlege, ob ich mir nicht einfach etwas bestellen soll, doch dann tue ich etwas, das ich zuvor noch nie getan habe – ich koche. In der letzten Zeit habe ich viel von Sofias Mutter und Großmutter gelernt und ich denke, es ist nicht so schwer, etwas alleine zuzubereiten.

Ich nehme die CD von Sofia aus der Hülle hinaus und lege sie in den Player im Wohnzimmer. Das erste Lied beginnt zu spielen und prompt versetzt es mich in die Nacht, in der wir auf der Yacht waren. Ich erinnere mich noch genau daran. Wir haben uns gemeinsam die Sterne angesehen und sie saß dort in ihrem verdammt süßen Kleid, mit ihrem herzigen Lächeln – Gott, ich denke so gerne an sie.

Ich entscheide mich, ein paar spanische Tapas vorzubereiten, denn das ist noch am einfachsten. Schließlich brauche ich dafür nicht wirklich ein Rezept. Ich sehe im Kühlschrank nach, was wir alles dahaben und wie ich es schon erwartet habe, finde ich all das, was ich benötige. Fröhlich summe ich den Refrain des Liedes, welches gerade läuft, bereite das Essen zu und vergesse für eine kurze Zeit meine ganzen Sorgen.

Doch nur für ein paar Momente.

Bis zu dem Augenblick, in dem mein Vater das Haus betritt. Mein Körper spannt sich instinktiv an – ich kann seine Anwesenheit regelrecht spüren. Es ist wie ein kalter Windzug, der auf einmal durch das Haus weht – ungemütlich und unberechenbar. Eine angespannte Stille herrscht zwischen uns. Er blickt mir stumm in die Augen, seufzt und möchte schon in seinem Arbeitszimmer verschwinden, da gebe ich mir einen Ruck und wende mich an ihn. Mit der einen Hand nehme ich die Schüssel, in der die Tapas sind, und stelle sie auf den Tisch. »Ich habe Essen gemacht. Hast du Hunger?«

Christians Blick weilt für ein paar Augenblicke auf mir und es scheint, als würde er überhaupt keine Reaktion zeigen, bis er schließlich seine Zunge schnalzt und mit müden Augen zu mir sieht. »Es waren ein paar lange Arbeitstage, Aaron. Ich habe keine Zeit für deine Experimente. Ich sage Angela nachher, dass sie mir etwas Richtiges zubereiten soll. Hast du sie schon gesehen? Sie sollte eigentlich schon um Achtzehnuhr hier sein.«

Wofür mache ich mir überhaupt die Mühe? »Ich habe sie noch nicht gesehen«, gebe ich still von mir und drehe mich um, damit ich mit dem Rücken gekehrt zu ihm stehe. Er soll mir meine Enttäuschung nicht ansehen können. Es fällt mir schwer, diese zu verbergen.

»Ok, sag ihr, sie soll zu mir, wenn sie da ist, und zwar schnell. Unverschämt, dass sie nicht rechtzeitig kommt. Wofür bezahle ich diese Schlampe überhaupt?«, bringt mein Vater wütend hervor. Ich merke, wie er aus dem Raum verschwindet und die Treppe hochläuft. Er lässt mich alleine vor dem gedeckten Tisch stehen und zum Ende hin merke ich, dass sich nichts geändert hat und sich auch nie etwas ändern wird. Ich werde immer eine Enttäuschung für meinen Vater bleiben und nie die Anerkennung erlangen, welche ich mir so sehnlich wünsche.

»Hey, Saya«, gebe ich von mir, als ich am nächsten Morgen vor ihrer Tür stehe. Es ist wieder Zeit für unsere wöchentliche Verabredung und ich freue mich auf nichts mehr, als auf diesen Tag in der Woche. Jedes Mal, wenn ich bei ihr bin, fühle ich mich so gut – ein Empfinden, welches ich schon längst vergessen habe. Saya gibt mir stets das Gefühl, willkommen zu sein – das gefällt mir sehr.

Sie begrüßt mich mit einer warmen Umarmung und blickt herzig zu mir. »Amir hat heute die Atayef selbst gemacht. Er ist schon ganz gespannt, sie dir zu geben«, kommt es schmunzelnd von ihr, während sie die Tür zu ihrem Gang öffnet. »Was gibt es bei dir Neues, Aaron? Erzähl mir alles.« Sie führt mich in ihr Wohnzimmer, in dem ich mich erschöpft neben sie aufs Sofa fallen lasse.

»Gibt nicht so viel zu erzählen. Sag mir lieber, was du so gemacht hast«, drücke ich schnell hervor und versuche, das Thema zu wechseln. Aus irgendeinem Grund möchte ich meine schlechten Gedanken nicht an mich ranlassen, wenn ich in ihrer Nähe bin. Ich glaube, hier ist eine der wenigen Umgebungen, in der ich mich wohl fühle und durchatmen kann – das möchte ich nicht zerstören. Denn dieses Empfinden ist das Einzige, was mir noch Hoffnung schenkt.

»Falls dir etwas auf dem Herzen liegt ... du weißt, dass ich immer für dich da bin.« *Ich weiß und trotzdem schaffe ich es nicht, ihr davon zu erzählen, denn ich denke, ich würde ihre Ablehnung nicht verkraften.* Ich bin froh, dass es nun wenigstens *so* ist. Immerhin einmal in der Woche findet meine Seele Frieden und das möchte ich auf keinen Fall riskieren.

»Nein, wirklich, mach dir keine Sorgen. Meine Woche war toll, ich habe viel mit Sofia unternommen«, sage ich schließlich, denn dies ist nicht einmal ganz gelogen. Nun ja, bis auf den vorderen Teil.

Zwar habe ich es geliebt, in Sofias Nähe zu sein, jedoch habe ich jeden Tag gemerkt, wie anders alles sein könnte und dass ich so eine tolle Familie wie ihre nie haben werde.

»Das ist schön. Wie geht es Sofia? Wie geht es ihrer Familie?«, fragt Saya glücklich. Ihre Mundwinkel wandern nach oben, als sie ihren Namen ausspricht. Ich denke, sie mag Sofia wirklich. Ein paarmal war sie dabei, als ich Saya besucht habe, und ich glaube, vor allem nach der Familienfeier hat Saya Sofia ebenfalls in ihr Herz geschlossen. *Aber wie könnte sie es auch nicht?*

»Sofia geht es gut, wie auch ihrer Familie. Vorgestern waren ihre Verwandten aus Sevilla zu Besuch, die waren wirklich sehr freundlich.«

Ich liebe es, über Sofia zu reden – das mache ich so unfassbar gerne. Am liebsten würde ich das ständig tun, denn das ist ein sicheres Gesprächstthema, bei dem ich mich gut fühle.

»Oh, Sevilla. Sie kommt also aus Spanien?« Interessiert wendet sich Saya an mich und nimmt einen Schluck ihres Tees.

»Ja, ihre Eltern kommen ursprünglich aus Cadiz, Sevilla und Malaga.«

»Oh, interessant. Ich war zuvor noch nie in Spanien, aber ich habe gehört, dass es sehr schön sein soll.«

»Das ist es, also Spanien. Ich war schon ein paarmal dort und es ist auf jeden Fall eine Reise wert.«

»Und wie sieht dein Sommer aus? Hast du schon etwas geplant?«, kommt es interessiert von Saya, während sie ihre Beine übereinanderschlägt.

»Noch nicht wirklich, aber Sofia und ich haben mit dem Gedanken gespielt, Zelten zu gehen. Sie liebt das. Vielleicht wollen Easton und seine Freundin mitkommen, aber das ist alles noch nicht sicher. Wir haben noch nicht einmal gefragt.«

»Easton hat eine Freundin? Wie heißt sie denn?«

»Audrey.«

»Und wie haben sie sich kennengelernt?«

»Ehm, also, sie ... vor so ein paar Monaten ist Audreys Freundin gestorben und ... Easton hat ihr geholfen und war für sie da. Du weißt schon, wegen seiner Mutter.« Ich beiße mir auf die Zunge und

338

schlucke die Erinnerungen runter. Easton redet nicht gerne über seine Mutter, was ich völlig verstehen kann, aber auch ohne genau zu wissen, was seine Intensionen waren, kann ich mit Sicherheit behaupten, dass es etwas mit ihr zu tun hat.

»Das arme Mädchen. Wie geht es ihr damit?«, fragt Saya besorgt und zieht ihre Stirn in Falten.

»Ich weiß nicht so recht. Ich kenne sie nicht so gut, aber ich schätze, es geht ihr besser.«

»Und wie geht es Easton? Ich habe ihn ja ewig nicht mehr gesehen. Oh, wie wäre es, wenn du ihn mal mit hier her einlädst?« Sayas Augen fangen an zu leuchten und sie ergreift aufgeregt meine Hand.

Easton ist mein bester Freund und das war schon immer so. Saya kannte ihn gut. Er war oft bei uns zuhause und nichts hat sie glücklicher gemacht, als uns beide miteinander zu sehen. Einmal hat sie gemeint, ich sähe so unbeschwert aus, wenn ich mit ihm zusammen bin – als könnte ich für einen Moment Kind sein.

»Ihm geht –«

»Aaron, hey.« Unterbricht mich Amir, der gerade die Treppe hinunter gestürmt kommt und mich erwartungsvoll ansieht. »Und? Und? Hast du sie schon probiert?« Hibbelig steht er auf seinen Beinen und springt kurzerhand zu uns. »Hat dir Mama schon gesagt, dass ich die Atayef gemacht hab? Extra für dich, weil ich wusste, dass du heute kommst«, gibt er stolz von sich.

In meinem Bauch bildet sich ein wohliges Gefühl. *Extra für dich, weil ich wusste, dass du heute kommst.* Mein Herz schmilzt bei seinen Worten. Amir kannte mich nicht, als ich Saya das erste Mal besucht habe. Dass er mich mittlerweile schon so sehr in sein Herz geschlossen hat, ist für mich unvorstellbar. Ich denke ständig, ob es nicht doch einen Haken gibt. Aber in Momenten wie diesen, in denen ich Worte oder Taten mitbekomme, die mir bestätigen, dass er mich *wirklich* mag, kann ich es für ein paar Augenblicke wahrhaben.

»Noch nicht, aber das tue ich jetzt«, erwidere ich lachend und streiche ihm über den Kopf.

»Aaron, nicht – meine Frisur!« Amir bückt sich schnell und flieht vor mir. Schmunzelnd sehe ich ihm nach und trotte in die Küche. Ich schnappe mir drei Teller, lege auf diese jeweils ein paar Atayef drauf und gehe wieder in das Wohnzimmer.

»Probier! Probier! Probier!«, ruft Amir und grinst über beide Ohren. »Das werden nämlich die Besten überhaupt sein.«

74

Sofia

»Ich habe solche schlimmen Fotos von uns gefunden, die sind wirklich grauenhaft«, gibt Sienna lachend von sich und legt ihren Kopf in den Nacken. »Ich meine *wirklich* schlimm.«

Sie hebt ein Bild von uns allen in die Höhe, wobei sich ihre Augen weiten. Es war nach Dahlias Geburt – wir haben die ganze Nacht durchgemacht und lagen erledigt auf ihrem Sofa. Unsere Augenringe waren enorm, meine Haare hatte ich in einem unordentlichen Dutt zusammengebunden und überall schauten Haarsträhnen heraus. Es sah schrecklich aus!

Dahlia hatte ihre Haare in einem Zopf, welcher zu diesem Zeitpunkt nicht einmal mehr richtig zusammenhielt. Amara sah am besten von uns allen aus – Dahlias Haare lagen über ihrem Gesicht verteilt und versperrten ihr dadurch die Sicht. Ja, wir waren alle fertig und dann dachte sich Dahlias Bruder, es wäre eine gute Idee, diesen Moment in einem Foto festzuhalten.

»Wieso druckst du sowas aus? Daran will ich doch nicht erinnert werden«, gibt Dahlia schrill von sich und reißt Sienna das Bild aus der Hand. Erschreckend blickt sie es an und rümpft ihre Nase. »Das wird definitiv ganz, ganz, gaaaaanz weit hinten eingeklebt.«

Lächelnd sehe ich zu meinen Freundinnen und setze mich auf den Teppich in meinem Zimmer. Ich habe ein Fotoalbum besorgt und meine Freunde haben die Fotos ausgedruckt. Außerdem habe ich verschiedene Sticker und ganz viele Stifte zum Verzichten des Ganzen. Wir wollten das schon so lange tun und ich freue mich sehr, dass wir nun endlich Zeit dafür gefunden haben.

»Kekse?« Ich halte mit einem verschmitzten Lächeln die Packung in die Höhe.

Amara nickt und greift nach Einem.

»Also wie beginnen wir am besten?«, fragt Dahlia, während sie sich einen Keks in den Mund schiebt.

»Ich würde sagen, wir sortieren die Bilder chronologisch.«

»Uh-huh, das ist gut«, entgegne ich und schnappe mir den Bilderstapel, welcher auf dem Boden liegt.

»Guckt mal, das war, als wir im Schwimmbad Meerjungfrauen gespielt haben«, kommt es lachend von Sienna. Ich beäuge das Bild schief und grinse. Jeder von uns hatte eine Meerjungfrauenflosse an. Meine war in Blau, Amara trug eine Orangene und Sienna und Dahlias waren beide Grün.

»Ich weiß noch ganz genau, da waren dann diese Jungs, die uns gefragt haben, ob sie mitspielen dürfen und die wollten dann alle Aquaman sein«, kommt es lachend von Amara.

»Jaa, daran kann ich mich noch erinnern«, schmunzle ich vor mich hin.

»Oh mein Gott, ja«, sagt Sienna grinsend. »Das war so witzig.«

»Also das ist auf jeden Fall ein recht altes Foto. Lasst uns mal die alten Bilder links hinlegen und die Neueren rechts.«

Gesagt getan sortieren wir die verschiedenen Bilder. So viele Erinnerungen sind hier auf einem Stapel dargestellt. Erst jetzt wird mir klar, wie viele schöne Momente wir schon miteinander erlebt haben. Ich habe echt keine Ahnung, was ich ohne meine Freunde machen würde, denn sie sind mir das Wichtigste überhaupt.

Ein leichtes Klopfen an der Tür lässt uns aufblicken und kurz darauf höre ich die freundliche Stimme meiner Mutter. »Habt ihr Hunger? Ich habe euch eine kleine Stärkung zubereitet«, sagt sie lächelnd und streckt uns einen Früchteteller entgegen. Jedes Mal, wenn meine Freunde zu Besuch sind, tut sie das und ich liebe es. Es ist solch eine kleine Aufmerksamkeit, die mir immer wieder ein Lächeln aufs Gesicht zaubert.

»Danke, Mamá«, kommt es von mir. Ich nehme den Teller an mich und stecke mir genüsslich eine Blaubeere in den Mund.

»Das ist wirklich nett von Ihnen«, antwortet meine Freundin freudig.

»Dahlia Schätzchen, wie oft habe ich dir schon gesagt, dass du mich Maria nennen sollst. Sonst fühle ich mich schon immer so alt«, entfährt es ihr lachend. Ich sehe meiner Mutter dabei zu, wie sie sich zufrieden durch die Haare fährt und schließlich zu uns hinunter kniet. »Ist das Halloween vor … puh, vier Jahren?« Sie nimmt ein Bild in ihre Hand und sieht es sich schmunzelnd an.

Darauf abgebildet sind wir vier in Geisterkostümen. Wir haben alte Bettlaken über uns gelegt, den Stoff um die Augen drum herum ausgeschnitten, damit wir sehen können und eine schwarze Sonnenbrille sowie eine Mütze angezogen.

»Darf ich mal? Ich glaube, hinten auf dem Bild müsste das Datum stehen«, frage ich und nehme kurz darauf das Foto an mich. »Das ist 2015 gewesen, also vor fast drei Jahren«, lasse ich meine Mutter wissen und gebe ihr das Bild zurück.

»Schön, dann lasse ich euch mal weiterbasteln«, sagt sie und schließt sachte hinter sich die Tür.

»Ich muss euch noch etwas sagen«, bringe ich hervor, nachdem ich mich vergewissert habe, dass meine Mutter außer Hörweite ist.

Drei Augenpaare sehen interessiert zu mir.

»Ja?«, fragt Amara und rückt ein Stück näher zu mir.

Ich spiele nervös mit meinen Händen und oh Gott, ich merke regelrecht, wie rot ich werde.

»Nun sag schon«, fordert Sienna ungeduldig und spitzt ihre Ohren.

»Also ich ... ihr wisst ja, dass Aaron für ein paar Tage hier war und na ja, gestern ist dann etwas passiert ... «

Sienna zieht scharf die Luft ein. »Ihr hattet Sex?«, platzt es laut aus ihr heraus. Mit schamerfülltem Blick sehe ich sie an und lege eilig meine Hand auf ihre Lippen. »Pst, ich möchte nicht, dass das hier jeder erfährt.« Nervös kaue ich auf meiner Unterlippe. »Aber ja, es stimmt.«

Dahlias Mundwinkel wandern nach oben und sie nimmt mich stürmisch in den Arm. »Herzlichen Glückwunsch. Also ich denke zumindest, dass man sowas sagt«, gibt sie aufgeregt von sich.

»Bin ich die Einzige, der das schon klar war?«, fragt Amara in die Gruppe und grinst breit. »Dieser Junge hat eine Ausstrahlung, die schreit förmlich nach Sex.«

Nun fange ich an zu prusten und sehe sie ulkig an. »Wer strahlt den bitteschön Sex aus?«

Sie zuckt mit den Achseln. »Aaron eben.«

»Rede ich hier über einen anderen Aaron, denn soweit ich mich entsinnen kann, haben wir fast ein Jahr gewartet, bis wir Sex hatten? *Er* hat gewartet, bis ich so weit war«, entgegne ich schnell und lächle schief.

»Ich weiß, ich weiß, war ja nur so dahingesagt. Ist ja auch nur richtig, dass er wartet.«

»Und ist er im Sex auch so gut, wie er aussieht?«, fragt Sienna geradeaus. Für diesen Kommentar boxe ich ihr leicht in die Seite und sehe sie mit großen Augen an. »Bitte?«, kommt es lachend von mir. Ich vergrabe mein Gesicht in den Händen und möchte erst gar nicht mehr zu meinen Freunden aufsehen.

»Es war schön – wunderschön. Aber nun ja, also sein ... es tat schon auch weh. Anfangs, aber dann ...«, quetsche ich hervor. Meine Wangen röten sich schon wieder!

»Wir müssen jedes Detail wissen. Erzähl alles, und zwar von Anfang an.« Also sitze ich hier mit meinen Freundinnen und reden über den Jungen meiner Träume. Doch das ist nicht einfach Sex, nein – es ist Liebe. Etwas viel Bedeutsameres und etwas viel Innigeres. Etwas, das nur wir zwei teilen, und das finde ich schön.

75

Sofia

7 Monate später.

»Komm, wir müssen aussteigen«, gebe ich von mir, stehe von dem Sitz im Zug auf und strecke meinen Arm in Audreys Richtung.

»Jap«, kommt es von ihr und sie nimmt dankend meine Hand entgegen. »Ich freue mich so sehr, dass es endlich mal geklappt hat«, fügt sie schmunzelnd hinzu und streicht ihre langen Haare hinters Ohr.

Was ich so unfassbar an ihr liebe, ist, wie sehr sie alles wertschätzt. Das ist nicht selbstverständlich. Audrey ist sehr emphatisch – eine Eigenschaft, die ich mit ihr teile.

»Das finde ich auch sehr schön«, entgegne ich breitgrinsend. Mit einem harschen Stoppen bleibt der Zug stehen und die Türen öffnen sich. Wir steigen flink aus und machen uns auf den Weg in die Stadt.

Es ist Mitte Januar – zwar liegt heute kein Schnee, aber dennoch ist es enorm kalt. Ich habe eine dicke Winterjacke mit Daunen angezogen. Außerdem trage ich einen Schal, welchen ich von Catalina ausgeliehen habe, meine neue Mütze, die mir meine Abuela zu Weihnachten geschenkt hat und meine weißen Handschuhe. Wenn ich zu Audrey blicke, ist es aber auch nicht großartig anders. Sie trägt eine lange, weiße Winterjacke, die sie bis zum Hals hoch zugezogen hat, eine beige Mütze und warme Handschuhe.

»Ist gar nicht so kalt«, gibt sie lachend von sich. Ihre Nasenspitze ist von dem frischen Wind rosa und ihre Wangen nehmen einen roten Farbton an.

»Puh nein, überhaupt nicht kalt«, antworte ich schmunzelnd und blicke auf die vereisten Stellen im Boden. Wir gehen heute gemeinsam Eislaufen – das erste Mal dieses Jahr. Okay, ich gebe selbst zu, dieser Witz ist schlecht, da es erst Anfang des Jahres ist. Nun ja, aber ich war diesen Winter ehrlich noch nicht oft Eislaufen.

Ich wollte wirklich schon lange etwas nur mit Audrey unternehmen. Wir im Sommer zusammen mit Easton und Aaron im Urlaub in Italien und da haben wir beide uns noch viel besser kennengelernt, aber dann ist, ehm ... Nun ja, ich weiß nicht einmal recht, was genau los war, aber Audrey und Easton haben sich getrennt gehabt und hatten monatelang keinen Kontakt mehr. Zu diesem Zeitpunkt hielt ich es für nicht so angebracht, zu fragen, ob wir etwas unternehmen wollen.

Wie auch immer haben sie nun wieder zueinandergefunden und das macht mich wirklich sehr glücklich. Ich finde Easton und Audrey passen einfach zueinander. Sie sind wie Tomate und Mozzarella oder Erdbeeren und Schokolade, das passt einfach zusammen. Macht mir keinen Vorwurf ich *liebe* Tomate Mozzarella und Erdbeeren mit Schokolade – an einem schlechten Tag würde ich womöglich alles dafür tun.

Ich brenne zwar dafür, zu erfahren, was bei ihnen vorgefallen ist, aber ich denke, das ist ihre Sache. Das ist auch der Grund, weshalb ich nicht weiter nachfrage. Ich habe ein bisschen mitbekommen und ich weiß, dass es etwas mit Eastons Vater zu tun hat – er ist nun im Gefängnis. Genaueres weiß ich allerdings nicht.

Ziemlich sicher weiß Aaron mehr, jedoch habe ich ihn darauf noch kein einziges Mal angesprochen. Ich würde sagen, es liegt daran, dass wir weitaus größere Probleme haben, als uns damit zu befassen.

»Und wie geht es dir und Easton? Also so ihr beide?« Ich lächle sie zaghaft an und kratze mich an meiner Schläfe.

»Uhm, gut, also wirklich. Gestern waren wir gemeinsam im Kino und es ist schön, wieder zusammen zu sein.« Nervös spielt sie mit ihren Fingern und blickt an sich hinab. »Also wir waren ja nicht ... also es ist etwas passiert ... ehm —«

»Audrey, du musst mir das wirklich nicht sagen. Es ist eure Sache, damit habe ich nichts zu tun«, unterbreche ich sie, da ich genau merke, wie ungern sie darüber redet. Ich kann sie verstehen, auch wenn ich nicht genau weiß, was vorgefallen ist. Es gibt manche Dinge, über die man nicht reden möchte. Und wenn sie nichts erzählen will, akzeptiere ich das.

Voller Dankbarkeit schenkt sie mir ein Lächeln und blickt grinsend zu mir. »Ich liebe deine Haare, habe ich das dir schonmal gesagt? Sie sehen heute wirklich schön aus.« Mein Herz wärmt sich bei ihren Worten, trotz des kalten Wetters.

»Also nicht, dass sie sonst nicht schön aussehen, aber heute besonders. Verstehst du, wie ich es meine?«, fügt sich hastig hinzu und kneift ihre Augen zusammen.

»Ja, ich weiß, was du meinst. Danke, das ist wirklich lieb von dir«, gebe ich breit grinsend von mir.

»Und was ist mit dir und Aaron?«

Aaron.

Ich mache mir Sorgen um ihn, ganz große Sorgen. Sein mentaler Zustand hat sich mittlerweile sehr verschlechtert und es bereitet mir Bauchschmerzen, überhaupt darüber nachzudenken. Die Lage mit seinem Vater hat sich kein Stück verbessert und Aaron sinkt immer tiefer in ein Loch hinein und ich weiß nicht, wie ich ihn da wieder rausholen kann.

»Es geht ihm gut – uns geht es gut. Wir sind glücklich«, entgegne ich schnell und kratze mich am Hinterkopf.

»Ist das so?«

»Bin ich so schlecht im Lügen?«, frage ich – wirklich ungern würde ich jetzt darüber nachdenken wollen. Ich befasse mich schon die restliche Zeit damit.

Audrey nickt stumm und blickt besorgt zu mir. »Möchtest du reden?« Sie legt ihre Hand sanft auf meine Schulter, um mir ein Gefühl des Verständnisses zu vermitteln.

»Ehrlichgesagt will ich gerade nicht darüber nachdenken«, gestehe ich.

»Das ist okay«, sagt Audrey und hakt sich bei meinem Arm ein. »Dann lass uns über andere Sachen reden. Zum Beispiel darüber, dass ich mir gleich den Po abfrieren werde, wenn wir nicht bald in dieser Schlittschuhhalle ankommen.«

»Ich möchte dich ja nicht enttäuschen, aber dort wird es nicht gerade viel wärmer sein«, erwidere ich lachend.

»Ich sag dir, ich werde heute irgendwann noch hinfallen«, warne ich Audrey vor. Ich bin sehr schusselig und auch, wenn ich ganz gut eislaufen kann, passiert es mir doch jedes Mal aufs Neue.

»Das will ich sehen.« Entzückt neigt Audrey ihren Kopf zur Seite und geht voller Eleganz auf das Eis.

»Das sieht professionell aus. Kannst du dich drehen oder sowas?«, frage ich, als ich meinen Fuß etwas wackelig auf das Eis setze.

»Ich kann sogar eine Pirouette«, gibt Audrey von sich. Kurzerhand dreht sie sich auf einem Bein und ich habe mitgezählt, das waren sechs Drehungen!

»Woher kannst du sowas?«, frage ich erstaunt und fahre zu ihr.

»Ich habe es mir früher selbst beigebracht. Das ist aber auch das Einzige, das ich hierbei kann.«

»Oh Respekt, ich kann nämlich nicht einmal eine normale Drehung«, gebe ich lachend von mir. »Dafür habe ich früher gelernt, wie man rückwärtsfährt.« Ich zeige es vor und fahre ein Stück weit, bis ich wieder zu Audrey zurückkehre.

»Kannst du mir zeigen, wie es geht? Dann kann ich dir eine Drehung beibringen«, schlägt Audrey schmunzelnd vor.

Ich nicke sofortig und blicke auf meine Schlittschuhe. »Wichtig beim Rückwärtsfahren ist eigentlich nur, dass du die Kraft in deinen Beinen richtig nutzt. Am besten fängst du mal damit an, sie so zusammenzustellen, und sie dann in einem Kreis nach hinten zu drücken.« Ich mache es Audrey vor, bevor sie versucht, es nachzumachen.

»Im Grunde musst du das machen, nur diesmal benutzt du nicht beide Füße gleichzeitig, sondern jeden Fuß abwechselnd. Aber du darfst deine Beine verständlicherweise am Ende nicht zusammenschließen. Also eher nur so ein Halbkreis. Siehst du? So.«

Gesagt getan, Audrey probiert es aus.

»Wow, schau mal, wie gut das klappt. Was kannst du eigentlich nicht?«, entfährt es mir lächelnd. Ich streiche eine Haarsträhne, welche mir ins Gesicht gefallen ist unter meine Mütze, damit sie aus dem Weg ist und das ist der Moment, in dem ein Mädchen ganz nah an mir vorbeifährt. Sie streift zwar nur meinen Arm, doch ich gerate ins Wanken und keine Sekunde später liege ich auf dem Boden.

»Ich habe dir doch gesagt, dass ich hinfallen werde«, kommt es lachend von mir und ich stütze mich auf meinen Armen ab. Audrey steht kichernd vor mir und streckt mir ihre Hand hin. »Komm schnell hoch, sonst fährt noch jemand über dich drüber.«

Dankend ziehe ich mich nach oben und richte meine Mütze. »Bringst du mir jetzt die Drehung bei?«

76

Aaron

Ich habe es gemacht – schon wieder. Ich ertränke meine Sorgen im Alkohol. *Scheiße, ich wollte das nicht mehr tun, aber ich kann nicht anders.*

»Und dann hat sie mich gefragt, ob ich kommen könnte«, gibt Liam lallend von sich und blickt mich mit müden Augen an. »Die wollte wieder zu mir.«

»Weißt du überhaupt, was für eine Scheiße du laberst?«, gibt James von sich und schnipst Liam beim Vorbeigehen gegen den Kopf.

»Aua«, entgegnet er wehleidig und fasst sich schmollend an seinen Kopf. »Das tat weh.«

Liam, halt doch einfach mal die Klappe.

»Aaron, komm her. Ich habe dir noch nicht erzählt, was sie dann von mir wollte –«

»Ja, schon klar. Sie wollte dich wieder haben und ihr habt gefickt, nichts, das ich nicht schon gehört habe«, zische ich genervt und drehe mich von ihm weg.

Ich habe jetzt keinen Nerv dafür.

Wann hört dieser Junge endlich auf Scheiße zu labern?

Gott, er ist die schlimmste Person, die ich kenne, wenn es um Alkohol geht. Ich meine *wirklich* die aller Schlimmste. Er braucht nicht viel und schon ist er unausstehlich.

Ich muss mir selbst zugestehen, es ist schlimmer geworden – viel schlimmer. Ich bin mental am Ende und die größte, verschissene Sorge, die ich mir dabei mache ist, dass sich Sofia Sorgen macht.

Genau das ist es, was ich meine, wenn ich sage, dass ich andere nicht mit meinem Scheiß belasten möchte. Egal, was bei mir abläuft, sie ist die Leidtragende. Sie ist es am Ende, bei der ich mich ausheule. Sie ist diejenige, welche für mich da sein muss.

Doch das sollte nicht so sein.

Verdammte Scheiße, nichts sollte so sein.

Ich schlage energisch gegen den Tresen, der in Wyatts Küche steht. Ich bin bei einem Typen, den ich nicht leiden kann auf einer Party, auf der Menschen sind, die ich nicht leiden kann, und trotzdem ist es für mich die beste Alternative.

Was für eine Scheiße?

Scheiße!

Scheiße!

Scheiße!

»Jo, was geht?« Justin kommt auf mich zugelaufen und klopft mir anerkennend auf den Rücken. »Eine geile Party hast du hier.«

»Das ist nicht mein Haus«, gebe ich trocken von mir. »Das ist Wyatts Party.«

»Oh echt? Dachte, das ist deine.« Es folgt eine kurze Zeit, in der er lediglich zu mir schaut und aussieht, als wisse er nicht, was er sagen sollte.

»Falsch gedacht, ist nicht meine«, entgegne ich knapp und greife nach einem Pappbecher. »Und damit Tschüss.« Ich drehe mich, ohne noch ein weiteres Wort mit ihm zu wechseln um und verlasse das Zimmer.

Scheiß auf Justin.

Scheiß auf alle.

Ich lasse mich in Wyatts Hausgang nieder und setzte mich an die Wand. In der Stille höre ich, wie mein Kopf laut pocht, und ich fühle mich, als würde ich wahrhaftig gleich umkippen. Mit

351

zusammengekniffenen Augen sehe ich auf den roten Pappbecher in meiner Hand und exe den Inhalt kurzerhand hinunter. *Seit wann hat Wyatt scheiß Kronleuchter, seine Familie ist doch gar nicht so reich?*

Ich rutsche an der Wand hinunter, bis ich auf dem Boden liege und starre in die Luft. Ich finde Komfort in dieser Position und zücke mein Handy. Silas's Nummer ruft mich an.

»Ja?«, melde ich mich.

»Ist Easton bei dir?«, fragt er knapp und ich höre ein Rascheln an der anderen Leitung.

»Ehm ... der war vorhin noch da, aber keine Ahnung, wo er jetzt ist«, gebe ich glucksend von mir.

»Bist du betrunken?«, möchte er wissen und ich höre dabei eine gewisse Strenge in seiner Stimme.

»Ein bisschen«, bringe ich zögernd hervor und kaum, dass ich diese Worte von mir gegeben habe, drehe ich mich zur Seite und übergebe mich. Mein Magen dreht sich um und mein Schädel hämmert wie wild.

»Scheiße, hast du gerade gekotzt?«, höre ich Silas's Stimme aus meinem Handy. Ich wische mir mit meinem Ellenbogen den Mund ab und wende mich schließlich wieder an Eastons Bruder. »Ja«

»Okay, ich hole dich ab, wo bist du? Vielleicht sehe ich dann auch endlich Easton – er geht nicht an sein Handy.«

»Ich bin bei Wyatt, aber ich muss nicht gehen. Ich –« *Aufgelegt.* Ich kann meinen Satz nicht einmal zu Ende reden, da legt Silas schon auf. *Fick doch mein Leben. Ich liege in meiner eigenen Kotze und warte, bis mich verfickt noch mal Eastons Bruder aus der Scheiße rettet.*

»Wehe du übergibst dich in meinem Auto«, sagt Silas mit warnender Stimme, als ich mich auf seinem Rücksitz niederlasse.

Easton war nicht mehr zu finden. Ich schätze, dass er noch mit den anderen irgendwo hingegangen ist.

»Und pass auf, dass dein T-Shirt, an dem noch deine Kotze klebt, nicht an meine Sitze kommt.«

Ich nicke stumm und schließe meine Augen. Dringlich versuche ich, das heftige Pochen in meinem Kopf zu unterdrücken.

»Ich fahre dich am besten zu mir – du kannst da schlafen«, sagt Silas. Ich habe keine Einwände. Würde ich zu meinem Vater Nachhausse gehen und ihn wecken, würde ich den morgingen Tag wahrscheinlich nicht mehr erleben. Also ist das womöglich die bessere Alternative.

»Danke«, gebe ich schließlich von mir und blicke zu ihm. »Danke dafür.«

Ich bin ihm wirklich dankbar, denn sonst wüsste ich nicht, was ich mit mir hätte anfangen sollen. Wahrscheinlich wäre ich noch den ganzen Abend dort gelegen, bis der Morgen einbricht und ich wieder einigermaßen klar im Kopf bin.

Ich wollte nicht schon wieder trinken. Sofia hasst es, wenn ich das tue. Ich weiß das, und ich habe es trotzdem getan. Ich fühle mich so mies. Nicht einmal an so etwas kann ich mich halten.

Silas steigt in den Fahrersitz ein und schlägt die Autotür zu. »Avery schläft, also sei leise, wenn wir da sind, verstanden?«

Ich nicke stumm und sehe zum Fenster hinaus.

Silas fährt aus dem Parkplatz und wendet das Auto. *Scheiße, wird mir bei dieser Bewegung übel.* »Denkt daran, nicht übergeben«, warnt mich Silas noch ein zweites Mal.

»Alles klar.«

»Wenn doch, dann brauchst du dich überhaupt nicht für eine Arbeit entscheiden, denn dann wäscht du mein Auto, und zwar lebenslang.«

»Ich habe es verstanden, deinem Auto wird nichts passieren«, lalle ich und schließe meine Augen.

»Das ist auch besser so.«

77

Sofia

»Vielleicht wäre es die bessere Entscheidung, wenn wir das so machen«, gebe ich von mir und hebe mein Blatt in die Höhe. »Deine Variante ist auch gut, aber ich denke, dass das ein bisschen zu kompliziert ist.«

Sienna nickt und scheint zu verstehen, was ich meine. »In Ordnung, dann mache es so, wie du denkst. Du bist in Geschichte sowieso besser als ich.«

Zufrieden lächle ich ihr zu und richte mich entschlossen in meinem Stuhl auf. »Perfekt, dann mache ich den Teil von siebzehnhundertzwanzig bis achtzehnhundertvierundsechzig und du achtzehnhundertfünfundsechzig bis zweitausendneun. Wenn es für dich okay ist«, gebe ich von mir, während ich in meinem Schulranzen nach einem Blockblatt krame.

»Kein Problem, können wir so machen. Oh und übrigens, rate mal, wer sich bei mir gemeldet hat?«

Das wird nichts Gutes heißen. Sienna hat nun meine volle Aufmerksamkeit. »Ian?«, frage ich aufgebracht.

Sie schüttelt den Kopf. »Der Gott sei Dank nicht.« *Puh.* Erleichterung steigt in mir auf, denn ich hätte echt keine Kraft, mich wieder über diesen Idioten zu unterhalten.

»James?«, wage ich erneut einen Versuch.

»Nein, der auch nicht. Wir haben abgeschlossen«, sagt sie leise und fährt sich durch ihre schwarzen Haare.

»Nun sag schon«, gebe ich gespannt von mir. »Wer ist es?«

»Dylan.«

Verwirrt blicke ich zu meiner Freundin. »Dylan wie Dylan Hergrov? Aarons Dylan?«

Sienna nickt mit dem Kopf.

»Was? Was hat er geschrieben?«, presse ich neugierig hervor.

»Er hat gefragt, ob wir auf ein Date gehen wollen«, kommt es prustend von ihr. »Ich sag dir, James war so wütend auf Dylan. Der hat ihm gefühlt den Kopf abgerissen.«

»Ich kann das gerade echt nicht glauben.« Mit offenem Mund sehe ich zu ihr.

»Ich habe natürlich nein gesagt, aber ich fand es trotzdem witzig«, fügt meine Freundin hinzu, bevor sie ihre Sachen zusammenräumt. Die Schulklingel unterbricht unser Gespräch, woraufhin ich ebenfalls beginne, meine Tasche zu richten.

»Wir müssen darüber auf jeden Fall nochmal genauer reden und wegen Geschichte, wir machen das beide Zuhause und bringen es nächste Woche in die Schule mit, okay?«

»Ja«, antwortet Sienna und schmeißt sich ihren Schulranzen über den Rücken. »Bis dann, tschau.«

»Tschüss.«

Ich laufe aus dem Klassenzimmer die Treppen hinunter und biege in den Schulkorridor Richtung Ausgang.

»Hey«, ertönt eine raue Stimme. Eine Hand berührt meinen Arm, woraufhin ich mich schreckhaft umdrehe. *Wer ist das?* Er scheint meinen Blick zu registrieren und lässt seine Hand keinen Moment später nach unten gleiten.

»Ich bin Niall«, sagt der Typ mit einem kleinen Lächeln auf den Lippen. Dieser Junge beäugt mich von oben bis unten. Unwohl gehe ich von einem Fuß auf den anderen. »Hi? Kenne ich dich?«, antworte ich und mache einen kleinen Schritt nach hinten. Der Schulkorridor ist schon fast leer, es sind nur noch ein paar Schüler auf dem Gang.

»Sofia, richtig?«

Misstrauisch blicke ich zu ihm und verenge meine Augen. »Kennen wir uns?«, wiederhole ich mich und starre ihn an.

»Ich kenne dich – ja. Du mich nach deiner Reaktion wohl eher weniger. Ich bin eine Stufe über dir«, entgegnet Niall.

Nervös fahre ich mir durch die Haare und blicke an ihm vorbei. »Und was willst du?«

Er lacht schadenfroh auf. »Ich bin ein Freund von Aaron.« Er spricht seinen Namen mit solch einer Verachtung aus, dass mir gleich schlecht wird. Ein Schauer übergeht mich und schlagartig wird mir ganz unwohl zumute. Niall wird kein Freund von Aaron sein, sonst hätte ich ihn längst kennengelernt oder wenigstens von ihm gehört.

Ich will mich schon umdrehen und gehen, da redet Niall weiter. »Weißt du, weshalb ihr überhaupt zusammen seid? Weißt du, um was es Aaron wirklich geht?«

Stockend bleibe ich wie angewurzelt stehen und wage es, mich schließlich wieder zu ihm zu drehen. »Was meinst du damit?«

»Ich habe etwas für dich«, gibt er von sich und lacht hohl. Niall kramt in seiner Hosentasche und drückt mir einen Geldschein in die Hand. »Das kannst du Aaron mitbringen. So wie ich sehe, hat er dich schon längst ins Bett bekommen.«

Mir wird übel. *Geld? Ins Bett bekommen?* »Was?«, stottere ich verwirrt und blicke hilfesuchend umher.

»Süße, das war alles nur eine Wette. Ich hätte nie gedacht, dass er dich ins Bett bekommen würde, aber na ja, anscheinend hatte ich unrecht. Ihr könnt euch das Geld ja teilen«, gibt er von sich und grinst breit.

Eine Wette? Ich bin eine Wette? Mein Herz bleibt für ein paar Augenblicke stehen. *Atmen, Sofia, vergiss nicht zu atmen.*

Niall lacht laut auf, dreht sich um und lässt mich stehen. Sekundenlang rege ich mich nicht. *Aaron würde niemals... er würde nicht...*

»Ich wollte wirklich nur nett sein. Nicht, dass du dich nachher in ihn verliebst, ohne zu wissen, mit wem du es zu tun hast. Wobei, ich glaube, das hast du bereits«, sagt Niall bedauernd, aber ich höre seine Schadenfreude. Er will Aaron eins auswischen, wieso sonst sollte er mir das sagen?

»Dachtest du echt, du wärst etwas Besseres? Jemandem wie ihm wird es immer nur um Sex gehen, versteh das«, brettert er harte Worte von sich.

Ich breche – mir fließen Tränen übers Gesicht und instinktiv umfasse ich meinen Körper mit meinen Armen. Auf einmal fühle ich mich so schutzlos – so entblößt. »Hör auf«, schniefe ich mit brüchiger Stimme. Ich will das hier nicht länger hören.

Wie konnte er so etwas tun und wie konnte er mir das verschweigen? Ich stopfe das Geld in meine Jackentasche hinein und stürme aus der Schule hinaus.

Ich will die Wahrheit wissen.

78

Aaron

Sofia steht vor mir.

Sie steht weinend vor meinem Haus.

Erst verstehe ich nicht recht, was passiert ist, bis sie einen Geldschein in die Höhe hält.

Sofia weint – wegen mir.

In ihren Augen spiegelt sich der Schmerz, den ich verursacht habe, denn sie weiß es.

Jemand muss es ihr erzählt haben.

Mein Kopf hämmert immer noch wie wild, da ich mich erst vor ein paar Stunden von Jefferson bei den Millers abholen lassen habe. Doch nun ist es nicht mehr nur mein Kopf, es ist alles – mein ganzer Körper.

»Bitte, Sofia, hör auf zu weinen«, gebe ich verzweifelt von mir und nehme ihr Gesicht in meine Hände. »Bitte, sieht mich an.«

Sie blickt von mir weg – Sofia weicht meinem Blick aus. »Stimmt das? Bin ich eine Wette?«, schluchzt sie.

Ich schweige, was Antwort genug ist – momentan bekomme ich kein Wort raus.

»Wieso hast du mir nichts gesagt und wieso erfahre ich das von Niall?«, kommt es wimmernd von ihr. Endlich blickt sie mich an. Ihre Augen sind ganz rot und angeschwollen. Ich habe Sofia noch nie so verständnislos erlebt. In diesem Moment erkenne ich in ihrem Ausdruck keine Liebe – keine Zuneigung.

»Sofia, glaub mir, diese Wette ist mir egal. Ach scheiße, ich war zu der Zeit nicht ich selbst. Ich habe erst gemerkt, was wahre Liebe ist, nachdem ich dich getroffen habe. Nachdem ich dich richtig kennengelernt habe, hatte diese Wette keinerlei Bedeutung mehr für mich.«

Sofia schweigt für ein paar Augenblicke. Sie wischt sich über ihr Gesicht und blickt mich schniefend an. »Trotzdem ändert es nichts an dem Fakt, dass du mir das verschwiegen hast. Hättest du es mir gesagt, dann hätte ich es verstanden, aber so? Ich dachte, wir erzählen uns alles.«

Sie ist so unglaublich verletzt und das aufgrund meiner Taten.

»Es tut mir leid«, presse ich wehleidig hervor und nehme ihre Hand in meine. »Bitte, Sofia, verzeih mir.« Es sind ein paar wenige Momente, in denen sie zulässt, dass sich unsere Hände umschließen, danach zieht sie ihre Hand zurück und blickt mich verletzt an. »Ich gehe jetzt.«

»Sofia ...«

»Ich gehe jetzt«, wiederholt sie ihre Worte und dreht sich um.

Wie versteinert sehe ich ihr dabei zu, wie sie sich von mir abwendet, und schaue ihr hinterher, bis sie nicht mehr zu erkennen ist.

Ich habe einen Fehler begangen und ihr die Wahrheit verschwiegen. Es bleibt mir nichts anderes übrig als diesen Schmerz in mich aufzunehmen– so habe ich es schon immer getan. Mein Herz fängt an zu rasen und mir läuft eine Träne über die Wange. *Wieso fällt es mir auf einmal so schwer, zu atmen?* Ich sacke auf den Boden und lasse es über mich ergehen. Diese Panik – diese Schmerzen – diese Angst, Sofia zu verlieren.

»Aaron.«

Ich nehme die ernste Stimme meines Vaters wahr und blicke zu ihm auf. Mein Körper liegt zusammengerollt auf dem kalten Boden – meine Augen sind rot. *Ich liege weinend auf dem Boden, habe eine Panikattacke und mein Vater sieht mir dabei zu – ohne etwas zu unternehmen.*

»Steh auf. Wir müssen reden«, gibt er kühl von sich und schert sich kein wenig um mich. Verachtend sieht er zu mir, während ich mich langsam aufrichte. Mein ganzer Körper schmerzt.

»Hast du den Verstand verloren?«, fängt er auf einmal an zu schreien. Ich zucke überrascht zusammen und sehe ihn geschockt an. Er macht einen Schritt auf mich zu und greift mich am Kragen. »Du bist ein schwacher, nutzloser Junge.«

Nichts, was er mir nicht schon einmal gesagt hätte.

»Doch dass du so tief sinkst, hätte ich nicht gedacht.«

Ich bin schon am Abgrund meiner Gefühle, wie sollte ich noch tiefer sinken? Ich habe es mir selbst nicht eingestanden, doch ich bin mental am Ende. Mein Vater macht mich kaputt – er zerstört mich.

»Ich weiß, dass du dein ehemaliges Kindermädchen besuchst«, sagt er mit kalter Stimme, woraufhin seine Augenbraue anfangen zu zucken. »Hat denn meine Erziehung überhaupt nichts bei dir gebracht?«, schreit er aus vollem Halse und zieht mich harsch zu sich. »So habe ich es dir nicht gelehrt. Was fällt die ein zu einer Bediensteten zu gehen?«

Mein Mund fühlt sich wie betäubt an und ich bekomme keinen Ton hinaus. *Saya, sie hat einen Namen,* möchte ich schreien.

Christians Hand landet auf mir. »Hm, so ein Leben möchtest du führen?«, fragt er abwertend und schüttelt mich am ganzen Körper. »Dann schau ruhig zu was für ein beschissenes Leben aus deinem wird«, brüllt er. Seine Hand liegt nicht an meinem Herzen, doch trotzdem zerschmettert er es in tausend Teile.

Alles weg.

»Du willst wissen, wie es sich anfühlt? Für mich bist du schon lange nicht mehr mein Sohn, einzig und allein ein riesiger Fehler. Mal sehen wie du zurechtkommst, wenn du nicht mehr so verwöhnt bist und deinen eigenen Vater für sein Geld ausnützt. Ach und wenn du denkst, du könntest jetzt zu deiner kleinen Freundin gehen, glaubst du wirklich, sie würde so jemanden wie dich wollen? Du hast jetzt gar nichts mehr. Du sagst, du liebst sie? Dann sei ein Mann und verlasse sie. Sie wird dich nie lieben, kapiere das endlich. Lass sie gehen.«

Ein Vater.

So etwas nennt man einen Vater.

Ein Vater, der sein Kind lieben sollte.

Ein Vater, zu dem man aufsehen sollte.

Ein Vater, der dir das Gefühl geben sollte, immer für dich da zu sein.

Nein – ein Vater ist er nicht – das ist er noch nie gewesen.

Ich habe das Gefühl, dass alles in sich zusammenbricht. Nichts ist mehr da, woran ich festhalten kann. *Ich habe sie, aber was hat sie von mir?* Ich bin kaputt und werde sie zerstören.

Ich liebe sie.

Ich liebe Sofia Marisol Alvarado.

Ich brauche sie, mehr als alles andere, aber was ist das schon, wenn ich nur an mich denke? Sie glaubt vielleicht, es würde nicht stimmen und möchte mir diese Denkweise ausreden, aber sie hat etwas Besseres verdient.

Wenn ich nicht sagen würde, dass ich gerade an meinem Tiefpunkt angelangt bin, würde ich lügen. Schweren Herzens nehme ich mein Handy in die Hand und gehe auf den Chat mit Sofia. Ich tippe die Worte, welche ich nie schreiben wollte und mir läuft still eine Träne über die Wange. Es fühlt sich an, als würde man mir den Hals abschnüren und ich bekomme keine Luft mehr. Ich schicke die Nachricht, in der ich schreibe, dass es aus ist, ab und mein Herz bricht – in eintausend kleine Scherben.

Aber ich war schon einmal kalt, ich kann es wieder werden.

79

Sofia

Wie sehr kann sich ein Mensch auf einmal ändern oder wie gut kann er einem etwas Vorspielen? Ich kann es nicht glauben und ich will es nicht. Aaron würde uns niemals einfach so aufgeben, nicht nach allem, was wir gemeinsam durchgestanden haben.

Ich schließe meine Augen für einen Moment und denke darüber nach. Ich bin verletzt – ja, doch ich würde niemals unsere Beziehung aufgeben.

Kurzerhand gehe ich aus meinem Zimmer und mache mich auf den Weg zu ihm. *Er reagiert auf keine Anrufe von mir? Okay, dann muss ich ihn wohl persönlich sehen.* Der Weg ist mir mittlerweile so vertraut, so oft wie ich ihn jetzt schon abgelaufen bin. Ich versuche, mich zusammenzureißen, aber mich lässt dieses schlechte Gefühl nicht los – so eine Ungewissheit.

Zögernd klingle ich an seiner Tür. Ich schlucke den Kloß, der sich in meinem Hals gebildet hat, hinunter und sehe nervös auf den Boden.

Das kann er nicht ernst meinen.

Das kann er nicht ernst meinen.

Das kann er nicht ernst meinen.

Ruckartig öffnet sich die Tür und Mister Blythe kommt zum Vorschein. Er guckt mich mit mürrischem Blick an und ich erkenne ein wenig Verwirrtheit in seinem Ausdruck. Ich gehe einen kleinen Schritt zurück und spiele mit meinen Fingern, denn ich habe Angst vor ihm. *Wieso würde Aaron mir so etwas einfach aus dem nichts schreiben? Natürlich hat sein Vater etwas damit zu tun.* Ich stehe ein paar Meter von ihm entfernt, aber trotzdem ist der starke Geruch des Alkohols nicht zu ignorieren.

»Ach als hätte ich es nicht gesagt«, ertönt seine kalte Stimme. Ich erkenne Missbilligung in seiner Wortwahl und empfinde in diesem Moment nichts mehr als Verachtung. »Du bist Sofia, nicht wahr?«

Ich nicke knapp. »Ist Aaron hier?«, frage ich kühl und versuche, das Gespräch möglichst kurz zu halten.

»Er hat es dir also noch nicht gesagt?«, entfährt es ihm lachend und er lehnt sich entspannt an den Türrahmen.

»Was sollte er mir denn sagen?«, versuche ich die Worte so respektvoll, wie möglich auszusprechen, obwohl ich schon jegliche Achtung an diesen Mann verloren habe.

»Er wohnt hier nicht mehr. Mein verwöhnter Sohn kann ruhig mal sehen, wie er ohne mein Geld zurechtkommt. Außerdem will er nichts mehr mit dir zu tun haben, und sein wir mal ehrlich, du hast etwas Besseres verdient«, gibt er schmunzelnd von sich und ich glaube, mir wird schlecht.

Schon seit ich ein kleines Kind bin, hat mir meine Mutter beigebracht, stets höflich zu erwachsenen zu sein, aber wie könnte ich das jetzt in diesem Augenblick?

»Wie reden Sie denn über ihren Sohn? Wissen Sie eigentlich, wie toll Aaron ist? Nein, weil Sie ja nie Zeit mit ihm verbringen. Sie sehen nur die Sachen, welche Sie sehen wollen, um ihn schlecht zu machen, aber er hat ein gutes Herz und hat so viel mehr als das hier verdient. Und wenn jemand den anderen nicht verdient hat, dann bin es ich, die ihn nicht verdient. Glauben Sie ja nicht, dass er der schlechte Sohn sei, Sie sind einfach nur ein grauenhafter Vater«, gebe ich mit bebender Stimme von mir. Meine Hände spannen sich an und ich atme tief durch.

Eins, zwei, drei.

»Ich muss zugeben, du hast ein gutes Temperament. Aber ich kenne meinen Sohn ja wohl besser als du und wenn du wirklich so dumm bist, und die ganze Scheiße glaubt, welche er dir erzählt, kann ich dir auch nicht mehr helfen«, sagt er trocken.

Ich schlucke laut und straffe meine Schultern. »Sie widern mich an«, entfährt es mir. Nach diesen Worten drehe ich mich auf der Stelle um. Ich höre noch ein schelmisches Lachen bis ich schließlich wieder durch das große Tor laufe und endlich raus bin – weg von diesem schrecklichen Mann. *Was ist nur geschehen? Wie kann ein Mensch so grauenhaft sein?*

Zuhause angekommen knie ich mich auf den Boden. Ich hole eine Kiste unter meinem Bett hervor und krame nach einem Buch. Es sind die Briefe, die mir Aaron damals geschrieben hat, nach denen ich suche. Bis jetzt habe ich nur einen gelesen, doch nun ist die Zeit gekommen, in der ich seine Worte hören muss.

Liebe Sofia,

ich ertrage es nicht, wenn du traurig bist. Du hast all dieses Glück der Welt verdient und noch viel mehr. Doch genau für die Augenblicke, in denen es dir nicht so gut geht, wenn du Zweifel hegst oder Angst hast, habe ich diesen Brief geschrieben. Du fühlst dich in diesem Moment vielleicht allein und bist überfordert, doch denk immer daran, dass es nicht für immer so sein wird. Es wird sich eine Lösung ergeben, es brauch nur Zeit und einen kühlen Kopf. Nun bitte ich dich, mach dir ganz genau Gedanken darüber, was der Grund für deine Traurigkeit ist, und erinnere dich immer wieder an deinen Wert. Vergiss das nie! Denke darüber nach und versuche, für dich eine Lösung zu finden. Versuche herauszufinden, was der wahre Grund deiner Traurigkeit ist. Steckt etwas Größeres dahinter? Und sei dir immer im Klaren, es ist in Ordnung, zu weinen. Wenn du dich danach fühlst, dann lass es raus, doch denke daran, du bist so viel Wert. Der Grund oder die Person, welche für dein Empfinden verantwortlich ist, hat nicht verdient, dass du dich wegen ihr so fühlst – niemand hat das. Bitte vergiss das nie. Du hast mir mal erzählt, dass du früher immer geschrieben hast, wenn es dir nicht gut ging. Versuche das doch wieder? Vielleicht hilft es dir. Schreibe all deine Gedanken auf, fasse dich und mache dir klar, wo der Ursprung liegt. Ich denke, dass es dir viel helfen wird. Doch das kannst du nur sicher wissen, wenn du es ausprobierst. Und auch, wenn du gerade wahrscheinlich nicht in der Lage bist, mit mir darüber zu reden, was ja der Grund ist, weshalb ich dir diesen Brief geschrieben habe, versprich mir, dass du mit jemandem redest. Erzähl deiner Mutter deine Sorgen, deinen Schwestern oder deiner Großmutter – irgendjemandem. Es ist nicht gut, seine Sorgen in sich hineinzufressen. Du musst darüber reden und die Gefühle zulassen. Tust du das für mich?

In liebe, Aaron.

80

Aaron

»Hallo, Aaron.«

Was tue ich hier?

»Geht es dir gut?«

Mir geht es nicht gut. Ich fühle mich, wie als wäre ich betäubt. Mein Kopf pocht und mein Herz lastet schwer in meiner Brust.

»Aaron?«

Sei kein Schwächling!

Mein Herz schlägt wie wild in meiner Brust und ich weiß nicht, was ich tun kann, damit dieser Schmerz aufhört.

Stell dich nicht so an!

Alles, was ich tue, ist falsch, egal wie sehr ich mich bemühe.

Du bist eine Enttäuschung.

Du bist eine Enttäuschung.

Du bist eine Enttäuschung.

Ich stehe vor Sayas Haus, doch bevor ich etwas von mir geben kann, breche ich in Tränen aus. Ich möchte stark sein, ich möchte mich nicht so anstellen und ich möchte keine Enttäuschung sein, aber ich bin nun einmal, wer ich bin. Mein Vater wird mich nie so akzeptieren – das wird mir in diesem Augenblick klar.

Ich verspüre einen warmen Körper eng gegen meinen gedrückt – es ist Saya. Sie nimmt mich fest in den Arm und zum ersten Mal habe ich das Gefühl, dass es in Ordnung ist, zu weinen. Sofia hat recht, mein Vater ist unzufrieden und lässt es an mir raus. Er wurde von seiner Frau betrogen und verlassen, das ist scheiße, ja, aber ich habe *meine Mutter* verloren.

»Alles wird gut, Aaron. Alles wird gut«, redet Saya mir ständig ein und streicht über meinen Kopf bis mein Körper mit zittern aufhört. Ich weiß nicht genau, wie lange wir so dastehen, aber sie hält mich, so lange ich sie brauche.

»Was ist passiert, Moonshine?«

Da war es wieder.

Moonshine.

Für einen ganz kurzen Moment verspüre ich ein Gefühl der Wärme, tief in mir drin. Es verschwindet augenblicklich, als ich Saya in die Augen sehe. Sie macht sich Sorgen – um mich.

»Mein Vater ... e-er hat herausgefunden, dass ich mich mit dir treffe und ... er hat mich rausgeschmissen«, gebe ich stotternd von mir. Ich habe das Bild vor meinen Augen wie er mich beschimpft und niedermacht. Er *möchte* mich schlecht fühlen lassen. Er *möchte*, dass ich niemanden an mich ranlasse und schon gar nicht Gefühle zeige.

»Dein Vater ist ein grausamer Mensch«, sagt Saya und drückt meine Hand. »Du bist ein so toller Junge, lass dir bitte nichts anderes von ihm einreden.«

Zu spät.

Zu spät.

Zu spät.

Ich bin kaputt – daran kann man nichts mehr ändern.

»I...ch –«

»Wie wäre es, wenn du bei mir einziehst?«

Wumm. »Wie.. ich...aber –«

»Ich habe ein Gästezimmer, das könnte deins sein. Du verstehst dich mit Amir und wir könnten eine richtige Familie werden.« Mein Herz bleibt stehen. *Für eine Sekunde?* Nein, es fühlt sich definitiv länger an.

Sie möchte, dass ich bei ihr einziehe.

Wir könnten eine richtige Familie werden.

Familie.

Ich könnte einen Bruder haben, ich könnte eine liebende Mutter haben – ich hätte alles, was ich mir je gewünscht habe. Ich nicke immer und immer wieder. Eine Träne perlt an meiner Wange entlang, doch dieses Mal ist es keine von Trauer erschaffene Reaktion – es sind Freudentränen.

Es ist doch solch ein komisches Gefühl. Auf der einen Seite bin ich glücklich, denn ich wohne nun bei Saya. Ich kann meinen Vater aus meinem Leben streichen und kann endlich ein schönes Dasein führen, doch dann muss ich an Sofia denken und an das, was ich geschrieben habe. Aber es war die richtige Entscheidung – die muss es gewesen sein.

»Aaron, was machst du denn hier?« Amir blickt mich verwundert an und streckt seinen Kopf in das Zimmer hinein. Ich sitze auf dem Gästebett – *meinem* neuen Bett.

»Oh hey, Amir«, begrüße ich ihn lächelnd und klopfe mit meiner Hand auf den freien Platz neben mir. »Komm.«

Er öffnet die Tür einen weiteren Spalt und tritt hindurch. Schwungvoll lässt er sich neben mir niederfallen und blickt mich interessiert an.

Auf einmal bildet sich ein Kloß in meinem Hals.

Was wenn er nicht möchte, dass ich einziehe?

Was, wenn er es nicht akzeptiert?

Mir ist seine Reaktion so wichtig, deshalb wird meine Angst immer größer.

Bin es überhaupt ich, welcher ihm dies sagen soll oder sollte dies Saya übernehmen?

Was soll ich ihm nun antworten?

»Hey ihr zwei.« Saya erscheint und blickt uns beide lächelnd an. Ich kann nicht beschreiben, wie dankbar ich in diesem Augenblick bin, dass sie hier ist.

»Hey, Mama«, begrüßt Amir seine Mutter grinsend und hebt seine Hand. Saya macht ein paar Schritte auf uns zu und setzt sich schließlich zwischen uns beide in die Mitte des Bettes. »Ich habe eine Überraschung für dich, Amir«, gibt sie von sich und wendet ihren Blick an ihn. »Aaron wird bei uns einziehen.«

Amirs Augen weiten sich. Überrascht sieht er zu mir. »Was? Wirklich?«, hinterfragt er und steht flink auf. »Das ist ja so cool«, kommt es von ihm und er springt prompt im Raum umher.

Mir wird ganz warm ums Herz und ich kann nicht anders als zu lächeln. Eine schönere Reaktion hätte ich mir nicht vorstellen können. Er freut sich wirklich genau so sehr wie ich.

»Ja, das finde ich auch sehr cool«, gebe ich von mir, wobei ich Saya dankbar ansehe. Ich habe nun eine Familie, welche mich akzeptiert. Eine, die mich gerne bei sich hat. Auf einmal kommt ein Gefühl empor, was ich noch nie zuvor gespürt habe. Die Sicherheit, die ich verspüre, da ich nun nicht mehr alleine bin.

81

Sofia

Liebe Sofia,

kannst du dich noch daran erinnern, als ich dir erzählt habe, dass mein Herz noch nie so schnell geschlagen hat, als wenn ich bei dir bin? Diesen Brief schreibe ich nur für dich, damit du ihn lesen kannst, wenn du diese Worte hören musst, doch ich sie dir im Moment nicht sagen kann. Diesen Brief sollst du lesen, wenn du aus irgendwelchen unerklärlichen Gründen vergisst, dich selbst zu lieben. Aus diesem Grund sage ich dir nun, weshalb ich dich liebe. Am meisten liebe ich, wie ich mich fühle, wenn ich bei dir bin. Verbringe ich Zeit mit dir, fühlt sich alles so unbeschwert an. Du bist die reinste Seele, die ich je kennenlernen durfte. Zum ersten Mal in meinem Leben fühle ich mich verstanden, wenn ich dir von meinen Sorgen erzähle. Ich kann gewiss sein, dass meine Gedanken bei dir einen sicheren Hafen finden. Du sorgst dich und dein zartes Herz schlagt für alle, auch wenn diese es nicht verdient haben. Deine Großmutter hat mir einmal erzählt, dass du als kleines Kind jedes Mal als du mit ihr draußen unterwegs warst und ältere Menschen gesehen hast, welche bei sich alleine

saßen, angefangen hast zu weinen. Und das alleine, da dein Herz so groß ich. Sind wir draußen unterwegs, gibt es keinen Tag, an dem du nicht bei Obdachlosen anhält und ihnen dein letztes Geld gibst. Das ist eine schöne Eigenschaft. Wie auch die liebe zu deinen Freunden – du würdest alles für sie tun. Geschieht ihnen etwas Gutes, freust du dich so unglaublich sehr für sie, auch wenn es dir in diesem Moment überhaupt nicht gut geht. Bei allem, was du tust, denkst du als Letztes an dich, du stellst zuerst sicher, dass es allen anderen gut geht. Gott, ich wünschte, du könntest dich so sehen, wie ich dich sehe, denn dann würdest du verstehen, wie perfekt du bist. Jedes Mal aufs Neue sehe ich dir in die Augen und verliebe mich erneut in dich. Dein Lächeln ist das Einzige, was ich sehen muss, damit ich glücklich bin. Erinnerst du dich noch, als du mich nach der Beerdigung meiner Großmutter aufgefunden hast? Du hättest nicht zu mir kommen müssen, du hättest lediglich weiter gehen und mich alleine zurücklassen können, aber das hast du nicht getan. Du bist zu mir gekommen, und das war deine persönliche Entscheidung. Du warst für mich da, als es mir schlecht ging. Ich glaube, ich habe dir bis heute nicht gesagt, wie viel mir das bedeutet hat. Manchmal kann eine Umarmung alle Probleme lösen und in diesem Augenblick habe ich nichts mehr als das gebraucht und du hast es mir gegeben. Du warst für mich da, nahmst mich in den Arm und hast mir zugehört. Dafür werde ich dir für immer dankbar sein. Wenn du dich nun das nächste Mal fragst, wieso du nicht genug sein solltest, frag dich lieber einmal mehr, wieso andere Menschen sich erlauben, über dich zu urteilen. Es passiert so viel Ungerechtes in dieser Welt – so vieles, das wir nicht beeinflussen können. Du verdienst die Menschen, welche dich schlecht fühlen lassen nicht. Lass sie gehen und hör auf dein Herz. Tust du das für mich, Prinzessin? Behandle dich so, wie du andere Menschen behandelst, denn das hast du verdient.
In Liebe, Aaron.

Ich lege das Notizbuch auf meinen Schreibtisch und atme tief durch.

Er fehlt mir.

Aaron fehlt mir.

Ich habe nichts mehr von ihm gehört. Er hat weder auf Anrufe von mir reagiert, noch hat er mir geschrieben. Ich habe vermutet, dass er bei Easton ist, und habe deshalb bei ihm angerufen, dieser hat allerdings gesagt, dass er Aaron schon seit längerem nicht mehr gesehen hat und er die letzte Woche auch nicht in der Schule war.

Er muss bei Saya sein, ich bin mir sicher, doch ich traue mich nicht, zu ihm zu gehen. Wenn dann ist er derjenige, welcher mir antworten sollte. Mir schwirren so viele ungeklärte Fragen im Kopf herum und ich weiß nicht, wie lange ich das noch aushalten kann.

Zwei Wochen später.

»Saya, was machst du denn hier?«, gebe ich verblüfft von mir, als Saya auf einmal vor meiner Tür steht. Ihr breites Lächeln vermittelt mir ein schönes Gefühl und sie blickt mich einladend an.

»Ich bin wegen Aaron hier«, beantwortet sie meine Frage und streicht ihr Oberteil glatt.

»Geht es ihm gut?«, ist das Erste, was ich wissen möchte. Mehr brauche ich vorerst nicht zu erfahren.

»Er ist bei mir eingezogen und ich glaube, das tut ihm wirklich gut. Doch ich merke, wie sehr er dich vermisst. Er weiß nicht, dass ich hier bin, doch ich weiß, wie sehr er dich liebt, und ich möchte nicht, dass dies aufgrund seiner Selbstzweifel zerbricht.«

Mein Herz setzt einen Schlag aus und meine Mundwinkel wandern nach oben. »Das ist ja schön. Also, dass er bei dir eingezogen ist«, gebe ich freudig von mir und es scheint, als würde eine Last von mir fallen. »Du weißt, dass er mit mir Schluss gemacht hat?«

Saya nickt und nimmt meine Hände in ihre. »Ja, mein Kind, doch es reicht, dass ich ihn einmal ansehe und schon weiß ich, wie sehr er dich liebt. Egal, was bei euch beiden vorgefallen ist, er liebt dich. Also wenn du das auch immer noch tust, ist es nicht zu spät.«

Mein Herz rast.

»Du sollst wissen, ich möchte dir nicht vorschreiben, was du zu tun hast, mir ist es nur wichtig, dass du das weißt«, sagt sie leise und streicht sich ihre Haare hinters Ohr. »Solltest du es dir überlegen, Aaron ist gerade mit Amir auf dem Fußballplatz.« Zum Abschied schenkt sie mir noch einmal ein riesiges Lächeln und verschwindet schließlich.

82

Sofia

»Aaron.«

Sein Blick fällt auf mich.

Seine Augen beginnen zu strahlen.

Sein Körper bewegt sich.

»Sofia«, gibt er von sich und sieht mich unsicher an. Er hat den Sportplatz mittlerweile verlassen und steht nun vor mir. Ich sehe Amir zu, wie er etwas weiter hinten mit dem Fußball im Slalom umherläuft und konzentriert auf den Ball blickt.

»Was tust du hier?«, fragt Aaron und kratzt sich benommen am Hinterkopf. *Ich bin hier, denn ich weiß, dass es das einzig Richtige ist.* Es war falsch, was er getan hat, und er hat mich verletzt, doch das ist keinen Grund uns aufzugeben. Ich liebe ihn so sehr, wie ich noch nie zuvor jemanden geliebt habe. Er bringt das Gute in mir zum Vorschein und er ist der Mensch, den ich an meiner Seite wissen möchte.

Saya hat mir das hier alles klar gemacht und ich bin so unfassbar froh, dass sie das getan hat. *Wie könnte ich auch nicht mit ihm zusammen sein? Aaron ist der erste Junge, welcher mir gezeigt hat, was wahre Liebe bedeutet, und ich möchte das nicht aufgeben – niemals.*

»Ich bin hier, um dich etwas zu fragen«, gebe ich von mir und straffe meine Schultern. »Liebst du mich?«

Sein Blick ist unbeschreiblich. Ich merke, wie er mit sich kämpft, doch ich kann nicht genau beschreiben, was bei ihm gerade vor sich geht. Ich muss es gefragt haben, denn ich kann nicht leben in dem Unwissen, ob er *wirklich* mit mir schlussgemacht hat oder dies doch nur wieder einer seiner Ängste gewesen ist.

»Natürlich liebe ich dich«, presst er hervor und blickt mich innig an. So wie er es schon immer getan hat – so liebevoll und so voller Verständnis. So als ob dies überhaupt keine Frage wäre, sondern ein Fakt, an dem sich nie etwas ändern wird. Als wäre unsere Liebe so beständig.

»Wieso hast du uns dann einfach so aufgegeben?«, bringe ich verletzt hervor und blicke auf den Boden. Aaron macht einen Schritt auf mich zu und nimmt mein Gesicht in seine Hand. Er streicht sanft über meine Wange und blickt innig zu mir. Er lässt mich fühlen, was ich stets fühle, wenn ich bei ihm bin. Diese Sicherheit und diese Liebe – sie ist nie weggewesen.

»Ich liebe dich. Wahrscheinlich so sehr, wie es noch nie jemand getan hat. Ich will dich, mein Körper, jede Phaser meines Herzens will dich und genau aus dem Grund muss ich dich gehen lassen. Ich muss sicher sein, dass es dir gut geht. Du musst glauben, dass ich kein Interesse mehr habe. Du musst es glauben, damit du mich gehen lässt, denn ich bin kaputt und möchte dich nicht auch noch zerstören«, entgegnet er mit solch einer Wahrhaftigkeit in seiner Stimme. Seine Augen weiten sich und er sieht mich bittend an – in seinem Blick ist so viel Schmerz.

Wie kann ich ihm nur diesen Schmerz nehmen? Ich möchte ihn von all diesem Leid befreien und all die Menschen, die ihm dabei im Weg stehen, verschwinden lassen.

»Ich weiß nicht, wie oft ich dir das noch sagen muss, bis du es selbst glaubst. Du bist nicht kaputt und ich liebe dich so, wie du bist – mit all deinen Narben und deiner Vergangenheit. Bitte stoß mich nicht von dir weg, nur weil du der Ansicht bist, es wäre die bessere Entscheidung. Ich weiß, dass ich dich will – nur dich – für immer.«

Ich blicke Aaron tief in die Seele und schlucke schwer, denn in diesem Moment wird mir etwas bewusst. Ich weiß, dass ich das nun tun muss, denn ich liebe ihn. Wir werden nicht so weiter machen können, nicht jetzt, nicht so. Egal wie stark unsere Liebe ist, so wird sie zerbrechen. Denn er muss heilen, er muss sich auf sich fokussieren, er muss sich lieben lernen. Ist unsere Liebe wirklich so wahrhaftig, dann wird sie das aushalten, denn das ist es, was es ausmacht.

Ich gebe Worte von mir, von denen ich niemals dachte, sie zu sagen. »Du musst lernen, dich selbst zu lieben, bevor du mich liebst, Aaron.«

Für einen Moment steht die Welt still und ich rege mich nicht – er bewegt sich ebenfalls kein Zentimeter. »Du musst *dich* an erste Stelle stellen.« Ich schlucke. »Kannst du das nicht wenigstens versuchen? Für mich?«, hauche ich und blicke ihn an.

Ich sehe Aaron tief in seine rehbraunen Augen und möchte all seine verborgenen Gefühle entdecken, alles was er so sehr versucht zu verstecken, da er denkt, es würde mir nicht gefallen. Doch wann versteht er endlich, dass ich genau das an ihm liebe?

»Ich weiß, dass es dir durch deine Vergangenheit schwerfällt – ich weiß. Doch dies alles ist nun vergangen, Aaron. Du hast eine neue Familie, welche dir jeden Tag aufs Neue zeigt, wie wichtig du ihnen bist. Glaub mir, ich würde das hier alles nicht sagen, wenn ich nicht sicher wäre, dass du das hinbekommen wirst.«

Ich nehme seine Hand in meine und verschlinge unsere Finger ineinander. »Es wird Zeit brauchen, doch die haben wir und ich werde auf dich warten. Ich werde so lange auf dich warten bis du dich selbst lieben lernst, damit du mich lieben kannst. Ich werde warten und sobald es so weit ist, bin ich da.«

Wir sind zwei Menschen, die sich so sehr lieben, dass sie sich gegenseitig gehen lassen würden, da sie denken, dass es das Beste für den jeweils anderen ist. Doch vielleicht ist es das wirklich. Zu einem späteren Zeitpunkt können wir uns so lieben, wie wir es verdienen, doch nun ist noch nicht die Zeit gekommen. Ich führe seinen Handrücken zu mir, umschließe meine freie Hand um unsere und presse meine Lippen darauf.

Es ist das Stärkste und zugleich das Selbstloseste, was ich je gemacht habe. Ich brauche ihn – mehr als alles andere, doch er braucht nun seine Familie und er kann nicht heilen, solange ich an seiner Seite bin.

Ich muss ihn gehen lassen.

Es ist kein Abschied für immer – nein.

Mir rollt langsam eine Träne über die Wange. Es gab noch nie etwas, das mir so schwergefallen ist als das hier, aber ich muss es tun. Ich muss Aaron seine Zeit geben, um zu sich selbst zu finden, weil ich ihn so sehr liebe. Er muss die Liebe seiner Familie spüren, so wie er es schon sein ganzes Leben hätte spüren sollen.

Es ist kein Abschied für immer – es ist ein Abschied, der mir das Herz zerreißt, aber die Sekunde danach anfängt zu heilen, da ich weiß, dass er dies auch tun wird und wir wieder zueinanderfinden werden.

Ende.

Prolog

Liebste Sofia,

lange habe ich mir Gedanken gemacht, ob ich dir diesen Brief überhaupt schreiben soll. Du wolltest, dass ich mich auf mich fokussiere und mich um mich kümmere und das tue ich. Trotzdem kann ich mich nicht davon abbringen, ständig an dich zu denken. Mein Herz ist deins, daran hat sich nichts geändert. Ich vermisse dich und jede Phaser meines Herzens schreit deinen Namen, doch ich darf diesem Gefühl nicht nachgehen. Erst muss ich für mich da sein. Ich habe mir selbst versprochen, dass ich mir Zeit gebe, egal wie lange es dauert. Ich tue das alles für dich, Sofia, und mittlerweile habe ich auch gelernt, es für mich selbst zu tun. Ich hoffe, dir geht es gut. Du weißt nicht, wie sehr ich dich vermisse. Jede Nacht muss ich an dich denken und wünsche mir, du würdest in meinen Armen liegen, doch ich weiß, dass es die richtige Entscheidung ist. Du hast recht, ich muss lernen, mich selbst zu lieben, bevor ich dich liebe. Aber ich verspreche dir, sobald es mir gut geht, werden ich mich ganz auf dich fokussieren können. An jedem Tag, den ich ohne dich verbringe, wächst meine Liebe zu dir. Tag für Tag. Ich weiß, dass es sich lohnt, zu kämpfen. Ich weiß, dass es sich lohnt, Abstand von dir zu halten, denn es ist für uns beide das Beste. Ich merke, wie gut mir die Zeit mit meiner Familie tut. Mir geht es besser als je zuvor. Das Gefühl ist einfach unglaublich. Wir essen jeden Abend zusammen und erzählen uns, was den Tag über geschehen ist. Sie sind interessiert an meinem Leben. Habe ich Sorgen, hört sie sich Saya an und spricht mit mir darüber. Nie habe ich bei ihr das Gefühl, es würde sie nerven. Letztens habe ich mit Amir Fußball gespielt. Ich muss zugeben, er ist ziemlich gut, doch mich hat er trotzdem nicht geschlagen. Ich hatte Angst, dass er die ganze Situation nicht akzeptieren wird – mich nicht akzeptieren wird. Immerhin kannte er mich, als ich eingezogen bin, kaum und zuvor war er es dauernd gewöhnt, das einzige Kind zu sein. Aber zu meiner Überraschung hat er sich unglaublich gefreut. Er hat gesagt, er hätte sich schon immer einen großen Bruder gewünscht. Ich glaube, du weißt nicht, wie gut das tut. Außerdem hat mich Saya dazu überredet mir einen Therapeuten zu holen, was ich nun auch getan habe. Nach unseren Sitzungen fühle ich mich meist schon etwas besser und habe Hoffnung, das Alles zu überstehen. Er meint, dass meine Gefühle viel mit dem frühen Verlust meiner Mutter zusammenhängen und natürlich auch mit dem Verhältnis zwischen mir und meinem Vater, wie auch dem Verlust von Alia. Es hängt alles miteinander zusammen und der Ursprung meines Empfindens beginnt viel früher, als ich es eigentlich gedacht habe. Es gibt so vieles, das damit zusammenhängt und je länger ich mit ihm darüber rede, desto mehr verstehe ich meine Gefühle. Für mich war es immer das Schlimmste nicht zu wissen, weshalb ich mich so schlecht fühle. Nun weiß ich es und kann versuchen, damit umzugehen. Das Wochenende verbringe ich gemeinsam mit Saya und Amir. Wir besuchen ein Wellnesshotel und ich muss sagen, ich freue mich sehr. Saya muss aufgrund ihrer Arbeit dort hin, doch anstatt uns alleine zu lassen, nimmt sie uns mit – das gefällt mir. Es ist alles so neu für mich, doch es fühlt sich so unglaublich gut an. Wie ein Traum, aus dem ich fürchte, gleich aufzuwachen. Nächstes Jahr wird Amir auf meine Schule kommen. Er sagt, er freut sich, einen Bruder zu haben, der so cool ist. Ich musste lachen. Es war ein echtes, wahrhaftiges Lachen. Mit meinem Vater habe ich nicht mehr geredet, auch wenn mein Therapeut mir dazu rät um aufgestaute Dinge loszulassen. Aber er versteht nicht, wie mein Vater ist. Ich fühle mich noch nicht bereit dazu. Ich fürchte, wenn ich ihm wieder gegenübertrete, werden all die Fortschritte, welche ich gemacht habe, zur Nichte. Ich habe Angst, dass er mich wieder tiefer in das Loch zieht, aus dem ich schon so lange versuche hinauszukommen. Du kennst meinen Vater und weißt, wie er ist – du verstehst, dass ich ihm noch nicht gegenübertreten kann. Ich versuche, mich mit dem Gedanken anzufreunden, aber jedes Mal, wenn ich auch nur an meinen Vater denke, überkommt mich ein Schatten, der mich in Dunkelheit hüllt. Ich weiß, dass Saya mit ihm geredet hat, das müsste jetzt bestimmt schon mehrere Monate her sein. Sie sagte ihm, dass ich nun bei ihr wohne. Saya hat mir nicht erzählt, was er geantwortet hat nur, dass sie es ihm gesagt hat. Wenn ich ehrlich bin, möchte ich das aber auch überhaupt nicht wissen. Alleine der Fakt, dass er sich nie bei mir gemeldet hat, seit ich ausgezogen bin, zeigt ja schon, wie wenig ihn das interessiert. Ich glaube, er ist froh, dass er nun seine Ruhe hat. Doch das ist in Ordnung. Die ganze Situation ist einfach nur in Ordnung. Ich habe gelernt, dass es okay ist nicht okay zu sein. Das hast du mir damals gesagt, weißt du noch? Doch erst jetzt glaube ich, dass hinter diesen Worten etwas Wahres steckt. Es liegt nicht an dir, dass ich das nicht schon damals erkannt habe, nur ich glaube, erst durch die ganzen Veränderungen und Eindrücke, kann ich an diese Worte glauben. Ich habe meine Hochs und Tiefs, doch ich werde damit umgehen. Das ist mein Versprechen an dich. Ich versuche alles um mich zu bessern. Bald bin ich wieder im Stande dich mit vollem Herzen zu lieben. Bis dahin, sei nicht traurig. Ich werde zu dir zurückkehren, denn ich weiß eines mit Sicherheit, unsere Geschichte ist noch nicht zu Ende.

In Liebe, Prinz Charming.

All those promises

Lilly Glase
All those promises –
Wie auch immer du mich liebst
ISBN: 9783769338126

Audrey Andersens Fassade verbirgt ihre wahren Gefühle, aber was steckt wirklich dahinter? Nach einem tragischen Unfall, durch den sie ihre beste Freundin verliert, fällt sie in ein tiefes Loch der Verzweiflung. Die Person, die ihr am wichtigsten war, ist von ihr gegangen. Nun hat sie niemanden mehr und muss Trost in sich selbst finden. Doch dann tritt Easton Miller in ihr Leben - der Junge mit den grünen Augen, dem breiten Lächeln, den süßen Grübchen und einem gebrochenen Herzen. Können diese beiden verlorenen Seelen zueinander finden und sich gegenseitig Trost spenden? Beide sind von ihrer Vergangenheit geprägt – so verschieden und doch so gleich. Audrey beginnt endlich wieder, nach langer Zeit, etwas zu fühlen. Aber wird dieses Gefühl von Dauer sein? Was sie nicht weiß, ist, dass Easton ein Geheimnis birgt, das die Beziehung der beiden zerstören könnte. Wie viel Schmerz und wie viel Leid kann Audreys Herz noch ertragen, bis es endgültig zerbricht? Beide sind zu jung, um so viel ertragen zu müssen, und doch macht es sie umso stärker.

Was kommt als nächstes?

Schon bald könnt ihr euch auf ein weiteres Buch freuen!!!
Um was es dort geht und wann es veröffentlicht wird,
kann ich euch hoffentlich bald erzählen.

Um keine Updates zu verpassen,
folgt mir gerne auf Tik Tok und Instagram:
lilly.glase_ autorin255

DANK

Zu Erst einmal möchte ich eine Dank an meine Leser ausrichten, die mich unterstützen und meine Träume wahr werden lassen. Ohne euch wäre ich sicherlich nicht da, wo ich jetzt bin.

Außerdem bedanke ich mich ganz herzlich bei meine Testleser: Charlotte, Lena Victoria, Emma Marie, Alexa und Lara. Mithilfe eurer konstruktiven Kritik habe ich es geschafft, mein Manuskript zu verfeinern, damit ich das Beste rausholten konnte. Danke für eure Zeit und Interesse.

Charlotte, ich kann nicht in Worte fassen, wie froh ich bin, dass durch das Testlesen nun eine so innige Freundschaft entstanden ist. Deine langen Sprachnachrichten über mein Buch waren das Beste an meinem Tag und ich bin diesbezüglich so dankerfüllt. Du bist eine tolle, lustige und auch herzige Person – dich kennen zu dürfen, macht mich unfassbar glücklich.

Ein weiterer Dank geht an die Mädchen aus meiner Schreibgruppe: Jess, Fey, Helen, Lilou, Swantje, Dunja und Karo. Ich liebe euch alle, denn egal was, ich kann es euch mitteilen. Wir tauschen uns aus, wachsen gemeinsam und das auf eine absolut schöne Art und Weise.

Jess war nicht nur meine seelische Unterstützung, sondern hat mich auch dauernd zum Lachen gebracht. Durch unsere fast täglichen Telefonate konnten wir uns gegenseitig motivieren und hatten zudem noch mehr Spaß am Schreiben. Sie ist eine so unfassbar guten Freundin für mich geworden und ich bin glücklich, dass das Schreiben uns nähergebracht hat. Ich stehe mit vollem Herzen hinter ihr und bin dankbar, sie in meinem Leben zu haben.

Nicht zu vergessen danke ich meiner Familie, die mich auch auf meinem Weg begleitet und unterstützt hat. (Selbst wenn meine Mutter viele Male eine zusätzliche Stressfalte bekommen hat, da ich das Schreiben mal wieder der Schule vorgezogen habe.) Sie sind stolz auf mich und zeigen mir das ebenfalls, wodurch ich nie den Glauben an mich verloren habe. Besonders mein Bruder Felix und meine Schwester Larissa haben alles dafür getan, dass meine Träume in Erfüllung gehen und dafür werde ich ewig dankbar sein.

Zu guter Letzt danke ich all meinen Freunden, die mich unterstützen und für mich da sind. Alle von ihnen haben so ein gutes Herz und ich bin stolz, sie meine Freunde nennen zu dürfen.

Danke.

Inhaltswarnung:

Verlust, Trauer, Panikattacken, häusliche Gewalt, emotionaler Missbrauch, Depressionen, Alkoholsucht & Drogensucht.